古典文獻研究輯刊

三 編

曾 永 義 主編

第29冊

岳飛故事研究

張 清 發 著

國家圖書館出版品預行編目資料

岳飛故事研究／張清發　著—初版—新北市：花木蘭文化出
版社，2011〔民100〕
目 4+284 面；19×26 公分
（古典文學研究輯刊　三編；第 29 冊）
ISBN：978-986-254-569-0（精裝）
1.（宋）岳飛 2. 傳奇 3. 文學評論
820.8　　　　　　　　　　　　　　　　100015028

ISBN-978-986-254-569-0

9 789862 545690

古典文學研究輯刊
三　編　第二九冊　　　　　　　ISBN：978-986-254-569-0

岳飛故事研究

作　　者　張清發
主　　編　曾永義
總 編 輯　杜潔祥
出　　版　花木蘭文化出版社
發 行 所　花木蘭文化出版社
發 行 人　高小娟
聯絡地址　新北市永和區中正路五九五號七樓
　　　　　電話：02-2923-1455／傳眞：02-2923-1452
網　　址　http://www.huamulan.tw 信箱 sut81518@ms59.hinet.net
印　　刷　普羅文化出版廣告事業
初　　版　2011 年 9 月
定　　價　三編 30 冊（精裝）新台幣 48,000 元　　　　版權所有·請勿翻印

岳飛故事研究

張清發　著

作者簡介

張清發，臺灣省高雄縣人。國立高雄師範大學國文博士、國立成功大學中文碩士。現任國立高雄海洋科技大學基礎教育中心專任副教授、國立臺南大學國文系兼任副教授。曾任國立臺南護理專科學校專任助理教授、國民小學專任教師。主要研究方向為明清小說、俗文學。著有《歷史‧英雄‧天命——隋唐演義系列小說研究》、《明清家將小說研究》，以及〈秦檜冥報故事的演變發展與文化意涵〉、〈從「悲劇英雄」看《史記》與講史小說的關係〉、〈從人物塑造看《左傳》與講史小說的關係〉、〈從敦煌齋願文到通俗小說看天王信仰的演變〉、〈由白蛇故事的結構發展看其主題流變〉等相關論文多篇。

提　　要

　　雖然岳飛研究成果繁盛但仍有其不足，特別是俗文學的研究，由於未能掌握「岳飛」題材的特質，善用合適的研究方法，故研究成果常常無法和類型小說、類型人物產生明顯區隔。以「岳飛」題材來看，「故事研究」最為適合，因為能夠在學科整合下，廣蒐材料彼此驗證，明確故事發展過程中的變與不變。因此，本《岳飛故事研究》以「醞釀、發展、成熟、轉型」為階段，探討「時代」與「岳飛」的關聯，透過歷代朝野之岳飛評價，探究岳飛故事的流傳動源，詮解岳飛故事情節變異之因由。最後，考察岳飛故事流傳的文化意涵，從中發掘岳飛崇拜的根源、英雄命運的解讀、民族衰敗的省思，企圖將整體故事的研究成果，提昇到超越文本與超越歷史的層面。

目
次

第一章 緒 論

第一節 研究概況

過去關於「岳飛」的研究頗多，以下依其類型，分成歷史、戲曲、小說、故事、詩文等五大類加以探討。（以 1999 年 12 月以前爲考察範圍）

一、岳飛的歷史研究

岳飛（1103～1142）是歷史上的眞實人物，然而岳飛的歷史確頗富傳奇性，這是「岳飛」作爲一個研究課題的最大特質。所有「岳飛」的相關研究，皆須對此特質有所認識，這是最基本也是最重要的。因此，以下先梳理岳飛歷史成書的經過，以明確其特質的來由，再進而就民國以來岳飛的歷史研究加以述評。

（一）岳飛歷史的成書

中國向來有尊史的傳統，唐朝時更建立了完備的官史制度。然而官史制度的基本缺陷就是容易遭到執事者的不當介入，導致歷史失去眞相。南宋高宗時期，就有如此的典型案例，從紹興八年至二十五年（1138～1155），主和的秦檜以宰相兼領監修國史，一面美化宋金和議，一面詆毀主戰的岳飛、抹殺岳家軍的戰功。因此，當岳飛冤案在孝宗朝平反，朝廷依例要給岳飛賜諡時，雖有「人謂中興論功行封，當居第一」的傳聞，[註1] 卻於「國史祕內，

────────────

〔註 1〕見岳珂《金佗續編》卷十四〈忠愍諡議〉（景印文淵閣四庫全書 446 冊）（台

無所考質，獨得之於舊在行陣間者」。〔註2〕可見岳飛的官史記載，在秦檜當權時已遭到嚴重的毀損，連朝廷要論其事功都只能依憑民間傳聞。

南宋關於岳飛歷史的記載，有兩大系統：一是官史系統，如《高宗日曆》、《高宗實錄》等，這類官史全出自秦檜及其私黨之手；另一是家傳系統，最早完成的是《岳鄂王行實編年》，是出自岳飛的孫子岳珂（1183～1243？）之手。而當時幾部重要的史書，如熊克《中興小歷》、徐夢莘《三朝北盟會編》、李心傳《建炎以來繫年要錄》等，由於大都是以官史爲本，因而其中所記載的岳飛言行，仍免不了有錯誤或疏略。歷史學者鄧廣銘考證後指出：「見於官史系各書中的岳飛，和見於家傳系諸書中的岳飛，雖是同一人，而卻具有幾乎全不相同的兩種面貌。」〔註3〕其中，岳珂所作的家傳，對於後代認識岳飛其人其事影響最大。

從岳飛被害到平反，長達二十一年。其間，岳飛家中所存的文件資料，在其遇害時皆已被查抄，而且除了宋高宗所賜之「御筆手詔」外，大都遭毀或散佚。而民間持有岳飛相關書信、記事者，亦因懼禍而加以銷毀。故當岳飛冤案平反後，其子岳霖欲重新整理岳飛的歷史時，只能「考於聞見，訪於遺族」。〔註4〕然此時岳飛的故將遺卒卻又早已亡故殆盡，且岳家二代中唯一跟隨岳飛從軍的岳雲，亦隨之遇害。因此岳霖能夠蒐訪到的故實非常有限，臨終前只好將未完成部分，囑咐其子岳珂完成。岳珂幸得宰相京鏜（1138～1200）之助，「大訪遺軼之文，博觀建炎、紹興以來記述之事。下及野老所傳，故吏所錄，一語涉其事，則筆之於冊」。〔註5〕終於宋寧宗嘉泰三年（1203），完成《鄂王行實編年》等，至嘉定十一年（1218），再將所作全彙編成《金佗稡編》。〔註6〕宋理宗紹定元年（1228），又將相關資料彙編成《金佗續編》。〔註7〕之後，南宋章

北：臺灣商務印書館，1983 年），頁 618。（按：岳珂在嘉興居所「金佗坊」作成《金佗稡編》、《金佗續編》，故以「金佗」命名）
〔註2〕 見岳珂《金佗續編》卷十四〈武穆覆議〉，頁 621。
〔註3〕 參見鄧廣銘《鄧廣銘治史叢稿》（北京大學出版社，1997 年 6 月），頁 567～568。
〔註4〕 岳珂《金佗稡編》卷九〈遺事〉（景印文淵閣四庫全書 446 冊）（台北：臺灣商務印書館，1983 年），頁 391。
〔註5〕 同前註，頁 392。
〔註6〕 《金佗稡編》共二十八卷，包括：《高宗皇帝宸翰》三卷；《經進鄂王行實編年》六卷；《經進岳王家集》十卷；《籲天辨誣》六卷；《天定錄》三卷。
〔註7〕 《金佗續編》共三十卷，包括：《高宗宸翰掇遺》一卷；《絲綸傳信錄》十一卷；《天定別錄》四卷；《百氏昭忠錄》十四卷。

穎作《中興四將傳》，其中岳飛部分即刪削《鄂王行實編年》；而元脫脫修《宋史‧岳飛傳》，又從章穎所作中照抄。〔註8〕如此，「岳飛歷史」已經重建完成，並且家傳體系反而成爲流傳的「正統」。

由《金佗稡編》的成書過程中，可知在資料取材上，除官方保留的片斷史實外，更有來自於野老軼聞、民間傳說。因此，所謂的「岳飛歷史」，實已含有民間渲染的成分。若從編寫意圖來看，岳珂既有意替祖父辨冤，不免要發揮其孝子賢孫的用心，對某些事涉敏感的「史實」加以虛構或迴避，進而將岳飛塑造成「忠君愛國」的典範。〔註9〕因此，「虛實考辨」成了研究岳飛歷史的重心；而岳飛那充滿傳奇性的歷史，則是通俗文學選擇他的主要因素。

（二）民國以來岳飛的歷史研究

民國以來，由於時代需求，關於岳飛歷史的研究非常盛行（詳論於第五章）。持續至今，史學研究的成果，在整體的岳飛研究中最爲豐碩。而其探討焦點，大抵集中在岳飛的「戰功」和「冤死」兩大類，前者如岳飛抗金、勘亂之軍事行動、岳家軍兵力編制等；後者如岳飛冤獄、死因、元凶、葬地等一連串問題，再拓展至忠君、愚忠等思想層次。此外，另有旁及岳飛生平事物的相關考證，如岳飛後裔、部將幕僚、奉祀寺廟等等。〔註10〕

其中，大陸歷史學者鄧廣銘、台灣業餘學者李安，兩人堪稱是岳飛歷史研究的翹楚。鄧廣銘主要是針對眾所熟悉的岳飛事蹟，進行史實考辨以回復

〔註8〕　此淵源關係鄧廣銘有詳細考證，詳參〈《宋史》岳飛、張憲、牛皋、楊再興考辨〉收入《鄧廣銘治史叢稿》，頁566～582。

〔註9〕　《金佗稡編》中刻意迴避宋高宗和岳飛的矛盾，如高宗出爾反爾不讓岳飛指揮大部分的宋軍北伐，岳飛極爲憤慨，岳珂卻載高宗「寢其命」後，岳飛「略無慍色」；而岳飛奏請立儲，遭高宗當面呵斥，岳珂卻寫《建儲辨》力辯無此事；又岳珂看過高宗親自批准賜死岳飛的狀子，卻寧可採用《野史》秦檜寫紙條交付獄官的傳說。諸如此類，皆是岳珂自述要表白祖父「獨以孤忠，結知明主」的作法。參見王曾瑜《岳飛新傳》〈附錄一：有關岳飛生平的歷史資料〉（台北：谷風出版社，1986年10月），頁359。

〔註10〕　詳參李凡〈岳飛研究書目〉、查良美〈岳飛研究報刊論文索引〉，二文收入《岳飛研究》（浙江古籍出版社，1987年），頁424～462。另宋晞〈談近四十年來台灣地區的岳飛研究〉《岳飛研究》第三輯（北京：中華書局，1992年9月），頁137～142。復旦大學歷史系資料室編《中國古代史論文資料索引》（上海人民出版社，1985年），頁933～936收錄有關岳飛論文。許銘〈岳飛評價問題綜述〉《中國歷史研究專題述評》（黑龍江人民出版社，1990年9月），頁190～196。

歷史眞相。〔註 11〕如此，有助於區分岳飛事蹟中的歷史眞實和文學虛構，進而據此探討通俗文學建構岳飛形象的取捨原因。相對於鄧廣銘研究成果的考辨深入，李安之功在於蒐羅廣博。〔註 12〕李安對有關岳飛的各種史料、評論、碑志、廟記、地方古蹟等，無不廣爲蒐集。但由於重點在歷史考證，因而大都只是現象證據的客觀呈現，並未對這些素材所蘊涵的深層意義加以詮釋，不過倒是提供文學研究者使用材料上的方便。

此外，學者劉子健、王德毅，各有專文從史學史、思想史的角度，明確時代證據以探討岳飛在各朝代的歷史地位；〔註 13〕而美國學者 H.Wilhelm 則扣緊岳飛「稀有而且異常不可靠」的歷史紀錄，析論岳飛傳奇化的過程；〔註 14〕另學者孫述宇在考證《水滸傳》和南宋民眾抗敵的歷史關係時，發現小說中的宋江，其實就是歷史上的岳飛。〔註 15〕以上論述，皆能就岳飛在歷代流傳的現象，直接、間接地點出促使其流傳的歷史背景、文化動源，對於本論文的研究頗多啓發。

二、岳飛的戲曲研究

以目前可知的範圍和資料來看，自元代迄今，岳飛戲曲的流傳始終沒有

〔註 11〕 如「拐子馬」、「朱仙鎮之捷」、「書生扣馬」、「奉詔班師」等。鄧氏這些專門考辨的文章，後收錄於《鄧廣銘治史叢稿》一書中。而其他考辨成果則直接運用於氏著：《岳飛》（重慶：勝利出版社，1945 年 5 月）、《岳飛傳》（北京：三聯書店，1955 年 10 月）、《岳飛傳》（增訂本）（北京：人民出版社，1983 年 6 月）。

〔註 12〕 李安是業餘的宋史研究者，參加台大歷史教授組織的宋史座談會，專門研究岳飛歷二十多年，發表論文達數十篇，專書有《岳飛史蹟考》、《岳飛史事研究》、《岳飛史事研究續集》、《精忠岳飛傳》、《岳飛行實與岳珂事蹟》等，合計一百數十萬言。

〔註 13〕 詳參劉子健〈岳飛——從史學史和思想史來看〉《兩宋史研究彙編》（台北：聯經出版社，1987 年 11 月），頁 185～207；王德毅〈岳飛的歷史地位——兼論民國以來的岳飛研究〉《中國歷史學會史學集刊》22 期（1990 年 7 月），頁 55～76。

〔註 14〕 詳參 H.Wilhelm〈岳飛傳——一個傳奇人物的傳奇故事〉《中國歷史人物論集》（台北：正中書局，1990 年 5 月），頁 199～218。

〔註 15〕 認爲《水滸傳》就是宋金之際忠義民兵意識的產物，此觀點最早由王利器提出，詳參〈《水滸》的眞人眞事〉收於《水滸爭鳴》1～2 輯（長江文藝出版社，1982、1983 年）。然直到孫述宇才有進一步的詳考論證，直指小說中的宋江和歷史上的岳飛之聯繫關係。詳參《水滸傳的來歷、心態與藝術》（台北：時報文化公司，1983 年 10 月）。

斷過。因此，現存岳飛通俗文學以戲曲作品數量最多，特別是元明清三代的岳飛雜劇和傳奇（作品及著錄詳參附表一），向來是岳飛戲曲研究範圍的重心。依研究論文之類別，可區分成以下幾種：

（一）單純的劇目整理

這類研究主要是將歷代劇目著錄有關岳飛的戲曲加以理出，再根據少數現存可見的內容去看岳飛形象的演變趨向，並約略探討內容虛實的藝術。〔註16〕然由於傳統戲曲的流傳和保存並非是以案頭文本爲主，故要蒐羅齊全並非易事。何況此類研究大都只就一、兩本劇作論之，且未考慮時代變異等因素，因此研究成果頗多局限。

（二）注意到不同時代岳飛戲之相同的情節單元

這類研究指出「瘋僧戲秦」、「胡迪罵閻」等戲劇情節，雖然並非是以岳飛爲主角，但卻是歷代岳飛戲中必有的情節單元，由此論證鬼神報應在岳飛戲中的作用。〔註17〕這類研究雖注意到不同時代、不同體製對岳飛戲的創作有影響，但論述常止於戲曲情節的表層變異，未能據此再進一步探討深層主題的變異。

（三）論析岳飛戲流傳過程中的改編關係

由元雜劇到明傳奇，其間岳飛戲創作發展上的一大特色，即是：因為不滿前作而加以改編成新作。如康保成指出：《東窗事犯》、《岳飛破虜東窗記》和《精忠記》三者，是一脈相承的改編作品。〔註18〕然其雖由曲調、唱詞、內容等進行比對以分析三部戲曲改編的軌跡，但卻未能深入論述：「爲何不同時期的作品要如此改編？」可見，此文忽略時代環境、社會需求等外在因素

〔註16〕 如廖藤葉〈岳飛戲曲研究〉、〈岳飛戲曲故事補遺〉。前文以元明清三代的雜劇、傳奇爲主；後文除了補遺外，並述及部分京劇。二文收入《臺中商專學報》28 期（1996 年），頁 147～167；30 期（1998 年），頁 311～324。另陶君起《平劇劇目初探》中收錄岳飛戲的劇目高達四十餘種，並載有內容大要。（台北：明文書局，1982 年 7 月），頁 270～282。

〔註17〕 如鄧綏甯〈關於岳飛史事的三部戲曲〉以元雜劇〈東窗事犯〉、明傳奇〈精忠記〉、清皮黃〈風波亭〉三部來論析「瘋僧戲秦」情節的演變。《藝術學報》19 期（1976 年 6 月），頁 1～12。而陳宗樞《佛教與戲劇藝術》下卷第十五篇，則扣緊「瘋僧戲秦」、「胡迪罵閻」二段冥報情節，擇要略論其在元明清三代岳飛戲中的情形。（天津人民出版社，1992 年 12 月），頁 208～220。

〔註18〕 詳參康保成〈從《東窗事犯》到《東窗記》、《精忠記》〉《藝術百家》（1990 第 1 期），頁 75～80。

對戲曲發展流傳的重要性。而王永健在探討《精忠旗》對《精忠記》的改編關係時，則能注意到「土木之變」後的社會局勢對岳飛戲主題所造成的影響。〔註19〕

（四）指出時代因素對岳飛戲主題和流傳的影響

《精忠旗》經通俗文學大家馮夢龍改定後，或許因為藝術價值較高，且又作於明末亂世，故較之其他岳飛戲，顯然受到後代學者較多的注意。同時，學者在論析《精忠旗》的主題特色時，或多或少皆會注意到時代因素，從而肯定其所反映出來的時代精神。〔註20〕另外，康保成在綜述清代岳飛戲的論文中，扣緊「清代政治」為關鍵，證明時勢政治等因素，是促使清代岳飛戲興衰的歷史證據。〔註21〕

（五）岳飛戲流傳的整體考察

前述岳飛戲的研究類型，其研究範圍大多局限於某一時代、某一作品，若有跨時代論及流傳者，亦只挑一、二作品論之。如此，皆只能算是岳飛戲的片面研究，無法宏觀出整體岳飛戲的流傳脈絡。賈璐在〈英名赫赫彪青史 梨園世世演精忠——岳飛戲曲淺探〉一文中，〔註22〕試圖針對岳飛戲的流傳做出整體考察。其探討的時代範圍由南宋至清朝，並以「入元憚忌、明季繁興、清朝岑寂」等為節目，點出岳飛戲在該朝的盛衰。在論述中，作者先探討時代背景可能對劇作家造成的衝擊後，再略述該朝代岳飛戲的內容，最後再擇錄演出軼聞，以見證岳飛戲流傳的文化效應。如此，可說初步涵蓋岳飛戲的整體流傳狀況，這是該文的價值所在。然而，或許正因篇幅短小，而所

〔註19〕詳參王永健〈憤懣心頭借筆頭——從《精忠記》到《精忠旗》〉《江蘇師院學報‧哲社版》（1982 第 2 期），頁 40～46。

〔註20〕馮其庸很早即指出明末熊廷弼、袁崇煥冤死事件，可能促使馮夢龍詳訂《精忠旗》。詳參〈讀傳奇《精忠旗》〉《戲劇報》（1961 年 11 月～12 月）。後馮氏〈岳飛劇的時代精神及其他〉（光明日報 1964 年 11 月 22 日）亦持時代觀點論及其他岳飛戲，然皆只有點到為止，未能具體詳加論證。另宋克夫在論析《精忠旗》的主題時，則能緊扣「明末這個特定的歷史環境」加以探討，算是目前此類研究的較佳之作。詳參〈試論《精忠旗》的悲劇衝突和主題〉《湖北大學學報‧哲社版》（1987 第 2 期），頁 14～20。

〔註21〕詳參康保成〈清代政治與岳飛劇的興衰〉《中州學刊》（1985 第 2 期），頁 84～87。

〔註22〕賈璐〈英名赫赫彪青史 梨園世世演精忠——岳飛戲曲淺探〉收入《岳飛研究》第二輯（鄭州市：中原文物編輯部，1989 年 7 月），頁 264～282。

要探討範圍又大，因此處處顯得疏落、單薄。如時代背景只略述普遍而共同的概況，並無法抓出該時代對岳飛評價的直接證據。因而在探討岳飛戲時，既不能就時代需求以見證該時代岳飛戲的共同特色，又不能就岳飛戲在各朝代之變化提出合理說解。如此，雖然作者企圖將岳飛在戲曲上的形象做一完整觀照，但最終成果仍如同眾多研究般：只指出變了什麼，卻未能透過細密的論證說明如何變？為何這樣變？

　　經由以上對岳飛戲曲研究之探討，可知其共同缺失是將文本獨立出來，以作者的創作意識為據，對作品進行評點式的解說。如此，非但忽略了文體類別的演進，更將時代精神、社會需求、環境壓力等，促使岳飛戲曲發展演變的重要因素，僅僅視為流傳過程中單純的因果背景。何況就岳飛形象的建構來看，造成其形象在各朝代演變的因素眾多，彼此間又常交互影響，光是通俗文學表現岳飛的形式，就不只戲曲一項，而且會因不同的敘事模式而有不同的增強所在。因此，研究時若僅以戲曲材料為限，則岳飛形象的完整性勢必將要受到局限。

　　此外，在岳飛戲曲的研究中，尚有兩種旁出類型：一是承岳飛歷史研究的餘緒，對岳飛戲曲中不符史實者加以糾出，甚至詳加辨正。〔註23〕二是凸顯西方戲劇學中「悲劇理論」的研究，將某部岳飛戲視為印證其理論的材料之一，從而判定此部岳飛戲是否可稱為「悲劇」。〔註24〕這兩類研究雖各有其價值定位，然其研究觀點及成果，對於岳飛戲曲（甚至岳飛形象）在歷代的流傳演變並不相干，因此其成果僅供參考，並非是本論文所要研究的範圍。

三、岳飛的小說研究

　　岳飛小說有短篇話本和長篇演義，創作刊刻皆在明清兩代。岳飛短篇話

〔註23〕如李安〈戲劇中有關岳飛劇情的修正研究〉《暢流》63 卷 7 期（1981 年 5 月），頁 9～13；董鼎銘《歷史劇本事考評》（台北：臺灣商務印書館，1987 年 1 月），頁 261～266 有關岳飛戲的部分。

〔註24〕大陸戲曲學者王季思等人於 1980 年編《中國十大古典悲劇集》，選入《精忠旗》。而後張家榮的《「中國古典悲劇」論定與構成之擬議──以十大古典悲劇為例》（臺灣師大中文所碩士論文，1998 年）列出種種「悲劇條件」詳加審析，最後判定《精忠旗》不屬於「悲劇」。而洪素貞《元雜劇的悲劇觀》（臺灣師大中文所碩士論文，1988 年）以西方「悲劇」觀點判定《東窗事犯》不是「悲劇」，但卻肯定《精忠旗》是「悲劇」。此外，其他涉及戲曲理論的相關著作，對「岳飛戲是否為悲劇？」仍處於各有立場的狀態。

本的研究較少，主要是譚正璧對〈胡毋迪吟詩〉考述其本事源流。〔註 25〕長篇演義的研究則以《說岳全傳》爲主，早期研究可分爲兩類：一是版本源流考證，梳理岳飛小說在明清時期的流傳狀況。〔註 26〕二是將《說岳全傳》視爲一種小說類型，如「戰爭小說」、「軍事演義」、「國家安危主題」、「家將英雄小說」等，從而探討這類小說在主題內容的共同特色，諸如「天命因果、忠奸對立、二代英雄」等。〔註 27〕以上關於岳飛的小說研究，雖各有開拓之功，然仍處於簡略階段。

張火慶《說岳全傳研究》是前述岳飛通俗文學研究的集大成。〔註 28〕該論文分成兩篇：第一篇是元明清時期相關岳飛戲曲小說的內容略述。第二篇才進入《說岳全傳》之本文研究，並再分七章依序探討「天命因果的神話背景、岳飛的英雄造型、書生扣馬與受詔班師、冤獄始末與相關人事、部將分類與相關問題、昏君奸賊、地獄報應主題的情節、後集故事來源與風格」等。由於該論文關注的是小說的內容思想，故對前人觀點皆能加以論證發揮，以具體彰顯《說岳全傳》的敘事特色（如天命結構、英雄造型），〔註 29〕更能深

〔註 25〕參見譚正璧《三言兩拍資料》〈古今小說卷三十二，遊酆都胡毋迪吟詩〉（台北：里仁出版社，1981 年 3 月），頁 176～192。

〔註 26〕如孫楷第《中國通俗小說書目》卷二〈明清講史部〉（台北：木鐸出版社，1983 年 7 月），頁 57～60；鄭振鐸〈岳傳的演化〉《中國文學論集》（台北：明倫出版社，未註出版年月），頁 360～368。另錢靜方〈岳傳演義考〉只將《說岳全傳》和相關史傳進行虛實對照，參見《小說叢考》（台北：長安出版社，1979 年 10 月），頁 107～122。

〔註 27〕詳參夏志清〈戰爭小說初論〉《愛情‧社會‧小說》（台北：純文學出版社，1980 年 12 月），頁 107～140；馬幼垣〈中國講史小說的主題與內容〉《中國小說史集稿》（台北：時報文化公司，1987 年 3 月），頁 77～103；黃清泉等《明清小說的藝術世界》第九章〈家將英雄世界與《說岳全傳》〉（台北：洪葉文化公司，1995 年 5 月），頁 205～223；〔美〕C.T.Hsia（夏志清）〈軍事演義——中國小說的一種類型〉《成都大學學報‧社科版》（1990 第 4 期），頁 83～87。

〔註 28〕張火慶《說岳全傳研究》（東海大學中文所碩士論文，1984 年）。

〔註 29〕論文第二章〈岳飛的英雄造型〉分成五節：「降生異象與幼年期：啓蒙教育與授業師；瀝泉神矛與良駒；槍挑小梁王與岳母刺字；英雄事業的展現——戰爭」。後作者又將此章重新整理成〈由說岳全傳看通俗小說天命與因果系統下的英雄造型〉，明確分成：1.神話與傳說——未入世前的因緣；2.段胎與幼年期——條件的具足；3.神矛與寶馬——英雄的裝飾；4.伙伴與部屬——英雄的肢體；5.戰爭與功業——果報的實踐。收入《中國小說史論叢》（台北：臺灣學生書局，1984 年 6 月），頁 147～172。

入探討「結拜觀念」、「丑角作用」等涉及民族性格的問題。〔註30〕如此，實有助於提昇《說岳全傳》在小說史上的地位。

　　然而，若以嚴苛的眼光加以審視，則此本論文仍有不足之處。如只注意到小說本身的內容思想，對於小說外圍的相關問題，如清初被列為禁書的政治效應、清中葉後的戲曲說唱多從中取材之文學發展等，皆未能充分論及。如此，實忽略了小說和時代需求、讀者接受、文學演進、市場經濟等眾多因素的聯繫，形成研究上的局限，致使部分論斷顯得缺乏理論架構的支持。此外，由於探討的重點只在小說內容的思想層面，對於小說本身的敘述藝術、人物塑造等皆未加深論，導致雖然研究成果頗為豐富，但卻無法和同類型小說（如薛家將、楊家將、狄家將等）之研究成果產生區隔，〔註31〕因此也就無法獨立彰顯出這部小說的個別性價值。同時，雖然作者亦運用歷史、傳說和戲曲等資料，然大都只是用來就某些情節進行溯源考察。因此，儘管論述中對部分情節單元，在不同時代和文類中的異同有所指陳，然對其間促使如此演變的種種因素卻未加深究。以上，與其說是研究成果的不足，不如說是因為研究方法和研究對象之不契合所造成的必然局限。畢竟《說岳全傳》只是「岳飛故事」長期流傳中的一個「點」，要想由「點」窺「面」，實難以真正掌握故事的全盤發展。〔註32〕

　　此外，研究岳飛小說的其他短篇論述，大多只針對《說岳全傳》的主題思想、岳飛形象等略加探討（此將綜析於第四章），非但新意不多，其成果亦無法超越前述的長篇論文。其中，賈璐在〈岳飛題材通俗文學作品摭談〉一

〔註30〕論文第五章探討結拜觀念、丑角牛皋。後作者有〈以岳傳的牛皋為例——論中國戰爭小說的丑角〉更加詳論之，收入《中國小說史論叢》，頁253～286。

〔註31〕如張忠良《薛仁貴故事研究》（臺灣師大國文所碩士論文，1980年）；卓美慧《明代楊家將小說研究》（逢甲大學中文所碩士論文，1994年）；成始勳《狄家將通俗小說研究》（政治大學中文所碩士論文，1996年）；許秀如《狄青故事研究》（文化大學中文所碩士論文，1996年）等，這些論文中所探討的所謂主題思想，不外乎是前述夏志清、馬幼垣等人針對此「類型小說」所指陳的「類型特色」。

〔註32〕此正如馬幼垣所說：「過去研究中國通俗文學的學者，絕大多數都是以一書或一作者為範圍。遇上「說岳全傳」、「三俠五義」一類作品，其主要人物是經過漫長歲月演衍而成，變易的過程也不限於一種文體：單以一書為研究範圍，即使盡窮此書本身的上承下變，局限性仍然不能免。」見氏著〈三現身故事與清風閘〉，收入陳鵬翔《主題學研究論文集》（台北：東大圖書公司，1983年11月），頁254～255。

文中指出：現存《說岳全傳》的版本和清初遭禁前的版本不同。〔註33〕如此，可說爲清初的禁書政策，對岳飛小說流傳之影響提出證據。同時，也印證了研究岳飛課題時，必須充分考察時代需求、政治效應的必要性。

四、岳飛的故事研究

近年來「故事研究」已成爲一種研究方法的類型（下節詳論之）。在岳飛的相關研究論述中，以「岳飛故事」爲題者，期刊論文有包紹明〈岳飛故事的流傳與演變〉，〔註34〕學位論文有洪素眞《岳飛故事研究》。〔註35〕以下分別加以述評：

包紹明〈岳飛故事的流傳與演變〉：此文以「萌生（宋元）、演繹（明）、演化（清）」爲故事發展的三階段，雖然作者再三強調岳飛故事的流傳，帶有明顯的「時代印記」，然仍只著重於文學作品本身內容的變異分析，對歷史、傳說等資料的運用，終究是點到爲止；加上篇幅短小，對作品只能擇要論之，故顯得廣度不足。然而，作者能將戲曲、小說合論，算是肯定文學流變中不同文藝形式的交互影響。

洪素眞《岳飛故事研究》：論文的主體架構爲：第二章「史傳之岳飛事蹟及宋元時岳飛故事的流傳」；第三章「明代岳飛故事的發展」；第四章「清代岳飛故事的成熟」；第五章「岳飛故事情節主題探討」；最後以「論岳飛民間造型」作結。作者在第一章「緒論」中自述其研究方法，主要是運用曾永義提出的民間故事「基型、發展、成熟」三階段理論，做到縱向探討（第二至四章）、橫向解剖（第五章），且強調牽涉到的層面「涉及各種文學體裁，資料非常繁複」。就岳飛通俗文學的研究史來看，洪素眞這本論文算是繼張火慶《說岳全傳研究》之後，再度出現的長篇論著，具有重要地位，因此值得詳加評析以爲後學借鏡：

首先，在研究材料方面：關於岳飛的說唱資料很早就被整理成冊，〔註36〕

〔註33〕參見賈璐〈岳飛題材通俗文學作品摭談〉《岳飛研究》第三輯（北京：中華書局，1992年9月），頁341～343。

〔註34〕詳參包紹明〈岳飛故事的流傳與演變〉（上）《福建師範大學學報·哲社版》（1994第4期），頁64～69。包氏此文只探討到明代，是否尚有（下）篇？因遍蒐未見刊載，故不得而知。

〔註35〕洪素眞《岳飛故事研究》（臺灣師大國文所碩士論文，1999年）。

〔註36〕杜穎陶、俞芸《岳飛故事戲曲說唱集》（上海：古典文學出版社，1957年）。

但直到洪氏才正式將其視爲研究材料之一，這是其價值所在。然對於岳飛的歷史研究成果則未能善用，甚至刻意和「史學研究」區隔，而自我局限於所謂「俗文學研究」。〔註37〕如前述，南宋對岳飛的歷史記載本身就充滿文學傳奇，而後代在創作岳飛俗文學時亦見虛實論爭。因此，歷史和文學的混淆不清，正是「岳飛」研究課題的特質所在。而洪氏竟然排除史學研究的觀點和成果，可見其對「研究對象」的掌握有欠周全。此外，洪氏雖然採用少量岳飛傳說，但卻未能如同戲曲小說般，依不同時代分類論述，而只將相關傳說停留在點綴作用。事實上，關於岳飛軼事傳說的資料頗豐，不同時代各有不同的關注焦點，而且常和戲曲小說產生交互影響，是極爲重要的研究材料，應更加廣蒐並運用之。

其次，在研究方法方面：論文自述其運用說唱資料，只在「簡介其說唱形式及內容」，並未就其意涵進一步深論之。如此，只陳列出岳飛故事的說唱作品，卻未能進一步說明其在岳飛故事的流傳脈絡中，到底扮演怎樣的角色？又相較前代故事的主題變異，反映出何種時代需求和庶民文化？若以此要求來檢視洪氏對其他文類的處理，可見同樣是多述少論，只停留在內容介紹，而未能就不同時代、不同作品抓出情節增刪處，再據以深論故事的主題流變及時代意涵。如此，儘管該論文的研究方法運用了「民間故事發展三階段」的理論，可惜大都只停留在章節安排而已；在實際論述時，對於三階段間最重要的「孳乳展延因素」，〔註38〕則未能詳加考察推論。

再次，在所謂「橫向解剖」及「民間造型」上：論文的第五章區分出五個小節，節目各爲：「英雄奇生、成長試驗、功業展現、忠奸對比、補恨手筆」。以上，即爲所謂岳飛故事之「橫向解剖」，然實際只就《說岳全傳》的敘事引證。這部分的論述若和《說岳全傳研究》相較，則無論在方法、材料或觀點上都相對地顯得較爲薄弱，以致在研究成果上難以超越。因爲《說岳全傳研究》在論述中猶且追溯歷史演變，而這本《岳飛故事研究》卻只純就小說的文本舉例而已，這是疏於考察前人研究成果所致。再就第七章「結論」來看，

後台北明文書局於 1988 年 7 月，以原書名再版。
〔註37〕參見洪素眞《岳飛故事研究》第一章「緒論」，頁 2～3。
〔註38〕曾永義指出民間故事發展的三個過程中，有其孳乳展延的因素，主要是兩個來源：文人學士的賦詠和議論，庶民百姓的說唱和誇飾。另有四條線索：民族的共同性、時代意義、地方色彩、文學間的感染合流。參見〈從西施說到梁祝——略論民間故事的基型觸發和孳乳展延〉《說俗文學》（台北：聯經出版社，1984 年 12 月），頁 163。

論文以岳飛在戲曲、小說和傳說中的形象論所謂的「民間造型」。事實上，由前述的歷史研究可知：從南宋時代到民國時期，無論是官民／士庶、歷史／文學，岳飛予人「盡忠報國」的形象始終沒有任何的改變。如此強烈而統一的形象，正是「岳飛」異於他人之處。如以同類型的小說人物來看：楊延昭、狄青、薛仁貴等，他們原本皆為歷史真實人物。然而，一旦進入通俗文學，群眾對他們的認識即依此為據，形成同一人物卻有歷史真實和文學藝術兩種不同的形象。同時，由於史書記載簡略、小說敷演活潑，故歷代對他們津津樂道的事蹟，皆以文學虛構為主。而岳飛形象的流傳卻不盡同如此，其立傳過程虛實並參、歷代史家頻頻辨正、統治者更是將之引為忠孝教材。如此，皆使岳飛形象在流傳的過程中，其所謂「歷史真實」的一面，不致全為「文學虛構」所覆蓋。當然，兩者混同才是岳飛形象的最大特色。然而，洪氏不察於此，竟刻意區隔出「岳飛民間造型」，自我設限於其所謂的「俗文學」範圍，導致其研究結論和研究對象本質有難以完全契合之偏頗效應。

五、岳飛的詩文研究

岳飛雖是武將，卻有詩文傳世，僅岳珂以《經進家集》名義所收錄的岳飛作品就有十卷，[註39] 自奏議、公牘、書檄，以至律詩、樂府歌詞與題記，無所不有。「其中的奏議和公牘等雖必有出自幕僚之手者，而詩、詞、題記則必皆岳飛親自所寫。」[註40] 這是岳飛和傳統武將的不同，是研究「岳飛」不可忽略處。

然而，和其他類別的岳飛研究相比，岳飛的詩文研究相對較弱，主要可分成二大類：一是圍繞〈滿江紅〉詞的研究，如針對岳飛作此詞的真偽展開考證論辯，或將此詞聯結岳飛冤獄進行探討，或透過詞意賞析來看岳飛其人。[註41] 二是就岳飛的詩詞題記，配合其生命歷程，論述岳飛的文才、性格與

〔註39〕岳飛生前無文集，被害後文稿散佚。岳霖搜訪舊聞後命岳珂整理，其匯輯 164 篇，取名《經進家集》，後收入《金佗稡編》。明嘉靖十五年，徐階編《岳武穆遺文》一卷，收入《四庫全書》。清乾隆時黃邦寧編《岳忠武王文集》八卷，收文 175 篇；光緒時錢汝雯編《宋岳鄂王集》共收 199 篇。1988 年，大陸學者郭光輯注《岳飛集輯注》共收 204 篇。參見郭光《岳飛集輯注‧後記》（中州古籍出版社，1997 年 5 月），頁 581～583。

〔註40〕鄧廣銘《鄧廣銘治史叢稿》，頁 632。

〔註41〕1954 年 10 月，余嘉錫在《四庫提要辨證》卷二十三〈岳武穆遺文〉中，按語〈滿江紅〉疑明人偽托，後夏承燾、孫述宇更在此基礎上，提出具體問題以

心態等。〔註 42〕因此，目前關於岳飛詩文的研究，仍處於起步階段，且大多被視爲是歷史研究的一部分。值得注意的是歷代詞家、詞作中，恐怕還沒有哪一個人？哪一闋詞？能夠像岳飛〈滿江紅〉般，引起近代文史學界如此廣泛而深入的討論，甚至有人斷言只有像岳飛這樣盡忠報國的人，才做得出像〈滿江紅〉這樣慷慨激昂的詞。可見，岳飛所透顯出來精神力量有多大。而這種「岳飛精神」，對於岳飛形象及相關評價、作品的歷代流傳，應有重要的推動意義。特別是傳統士大夫階層，要尋找他們認同岳飛的文化根源，若捨棄對岳飛詩文的考察，而僅從「武將」、「英雄」等角度來看，就算詳盡岳飛在小說、戲曲中的種種表現，恐仍難以眞正理解其中的奧妙所在。

小 結

　　經由以上岳飛研究概況的探討，可知各類研究在成果繁盛之餘，仍存有許多尚待加強的空間。其中，對「岳飛」這一研究對象的特質分析，應是最重要的。然以目前岳飛研究的整體成果來看，卻反而是最受忽略的，致使辛苦研究出來的成果，無法和類型小說、類型人物產生有效的區隔。同時，自岳飛冤死後，其事蹟長期流傳，而且流傳型態頗多，除了傳說、戲曲、說唱、小說等，更有文人的議論吟詠和帝王的封諡鼓舞，而這些在流傳過程又常彼此影響。因此，若僅就某一文類來研究岳飛，其成果必將有所局限或產生誤差。

　　以「岳飛」的材料屬性和發展狀況而言，「故事研究」應是最周全的研究方法。而其之所以周全，正因能夠在學科整合下，廣蒐材料彼此驗證；並且善用方法、觀點以爲解剖利器，明確故事演變過程中，變與不變之間的深層意涵。然而，儘管洪素貞以《岳飛故事研究》爲論題，但卻在研究材料上自我設限，滿足於所謂「俗文學」的框框；而在研究方法的操作上，亦只停留在章節分配的入門階段。這樣的不足，探究其因正是對前人研究成果缺乏相應的理解，同

　　質疑。此後各方即展開論辯，目前雖尚未完全定案，然認定〈滿江紅〉是岳飛所作幾成公論。雙方所提的問題與論辯，詳參郭光〈岳飛的《滿江紅》是贋品嗎？〉《岳飛集輯注》，頁 489～501；鄧廣銘〈再論岳飛的《滿江紅》詞不是僞作〉《鄧廣銘治史叢稿》，頁 631～649。另其他關於〈滿江紅〉的論文頗多，可參前註查良美〈岳飛研究報刊論文索引〉。

〔註42〕如席康元〈百代雄文照青史——武穆文才芻議〉、蔣文安〈從詩詞題記看岳飛其人〉、馬強〈論岳飛的性格、心態、悲劇〉，分別收入《岳飛研究》第一、二、三輯，頁 237～267、頁 223～238、頁 53～69。

時忽略研究對象本身的特質，從而未能選擇相應的研究方法和觀點。

第二節　研究方法

　　近年來台灣地區的碩博士論文中，從事故事研究之風氣頗盛。〔註43〕「故事研究」已然成為一種研究類型。〔註44〕這類研究的對象，主要是指由具體文本中抽繹出來的故事結構，而且因其流傳久遠，已經具有某些足以使人辨識的特點，它可能是故事中的人物典型，或是大致固定的情節架構。正因為其牽涉到長時期的演化，和好幾種不同的文體，故被稱為「主題學課題」，而研究此課題的方法則被稱為「主題學研究」。〔註45〕

　　在中國文學內，雖然適合主題學研究的課題甚多，〔註46〕但實際的研究成果卻大都是「只顧考證故事的增衍異同，而未及探尋其孳乳延展的根由」。〔註47〕如此，只能算是「主題史研究」，而非「主題學研究」。陳鵬翔因此指出：「研究文學主題應把它們跟作者以及其時代繫聯，直接切入到美學層面（即技巧意圖等等）的探討。」陳氏以過去王昭君的故事研究為例，認為其缺失都在「不懂得把故事跟時代的宰執力量、作者意圖（而這意圖常常是受到時代的需求所制約的）這些因素聯繫起來，所做的都是故事的孳乳流傳史，而甚少探問推測其何以會這麼演變流傳。」〔註48〕而故事演變流傳的動力，必

〔註43〕參見林鶴宜〈台灣地區「中國古典戲曲」研究博碩士論文寫作概況（民國四十五──八十二）〉其中「主題研究」部分所列之論文題目，以「某故事研究」為名者，即多達二十餘篇。《國文天地》9卷5期（1993年5月），頁96。

〔註44〕吳儀鳳將這類「故事研究」依其方法和角度不同，歸納出五種類型：1.本事源流考；2.故事演變史；3.恢復版本原貌；4.改編本；5.不同表現形式。而此五者彼此間往往有重疊現象。參見〈「故事研究」與「主題學研究」之比較〉《輔仁國文學報》14期（1999年3月），頁171～176。

〔註45〕「主題學研究」由陳鵬翔引進，其所下定義：「主題學研究是比較文學的一部門，它集中在對個別主題、母題，尤其是神話（廣義）人物主題做追溯探源的工作，並對不同時代作家（包括無名氏作者）如何利用同一個主題或母題來抒發積愫以及反映時代，做深入的探討。」〈主題學研究與中國文學〉《主題學研究論文集》，頁5。

〔註46〕馬幼垣早於1978年發表的〈三現身故事與清風閘〉中，即指出在中國文學中，如包公、孟姜女、王昭君、白蛇、八仙、楊家將、狄青、乃至岳飛等，皆是主題研究的課題。參見《主題學研究論文集》，頁255。

〔註47〕陳鵬翔〈主題學研究與中國文學〉《主題學研究論文集》，頁7。

〔註48〕陳鵬翔〈主題學理論與歷史證劇〉《中國神話與傳說學術研討會論文集》（台北：漢學研究中心，1996年3月），頁343、350。

須根據「歷史證據」來論斷，即由時代精神、社會需求、環境壓力、文體興遞等去推論理解。如此研究方法的要求，和前述曾永義所提出的「兩個來源、四條線索」頗有相通之處。（詳見註38）

　　主題學的方法雖有利於研究故事的流傳演變，然較偏重於作家層面的考察。事實上，所研究的人物一旦跨越不同時代，其形象主要是隨著作品構成，而作品包含二種基本主體，即作家和讀者群。〔註49〕因此，「接受美學」〔註50〕強調讀者在文學發展中，具有舉足輕重的地位，〔註51〕並且提出「期待視野」的概念，認為在文學接受活動中，讀者原先各種經驗、趣味、理想等，會綜合成對文學作品的一種欣賞前提和要求，而在具體閱讀中，表現為一種審美的期待。〔註52〕透過此概念，既把作家、作品與讀者連接起來，又把文學演進與社會發展溝通起來。因此，讀者對作品的接受，是「歷時性」和「共時性」的統一，前者指作品在不同時代會得到讀者不同的接受和評價；後者為同時代不同讀者對同一作品的接受和評價會有所不同。故可知作品人物的歷史形象，是生活在該歷史的讀者所賦予的。因為讀者在接受人物時，多少也參與了人物形象和價值的創造。〔註53〕對此，廖棟樑以《楚辭》接受史研究為例，提出研究時「必須從史料中尋找讀者們當年對文學作品的複雜的反應，研究不同時代的讀者為何對一部作品有不同意見的原因，指出讀者們在不同時代不同環境下對作

〔註49〕作家和讀者是一種相對的區分，而非絕對劃分，因為作家常是別人作品的主要讀者，其在創作時，同時具有「接受與開拓」的心理。參見林驊、宋常立《中國古代小說戲曲藝術心理研究》（天津古籍出版社，1996年6月），頁58。

〔註50〕接受美學產生於六十年代的德國，主要是強調從讀者經驗重新認識和把握文學的歷史性。相關理論詳參周寧、金元甫譯《接受美學與接受理論》（瀋陽：遼寧人民出版社，1987年）；朱立元《接受美學》（上海人民出版社，1989年）；馬以鑫《接受美學新論》（上海：學林出版社，1995年）。

〔註51〕接受美學家姚斯強調讀者在文學發展中的重要，主要體現在三方面：1.讀者不是被動消極地接受文學作品，相反的，其自身就是歷史的一個能動的構成；2.讀者賦予文學發展以歷史的連續性；3.在讀者的接受中，也在一定程度上參與了作品意義和價值的創造。參見周寧、金元甫譯《接受美學與接受理論》，頁24～25。

〔註52〕姚文放指出：「接受者作為社會存在物，他的期待視野也有一個完整的社會參照系，這是由時代精神、民族心理、文化傳統等一般環境，社會出身、經濟來源、文化教養、社會交往、生活遭遇等特殊情境，以及在生活中偶然發生的個別動因這三個層次構成完整系統。」〈期待視野與文藝接受社會學〉《天津社會科學》（1991第1期），頁65。另參馬以鑫《接受美學新論》，頁72。

〔註53〕參見劉上生《中國古代小說藝術史》第二章第五節〈接受意識主導的階段〉（長沙：湖南師範大學出版社，1993年），頁69～77。

品的期待心理、審美情趣、文學愛好以及對作家創作的影響」。〔註54〕

本《岳飛故事研究》,除了運用上述「主題學」、「接受美學」爲論述架構的理論基礎外,尚且注意到三個重要的考察觀點:

一是市場經濟的觀點:宋代以後商品經濟發達、市民階層興起,〔註55〕發展至明代中後期,江南地區經濟有「資本主義萌芽」之稱。〔註56〕此對通俗文學的最大影響,即是促成「小說商品化」。作家(或出版者、展演者)在編創作品時,基於銷售利益,難免有商業化考量(如:內容討好讀者、形式粗略改編、混合流行敘事等),進而影響到人物形象和故事發展。由於此現象盛行之際,正是岳飛小說刊刻最多之時,故而採用如此觀點。當然,從市場經濟來看小說商品化,此課題就古典小說研究而言,是非常重要而且極待開拓的新領域,實非本文所能詳論之,何況此課題非本文研究重心,故只擷取其重要觀點,以爲考察岳飛故事發展的部分詮釋。

二是史傳精神的觀點:岳飛故事的創作取材於史傳文學,因此不管其文藝型態是小說或戲曲,若由史傳文學的精神特色來加以考察,對於岳飛在民族文化上的地位,以及促使岳飛故事流傳的動源,應能有所啓發。何況民國以來關於岳飛的歷史研究,皆強調要回歸岳飛的歷史真相,其中又以釐清群眾的「錯誤認知」爲首要(如:岳飛愚忠的形象),但有趣的是群眾對岳飛歷史的了解,或是說群眾所建構出來的岳飛歷史,則大多是經由通俗文學的教化所致(特別是小說)。如此,已牽涉到「小說和史傳」的研究課題,此課題在古典小說研究中有愈來愈受重視的趨勢,然在跨時代的人物故事研究上,則少見能由史傳精神去探討其演變的意義。

三是庶民文化的觀點:雖然岳飛的歷史實錄,在南宋時遭到秦檜父子有計畫地銷毀、竄改,但是民間卻普遍流傳關於岳飛的軼事傳說,且因感念岳飛而

〔註54〕 廖棟樑〈接受美學與《楚辭》學史研究〉《中國文學史暨文學批評學術研討會論文集》(台北:政治大學,1996年12月),頁68。

〔註55〕 「商品經濟」參見姚瀛艇《宋代文化史》(中和:雲龍出版社,1995年9月),頁15～17。「市民階層」詳參謝桃坊《中國市民文學史》第一章〈中國市民社會的形成及特點〉(四川人民出版社,1997年10月);段玉明《中國市井文化與傳統曲藝》第一章〈市井文化的形成〉(吉林教育出版社,1992年6月)。

〔註56〕 詳參陳學文《明清社會經濟史研究》(台北:稻禾出版社,1991年);谷風出版社編輯部《明清資本主義萌芽研究論文集》(台北:谷風出版社,1987年);南京大學歷史系明清史研究室《中國資本主義萌芽問題論文集》(江蘇人民出版社,1983年)。

立廟立祠加以供奉，或是在廟會活動中演出岳飛的故事。因此，對岳飛課題的研究，亦該透過「小傳統庶民文化」的角度加以考察。〔註57〕如此，可以探索中下階層群眾崇敬岳飛的真正因素何在？是隨著政治力量起舞，或是受到士大夫的號召，還是有其自發性的內在根源？同時，歷代流傳的岳飛故事，對庶民文化又給了什麼樣的回饋？造成怎樣的影響？這些都必須由此考察。

第三節　考察範圍與研究取徑

一、考察範圍

（一）時代範圍

過去關於岳飛戲曲、小說的研究，極少涉及民國以來的時代。然而史學界卻頗能注意到「對日抗戰」和「反攻大陸」時期，「岳飛」如何影響著當時社會。因此，研究「岳飛故事」若只將腳步停留在清代，這是對「岳飛」這一研究對象缺乏了解所致。畢竟岳飛故事創作發展的動力，並不在於文學表現型態的改變（如：新文學運動興起使傳統的戲曲小說式微），而在於時代需求、社會心理等之激發。所以本《岳飛故事研究》考察的時代範圍，即由岳飛生存的宋代開始，歷元、明、清三代，迄於民國時期（1912～1999）。

（二）資料範圍

學科整合是「故事研究」的重要基礎，除了不同的文學類型外，人物史料、後代史評，乃至於地方志書等，皆是重要的研究資材。特別是有鑑於岳飛歷史成書的特色，故不可逕以《宋史・岳飛傳》來定義所謂「歷史上的岳飛」，而必須廣蒐時人、後人相關之文史論述、廟記碑誌等。同時，更不可局限於岳飛「歷史武將」、「戰爭英雄」之刻版印象，而忽略岳飛曾創作大量詩文的事實。總之，過去的岳飛研究，大都限於種種原因，諸如：文類、篇幅、偏見、對岳飛特色缺乏相應理解等，而在資料考察上不能充分拓展出去，導

〔註57〕大傳統與小傳統的概念爲 R.Redfield 提出，他認爲在一文明中，大傳統是屬於「深思的少數人」底，而小傳統則是屬於「不思的多數人」底。日人務台裡次則翻作「高次元傳統」和「低次元傳統」，並以前者是形成一民族精神的最高目的，後者是大眾因襲的風俗習慣，且前者必有若干思想爲後者的指導原理與信念。參見鄭志明《中國社會與宗教》（台北：臺灣學生書局，1986年7月），頁349。

致論證不嚴、成果偏頗等效應。因此，本《岳飛故事研究》在蒐羅考察的資料時，雖有擬定主要方向，但並不在範圍上設限，大致含括了正史、地方志、史家評論；戲曲、說唱、小說、筆記、軼事、傳說；岳飛詩文作品、文人吟詠、頌弔贊（廟記、亭聯、碑誌）；姓氏族譜、年譜等。

二、研究取徑

依照岳飛故事的發展特徵，配合主題學的研究方法，故以「時代」來做為岳飛故事孳乳流傳之區分階段，並集中於三個論述核心：

首先，必須理會出「時代」與「岳飛」如何產生緊密的聯繫？而在彼此交會後，又形成怎樣的故事發展背景？這方面必須區分為四個階段來考察：一、宋元時代是岳飛故事的醞釀期，透過對岳飛「戰功」和「冤死」之歷史梳理，探求岳飛史實如何能進入故事系統，以及可能促使流傳之動源。二、明代中葉以後，在土木之變、外族屢犯的時勢刺激下，朝野非常崇敬岳飛，甚至詔敕封神。如此強烈的時代需求，使岳飛在明代大為揚眉吐氣，無論是評價、傳說或戲曲小說皆得到繁榮的發展，故為岳飛故事重要之發展孳乳期。當然，明代中後期商品經濟的空前發達，對於通俗文學創作發展的鼓舞，也是重要因素。三、清初《說岳全傳》集舊有岳飛故事之大成，岳飛故事的發展至此進入成熟階段。然因滿清號稱「後金」，頗忌岳飛，故清初「岳飛」即被趕出武廟，《說岳全傳》亦被列為禁書，直到清中葉方才解禁，如此造成岳飛故事創作上的空白期。四、民國時代，先因對日抗戰，使民族英雄岳飛再度得到朝野認同，後因兩岸分裂，即隨各自的政治立場、時代需求，而對岳飛有不同評價。然由於封建時代結束、國民教育普及，過去肯定岳飛「忠君」的評價，以及寄託鬼神的故事內容皆已不合時宜，故民國以來是岳飛故事的轉型期。總之：岳飛故事自宋代以迄民國，分別經歷「醞釀、發展、成熟、轉型」等階段，這些階段都有各自的時代精神、社會需求和環境壓力，使岳飛受到的時代評價隨之高低起伏，而此又直接影響到岳飛故事創作的主題。

其次，以「主題學」和「接受美學」的角度來研究岳飛故事，自然不可將詮釋的範圍局限在文學作品本身，舉凡當時代執政者對岳飛的政治態度、士人評論、文人吟詠等代表文化大傳統的觀點；或是通俗小說、民間戲劇、說唱活動、宗教信仰等代表小傳統的庶民文化，都可作為時代精神、讀者反應的「歷史證據」來運用。當然，文學作品仍是故事研究最主要的文本。因

此，每階段除了注意故事中岳飛形象、情節單元的改變外，更須彰顯出該時代作品主題的共同特色，如此方能具體解釋故事情節變異之因由。最後，再從該時代所有的岳飛故事中，擇其最具代表性的文本深剖詳析，以和時代精神、社會文化、群眾心理等來彼此印證，使作品的內在意涵和外在世界能夠結合，如此方能確切探究出岳飛故事的流傳動源。

　　最後，經由各階段文學作品和歷史證據的交互討論後，再以「岳飛故事流傳的文化意涵」為考察重點，企圖將整體故事的研究成果提昇到理論層次。透過「岳飛故事歷代盛傳」的現象，從中探究「岳飛崇拜」的文化根源。這其中除了有華夷之辨的民族精神外，岳飛和士大夫的心靈契合、和下層軍民的生存情感等，皆是值得加以考察的層面。此探討就積極面而言：群眾透過英雄悲慘命運的故事，不斷地進行歷史省思，體悟到民族衰敗的真正原因在於內耗，而具體表現在中國文化中對昏君、奸臣的痛恨。再就消極面來看：為什麼好人總是沒有好的下場呢？這種現實生活中不可抗拒的無奈，長期積累，遂使群眾用天命因果來詮釋英雄的悲慘命運。如此的思想，不僅具體表現在通俗小的敘述結構中，事實上也是中國人心理和性格的反映。

第二章　宋元時代的岳飛故事──醞釀期

　　本章首先梳理岳飛在宋代的歷史事蹟，考察焦點在於岳飛死後最受議論的「戰功」和「冤死」兩方面，從中挖掘出岳飛故事的基源。其次，探討岳飛死後，宋元朝野對其人其事的態度及評價重點，從中看出時代需求、社會心理、政治壓力等對岳飛故事醞釀之影響，而這同時也是當時人們接受岳飛故事的具體反映。再次，論述宋元時期流傳的岳飛故事，宋代商品經濟發達、城市文娛興盛，〔註1〕這有助於岳飛故事的發展，然因無文本流傳下來，故只能就相關的傳說軼事，探尋後代岳飛故事主要情節的基源；元代因雜劇成熟，故有完整的岳飛戲劇本留存下來。最後，擇定元雜劇《東窗事犯》為宋元時期岳飛故事的代表作，析論其主題與時代、社會等互動關係。

第一節　歷史上岳飛的戰功和冤死

　　岳飛一生頗富傳奇性，其「戰功」和「冤死」非但是歷代朝野評價的焦點，更是所有岳飛故事極盡渲染發揮處。特別是岳飛的命運──戰功大卻冤死慘，如此強烈而不協調的衝擊，使故事接受者被激發出一種悲情意識，而此又促使岳飛故事再流傳下去。因此，本節梳理歷史上岳飛的戰功和冤死，從中探求岳飛故事的情節基源。

〔註1〕詳參姚瀛艇《宋代文化史》（中和：雲龍出版社，1995 年 9 月）；謝桃坊《中國市民文學史》（成都：四川人民出版社，1997 年 10 月）；段玉明《中國市井文化與傳統曲藝》（吉林教育出版社，1992 年 6 月）；胡士瑩《話本小說概論》（台北：丹青出版社，1983 年 5 月）。

一、岳飛的戰功

岳飛（1103～1142）字鵬舉，相州湯陰縣人。少時好學，喜讀《春秋左氏傳》和《孫吳兵法》，曾學射於周同，有膂力，能挽引三百斤強弓，箭不虛發，是天生的將才。宋徽宗宣和四年（1122），年二十，應眞定路宣撫劉韐的招募，投入軍旅，爲敢戰士，雖然平賊有功，卻未得到恩賞。宣和六年（1124），再應募平定軍爲效用士，以功稍遷爲偏校。靖康元年（1126），金人入侵，徽、欽二帝北狩，北宋皇朝覆亡，史稱「靖康之難」。是年冬天，康王趙構（1107～1187）建大元帥於河朔，駐節相州，岳飛受命招降土寇，並於滑州擊敗金人，功遷秉義郎，初隸留守宗澤。

靖康二年四月，金人撤離開封，另立張邦昌爲帝，國號楚。然僞楚政權不得人心，張邦昌遂遣人送玉璽於趙構。五月，趙構於南京應天府即位，改元建炎，成立南宋政權，後來廟號高宗。當時宋廷中李綱、宗澤、張所極力主戰，然佞臣黃潛善、汪伯彥則執意偏安。岳飛乃於建炎元年（1127）六月間，上書責黃、汪等不能「恢復故疆、迎還二聖」，力勸宋高宗「親帥六軍，迤邐北渡」。〔註2〕結果岳飛竟因此遭到革職，罪名是「小臣越職，非所宜言」，乃往投河北招撫使張所。張所知遇岳飛，稱其：「殆非行伍中人。」〔註3〕於是，張所破格提拔岳飛，令其隸屬王彥。後來因與王彥不合，岳飛乃率所部自立，轉戰太行山區、屢破金兵。然終因孤軍難撐，岳飛復歸宗澤。留守司追究岳飛擅離之罪，依律當斬。因宗澤視岳飛爲不可多得之將材，故令其將功贖罪，後果大敗金兵、封升統制。而岳飛「運用之妙，存乎一心」的兵法見解，更是讓宗澤大加賞識。〔註4〕此後岳飛在宗澤麾下，屢戰皆捷，軍聲大振。

〔註2〕 岳飛在〈南京上皇帝書略〉原奏中，譴責的對象除黃、汪外，另有李綱。時李綱雖爲相，然主戰，故不能和黃、汪並論。參見〔清〕錢汝雯《宋岳鄂王文集》（台北：中國文獻出版社，1965年10月），頁27～28。

〔註3〕 張所嘗問岳飛：「聞汝從宗留守，勇冠軍，汝自料能敵人幾何？」飛答：「勇不足恃也，用兵在先定謀。謀者，勝負之機也，故爲將之道，不患其無勇，而患其無謀……。」所本儒者，聞飛語後，乃矍然起曰：「公殆非行伍中人也！」詳參〔宋〕岳珂《金佗稡編》卷四〈行實編年一〉（景印文淵閣四庫全書446冊）（台北：臺灣商務印書館，1983年），頁334。

〔註4〕 此見朱熹〈言行錄〉載兩人知遇：「秉義郎岳飛犯法，將刑，公一見奇之，曰：此將材也。會金人犯汜水，三月登城不下，以五百騎授飛使立功贖罪，飛大敗金人而還，遂升飛爲統制。公謂飛曰：爾智勇材藝古良將不能過，然好野戰，非萬全計。授以陣圖，飛曰：陣而後戰，兵法之常，運用之妙，存乎一心。公是其言，同參機務，飛由此知名。」收入《宗忠簡公集》卷八（台北：

　　南宋軍在抗金前線雖然戰果輝煌，可是卻朝廷傾向主和，先後罷李綱、貶張所，主戰的宗澤遂憂憤成疾，臨終時猶且大呼「過河！」。而岳飛則成為宗澤抗金大業「最忠實的繼承人」。〔註5〕如建炎三年（1129），岳飛跟隨杜充至建康，然杜充內不能平亂、外不敢抗金，不久竟叛國降金。當時，岳飛表明絕不投降的立場，在諸將潰去時還力主「忠義報國，死且不朽」。〔註6〕此時岳飛地位雖低，卻能在國難當前時，堅持愛國原則，表現出慷慨激昂的英雄氣概。不久，建康失守，敗潰的宋軍將士多行剽掠，然岳飛所率諸部卻以軍紀嚴謹著名，岳飛因此深得士大夫和軍民的敬重。〔註7〕建炎四年（1130），岳飛於「牛頭山戰役」，大破金兀朮收復建康，使江左形勢改觀，南宋政權得以偏安。〔註8〕當時宋軍多敗，岳飛立此大功，足以振作士氣，故高宗再三褒獎，加封岳飛為昌州觀察使通泰州鎮撫使。岳飛性格忠義，此時又充滿建功立業的熱誠，這可由其在建炎四年中所作之題記看出：

> 然俟立奇功，殄醜虜，復三關，迎二聖，使宋朝再振，中國安強。（〈廣德軍金沙寺壁題記〉）

> 近中原板蕩，金賊長驅如入無人之境，將帥無能，不及長城之壯。
> 余發憤河朔，起自相台，總發從軍，大小歷二百餘戰，雖未及遠涉

漢華文化公司影印清康熙四十五年刻本，1970年7月），頁551。

〔註5〕王曾瑜指出：岳飛一生受教誨最深的長官是宗澤，從「唾手燕雲」的矢志，到「連結河朔」的遠謀，甚至治軍、律己的嚴格，岳飛處處保留著宗澤的遺風餘烈，故可稱其為「最忠實的繼承人」。參見《岳飛新傳》（台北：谷風出版社，1986年10月），頁48。

〔註6〕此段事蹟略為：杜充棄京師，岳飛說之曰：「中原之地尺寸不可棄。」充不聽。後金人與李成共寇，充閉門不出。岳飛叩寢閣諫之曰：「大敵近在淮南，……公乃不省兵事，若金陵失守，此能復高枕於此乎？」充竟不出。……諸將皆潰去，獨飛力戰。飛瀝血屬眾曰：「當以忠義報國，……死且不朽，若降而為虜，叛而為盜，偷生苟活，身死名滅，豈計之得也！」辭色慷慨，士皆感泣。參見〔宋〕周應合《景定建康志》卷十四〈中興建炎以來為年表〉（台北：大化書局，1980年1月），頁851。

〔註7〕〔宋〕李心傳《建炎以來繫年要錄》卷三十一〈建炎四年正月丙辰〉條：「江淮宣撫司右軍統制岳飛自廣德軍移屯宜興縣。杜充之敗也，其將士潰去多行剽掠，獨飛嚴戢所部，不擾居民，士大夫避寇者皆賴以免。故時譽翕然歸之。」（台北：文海出版社，1968年1月），頁1188～1189。

〔註8〕此事略為：（建炎四年）四月，金人焚建康後，岳飛敗之於靜安。五月，兀朮復趨建康，飛設伏於牛頭山上待之，大破兀朮之眾。飛上奏：「建康為國家形勢要害之地，宜選兵固守。……臣乞益兵守淮，拱護腹心。」上嘉納，賜金帶鞍馬等，褒嘉數四。參見〔宋〕周應合《景定建康志》，頁852。

夷荒，討蕩巢穴，亦且快國仇之萬一。……建康之城，一舉而復……。
即當深入虜庭，縛賊主，蹀血馬前，盡屠夷種，迎二聖，復還京師；
取故地，再上版籍。（〈題宜興張氏桃溪園廳壁記〉）

建康之城，一鼓敗虜……。北踰沙漠，蹀血虜庭，盡屠夷種，迎二
聖歸京闕，取故地歸版圖，朝廷無虞，主上奠枕，余之願也。（〈題
五嶽祠盟記〉）

可見岳飛一生是以盡忠報國為志願，特別是當國家面臨外族侵略時，更使他
想挺身出來維護民族尊嚴。因此，當宋廷加封他時，岳飛即上奏云：

乞將飛母妻為質，免充通泰州鎮撫使，止除一淮南東路重難使，令
飛招集兵馬，掩殺金賊，收復本路州郡……，庶使飛平生之志得以
少快，且以盡臣子報君之節。〔註9〕

岳飛拒任高官，只求報國，就憑著這股滿腔熱誠，在此後十一年中，岳飛軍
安內攘外，戰功卓著。

與此同時，金人在軍事上接連受挫後，主和派的撻懶提出「以和議佐攻
戰，以僭逆誘叛黨」的主張。〔註10〕於是建炎四年七月，金朝先冊封前宋朝
濟南知府劉豫為「子皇帝」，國號「齊」；再於八月，將當年所俘虜的秦檜（1090
～1155）放歸宋廷。

從紹興元年（1131）起，岳飛討李成、破曹成，歷經一系列征戰後，使
岳家軍的人數發展為二萬多人，與當時三大將（張俊、韓世忠、劉光世）的
兵力差不多。宋高宗乃於紹興三年九月，御賜親筆書寫的「精忠岳飛」四字
旗。此時，岳飛安內雖頗有戰功，但他念念不忘的是攘外志願，如其〈題翠
嚴寺〉詩云：

秋風江上駐王師，暫向雲山躡翠微。忠義必期清塞水，功名直欲鎮
邊圻。山林嘯聚何勞取，沙漠群凶定破機。行復三關迎二聖，金酋
席捲盡擒歸。

又〈駐兵新淦題伏魔寺壁〉詩云：

雄氣堂堂貫牛斗，誓將直節報君仇。斬除元惡還車駕，不問登壇萬
戶侯。

可知，岳飛立志忠義報國，然其志願並非征服「山林嘯聚」，而在「鎮邊圻」、

〔註9〕　〔清〕錢汝雯《宋岳鄂王文集‧申省乞淮東路重難任使狀》（建炎四年七月）。
〔註10〕　〔宋〕宇文懋昭《大金國志》卷七（台北：廣文書局，1968 年 5 月），頁 108。

「報君仇」、「迎二聖」。同時，岳飛建功立業的熱誠，是出自「忠義、直節」，而非「登壇萬戶侯」。因此，僅管宋廷主戰並不積極，但岳飛早受宗澤薰陶，而於紹興元年即擬定「連結河朔之謀」，〔註11〕爲其日後的抗金北伐奠下良好基礎。

　　紹興四年（1134），僞齊聯合女眞來犯，岳飛敗之，收復襄陽、唐州、隋州、鄧州，使京西及湖北的邊防更爲穩固，史稱「第一次北伐」。八月，宋廷封拜岳飛爲節度使，賜以隆重的「建節」儀式。〔註12〕當時已建節的大將雖有張、韓、劉及吳玠等四人，但因抗金戰功而建節者，岳飛是第二人，僅次於吳玠。〔註13〕紹興五年，岳飛以「且招且捕」策略，平定洞庭湖的巨寇楊么。此役非但除去南宋的心腹大患，更因丁壯納編，使岳家軍陡增至十萬人以上。在岳飛的領導下，岳家軍成爲當時兵力最多、素質最好的抗金主力軍。紹興六年，岳飛號召「太行忠義」一同抗金，〔註14〕展開「第二次北伐」，收復伊、洛、商、虢等地。是年冬，僞齊又聯合女眞兵分三路大舉南侵，岳飛與其他宋將共破之，劉豫因此失去利用價值，次年即爲金朝所廢，史稱「第三次北伐」。

　　另一方面，秦檜回宋後倡言和議，〔註15〕頗得宋高宗信任，於紹興元年

〔註11〕紹興十年，高穎曾請求朝廷委派他「禪贊岳飛十年連結河朔之謀」，由可推知岳飛此計當定於紹興元年。詳參〔宋〕岳珂《金佗續編》卷十〈令措置河北河東京東三路忠義軍馬省箚〉，頁 591；卷十一〈令遺居參議官高穎措置三路忠義軍馬省箚〉，頁 595。

〔註12〕凡封拜節度使，朝廷即授予全套旌節，共五類八件。而旌節自宋廷出發後，沿途所至，寧可「撤關壞屋，無倒節禮，以示不屈」。此隆重的「建節」儀式，爲其他文武將官所無，旨在顯示節度使是武人的極致。詳參〔清〕徐松《宋會要輯稿·興服》（台北：新文豐出版社，1976 年 10 月），頁 1822；《宋史·興服志》（台北：鼎文書局，1983 年 11 月），頁 3514～3515。

〔註13〕在南宋前期，吳玠主要固守川陝地區，紹興三年時有和尚原、仙人關兩次防禦性大捷。詳參王曾瑜〈和尚原和仙人關之戰述評〉《西南師範學院學報》（1983 第 2 期）。

〔註14〕宋金交戰之際，除宋朝的抗金軍隊外，戰區另有民間的自衛武裝，目的在保衛自家性命和宗族鄉里，這種組織活動在當時簡稱爲「保聚」、「忠義」。南宋時朝野文字常說到「兩河忠義」、「太行忠義」、「山東忠義」等，指的就是在河東、河北、太行山區和山東境內的保聚民聚。詳參黃寬重《南宋時代抗金的義軍》（台北：聯經出版社，1988 年 10 月）。

〔註15〕秦檜自稱殺金人監己者逃亡南歸，然宋人李心傳提出四大疑點證明非眞，結論說：「夫以檜初歸見上之兩言，始相建明之二策，與得政所爲，前後相符，牢不可破。豈非檜在金廷嘗倡和議，而撻懶縱之使歸邪？」參見〔宋〕李心

（1131）拜參知政事，八年拜相後更是力主和議。雖然當時宋廷主和、主戰兩派鬥爭激烈，然因主和本是宋高宗的心願，加上文臣猜忌武將，以及武將驕揚跋扈、抗金態度不合等眾多因素，遂確定宋室偏安的大局。〔註16〕其間，宋高宗命王倫使金議和，金朝則派張通古為「招諭江南使」，要宋高宗跪接「詔書」，意欲營造宋帝對金主稱臣的局面。南宋朝野因此議論沸騰，〔註17〕宋高宗深恐輿情憤激，遂藉口守喪令秦檜代之。

宋金和議前，岳飛即上奏表示對偏安的不滿，奏云：「賊豫逋誅，尚穴中土，寢乏祀，皇圖偏安。……是以天下忠憤之氣，日以沮喪；中原來蘇之望，日以衰息。」〔註18〕後又面諭云：「敵情不可信，和好不可恃，相臣謀國不臧，恐貽後世譏議。」〔註19〕然宋高宗不語，而秦檜因此銜恨之。岳飛當時作〈小重山〉詞，有云：「欲將心事付瑤琴，知音少，弦斷有誰聽？」〔註20〕可見其主戰受阻時的失望心情。

紹興九年（1139），金朝發生政變，主戰派勝，兀朮掌握用兵大權。〔註21〕次年六月，金兀朮即親率十萬大軍攻打順昌府，不料為宋將劉錡所敗，狀至狼狽。〔註22〕七月初，岳家軍聯合忠義民軍展開「第四次北伐」，大敗金軍於郾城和穎昌，金兀朮僅以身免、逃回汴京，金人遂有「撼山易，撼岳家軍難」的感嘆。

傳《建炎以來繫年要錄》卷三十八，頁 1414。

〔註16〕關於南宋偏安的研究，詳參張峻榮《南宋高宗偏安江左原因之探討》（台北：文史哲出版社，1986 年 3 月）。另可參劉子健〈背海立國與半壁山河的長期穩定〉《兩宋史研究彙編》（台北：聯經出版社，1987 年 11 月），頁 21～40。

〔註17〕最典型之例是樞密院編修官胡銓的奏章，文中指責高宗「竭民膏血而不恤，忘國大仇而不報」，又堅決主張斬秦檜、王倫等主和大臣以謝天下。胡銓此文很快就在民間刊行流傳，而金廷聞知也出重金買副本。參見〔宋〕葉紹翁《四朝聞見錄》甲集〈請斬秦檜〉（台北：廣文書局，1986 年 10 月），葉三十。而在民間方面，則有人牓云：「秦相公是細作。」見〔宋〕黎靖德《朱子語類》卷一三一（台北：華世出版社，1987 年 1 月），頁 3157。

〔註18〕〔清〕錢汝雯《宋岳鄂王文集‧奏乞以本軍進討劉豫箚子》（紹興七年八月）。

〔註19〕〔宋〕岳珂《金佗粹編》卷七〈行實編年四‧還軍鄂州備金人入覲論和議非計〉，頁 366。

〔註20〕〔清〕錢汝雯《宋岳鄂王文集‧小重山》（紹興八年九月）。

〔註21〕完顏兀朮（？～1148 年）一作完顏烏珠，漢姓王，名宗弼。金太祖完顏阿骨打第四子。民間常稱為金兀朮。

〔註22〕〔宋〕黎靖德《朱子語類》卷一三一載：「（兀朮）先已敗於劉錡，錡在順昌扼其前，進退不可，遂遣使請和。」頁 3142。

二、岳飛的冤死

　　當岳家軍在抗金戰場上長驅直入，攻勢凌厲時，秦檜卻「大怒，忌侯功高，常用間諜於上」，且唆使羅汝楫上奏高宗云：「兵微將少，民困國乏，兵若深入，豈不危也？願陛下降詔且令班師……。」〔註23〕於是，宋廷發出班師詔令，意欲與金人再行和議。岳飛非但未終止進兵，反而言詞激烈地上奏云：金人在屢敗後，「銳氣沮喪，內外震駭」，已欲「棄其輜重，疾走渡河」；而宋軍則是「豪傑嚮風，士卒用命」，因此「天時人事，強弱已見，功及垂成，時不再來，機難輕失」。〔註24〕數日後，當岳家軍逼臨「朱仙鎮」時，〔註25〕宋廷「十二道金字牌」卻急遞而至，〔註26〕嚴詞詔令不許深入、立刻班師。軍士聞詔皆南嚮，岳飛則悲痛不已，慨然而嘆：「十年之力，廢於一旦！」遂撤軍回鄂州。岳家軍退走後，原本收復的失地，再度被金兵佔據。岳飛不禁悲憤地說：「所得諸郡，一旦都休！社稷江山，難以中興！乾坤世界，無由再復！」〔註27〕

　　金朝並未因講和而班師，反於紹興十一年（1141）二月攻陷壽春、廬州，三月攻陷濠州，大加殺戮。其間張俊、劉錡、楊沂中等共十幾萬兵馬潰不成軍，而韓世忠到援時，由於敗局已成，只能且戰且退。當時在舒州待命的岳飛，獲知戰情後，悲憤道出：「國家了不得也，官家又不修德！」埋怨「張家人」、「韓家人」不中用，戰力尚不如自己的一萬人馬。〔註28〕果然，金兵聞岳家軍將至，

〔註23〕〔宋〕徐夢莘《三朝北盟會編》卷二百七（上海古籍出版社，1987年10月），頁1494。

〔註24〕〔清〕錢汝雯《宋岳鄂王文集・乞止班師》。

〔註25〕由於「朱仙鎮之捷」不詳於《高宗實錄》，因此歷史上的岳飛是否真有此役，史學家多所爭論。鄧廣銘認為此役在南宋各種史籍、筆記、文章中全未見載，唯見於岳珂《鄂王行實編年》中，然人、時等皆不明確，與前此各役的行文體例不同，故「所謂朱仙鎮之捷，只不過是岳珂所虛構的一次戰功而已」。參見《鄧廣銘治史叢稿》（北京大學出版社，1997年6月），頁615～621。而李安則認為《大金國志》卷十一有載，故肯定應有是役。參見《岳飛史蹟考》，頁153。

〔註26〕最早記載此事的是《三朝北盟會編》卷二百七〈岳侯傳〉中云：「忽一日詔書一十二道」。然《鄂王行實編年》將此句改為「一日而奉金書字牌者十有二」。鄧廣銘認為：此乃因岳珂遍尋宋廷予岳飛的詔書，皆未見此批促使班師的詔令，在無實證下，遂將「詔書」改成「金書字牌」。儘管「金書字牌」是宋代傳遞公文的最速件，然以情理來看，宋廷應在岳飛拒絕第一道班師令後，才會再發出第二道，加上公文往返的日程，則「一日十二道」實為不可能事。參見《鄧廣銘治史叢稿》，頁621～626。

〔註27〕〔宋〕徐夢莘《三朝北盟會編》卷二百七，頁1494。

〔註28〕〔宋〕岳珂《金佗稡編》卷二四〈張憲辨〉，頁496。

即渡淮而去。其實，金人自紹興十年以來，經過幾次大戰的挫敗後，深感「南宋近年軍勢雄銳，有心爭戰」；〔註29〕而金兵長期征戰後亦顯疲弱，實無力併宋。在此情勢下，休兵言和對金國是最有利的。因此，金兀朮於岳家軍撤退後，再以重兵入侵淮西，實欲以戰迫和，圖謀最大利益。〔註30〕

在宋朝方面，紹興七年的酈瓊兵變，已加速之宋高宗抑武的決心；〔註31〕而「和議→罷兵→收兵權」正是秦檜主和最有力的說帖。於是，淮西之戰後，宋廷隨即召張、韓、岳三大將入朝。四月，改任三將爲樞密使、副使的文職，削其兵權。五月，秦檜因恨韓世忠力阻和議，〔註32〕與張俊共謀誣陷之，幸岳飛通告始免遭毒手。秦檜怒其壞事，遂唆使万俟卨、羅汝楫等誣劾岳飛，宋高宗不查即怨言責飛。〔註33〕而岳飛深知朝廷主和用心，亦屢請解職。八月，宋高宗下令岳飛改任萬壽觀使的閒職。十月，岳飛忽遭部將王俊誣告謀反，詔下大理寺審問。十一月，金兀朮遣使至臨安，定訂和議盟誓。如此，宋高宗休兵言和，又自甘屈辱向金稱臣，〔註34〕抗金最力的岳飛便成了宋室向金輸誠的獻禮。〔註35〕十二月二十九日，万俟卨通過秦檜上奏處斬岳飛，宋高宗當即批示：「岳飛特賜死。張憲、岳雲並依軍法施行，令楊沂中監斬。」〔註36〕而一手促成和議的秦檜，則被高宗尊爲師臣，晉封公爵。〔註37〕

〔註29〕〔宋〕徐夢莘《三朝北盟會編》卷二一五〈征蒙記〉，頁1550～1552。

〔註30〕金人攻佔淮西後，聞岳家軍將至即逃走。後「既渡淮，以書責讓宋人，宋人答書乞加寬宥。宗弼（即兀朮）令宋主遣信使來稟議，宋主乞『先斂兵，許弊邑拜表闕下』，宗弼以便宜約以盡淮爲界。」見《金史》卷七十七（台北：鼎文出版社，1976年11月），頁1755。可見，金兀朮是以軍事高壓來迫宋室就範。

〔註31〕參見簡恩定〈淮西兵變與宋高宗的抑武政策〉《戰爭與中國社會之變動》（台北：臺灣學生書局，1991年11月），頁53～55。

〔註32〕紹興八年宋金和議將成時，韓世忠力陳和議之非，後金使以招諭爲名，其凡四上疏言「不可許，願舉兵決戰，……」且請馳驛面奏，不許。既而「伏兵洪澤鎮，將殺金使，不克。」參見《宋史》卷三六四〈韓世忠傳〉，頁11366。

〔註33〕詳參〔宋〕李心傳《建炎以來繫年要錄》卷一四一〈紹興十一年七月壬子〉條，頁4436～4437。

〔註34〕高宗上金主的誓表載於《金史》，其中有云：「臣構言……，世世子孫，謹守臣節。」《金史》卷七十七，頁1755。

〔註35〕《宋史全文續資治通鑑》卷二一引呂中《大事記》說：「自兀朮有必殺岳飛而後可和之言，檜之心與虜合，而張俊之心又與檜合。媒孽橫生，不置之死地不止。」可知岳飛成了宋金和議中的先期犧牲者。（台北：文海出版社，1969年5月），頁1556。

〔註36〕〔宋〕李心傳《建炎以來朝野雜記》乙集卷十二〈岳少保誣證斷案〉；《建炎以來繫年要錄》卷一四三〈岳飛賜死於大理寺〉。論析可參王德毅〈宋高宗評

　　岳飛在南宋初諸大將中是少壯派，三十二歲建節，立下不少汗馬功勞，加上英略蓋世，易遭人忌，如丞相張浚即頗不喜歡他，大將張俊則因忌生恨，深怨他赴援來遲致使濠州失守，因而關係惡化。此遂爲秦檜所乘，以兵權獨屬勾引張俊爲之助，興起「詔獄」。〔註38〕而宋高宗將岳飛賜死，更是其來有自，就宋高宗本身而言：其由藩王得承大統，本是因時乘勢，爲鞏固君位，自是喜偏安忌迎二帝；加上即位後遭遇數起軍事叛變，使他深忌武將，故一面以郭子儀忠君的思想灌輸諸將，一面則主和議以收兵權，解決武將跋扈之患。〔註39〕再就宋高宗和岳飛的關係來看：岳飛從鄉野佃農一路晉升爲大將，雖然是靠其本身的戰功升遷，然宋高宗有意提拔亦是主因，可是岳飛竟然不能體會宋高宗的意圖，一心主戰，只想迎回二帝，如此已使君臣關係產生疏離。〔註40〕特別是紹興七年的「奏請立儲」被責爲武人干政；〔註41〕「擅交兵權」被視爲恃功脅上，〔註42〕岳飛這些舉動都觸犯了宋高宗猜忌武將的防線。此後，岳飛更有多次受詔不班師、屢詔不赴援的「逗留」行爲，引起宋高宗不滿。〔註43〕因此，從宋高宗個人的觀點來看，岳飛有可能是不忠的。

　　　　——兼論殺岳飛〉《國立臺大歷史學系學報》17 期（1992 年 12 月），頁 173
　　　　～188

〔註37〕　紹興十二年九月，秦檜加太師，進封魏國公；十月再進封秦、魏國公；十五
　　　　年，高宗幸檜第，妻婦子孫皆加恩；十六年，立家廟、賜祭器；十七年，改
　　　　封益國公；二十五年，臨死前加封建康郡王，死後贈申王，謚忠獻。參見《宋
　　　　史》卷四七三〈秦檜傳〉，頁 13758～13764。

〔註38〕　《宋史》卷二百〈詔獄〉條載：「十一年，樞密使張俊使人誣張憲（即王俊），
　　　　謂收岳飛文字謀爲變，秦檜欲乘此誅飛，命万俟卨鍛鍊成之。飛賜死，誅其
　　　　子雲及憲於市。……所謂詔獄，非詔旨也。」頁 5002。由此可見岳飛一案，
　　　　乃張俊與秦檜合作炮製的大冤獄。

〔註39〕　此關於宋高宗觀點的舉證論述，詳參王德毅〈宋高宗評——兼論殺岳飛〉，頁
　　　　173～180。

〔註40〕　此正如朱熹對岳飛死獄事所云：「諸將驕橫，張與韓與高宗密，故二人得全。
　　　　岳飛較疏，高宗又忌之，遂爲秦檜所誅。」見〔宋〕黎靖德《朱子語類》卷
　　　　一三一，頁 3148。

〔註41〕　紹興七年，岳飛聞金人欲立欽宗子於汴京，乃奏請先立儲以定人心。高宗答
　　　　曰「卿言雖忠，然握重兵於外，此事非卿所當預。」薛弼得知後即言：「鵬舉
　　　　爲大將，越職及此，其取死，宜哉！」參見〔宋〕李心傳《建炎以來繫年要
　　　　錄》卷一百九，頁 3475。

〔註42〕　紹興七年，岳飛因高宗對淮西軍歸其統領出爾反爾，怒而以服母喪爲由，上奏
　　　　請求解除軍務，然未經朝廷允許，即擅交兵權離去。丞相張浚因此上奏岳飛「專
　　　　在併兵、意在要君」，高宗聞後震怒。參見《宋史》卷二八〈高宗本紀〉，頁 530。

〔註43〕　詳參〔宋〕李心傳《建炎以來繫年要錄》卷一三九。另王德毅〈宋高宗評——

故當岳飛被殺後，宋高宗即告誡大將張俊云：「若知尊朝廷如子儀，則非特身饗福，子孫昌盛亦如之。若恃兵權之重而輕視朝廷，有命不即稟，非特子孫不饗福，身亦有不測之禍。」〔註44〕此語顯然暗示張俊，若恃兵權而輕朝廷，下場將有如岳飛。

岳飛獄案，當時朝臣亦能辨其冤枉，在其下大理寺獄時，審訊的御史中丞何鑄見岳飛背上所刺的「盡忠報國」四字深入膚理，不禁大為感動。〔註45〕大宗正寺卿趙士褭曾上疏力辯：「中原未靖，禍及忠義，是忘二聖不能復中原也。臣願以百口保飛無他。」〔註46〕秦檜卻陰使言官奏劾其以宗室私結大將，有危社稷，將其貶謫。當獄案將成時，韓世忠甚為不平，便去責問秦檜，秦檜只能回說：「飛子雲與張憲書雖不明，其事體『莫須有』。」〔註47〕韓世忠聽後極為不滿，反駁說：「相公言『莫須有』此三字何以使人甘心？」〔註48〕然因秦檜專權勢大，韓世忠只能無奈退回。

在宋金交戰之際，金兵最畏懼的宋將正是岳飛，平時往往不敢直呼其名，而稱為「岳爺爺」。因此，當岳飛死耗一傳到金國，「敵之諸將，莫不酌酒相賀」。〔註49〕對於岳飛的戰力，金國朝臣是十分畏服的；而對於岳飛的死，他們也很清楚是遭到冤陷，而非是宋室所宣稱的「謀逆」。如紹興中，金人遣劉祹前來和聘，因問岳飛以何罪死？館伴者無言以對，只能答曰：「意欲謀反，為部將所告，以此抵誅。」劉祹則笑曰：

江南忠臣善用兵者只有岳飛，所至紀律甚嚴，秋毫無犯，所謂項羽有

—兼論殺岳飛〕對岳飛令援淮西，逗留不進有詳細論析。頁184～186。

〔註44〕見〔宋〕李心傳《建炎以來繫年要錄》卷一三九，頁4436。

〔註45〕《宋史》卷三百八〈何鑄傳〉載：「……逮飛繫大理獄，先命鑄鞫之。鑄引飛至庭，詰其反狀，飛袒而示之背，背有舊涅『盡忠報國』四大字，深入膚理。既而閱實俱無驗，鑄察其冤。白之檜。秦檜不悅曰：『此上意也。』鑄曰：『鑄豈區區為一岳飛者，強敵未滅，無故戮一大將，失士卒心，非社稷之長計。』」，頁11708。

〔註46〕《宋史》卷二四七〈宗室四〉，頁8754。

〔註47〕余嘉錫指出：「莫須」二字乃兩宋人口頭常談，「莫須有」即「恐當有」之義。蓋因世忠問檜以飛謀反實據，檜無詞以對，而語此，可見飛無反狀，而檜以疑似殺人。參見《余嘉錫文史論集》（長沙市：岳麓書社，1997年5月），頁632～633。

〔註48〕〔宋〕徐自明《宋宰輔編年錄》卷十六（台北：文海出版社，1997年11月），頁1390～1391；《宋史》卷三六五〈岳飛傳〉，頁11394。

〔註49〕〔宋〕岳珂《金佗稡編》卷二十〈籲天辨誣通敘〉，頁467。

一范增而不能用，所以為我擒，如飛者，無亦江南之范增乎？〔註50〕
可見金人深知岳飛是忠臣，宋室殺岳飛無異是自毀長城。因此，當岳飛死後
二十年，完顏亮大舉南侵時，金軍中還流傳著一句話：「岳飛不死，大金滅矣！」
〔註51〕而金章宗於泰和六年（1206），在招誘吳曦叛變的詔書中也指出：

且卿自視翼贊之功孰與岳飛？飛之威名戰功暴於南北，一旦見忌，

遂被參夷之誅，可不畏哉！〔註52〕

此時距岳飛冤死已長達六十五年，然金人對岳飛仍深感其威名，並肯定他是
遭到猜忌才被夷誅。

第二節　宋元朝野對岳飛的評價

本節分述南宋朝野和元代朝野對岳飛其人其事的評價：

一、南宋朝野對岳飛的評價

宋金和議後，秦檜依仗金對宋「不許以無罪去首相」的要約，〔註53〕成為
終身宰相。更因高宗恩寵優渥，故得於宋廷中專權獨斷、時興冤獄，臣民任其
貶殺。故士大夫莫不主動巴結討好；〔註54〕民間百姓亦不敢妄加批評。〔註55〕

〔註50〕〔宋〕葉寘《坦齋筆衡》（涵芬樓本《說郛》卷十八），（台北：新興書局，1963
年），頁 326。

〔註51〕〔宋〕薛季宣《浪語集》卷二十二〈與汪參政明遠論岳侯恩數〉（台北：臺灣
商務印書館，1977 年），葉一～二。

〔註52〕《金史》卷九十八〈完顏綱傳〉，頁 2178～2179。

〔註53〕〔宋〕羅大經《鶴林玉露》卷十五載：「方虜之以七事邀我也，有毋易首相之
說，正為檜設。」（台北：新文豐出版社，1985 年），葉一五七～一五八。

〔註54〕以岳飛事件來看，以下二例頗為典型：1.秦檜既殺岳飛父子，其子孫皆徙重湖
閩嶺，日賑錢米以活其命。紹興間，有知漳州者建言；叛逆之後不應留，乞
絕其急需，使盡殘年。（參見《玉照新志》卷六）2.岳飛為宣撫使時，遇見進
士姚岳，因自身姓岳、母姓姚，故喜而辟為蜀官，及飛被罪，姚竟宣稱非飛
之客，且乞改岳州之名。（參見《三朝北盟會編》卷二三四）

〔註55〕如陸游所載二例，大意為：1.鄭宣撫治蜀有惠政，秦檜欲害之，乃召其歸。
蜀人猶覬其復來，數日乃聞秦氏之指，人人太息。眾中或曰：「鄭不來矣！」
任子淵對曰：『秦少恩哉！』人稱其敢言。2.紹興初有一毛德昭直諫無所忌
諱，與客議時事，率不遜語。有人素惡其狂，乃與坐，附耳語曰：「君素號
敢言，不知秦太師何如？」德昭大駭，亟起掩耳，曰：「放氣！放氣」遂疾
走而去，追之不及。參見《老學庵筆記》（台北：木鐸出版社，1982 年 5
月），頁 17、11～12。

直到秦檜死後，朝廷中才有人敢公開替岳飛喊冤。而尚待高宗退位、舊時權奸下台，岳飛冤獄才得以平反。於是，朝廷賜予岳飛的封諡隨著外敵來侵而愈隆；士大夫針對岳飛冤死事件進行憑弔、罪責秦檜；過去岳飛行跡所至之軍民，更是哀痛其冤。

（一）朝廷的封諡

紹興二十五年（1155）秦檜病死，宋高宗一面感傷地說：「秦檜力贊和議，天下安寧，自中興以來，百度廢而復備，皆其輔相之力，誠有功於國。」〔註56〕一面私下對楊存中言：「朕今日始免得這膝褲中帶匕首！」〔註57〕其意在表明：主和是對的，然而秦檜擅權連其亦畏。〔註58〕因此，宋高宗雖收回宰相任免權，卻讓秦檜的主和黨羽万俟卨、湯思退等繼續執政。同時，爲了籠絡人心，對於曾受秦檜迫害者，一般都予以寬貸，唯獨主戰的岳飛例外。紹興三十一年（1161），金帝完顏亮蓄志南侵，宋朝君臣方才大悟和議不可恃，在此情勢下令人想起岳飛。於是五月時，太學生程宏圖上書請爲岳飛平反，並正秦檜之罪，望以激忠義之氣，然而並未得到回應。〔註59〕直到十月，宋高宗才下詔准許岳飛家屬恢復居住自由，然其敕詔頗妙：

> 詔蔡京、童貫、岳飛、張憲子孫家屬，令見拘管州軍，並放令逐便。
> 〔註60〕

詔中把岳飛、張憲和北宋以來人人痛恨的奸佞相提並論，明顯表示赦罪是一回事，但岳飛仍是國家的罪人。及至宋孝宗即位，爲激勵民心以自強，乃於紹興三十二年（未改元），降下聖旨，謂：

> 故岳飛起自行伍，不踰數年，位至將相。而能事上以忠，御眾有法，
> 屢立功效，不自矜誇。餘風遺烈，至今不泯。去冬出戍鄂渚之眾，

〔註56〕〔宋〕徐自明《宋宰輔編年錄》，頁1430。

〔註57〕〔宋〕黎靖德《朱子語類》卷一三一，頁3162。

〔註58〕如朱熹據此而論曰：「乃知高宗平日常防秦之爲逆」，同前註。而《宋史記事本末》卷七二因論曰：「其畏之此。」《宋論》卷十則連用三次「可畏也」論之。然劉子健指出：「這是儒教歷史學家受了高宗的騙，實爲高宗趁秦檜死後，欲將求和、殺岳飛等錯誤都推給秦檜。」參見〈岳飛——從史學史和思想史來看〉，頁197。

〔註59〕參見〔宋〕李心傳《建炎以來繫年要錄》卷一百九〈紹興三十一年五月戊戌〉條，頁6235～6239。

〔註60〕〔宋〕李心傳《建炎以來繫年要錄》卷一九三〈紹興三十一年十月丁卯〉條，頁6386。

師行不擾，道路之人，歸功於飛。飛雖坐事以歿，而太上皇帝念之
不忘，今可仰承聖意，與追復原官，以禮改葬，訪求其後，特與錄
用。〔註61〕

此詔雖宣布岳飛昭雪，然並未追悼，也未加封諡，可見此時的平反其實是有
限度的，因而被士大夫、軍民百姓等認為恩數太薄。〔註62〕而詔中言是仰承
高宗之意，多是為了保留太上皇的體面，或是不敢妄加怒觸罷了。乾道六年
（1170），孝宗才答應鄂州地方軍民的請求，立廟紀念岳飛，詔「忠烈」廟額。
一直到了淳熙五年（1178），高宗已經老邁，朝臣也非舊時人物，才追賜岳飛
「武穆」諡。

寧宗嘉泰四年（1204），當權的韓侂冑意欲對金用兵，為了振作士氣，乃
追封岳飛為「鄂王」。開禧二年（1206），追奪秦檜的王爵，改諡「謬丑」。然
是年韓侂冑北伐失敗，即遭史彌遠設計殺害。而為求向金乞和，宋廷於嘉定
元年（1208），又恢復秦檜的王爵、贈諡。理宗寶慶元年（1225）二月，更諡
岳飛為「忠穆」；三月，又改「忠武」諡。詔書曰：

故太師追封鄂王諡忠穆岳飛，威名震於夷狄，智略根乎詩書，結髮
從戎，前無堅敵，枕戈屬志，誓清中原。謂恢復之義為必伸，謂忠
憤之氣為難遏……。夫何權臣，力主和議，未究凌煙之偉績，先罹
偃月之陰謀。……逮於先帝之時，襃以真王之爵，既解誣於累聖，
可無憾於九京。……昔孔明之志興漢室，若子儀之光復唐都，雖計
效以或殊，在秉心而弗異。垂之典冊，何嫌今古之同符，賴及子孫，
將與山河而並久。〔註63〕

詔書言「既解誣於累聖」，表冤獄早已平反，且稱揚岳飛有孔明興復之心，
可建立像郭子儀一樣的功業，故更諡「忠武」（孔明、郭子儀皆諡忠武）。同
時，詔中言「夫何權臣，力主和議」，則可見宋廷將岳飛冤死的罪責，欲全
推給秦檜承擔。而景定二年（1261），更在太學建忠顯廟，專祀岳飛，敕封

〔註61〕《宋史》卷三十三〈孝宗本紀〉，頁618。

〔註62〕〔宋〕薛季宣《浪語集》卷廿二〈與汪參政明遠論岳侯恩數〉云：「恭維皇上
即位之始，首雪岳飛之冤，天下知與不知無不稱慶，逮今數月，宜人人有報
效之心，求諸軍情，反有紛紛之論，此議者過也。……今夫庶官之死，延賞
猶世其家，而獨飛偏有所靳，以求人心之感，不亦難哉！」葉一～二。

〔註63〕岳飛諡「忠武」詔，載於〔元〕王惲《秋澗大全集》（四部叢刊本）卷九十四
〈玉堂嘉話〉，標題稱諡「忠穆」，乃誤，應是「忠武」。

爲忠文王。〔註64〕

綜觀以上南宋帝王對岳飛的平反、封諡等作爲，大都是爲了收「風厲諸將」的效用，而有些更是在士大夫或軍民的請求聲浪下，才被動作爲。因此，南宋帝王對岳飛的評價，是在「利用岳飛舊日的聲望，並不是眞正的追念岳飛」。〔註65〕同時，更要顧慮到岳飛畢竟是由高宗親批賜死，故在「爲尊者諱恥、爲親者諱疾」〔註66〕的迴護下，對岳飛追悼的程度多少有所局限。

（二）士大夫的肯定

岳飛遭戮，當時士大夫雖肯定其冤，然因秦檜專權用事、壓抑輿論，故多不敢替岳飛申辯。今存較早的岳飛傳記，是修成於光宗時的《三朝北盟會編》中所收之〈岳侯傳〉，〔註67〕其傳末曰：「紹興三十年，北虜犯邊，連年大舉，上思曰：岳飛若在，虜軍豈容至此！即時下令修廟宇。」〔註68〕而史官章穎撰《南渡十將傳》之〈岳飛傳〉，於寧宗開禧二年（1206）上表進呈，表文云：

> 頃紛紜於議論，稍變易於是非，事實寖以湮微，士氣爲之沮抑，雖
> 已加於褒典，猶未快於輿情，非假汗青，何由暴白？……兵方精而
> 可用，功竟沮於垂成，既撓良謀，更成奇禍。事皆有證，其書雖見
> 於《辨誣》，言出私家，後世或疑於取信。〔註69〕

岳飛戰功將成竟而冤死，致使「士氣沮抑、輿情未快」，由此可知天理公道自在人心。而其所謂「辨誣之書」，指的是岳珂爲昭雪祖父岳飛的冤案，特撰的《籲天辨誣》五卷，此書於嘉泰三年（1203）冬上表奏進，成爲研究岳飛最重要的史籍。於是，岳飛在寧宗以後奠定了崇高的歷史地位，頗爲當時的士

〔註64〕〔清〕王昶《金石萃編・太學忠顯廟敕牒》（台北：國風出版社，1964 年 7月），頁 2920。

〔註65〕劉子健《兩宋史研究彙編》，頁 187。王曾瑜亦持類似看法，參見《岳飛新傳》第十五章〈冤獄碧血〉，頁 338～339。

〔註66〕語見《穀梁傳・成公九年》。此《春秋》書法諱飾之例，詳參葉政欣《春秋左氏傳杜注釋例》〈杜注釋經例〉43 史諱之例（嘉新水泥文化基金會研究論文第61 種，1966 年 5 月），頁 48～49。

〔註67〕此〈岳侯傳〉雖不知何人所作，但由其敘事用語可知必是寫於高宗紹興之末，尚未禪位孝宗之時。因此所收之岳飛生平事蹟，基本上符實。參見鄧廣銘《鄧廣銘治史叢稿》，頁 625。

〔註68〕〔宋〕徐夢莘《三朝北盟會編》卷二百七，頁 1495～1496。

〔註69〕〔清〕徐松《宋會要輯稿》〈禮〉五九，頁 1665。

大夫所稱道。光、寧間在學術界最具影響力的朱熹，對岳飛亦敬仰有加。如：

> 問：「岳侯做事何如張、韓？」（朱）曰：「張韓所不及，卻是它識道
> 理了。」又問：「岳侯以上者當時有誰？」（朱）曰：「次第無人。」
> 〔註70〕
>
> 間問：「若論諸將之才，則岳飛為勝，然飛亦橫，只是他猶向前廝殺。」
> 先生曰：「便是如此。有才者又有些毛病，然亦上面人不能駕馭
> 他……。緣上之舉措無以服其心。」〔註71〕
>
> 岳飛恃才不自晦。……飛作副樞，便直是要去做。張、韓知其謀，
> 便只依違。然便不做亦不免，其用心如此，直是忠勇也。〔註72〕

朱熹認為岳飛是第一流的統帥，肯定他的忠勇在中興諸將中無人可及，可是
宋高宗的作為卻無以令其心服。〔註73〕同時，朱熹認為岳飛「有才者又有些
毛病」、「恃才不自晦」，這雖然和宋代文人輕視武人的態度有關，〔註74〕但卻
也直指岳飛性格剛直，容易得罪人。另當時名儒曹彥約贊曰：「若夫知略足以
料敵，鑒裁足以用人，紀律嚴而下不忍怨，糧運竭而眾不忍叛。身死八十年，
聞風者猶且悅之，其惟岳飛乎！」〔註75〕故認為岳飛可比古之所謂大將。

理宗時，布衣陳華叔就編《崇岳集》，所收皆哀悼岳飛的詩文。書雖已佚，
然由歐陽守道的序文中，仍可見當時人心。其曰：

> 岳忠武王之死，孰殺之？金人不能殺王於戰，能殺王於獄。蓋自遣

〔註70〕〔宋〕黎靖德《朱子語類》卷一二七〈孝宗朝〉，頁3060。

〔註71〕〔宋〕黎靖德《朱子語類》卷一三一〈中興至今人物上〉，頁3147～3148。

〔註72〕〔宋〕黎靖德《朱子語類》卷一三二〈中興至今人物下〉，頁3166。

〔註73〕朱熹因論「為政不得罪於巨室」而語及此。然其言「上之舉措無以服其心」，
則有暗責高宗主和且信用奸臣之意。如其既指責「秦檜倡和議以誤國，挾
虜勢以邀君」；又析言「秦在虜中，知虜人已厭兵，歸又見高宗亦厭兵，心
知和議必可成，所以力主和議」；待秦檜死，人問為何朝廷仍主和，朱熹則
直答：「自是高宗不肯。」且對高宗「和議出於朕意，故相秦檜只是贊成」
的說法，表示：「甚沮人心」。參見〔宋〕黎靖德《朱子語類》卷一三一，
頁3158～3162。

〔註74〕關於宋代重文輕武，士大夫多歧視武官，詳參劉子健〈略論宋代武官群在統
治階級中的地位〉收入《兩宋史研究彙編》。而朱熹雖然對岳飛有較佳的評價，
但在其眼中，岳飛始終是武夫一個，如岳飛建請立儲事，朱熹評曰：「如飛武
人能慮及此，亦大故是有見識。」〔宋〕黎靖德《朱子語類》卷一二七〈高宗
朝〉，頁3056。

〔註75〕〔宋〕曹彥約《昌谷集》卷十七〈中興四將贊〉（臺北：臺灣商務印書館，1986
年7月），頁1167～208。

檜來相，而金人之命行乎江南矣。其所欲殺，豈獨一岳王，檜方次
第掃除以報。……君家犬豕寧當以檜黨骨飼之哉！〔註76〕

由此可見士大夫對岳飛的懷念，其中更將岳飛的冤死，全歸咎於秦檜通敵主和。
故當秦檜死後，其墓碑「有額無辭，……當時將以求文而莫之肯爲」。〔註77〕

南宋末年，外患日深，面對國家危亡之際，更增加愛國志士對岳飛的懷
念。如王柏撰〈岳王像贊〉云：「赫赫武穆，天開駿功，聲震河洛，威吞犬戎。
梟檜忌武，烏臺勘忠，齊名諸將，愧死英風。」〔註78〕文天祥更頌揚岳飛：「唯
中興之初，先武穆王，手扶天戈，忠義與日月爭光，名在旂常，功在社稷。」
〔註79〕宋亡後，太學生徐應鑣非常悲痛，就到岳飛祠中哭祭，哀嘆：「天不祚
宋，社稷爲墟，應鑣死以報國，誓不與諸生俱北。死已，將魂魄累王，作配
神主，與王英靈，永永無斁。」而後，全家自盡。〔註80〕

（三）軍民的追思

岳飛所領導的岳家軍在初起時，予人印象最深的不是戰功大，而在軍紀
嚴。經過長期的征戰，岳家軍漸漸概括出「凍殺不拆屋，餓殺不打虜」的著
名形象，〔註81〕這使岳飛普受當時軍民的愛戴。〔註82〕其後更因戰功、愛民，
使岳飛生前即有宜興人士爲其立生祠以表感敬。〔註83〕同時，北宋亡後許多
潰卒和自衛民眾組成忠義民軍，然宋廷視爲暴民不加組編，許多貴族出身的
主戰將領甚至仇視之。〔註84〕而岳飛出身貧寒，與忠義民軍並無階層鴻溝，

〔註76〕〔宋〕歐陽守道《巽齋文集》卷二十一〈書崇岳集後〉（台北：臺灣商務印書
館，1986 年 7 月）。

〔註77〕〔宋〕岳珂《桯史》（北京：中華書局，1985 新一版），頁 12。

〔註78〕〔宋〕王柏《魯齋集》卷八〈岳王〉贊（北京：中華書局，1985 新一版），頁
167。

〔註79〕〔宋〕文天祥《文山先生全集》卷六〈回岳縣尉〉（台北：臺灣商務印書館，
1965 年 8 月），頁 142。

〔註80〕《宋史》卷四五一〈徐應鑣傳〉，頁 13277。

〔註81〕〔宋〕岳珂《金佗稡編》卷九〈遺事〉，頁 385。另《金佗續編》卷二一〈鄂
王傳〉作「凍殺不拆屋，餓殺不虜掠」，頁 686。

〔註82〕岳飛身後，有士大夫訪問老兵，他們對故帥仍然很懷念，「以爲勤惰必分，功
過有別，故能得人心。……軍行之地，秋毫無擾，至今父老語其名，輒感泣
焉。」見〔宋〕曾敏行《獨醒雜志》卷七（筆記小說大觀第二十二編）（台北：
新興書局，1978 年 9 月），頁 1469。

〔註83〕詳參李安《岳飛史蹟考》，頁 61～63。

〔註84〕詳參黃寬重《南宋時代抗金的義軍》第二章第三節〈宋廷關於拒納義軍的爭
執〉，頁 102～109。

更積極運用「連結河溯」的戰略，資助淪陷區的忠義民軍。如此，使岳飛深得忠義人的傾服，許多忠義民軍在抗金作戰時，甚至打著「岳家軍」的旗幟。〔註85〕

因此，紹興十一年，秦檜殺岳飛於臨安獄中，「都人皆涕泣，是非之公如此！」〔註86〕而這消息傳開以後，「天下聞者無不垂涕，下至三尺之童，皆怨秦檜云」。〔註87〕而宋廷為標榜誅殺有理，將岳飛的獄案「令刑部鏤板，遍牒諸路」，此舉反而激發各地人民對岳飛的悼念。故當岳飛和張憲之家屬在被流放的路途中，不斷地有素不相識的人向他們慰問。〔註88〕二十年後，為了抵禦完顏亮的進攻，御史中丞汪澈「宣諭荊、襄」，鄂州的將士們聯名上狀，要求為故帥洗刷冤屈，「哭聲如雷」。有人甚至大呼「為岳公爭氣！」汪澈應允當奏知朝廷，諸軍大慟，哭聲震野。〔註89〕乾道六年（1170），湖北轉運判官趙彥博在向孝宗奏請立廟的箚子中，亦提到：「去此已三十年，遺風餘烈，邦人不忘，繪其像而祀者，十室有九，可見忠義而感人心。」〔註90〕而當岳霖往荊湖北路任職，鄂州的軍民聞訊後，「設香案，具酒牢，哭而迎」，以表示他們對岳飛的懷念。〔註91〕詞人劉過在〈六州歌頭　弔岳王廟〉中寫道：「過舊時營壘，荊鄂有遺民，憶故將軍，淚如傾。」〔註92〕袁甫詩中亦載：「兒時曾往練江頭，長老頻頻說岳侯：手握天戈能決勝，心輕人爵祇尋幽。」〔註93〕愛國詩人陸游既嘆「帷幄無人用岳飛」，又感傷指出：「遺民猶望岳家軍。」〔註94〕

軍民對岳飛的追思，同時間接表現於對秦檜的痛恨。紹興十二年，有殿

〔註85〕 孫述宇對岳飛和忠義民軍的關係有詳細的論述，詳參〈南宋民眾抗敵與梁山英雄報國〉《水滸傳的來歷、心態與藝術》（台北：時報文化公司，1983年10月），頁64～129。

〔註86〕 〔宋〕陸游《老學庵筆記》卷一，頁4。

〔註87〕 〔宋〕徐夢莘《三朝北盟會編》卷二百七，頁1495。

〔註88〕 〔宋〕岳珂《金佗續編》卷二一〈章尚書穎經進鄂王傳〉，頁688。

〔註89〕 〔宋〕岳珂《金佗粹編》卷二○〈籲天辨誣通敘〉，頁464～469。

〔註90〕 李安《岳飛史蹟考》，頁592～593。

〔註91〕 〔宋〕岳珂《金佗粹編》卷九〈行實編年六　遺事〉，頁392

〔註92〕 〔宋〕劉過《龍洲集》卷十一〈六州歌頭　弔岳王廟〉（景印文淵閣四庫全書1172冊）（台北：臺灣商務印書館，1983年），頁53。

〔註93〕 〔宋〕袁甫《蒙齋集》卷二十〈岳忠武祠〉（其二）（北京：中華書局，1985新一版），頁282。

〔註94〕 〔宋〕陸游《劍南詩稿》卷二七〈書憤〉收入《陸放翁全集》（台北：世界書局，1961年1月），頁444。

前司軍人施全遮道行刺秦檜，結果失手只砍斷轎柱，反而爲秦檜所誅。對此事件，身爲士大夫的朱熹大爲讚揚曰：「蓋舉世無忠義，這些正義忽然自他身上發出來。」〔註95〕而民間百姓則用反諷口氣表示：

> 其後秦每出，輒以親兵五十人持挺衛之。初，斬全於市，觀者甚衆，
> 中有一人，朗言曰：「此不了事漢，不斬何爲！」聞者皆笑。〔註96〕

聞者皆笑只是表面，其實民衆心裡和施全一樣，都有「事未遂，心頭恨」的遺憾，故責其爲「不了事漢」，乃怪他學藝不精，不能替衆人誅此奸佞。施全和岳飛實無關係，其行刺動機在於秦檜主和，然因岳飛冤死和秦檜主和關係錯綜，因此當時人即附會施全爲岳飛舊卒。〔註97〕此「施全憤刺」的情節流傳至後世，竟演爲岳飛戲的重要單元，民間甚至立碑建廟以表彰其義烈。〔註98〕紹興十五，宋高宗賜第予秦檜，後更就第賜燕，假以教坊優伶：

> 有參軍者前，褒檜功德，一伶以荷葉交椅從之。詼語雜至，賓歡既
> 洽，參軍方拱揖謝，將就椅，忽墜其襆頭，乃總髮爲髻，如行伍之
> 巾，後有大巾，環爲雙疊勝。伶指而問曰：「此何環？」曰：「二聖
> 環。」遂以撲擊其首曰：「爾但坐太師交椅，請取銀絹例物，此環掉
> 腦後可也？」一坐失色，檜怒，明日下伶於獄，有死者。（《桯史》
> 卷七）

連雜劇伶人都敢在秦檜面前諷其不迎二聖，可見當時民衆對秦檜痛恨的程度。此優伶戲諷，對後代岳飛故事「瘋僧戲秦」之情節單元，可能有所啓發。當秦檜死後，臨安正值開浚運河，役夫故意將開挖的汙泥堆積在秦府牆外，有人即題詩加以嘲諷。〔註99〕尚有宋將孟珙率軍與金兵作戰回朝，路過秦檜

〔註95〕〔宋〕黎靖德《朱子語類》卷一三一，頁 3158。

〔註96〕〔宋〕陸游《老學庵筆記》卷二，頁 21～22。

〔註97〕〔宋〕黎靖德《朱子語類》卷一三一載：「施全刺秦檜，或謂岳侯舊卒，非是。……秦檜引問之曰：『你莫是心風否？』曰：『我不是心風。舉天下都要去殺番人，你獨不肯殺番人，我便要殺你！』」，頁 3158。

〔註98〕杭州衆安橋有施將軍廟，祀「宋義烈將軍施全」，然廟不知建於何時，清時曾重建。而明清兩朝皆有立碑表彰。參見李安《岳飛史蹟考》，頁 642～643；657～659。

〔註99〕〔清〕褚人穫《堅瓠集》首集卷四〈秦會之〉條載：秦檜卒後，值開浚運河，人夫取泥堆積其第牆陰及門。有人題詩於門曰：「格天閣在人何在，偃月堂深恨已深。不向洛陽圖白髮，卻於郿塢貯黃金。笑談便欲興羅織，咫尺那知有照臨。寂寞九原今已矣，空餘泥濘積牆陰。」（筆記小說大觀第二十三編）（台北：新興書局，1987 年 6 月），頁 4421～4422。

墓時，故意在那裡屯軍，並命軍士糞溺墓上，於是人們稱秦檜之墓爲「穢冢」。〔註100〕

　　總之，南宋軍民對岳飛極力推崇，主要是建立在其抗金最力的情感上，特別來自北方的軍民，在金人侵略下，他們投入抗金忠義人的行列，甚至直接加入岳家軍。故岳飛的軍事行動，實帶給他們返鄉的希望。同時，他們深感岳飛一生爲國征戰，英雄不死於戰場，卻亡於朝廷權奸之手，這樣的命運何其冤枉！加上宋金和議後，「秦檜假借威勢，反而暗增民稅七八，以致民力重困，餓死者眾」。〔註101〕民眾在普受壓迫下，更是藉由對岳飛的懷念，而將所有的悲苦、憤怒，全朝秦檜弄權來發洩。如此，成就後來岳飛故事「忠奸抗爭」的敘事結構。

二、元代朝野對岳飛的評價

　　元臣脫脫修《宋史·岳飛傳》，雖多由宋人著作中加以節錄，然既接受之，則可視爲當時觀點，其論岳飛曰：

> 西漢而下，若韓彭絳灌之爲將，代不乏人。求其文武全器，仁智並施，如宋岳飛者，一代豈多見哉。史稱關雲長通《春秋左氏學》，然未嘗見其文章。飛北伐，軍至汴梁之朱仙鎮，有詔班師，飛自爲表答詔。忠義之言，流出肺腑。眞有諸葛孔明之風，而卒死於秦檜之手。蓋飛與檜，勢不兩立。使飛得志，則金讎可復，宋恥可雪。檜得志則飛有死而已。昔劉宋殺檀道濟，道濟下獄瞋目曰：「自壞汝萬里長城！」高宗忍自棄中原，故忍殺飛！嗚呼冤哉！嗚呼冤哉！〔註102〕

當蒙古人入主中原時，《三國》故事早已流傳，孔明、關羽已是標準的道德類型人物。特別是關羽在民間宗教的地位甚高，且得朝廷祭祀封敕。〔註103〕因

〔註100〕〔明〕蔣一葵《堯山堂外記》卷五十八「〔宋〕秦檜」條（續修四庫全書）。

〔註101〕後人在評價秦檜主和功過時，曾有人提出若南宋繼續抗金，則軍費負擔過重，將造成民不聊生。實則南宋和議後二十年，稅未減輕、養兵又多，而秦檜更以「密諭、暗增、逼令」的手段，進行苛斂，反而使百姓更爲貧困凍餒。參見鄧廣銘〈南宋初年對金鬥爭中的幾個問題〉《鄧廣銘治史叢稿》，頁159～160。

〔註102〕《宋史》卷三六五〈岳飛傳〉，頁11396～11397。

〔註103〕關羽在北宋末時，已被崇封成神，歷南宋更被封爲「壯繆義勇武安英濟王」，元朝雖以異族統治中原，然對民間文化活動多「順其固有風俗而撫循之」，因此，忽必烈初登大寶，「于大明殿啓建白傘蓋佛事，有抬昇監壇，漢關羽神轎軍」，到文宗時，更敕封關羽爲「顯靈義勇武安英濟王」。參見黃華節

此，《宋史》在評價岳飛時，透過關羽和孔明以肯定其「文武」、「仁智」、「忠義」，這在當時應算是非常高的評價。而對岳飛冤死，則承宋人罪檜的看法，〔註104〕而進一步裁定「忠奸勢不兩立」的規律，更可貴的是能客觀、明白地指出宋高宗的罪責。故在《宋史·高宗本紀》中，指斥宋高宗惑於奸臣，使岳飛父子死於大功垂成之秋，實為「恬墮猥懦」的昏君。〔註105〕

當然，元政權以異族身分竟然大加肯定岳飛，此不排除其有意藉宣揚岳飛冤屈之大，以凸顯南宋政權腐敗之極，從而間接為其政權收取民心。故對民間崇奉岳飛並不禁止，元帝甚至沿襲南宋傳統進行封贈，如元順帝時，賜額杭州岳廟「保義」，另在錢塘的忠顯廟，每年春秋兩季均由地方長官致祭，文人雅士、鄉民村夫，無不敬仰岳飛的忠義。在元代，岳飛已成為民間崇拜的偶像，誠如鄭元祐在〈重建岳鄂王忠烈廟碑〉中云：

> 故宋贈太師忠武岳鄂王，起卒伍，至將帥，其謀審戰勝，規模設施，
> 雖古名將不為過，一時南渡諸帥臣不論也。而高宗昏孱，竟斃之於
> 權奸之手，逮今二百餘年矣，雖童兒婦女概知王之為烈也。〔註106〕

可見岳飛在人民心目中，已為忠烈典型，而當時人對宋高宗竟然「忍父兄不世之禍，而甘為怨仇之臣子」的行為，則深感無比痛心。〔註107〕此誠如趙孟頫詠〈岳鄂王墓〉所嘆：「南渡君臣輕社稷，中原父老望旌旗。」〔註108〕又元順帝至正二十三年（1363），杭州重刻《金佗稡編》，陳基為撰序文時就慨嘆：

《關公的人格與神格》（台北：臺灣商務印書館，1995年3月），頁163～164。

〔註104〕《宋史·秦檜傳》論云：「檜兩據相位，凡十九年。劫制君父，包藏禍心，倡和誤國，忘讎斁倫。一時忠臣良將，誅鋤略盡；其頑頓無恥者，率為檜用，爭以誣陷善類為功。」頁13764。

〔註105〕《宋史·高宗本紀》雖肯定其「恭儉仁厚、權宜立國」，但亦深責：「其始惑於汪黃，其終制於奸檜。恬墮猥懦，坐失良機。甚而趙鼎、張浚相繼竄斥，岳飛父子竟死於大功垂成之秋，一時有志之士，為之扼腕切齒：帝方偷安忍恥，匿怨忘親，卒不免來世之誚。悲夫！」頁612。

〔註106〕〔元〕鄭元祐《僑吳集》卷十一（台北：國家圖書館影印鈔本，1970年3月），頁458～459。

〔註107〕同前註。

〔註108〕趙孟頫詠〈岳鄂王墓〉全詩為：「岳王墳上草離離，秋日荒涼石獸危，南渡君臣輕社稷，中原父老望旌旗。英雄已死嗟何及，天下中分道不支，莫向西湖歌此曲，水光山色不勝悲。」見《松雪齋文集》（台北：臺灣學生書局，1985年2月），頁167。

夫所貴乎中興之主者，不以其能雪父兄之恥，光武考之烈乎？今舉
垂成之業而棄之，使馮異君臣專美於千載，岳飛父子啣冤於地下，
此孝子、忠臣所以讀《金佗稡編》者，未嘗不爲高宗惜也。〔註109〕

可見元代士大夫認爲只要岳飛不死，必能再造宋室，如此情感實因南宋滅亡
而發。因此，其深惜高宗、痛恨權奸，未嘗不是在異族統治下，對民族英雄
更加懷念的表現。

小　結

　　由以上宋元的政治背景，和朝野對岳飛的評價可知：自岳飛歿後，宋元
朝野皆一致肯定岳飛的愛國精神。然對岳飛冤死究由，宋朝朝野皆將全部罪
過，一致歸咎是因奸臣秦檜弄權，對高宗頂多含蓄地點出其不善用才，這是
宋代藉《春秋》倡尊王的文化反應。〔註110〕元朝則在一片對奸臣的討伐聲中，
加入對高宗昏庸和縱容的指責，有突出昏君奸臣的搭擋，這或許是宋高宗非
元朝之君，故可以不必爲君者諱，且逢南宋亡於元朝，更能興起人民之感慨、
省思。然而，無論是宋朝或是元朝，對於岳飛的死因皆未能從制度面和文化
思想上做更深入的思考，而只是將歷史現象，簡單化爲政治上的忠奸二分。
這樣的觀點，固然是因士大夫對於秦檜痛恨至極，但同時也是因爲受到傳統
君臣倫理的局限。而如此的觀點和心態，表現在以中下階層民眾爲主的通俗
文學中，就顯得更加簡化，而將歷史英雄的悲慘結局逕歸於奸人所害。

第三節　宋元時期流傳的岳飛故事

　　南宋時講述有關岳飛的故事，可以說自岳飛冤死後就開始了，《夢梁錄》
載有：「咸淳年間，敷演《復華篇》及《中興名將傳》，聽者紛紛，蓋講得字
眞不俗，記問淵源甚廣耳。」〔註111〕又《醉翁談錄》亦載有：「新話說張、韓、

〔註109〕〔元〕陳基〈金佗稡編序〉收入《夷白齋稿》（台北：臺灣商務印書館，1979
　　　　年），卷二二葉五～六。
〔註110〕《四庫全書總目提要》卷二九〈日講春秋解義〉條云：「說《春秋》者莫
　　　　夥於兩宋。」四庫《春秋》類共著錄114部，1838卷，其中宋人之作，以
　　　　部數論佔三分之一；以卷數論則爲三分之一以上，可見宋代《春秋》學興
　　　　盛，此實足以構成宋代文化的特色。（台北：臺灣商務印書館，1983年），
　　　　頁581。
〔註111〕〔宋〕吳自牧《夢梁錄》卷二十〈小說講經史〉（台北：文海出版社，1981

劉、岳。」〔註112〕據胡士瑩考證，《中興名將傳》應即是「新話說張、韓、劉、岳」，其內容即講述岳飛等當代名將抗金復國的故事，〔註113〕屬「說鐵騎兒」的說話家數。〔註114〕另《復華篇》今人亦多認為實為講述岳飛等抗金名將復國勛業的作品，「復華」乃「恢復中華」之意。〔註115〕而宋度宗咸淳年間（1264～1274），正是蒙古侵犯、外患再起的時局，此時《復華篇》、《中興名將傳》等岳飛故事的流行，實反映民間對岳飛「戰功」威望的嚮往，可惜這些作品皆已佚失。〔註116〕幸而在南宋野史、筆記中，尚可找到關於岳飛的軼事傳說，其關注焦點傾向對岳飛「冤死」的相關附會，此為後代岳飛故事的發展提供了許多基本的情節單元。

　　直到元代，岳飛故事才有獨立且較完整的雜劇演出。雖然宋元間講史平話《大宋宣和遺事》內容含括兩宋之際的史事，但提到岳飛只有寥寥數語，無法彰顯出岳飛故事的情節單元。〔註117〕而元人楊維禎雖有「至正年間，聽

年6月），頁566。

〔註112〕〔宋〕羅燁《醉翁談錄》甲集卷一（台北：世界書局，1972年5月），頁4。

〔註113〕參見胡士瑩《話本小說概論》，頁265。

〔註114〕嚴敦易對「說鐵騎兒」涵義，有精闢解釋：「自北宋滅亡以來，民間藝人們所津津樂道，與夫廣大聽眾所熱切歡迎的，包括了平民暴動和起事以及發展為抗金義兵的一些英雄傳奇故事，一些以近時的真人真事作對象的敘說描摹，當即係在這個「說鐵騎兒」的項目下，歸納、隸屬、與傳布著。（這裡面當也包括進了抗金以前的農民起義，和南渡後的內部鬥爭等事件在內）鐵騎，似為異民族侵入者的軍隊的象徵。女真人原是擁有大量騎兵的驃悍的步伍，更有稱作「拐子馬」的特種馬軍，踐踏蹂躪中原土地的便是他們，所以「說鐵騎兒」便用來代替了與金兵有關的傳說故事的總名稱。」見《水滸傳的演變》（台北：里仁書局，1996年4月），頁69～70。

〔註115〕賈璐〈岳飛題材通俗文學作品摭談〉《岳飛研究》第三輯（北京：中華書局，1992年9月），頁335。

〔註116〕佚失不存的原因，賈璐認為大概有二：一是書會才人在創作作品時，更多地是考慮如何適合藝人講唱，以及如何適合聽眾的口味，而並不太著意於把自己的作品儲之名山、傳於後世，因此難免在傳唱過程中失傳。二是與統治者的禁毀有關。（同上註）而胡士瑩則針對話本的類型指出：「鐵騎兒」是以民族戰爭中的英雄為主體，正因如此，在多憂患的南宋，這種說話當然會受到廣大平民的歡迎，因而能自成一家數，也因為如此，在屈辱求和的政治逆流經常湧起的南宋，「鐵騎兒」不可能經常興盛，有時候還可能受到壓制。參見胡士瑩《話本小說概論》，頁107～108。

〔註117〕雖然《大宋宣和遺事》只敘及岳飛故事的時代背景，但卻不能說其和「岳飛故事的流傳」毫無關係，因由此所發展出的《水滸傳》，其中含有岳飛的巨大身影。此將詳論於第六章第一節。

朱桂英講秦太師事」的記載，〔註118〕但因無內容記載，只能視爲岳飛故事當時流行的證明。

一、南宋關於岳飛故事的傳說

　　由於岳飛死後，秦檜父子有計畫地竄改史實，使得岳飛在南宋正史中形象不彰。然而士民們卻透過軼事傳說的宣揚，表達他們對岳飛及其冤死事的看法。這些流傳下來的軼事傳說，既代表當時社會對岳飛的評價，同時也是日後岳飛故事情節單元的素材來源。因此岳飛死後，高宗和秦檜再度攜手合作，進行野史禁毀工作，〔註119〕然禁不勝禁，許多傳說仍然保留至今。由於此時距離史實尚近，因而南宋民間傳說的重點，主要在對岳飛「冤死」的詮釋。同時，受到朝野評價中怒斥權奸的影響，故將岳飛冤死和秦檜誤國相互附會，而以當時民間普遍流行的果報思想加以貫穿。因此，考察南宋關於岳飛的民間傳說時，必須由岳飛和秦檜兩部分來看，才能有完整的觀照。

（一）岳飛冤死部分

　　南宋的岳飛傳說主要環繞在岳飛「冤死」之前因後果，從爲何冤死的溯源探因，到死後顯靈冥報的聯想，都體現了民間對岳飛冤死命運的解讀，以及期待正義補償的心理。以下由「岳飛死因」、「岳飛入獄」、「岳飛死後」三類來看：

第一類：岳飛死因

　　岳飛微時，嘗於長安道中遇一相者，曰舒翁，飛時貧甚，熟視之曰：「子異日當貴顯，總重兵，然死非其命。」飛曰：「何謂也？」翁曰：「第識之，子猿精也，猿碩大必被害，子貴顯則睥睨者眾矣。」

〔註118〕楊維禎：《東維子文集》卷六〈送朱女士桂英演史序〉云：「至正丙午春二月，予蕩舟娛春，過濯渡，一姝淡粧素服……稱朱氏名桂英，家在錢塘，世爲衣冠舊族，善記稗官小說，演史於三國五季。因延致舟中，爲予說道君艮嶽及秦太師事，座客傾耳聳聽。」收於《四部叢刊初編集部》（台北：臺灣商務印書館，1967 年 9 月），頁 46。

〔註119〕紹興十四年，秦檜請高宗禁止時下在外流傳的野史，高宗即應和道：「靖康以來，私記極不足信。」此後高宗朝發動三次禁絕野史的浪潮，都與秦檜有密切的關係。至紹興二十五年，秦檜死後，才一度廢弛。在此禁毀野史的用意中，秦檜忌諱成爲野史詬病的對象，高宗則擔心祖宗所有的丟臉事曝光。關於南宋朝屢禁野史，參見安平秋、章培恒《中國禁書簡史》（台北：竹友軒出版公司，1992 年 2 月），頁 105～116。

〔註120〕

岳之門僧惠清言：「岳微時居相臺，爲市游徼，有舒翁者善相人，見岳必烹茶設饌，嘗密謂之曰：『君乃豬精也，精靈在人間，必有異事，他日當爲朝廷握十萬之師，建功立業，位至三公。然豬之爲物，未有善終，必爲人屠宰，君如得志，宜早退步也』。岳笑，不以爲然，至是方驗。」〔註121〕

紹興庚申歲，明清侍親居山陰，方總角，有學者張堯叟唐老自九江來，從先人。適聞岳侯父子伏誅，堯叟云：「僕去歲在羌廬，正睹岳侯葬母，儀衛甚盛，觀者填塞，山間如市解。後一僧爲僕言：『岳葬地雖佳，但與王樞密之先塋坐向既同，龍虎無異，掩壙之後，子孫須有非命者，然經數十年再當昌盛。』子其識之，今果然。」〔註122〕

岳飛功大卻冤死，這對民間百姓而言是無法理會的，於是假借各種靈異轉世，以岳飛今日受冤而死全是天命所致。然在天命觀念中，又點出「功大遭忌」的政治現實。而認爲岳家數十年後當再昌盛，這或許是事後高明，故弄玄虛，然卻符合民眾對冤死者的補償心理。

第二類：岳飛入獄

檜密遣左右宣請相公略到朝廷，別聽聖旨。侯即時前去，卻引到大理寺。……侯向万俟卨、羅振曰：「對天監誓，吾無負於國家，汝等既掌正法，且不可損陷忠臣，吾到冥府與汝等面對不休。」……吾方知落秦檜國賊之手，使吾爲國忠心，一旦告休。〔註123〕

傳說中以岳飛的冤死收場，乃是「忠奸抗爭」下的結果。而透過岳飛說出「到冥府與汝等面對不休」，則又在「冤死」情節後，再提出「冥報」情節。如此，忠對奸的抗爭成爲一種倫理堅持；惡對善的欺凌則有待死後的地獄審判。這是對現世無道的暗諷，同時也是宋代庶民文化的特色。〔註124〕

〔註120〕〔宋〕曾敏行《獨醒雜志》（台北：廣文書局，1987年7月），卷十葉四。
〔註121〕〔宋〕洪邁《夷堅志》甲志卷十五（北京：中華書局，1985新一版），頁118。
〔註122〕〔宋〕王明清《揮麈三錄》卷三「岳侯與王樞密葬地一同」條（筆記小說大觀第十五編）（台北：新興書局，1984年5月），頁2122～2123。
〔註123〕〔宋〕徐夢莘《三朝北盟會編》卷二百七〈岳侯傳〉，頁1495。
〔註124〕「地獄審判」的觀念在宋代以前是以宣揚宗教教義爲主，而自宋代開始才轉變成富有濃厚的社會規範及倫理道德色彩，故可爲人間法庭的補充。參見沈

第三類：岳飛死後

> （岳飛）其斃於浴也，實請具浴拉脅而殂。獄卒隗順負其屍出，踰
> 城至九曲叢祠中，……，葬於北山之滑。身素有一玉環，順亦以殉
> 之腰下。樹雙橘於上識焉。其及死也謂其子曰：「異時朝廷求而不獲，
> 必懸官賞，汝告之…。」後果訪其瘞不得，以一班職爲賞。其子始
> 上告於官，悉如所言。而屍色如生，尚可更斂禮服也。〔註125〕

> 岳侯死後，臨安兩溪寨子弟因請「紫姑神」而岳侯降，大書其名，
> 眾皆驚愕，請其花押，宛然平日也。復書一詩曰：「經略中原二十秋，
> 功多過少未全酬，丹心似石憑誰訴，空有遊魂遍九洲。」秦相聞而
> 惡之，擒治其徒，流竄者數人，有死者。〔註126〕

岳飛死後，官方資料未載其屍首去處，因而眾說紛紜。〔註127〕然中國人向來
注重死後入土爲安，更何況岳飛還是個冤死英雄，故有「隗順埋屍」情節出
現。〔註128〕此獄卒是否眞有其人並不重要，重要的是他所代表的是「民心」，
是民眾心中那種不忍讓英雄曝屍荒野的正義。因此，隗順其人在岳飛故事中
成了「義氣」的象徵，清朝說唱《風波亭》即據以將其發展成義俠形象（詳
論於第四章）。而以「紫姑神」〔註129〕等乩仙來敘述岳飛遺恨，除發展出岳飛

宗憲《宋代民間的幽冥世界觀》第五章〈宋代的地下死後世界傳說〉（台北：
商周文化出版社，1993年3月），頁150～160。

〔註125〕〔宋〕無名氏《朝野遺記》（筆記小說大觀第六編）（台北：新興書局，1983
年1月），頁1628。

〔註126〕〔宋〕郭彖《睽車志》卷一（筆記小說大觀第二十八編）（台北：新興書局，
1979年6月），頁241。

〔註127〕此據李安整理，有《三朝北盟會編》載「埋於臨安菜園中」；《南宋相眼》載
埋在「錢塘門外，當時私號賈宜人墓」；《鄂王事實》載「王卒，檜未知其屍。
一士人篔螺殼以掩其墓，遂成塚，堅如牆壁」。參見李安《岳飛史蹟考》，頁
343。

〔註128〕「隗順埋屍」的傳說，除《朝野遺記》有載外，《金佗祠事錄》亦有略同記事
云：「隗順爲大理寺獄卒，王薨，有棘寺符勒順瘞尸，順負尸潛瘞北山之滑。
上置鉛筒，藏符爲記。」同上註。

〔註129〕「紫姑」故事流傳甚廣且變異甚大，在六朝的紫姑故事中，只是描述一名死
於廁中之女子死後有靈；到了唐代，紫姑始被冠上「廁神」之名；至宋元，
紫姑傳說愈盛，且與卜問、扶箕等緊密結合，雖然當時卜問神靈非特限於紫
姑，惟紫姑在一般人扶箕的想法當中，由於淵源流長，所以影響最深。參見
劉志文《中國民間信神俗》「廁神（紫姑）」條（廣州：廣東旅遊出版社，1991
年9月），頁46～50。

故事「忠魂顯靈」的情節外，更指出岳飛一生最大的志願是「恢復中原」，然因奸臣作阻，遂成遺恨。那種「丹心似石憑誰訴，空有遊魂遍九洲」的字句，雖說可能出於下層文人的手筆，[註130] 然卻充分表現出民間對岳飛冤死的不平。同時，透過「忠奸抗爭」的詮解，強調英雄的悲哀始於權奸當政，這種悲涼的情緒，正是民眾對所處時勢百般無奈的心理反映。

（二）秦檜誤國部分

由南宋朝野對岳飛的評價中，已知當時人多將造成岳飛冤死的罪責，怪罪於秦檜。特別是民間傳說，更是抱持如此的看法，而逕以「忠奸抗爭」來詮釋岳飛和秦檜的立場。其實，南宋主戰、主和兩派的抗爭由來已久，而岳飛冤死也並非是單純的主戰反和所致。然或許正因秦檜在岳飛死、和議成後，藉權勢胡為擾民，早令民眾不滿於心，加上在傳統的忠君觀念下，民眾又不敢擅指君王之責，因此就將所有的國仇家恨，全算在奸臣秦檜身上。其中，出現頗多鬼神傳說的附會，此現象除了是宋代文化思維的特色外，更應有借鬼神以避人禍之用意。以下，由「天生禍種」、「東窗陰謀」、「秦檜死報」三類來看：

第一類：天生禍種

> 秦檜初為太學生號秦長腳，一日睡於窗下，有異人來詣檜，語其同舍郎曰：「他日此人誤國害民，天下同受其禍，諸君亦有死其手者。[註131]

> 檜性陰密，乘轎馬或默坐，常嚼齒動腮，謂之馬啗。相家謂得此相者可以殺人。[註132]

區區一個秦檜，為何能夠冤殺岳飛、倡和誤國呢？史實上是因奸臣得到昏君的信任所致，然南宋士民豈敢批評皇上為昏君，於是先將罪責轉移給奸臣，再溯之天命是最易理解，也是最安全的作法。故將秦檜的長腳體型、嚼齒動腮等動作，全加以比附為天生禍國的應徵。既是天命，則高宗自然無罪，而

[註130] 夢卜讖應之說雖流傳甚早，但將之普遍視為平時交往的話題、日常生活的精神補充，則以宋代士人為甚。特別是宋室南渡後，整個社會更加有一種風雨飄搖感，更加助長下層文人的參與。詳參吳鷗〈從宋人作品中的卜筮夢兆讖應看宋代文人心態〉《國際宋代文化研討會論文集》（成都：四川大學出版社，1991年10月），頁290～300。

[註131] 〔清〕丁傳靖《宋人軼事彙編》引《山堂肆考》（台北：臺灣商務印書館，1982年9月），頁752。

[註132] 〔宋〕徐夢莘《三朝北盟會編》卷二百二，頁1580。

岳飛冤死也只能認命。「萬般皆是命，半點不由人」，唯有如此認知，民眾才能安撫自己對岳飛冤死的不平，這樣的文化心理，對後代岳飛故事的發展有很大影響。

第二類：東窗陰謀

> 秦檜妻王氏，素陰險，出其夫上。方岳飛獄具，一日，檜獨居書室，食柑玩皮，以爪劃之，若有思者。王氏窺見，笑曰：「老漢何一無決耶？捉虎易，放虎難也。」檜瞿然當心，致片紙入獄。是日，岳王薨於棘寺。〔註133〕

> 檜之欲殺岳飛也，於東窗下與妻王氏謀之。王氏曰：「擒虎易，縱虎難。」其意遂決。後檜遊西湖，舟中得疾，見一人披髮厲聲曰：「汝誤國害民，吾已訴天得請矣！」檜歸，無何而死。未幾，子熺亦死。王氏設醮，方士伏章，見熺荷鐵枷，問：「太師何在？」熺曰：「在酆都。」方士如其言而往，見檜與万俟卨俱荷鐵枷，備受諸苦。檜曰：「可傳語夫人，東窗事發矣！」〔註134〕

「東窗陰謀」是岳飛故事中的主要情節單元，其中認定王氏比秦檜還要狠毒。此觀點在後代岳飛故事的發展中愈來愈被肯定，更被擴大敷演成因王氏和兀朮通奸，故才堅持必殺岳飛。而秦檜西湖遇鬼後「無何而死」，此又是欲將岳飛冤屈訴諸鬼神以平反。如此，可見南宋民眾似乎並不怎麼相信朝廷律法的公平性，甚至是藉此對現世君昏臣奸的反彈，故有方士入冥看見秦檜受報的傳說，日後演為「何立入冥」的情節單元。另《夷堅志》亦載有此事，內容大略同於《西湖遊覽志餘》，然特注明秦檜西湖遇鬼後「自此怏怏以死」，最後另有一段：

> 後有考官歸自荊湖，暴死旅舍，復甦曰：適看陰間斷秦檜事，檜與卨爭辯，檜受鐵杖，押往某處受報矣。〔註135〕

此段傳說除了可能發展為「何立入冥」的情節外，〔註136〕亦可能是明清時期

〔註133〕〔宋〕無名氏《朝野遺記》，頁1628。

〔註134〕〔明〕田汝成《西湖遊覽志餘》卷四〈佞倖盤荒〉（台北：木鐸出版社，1982年）。

〔註135〕此見《堅瓠集》首集卷四「東窗事犯」條引《夷堅志》載，頁4413～4414。然今傳本《夷堅志》卻未見記載此事。

〔註136〕同前註，《堅瓠集》在引《夷堅志》後，隨即又引《江湖雜記》所載：「檜既殺武穆，向靈隱寺祈禱，有一行者亂言譏檜。檜問其居止。僧賦詩，有『相公問我歸何處，家在東南第一山』之句。檜令隸何立物色。立至一宮殿，見僧坐決

「胡迪罵閻」故事的基源（詳論於第三、四章）。透過這類因果報應的地獄傳說，反映出來的正是宋朝民眾那種善賞惡罰，「雖生可以欺於世，死後地獄報應不可逃」的果報觀念。〔註137〕

第三類：秦檜死報

> 秦檜久擅權，大誅殺以脅善類。末年，因趙忠簡之子汾以起獄，謀盡覆張忠獻、胡文定諸族。棘寺奏牘上矣，檜時已病，坐格天閣下。吏以牘進，欲落筆，手顫而汙。亟命易之，至再，竟不能字。其妻王氏在屏後搖手曰：「勿勞太師。」檜猶自力，竟仆於几。遂伏枕數日而卒。獄事大解，諸公僅得全。〔註138〕

> 秦會之（即秦檜）初得疾，遣前宣州通判李季設醮于天台桐柏觀。季以善奏章自名。行至天姥嶺下，憩小店中，邂逅一士人，頗有俊氣，問季曰：「公爲太師奏章乎？」曰：「然。」士人搖首曰：「徒勞耳。數年間，張德遠當自樞府再相，劉信叔當總大兵捍邊。若太師不死，安有是事耶！」季不復敢與語，即上車去，醮之。明日而聞秦公卒。〔註139〕

岳飛冤死後，秦檜以和議有功，在死前又享受了十多年的榮華富貴。其死亡和岳飛何干？然由於秦檜晚年仍然專權橫行，民眾敢怨不敢言，故附會神異，以秦檜突然死去來表示惡人受惡報。如此又和前述的冥報、遇鬼等情節相混，而在日後流傳的岳飛故事中，遂被附會、綜合成是岳飛顯靈報仇，或是岳飛顯靈救護忠良等「忠魂顯靈」的情節單元。

二、元代關於岳飛故事的戲劇

元代是一個洋溢著濃厚悲情意識的時代，在蒙古人採取高壓歧視政策的

事。立問侍者，答曰：『地藏王決秦檜殺岳飛事。』須臾，數卒引鬼至，身荷鐵枷，囚首垢面，見立，呼告曰：『傳語夫人，東窗事發矣！』」再引《七修類稿》所載元人張光弼作〈簑衣仙詩〉，詩有引云：「宋押衙何立，秦太師差往東南第一峰構幹，恍惚一人引至陰司，見檜對岳事，令歸告夫人，東窗事犯矣。復命後，即棄官學道，蛻骨，今蘇州玄妙觀簑衣仙是也。」由此可見，南宋「東窗事犯」傳說，發展至元代時，已附會而另外形成「何立入冥」的情節。

〔註137〕詳參劉靜貞《宋人的果報觀念》（台灣大學歷史所碩士論文，1981年）。
〔註138〕〔宋〕岳珂《桯史》卷十二〈秦檜死報〉（北京：中華書局，1985新一版），頁93～94。
〔註139〕〔宋〕陸游《老學庵筆記》卷二，頁2。

統治下，傳統士大夫備受冷落，人的價值觀、體驗和感受等，皆隨著前所未有的社會騷動和心理變化，而形成一種悲涼、哀怨、憤激相雜的社會心態。這樣的精神壓力所帶來的痛苦，並非只有個人，而是全社會、全民族的動盪。在此情況下，溫柔敦厚及士人抒情的詩詞歌賦，已無法滿足整體社會心理的需要，廣大民眾需要的是能直接反映環境、宣洩他們心中情緒的一種大眾藝文形式，而在南戲及金院本的背景下，日漸成熟的元雜劇乃應時而盛。〔註140〕元代岳飛故事的主題，承自宋元時期岳飛評價的重點，意即「戰功」和「冤死」兩項，前者直接反映人民不願異族統治的願望，如《宋大將岳飛精忠》；後者體現的冤屈氣氛，則頗能符合時代的悲情意識，如孔文卿《地藏王證東窗事犯》、金仁傑《秦太師東窗事犯》。此外，另有戲文《秦太師東窗事犯》，然此作和金仁傑的同名作品，今皆佚失不傳。〔註141〕

（一）《宋大將岳飛精忠》

此為元明闕名雜劇，〔註142〕題目作「金兀朮侵犯邊境」，正名作「宋大將岳飛精忠」，簡名《岳飛精忠》。末本，正末扮岳飛，四折一楔子，楔子在二、三折間。〔註143〕

此劇所演乃依《宋史・岳飛傳》破「拐子馬」一段，加以虛構發揮。〔註144〕

〔註140〕關於元雜劇興起的時代因素，詳參鄭傳寅《中國戲曲文化概論》第二章〈三、戲曲勃興於元的原因〉（新店：志一出版社，1995年4月），頁150～174。

〔註141〕詳參莊一拂《古典戲曲存目彙考》（台北：木鐸出版社，1986年9月），頁51～52、317～318。

〔註142〕此劇創作年代頗多爭議：孫楷第《也是園古今雜劇》將此劇定為明前期宮廷無名氏作；徐子芳《明雜劇研究》以為此劇未及東窗陰謀，有別於宋元岳飛劇，故為明作；然傅惜華《明代雜劇全目》、陳萬鼐《全明雜劇》則皆未收入；而莊一拂《古典戲曲存目彙考》、李修生《古本戲曲劇目提要》則歸於元明間作品、若以體制來看，此劇分別以仙呂、南呂、越調四套北曲組合，一人主唱，動作稱科，實合於元人傳統；再以內容來看，岳飛故事多所流傳，元雜劇未必盡演東窗。故就文學流傳而言，以元明間來定位，雖未細分，卻較妥當。

〔註143〕本文引用文本為《孤本元明雜劇》第八冊所收。（台北：台灣商務書局影印上海涵芬樓印，1977年12月）。

〔註144〕《宋史・岳飛傳》描述此段云：「飛自以輕騎駐郾城，兵勢甚銳，兀朮大懼，會龍虎大王議，以為諸帥易與，獨飛不可當，欲誘致其師，併力一戰。……初，兀朮有勁軍，皆重鎧貫以韋索，三人為聯，號「拐子馬」，官軍不可當。是役也，以萬千五騎來。飛戒步兵以麻札刀入陣，勿仰視，第斫馬足。拐子馬相連，一馬仆，二馬不能行。官軍奮擊，遂大敗之。兀朮大慟曰：『自海上起兵，皆以此勝，今已矣！』」頁11389。

內容敘金兀朮領兵四十萬南侵中原，宋相李綱奉旨聚文武官員商議，學士秦檜係金國放回之奸細，故力主和議，而與會之中興四將（張韓劉岳）則極力主戰，岳飛更力斥秦檜意在賣國，由於李綱亦主戰，故秦檜之議終被否決。於是岳飛率領諸軍迎戰，大破「拐子馬」且生擒番將，最後以宋廷頒旨封賞、設宴慶功作結。如此理想化的喜劇情節，只能收一時間的大快人心，卻無深刻動人的主題結構。王季烈評曰：「關目率直，曲文平庸無可取，且用韻夾雜，不守元人規律，乃伶工筆墨也。」〔註145〕

本劇以「大破拐子馬」情節，演爲岳飛抗金的主要「戰功」，此爲後代岳飛故事所繼承，只要演述宋金交戰，莫不以此爲岳飛戰功之最精彩處。實則所謂「拐子馬」並非如《宋史‧岳飛傳》所形容的「三人爲聯、貫以韋索」，而是金兵大陣的左右翼騎兵。自金國發動侵宋之師以來，一直使用著如此陣隊，因此史實上岳飛既不是第一個破拐子馬的宋將，也不是拐子馬的終結者。〔註146〕然而，由於《宋史‧岳飛傳》的對此情節的精彩敘事，使「破拐子馬」成爲岳飛顯耀的戰功；後代通俗文學家，遂更誇大敷演爲岳飛故事的重要情節單元。如《宋大將岳飛精忠》敘寫此段云：

> （兀朮）大率一百萬雄兵，密排拐子馬，身披重鎧，一人奮勇，三將齊攻，此陣名爲拐子馬，乃衝圍破陣第一奇術也。休說是大宋之兵，就是太行山，也衝開一半，量岳飛焉能拒敵？（第三折）

作者先寫金兵拐子馬大陣的氣勢威風，再寫岳飛臨危不懼，調度將士「右手持刀，左手持牌，用力削其馬足」，最終大破金兀朮的百萬雄兵。如此，透過對比以見蠻橫的金兀朮不敵智勇的岳飛，其目的在凸顯岳飛的英雄形象。正如張、韓、劉三大將在南宋初的地位均不亞於岳飛，然劇中卻虛構岳飛掌帥，三將隸屬之。

由於本劇內容在彰顯岳飛破敵戰功之威，故在主題上並未以「忠奸抗爭」爲重點，如秦檜只在第一折出現，其立場是因答應金兀朮放其歸宋後「願爲

〔註145〕〔清〕王季烈《孤本元明雜劇提要》（台北：盤庚出版社影印中華書局，無出版日期），頁88。

〔註146〕鄧廣銘考證後指出：「拐子馬」實爲女眞族的左右翼騎兵，《宋史》和通俗文學之所以加以描繪成「三人爲聯、貫以韋索」的形象，乃因沿用岳珂在《鄂王行實編年》中的解釋。而岳珂以爲自金人起兵以來，只要拐子馬一上陣便戰無不勝，直到爲岳飛識出其弱點，大破之，「拐子馬由是遂廢」。此說不合史實，因在郾城戰役二十年後，金兵仍有使用拐子馬出戰。參見〈有關「拐子馬」的諸問題的考釋〉《鄧廣銘治史叢稿》，頁594～612。

大金細作」，在「豈肯失信於兀朮」的心態下，堅主和議。而其主和理由是「番兵人人英勇、箇箇威風」、「金將兀朮真箇行兵如神」，因此遭岳飛斥為「賣國」。秦檜恫嚇不成，只能無奈地說：「既然如此，我也攔不住，則要您見功，倘有輸了，並不干我事。」然秦檜因為深恐「看起來只有我是一個不盡忠的人，兀朮又怪我食了前言」，遂盤算「在聖人跟前，多說岳飛些是非」。然而，秦檜的奸計似乎並未得懲，故本劇自第二折以後，即未再有秦檜出場。劇中寫宋廷奸臣只有秦檜一人，且對岳飛亦無可奈何，如此實構不成「忠奸抗爭」。那麼，《宋大將岳飛精忠》敷演岳飛「戰功」的深層意旨何在？細究之，應在於「華夷之辨」的文化心態。正如劇中李綱所云：

> 大宋朝太祖開基，託賢臣文武扶持，傳位至徽欽二主，被金兵撥亂
> 華夷，兀朮賊連年侵侮……。（第四折）

如此則將北宋亡國、宋金交戰的禍因，全推給「兀朮賊、撥亂華夷」。因此，劇中對岳飛大破拐子馬的戰功，高度譽為「保華夷萬載名標」（第三折）。更透過韓世忠云：

> 為人者上忠於君王，下敬於父母，攝夷狄，威四海，整道理，正三
> 綱，方可為國家臣子也。（第四折）

由此可見，作者視「華尊夷卑」如同三綱般是一種常道，故將戰亂之非常，究因於「撥亂華夷」。如此，實反映出漢人不滿蒙古異族統治的文化心態，故透過岳飛大破異族的戰功故事，用以宣洩當時普遍的社會心理。同時，劇中虛構宋廷內外一致戮力破敵，此應是有感於南宋亡國之因，而進行翻案式的歷史編織。

　　元明期間，像這種以「戰功」情節為主要題材，並強調岳飛英雄形象的雜劇，尚有《岳飛大破太行山》、《岳飛三箭嚇金營》二本，然今皆只有存目。〔註147〕

（二）《地藏王證東窗事犯》

　　作者是元人孔文卿。題目作「岳樞密為宋國除患，秦太師暗結勾反陳」，正名為「何宗立勾西山行者，地藏王證東窗事犯」，簡名《東窗事犯》。〔註148〕

〔註147〕莊一拂注記此二本：「《寶文堂書目‧樂府》著錄此劇正名，題目不詳。佚。」《古典戲曲存目匯考》，頁584。
〔註148〕本文引用文本為延保全校注，收入《李行道、孔文卿、羅貫中集》（山西人民出版社，1993年4月）。

劇中主要敷演岳飛「冤死」的情節，此頗符合元人悲劇取事側重悲苦、冤苦的特點。〔註149〕內容敘岳飛被秦檜矯詔召回無辜殺害後，秦檜與其妻在「東窗」下密謀的事被地藏神察覺，地藏神遂化身人間爲瘋僧，洩漏天機警告秦檜：生前爲惡死後將受冥報。而何立則是這場因果報應的見證者。

《東窗事犯》中運用的果報觀念，自宋代即普遍流行，而以地藏神出場則反映出中古時代地藏的信仰文化，〔註150〕可見此劇能直接扣緊庶民文化。今崑劇所唱的《掃秦》，爲其第二折。「東窗陰謀」事雖不見於正史，但自南宋末年以來，有關秦檜夫婦「東窗陰謀」的故事已在民間廣爲流傳，藉以表達人民對民族英雄岳飛的深刻懷念，以及對奸臣秦檜的痛恨。孔文卿的《東窗事犯》，應是在此傳說廣泛流傳的影響下創作而成。

另外，明郎瑛云：「岳武穆戲文，何立鬧酆都，世皆以爲假設之事，乃爲武穆泄冤也。予嘗見元之平陽孔文仲（卿）有《東窗事犯》樂府，杭之金人（仁）傑有《東窗事犯》小說，與今所傳，大略相似。」〔註151〕據此，則《錄鬼簿》同著錄於金仁傑下《東窗事犯》本，注曰：次本。則金仁傑所作的《東窗事犯》，是否即爲郎氏所云的小說？學界對此頗有爭議，〔註152〕惜因金氏原作早已失傳，今已無從求證。然通過此一記載，可以肯定《東窗事犯》是一個長期流行的劇目，〔註153〕因此在宋元時期的岳飛故事中，《東窗事犯》可說

〔註149〕楊建文指出元人悲劇的基本色調在悲苦，創造苦境是元雜劇審美的追求，因而取事著重在主人公遭受的苦難，而此苦難主要是「社會」使然，如《東窗事犯》演精忠報國之士屈死於冤獄，在取事上是側重其冤苦。參見《中國古典悲劇史》（湖北：武漢出版社，1994年4月），頁209～211。

〔註150〕佛教中地藏菩薩的形象，在唐末宋初時已經成爲冥界救贖的代表，其後與十王信仰結合，地藏王成了幽冥界的教主，而其影響力也就不在侷限於佛教徒，更及於道教徒，甚至普及於一般民眾。詳參莊明興《中國中古的地藏信仰》（台灣大學歷史所碩士論文，1998年）。

〔註151〕〔明〕郎瑛《七修類稿》卷二十三「東窗事犯」（筆記小說大觀第三十三編），頁352。

〔註152〕葉德鈞認爲金氏的作品不是小說，所謂的「二本」、「次本」，乃是和孔文卿的雜劇連言的。見《戲曲小說叢考》卷中「金仁傑東窗事犯非小說」一條。而胡士瑩則認爲非郎瑛有誤，應是鍾嗣成失載，並進一步指出《古今小說》卷二十三〈遊酆都胡母迪吟詩〉的頭回，即敘東窗事，有可能即金氏小說的底本。參見《話本小說概論》，頁291。

〔註153〕李修生指出：在元雜劇中同名劇本不只一部，著名的演員會加以「按行」，因此《東窗事犯》這劇目，牽扯到孔文卿、金仁杰和楊駒兒等眾人，足可證明此劇目的長期流行。參見《元雜劇史》（江蘇古籍出版社，1996年4月），頁198～199。

是最具有代表性的文學作品。同時，此劇承宋代岳飛故事的「冤死」悲情和相關傳說，具體演爲「瘋僧戲秦」、「忠魂顯靈」和「何立入冥」等情節單元，爲後代的岳飛故事提供了發展的基礎。

第四節　元雜劇《東窗事犯》的創作意圖及敘事主題

本節探討《東窗事犯》的創作意圖、敘事結構和主題思想，以下依序論述之：

一、由作者資料探其創作意圖及演出要求

（一）作者考訂及創作意圖的推測

現存元刊本《東窗事犯》究竟是否爲孔文卿所作？此曾一度引起疑惑。首先是現存元刊本的全名是《地藏王證東窗事犯》，與《錄鬼簿》所載孔文卿條下《秦太師東窗事犯》劇名有異，而金仁傑卻有同名作品。其次是《錄鬼簿》又在孔氏下注：「一云楊駒兒作。」因此，涉及這本《東窗事犯》的作者，就有孔、金、楊三人。當天一閣鈔本《錄鬼簿》發現後，這個問題總算能論定。其證有二：一是明鈔本《錄鬼簿》（即天一閣鈔本）孔文卿條下，注有正名「何宗立勾西山行者，地藏王證東窗事犯」十六字，此與元刊本正名的二句全同；而在金仁傑名下，卻只注有「《東窗事犯》，次本」。二是依據孟本《錄鬼簿》，於金氏此劇目下注有「旦本」二字，而現存元刊本則爲「末本」。依此，可以肯定元刊本《東窗事犯》是孔文卿所作。至於另一個楊駒兒，只是鍾嗣成一筆帶過，未見有任何資料再言及。〔註154〕

關於孔文卿的生平資料甚少，鍾嗣成只說他是「平陽人」，而明代的賈仲明有挽詞曰：「先生准擬聖門孫，析住平楊一葉分，好學不恥高人問。以子稱，得謚文，論綱常，有道弘仁。捻《東窗事犯》，是西湖舊本，明善惡勸化濁民。」〔註155〕依此可知：孔文卿可能爲曲阜孔門之後，〔註156〕曾和其他雜劇作家有

〔註154〕對此現象，王鋼認爲：「曹本有『一云楊駒兒作』小註，當是後人校記。案簡本有『楊駒兒做者』小註，蓋校者見校本有『楊駒兒作』語，以爲有楊撰之說，遂校於此，實則『楊駒兒作』是爲了區別金志甫同名劇之小註。『做』，即表演。」《校訂錄鬼簿三種》（河南：中州古籍出版社，1991年11月），頁108～109。

〔註155〕見《錄鬼簿》卷上「孔文卿」條，引〔明〕賈仲明〈凌波仙〉挽詞。參見浦

所交往，其作《東窗事犯》寓含教化目的。如此，則可推測孔文卿《東窗事犯》的寫作意圖爲：作者生活在元代前期，或許他也曾經歷了由金入元的變遷，作爲「聖門子孫」的他，正因不滿異族統治，才創作這本雜劇。劇中通過對民族英雄岳飛的懷念，和對誤國奸臣秦檜的批判，藉以發洩自己對時代的憤懣和不平。

再由文學潮流來看，戲劇藝術的形式和表現，其主體在於音樂和演技。因此作品的內容，是否完全由劇作家自己所構思創作，並非絕對重要，劇作家們一般反而更趨向於「從觀眾早已熟悉的故事中選擇戲曲題材」。〔註 157〕而關於岳飛盡忠遭冤的故事，在南宋時已廣泛流傳於市井說話，因此孔氏順理成章加以取材運用，也就極爲自然。

（二）作者與觀眾互動下的演出要求

孔文卿爲平陽人，即今山西臨汾一帶。在元代前期，北雜劇雖然是以大都爲中心，但山西的雜劇演出活動亦蓬勃發展，特別是平陽地區十分興盛，如《錄鬼簿》載平陽籍作家的數量，即僅次於大都。〔註 158〕

平陽地區演戲的文化活動可說是承宋金而來，人民喜冶遊、好祀神，每逢迎神賽社，紛紛以戲舞樂神，故有「霹靂弦聲鬥高下，笑喧嘩」的景象。〔註 159〕可見元雜劇在宗教活動下，達到既娛神又娛人的雙重功用，故能發展得十分繁榮。在元〈重修明應王殿〉碑中，就載有洪洞縣明應王殿廟會時的盛況：

> 每歲三月中旬八日，居民以節令爲期，適當群卉含英，彝倫攸敍時也。遠而城鎮，近而村落；貴者以輪蹄，下者以杖履；攜妻與老贏而至者，可勝既哉！爭以酒餚香紙聊答神惠，而兩渠資助樂藝牲幣獻禮，相與娛數日，極其厭飫，而後顧瞻戀戀猶忘歸也。〔註 160〕

漢明校《新校錄鬼簿正續編》（四川：巴蜀出版社，1996 年 10 月），頁 93。

〔註 156〕孔文卿爲孔子後裔第五十三代孫，死後以子得諡文。李修生《元雜劇史》，頁 198。

〔註 157〕傅謹《戲曲美學》（台北：文津出版社，1995 年 7 月），頁 81。

〔註 158〕《錄鬼簿》記載平陽籍作家有八人，僅次於大都。而在初期作家中，有雜劇作品流傳者除孔文卿外，另有石君寶和李行道共三人。

〔註 159〕見〔元〕王惲〈堯廟秋社〉收入《秋澗集》卷七十七「秋澗樂府」。另其在〈平陽府臨紛縣重修后土廟碑〉中稱平陽地區「風俗率勤儉，盡地利，懷思深遠，有陶唐之遺風焉，用是富庶。而事神報本之禮尤恪，歲時單出，唯恐居後，豈終歲之勞一日蠟者之意歟？」收入《秋澗集》卷三十七。

〔註 160〕李修生《元雜劇史》，頁 44～45。

由此可知：當地百姓常是利用廟會時觀戲，且對演戲活動常自願資助。可見平陽地區的戲劇活動，和寺廟、民眾的關係實在密不可分。〔註161〕在這樣的環境下，對作家在創作劇本時，不能說毫無影響。首先：就演出場合來看，在熱鬧的廟會活動中演出時，常有互相「拚戲」的情況，就算只有一個戲班表演，其演出的精彩與否，也會成為信徒決定下次是否聘請的條件。故在市場競爭下，對劇本水準的提高，實有正面之促進作用。其次，為配合宗教信仰的節慶氣氛，於戲劇內容中參雜鬼神有靈、善惡必報等情節，可說既符合群眾「鬼神有靈」的期待心理，又可寓教於樂，達到作者教化群眾的高級動機。〔註162〕

　　另一方面，由於戲劇觀眾是以中下階層的群眾為主，他們知識不多，對於生活中的「非常」狀況，又常歸之於冥冥鬼神。因此，他們所能接受的是簡單明瞭的現象，如「是／非、好／壞」等二分法，樂於看到的是善有善報、惡有惡報的結局。更何況身處社會混亂的元代，在倫理淪喪、世事不平的社會心態下，也會促使無奈的人們，將生活中滿腹的冤情、不平，轉向神佛仙道乞求寄託。於是，「因果報應」成了人們在現實苦難中，所發出的抗爭心聲。〔註163〕

　　孔文卿身為聖門子孫，卻生活於異族統治的黑暗時代，在民族大義和感士不遇等複雜心理下，其戲劇創作除有發洩自己對現世的憤懣不平外，尚須考慮到中下階層群眾的知識水平，以及戲曲演出時對觀眾的娛樂、教化作用。因此，元雜劇《東窗事犯》可說是作者和觀眾互動下的作品。

二、《東窗事犯》敘事結構的特色

　　《東窗事犯》一劇共有四折，全劇之首有一楔子，第二、三折之間亦有一楔子。全劇梗概如下：

〔註161〕平陽地區許多戲台本身就是寺廟建築的一部分，且當地人死後還喜歡以雜劇藝術品作為陪葬物。詳參劉念茲〈金元雜劇在平陽地區發展考略〉收入《中華戲曲》4（太原市：山西人民出版社，1987年12月）；廖奔〈從平陽戲曲文物遺存看元雜劇發展的時空序列〉《中華戲曲》5（1988年3月）。

〔註162〕趨吉避凶的節日心理，對戲曲提出了增添喜樂氣氛的要求。此詳參鄭傳寅《傳統文化與古典戲曲》第一章〈節日民俗與戲曲文化的傳播〉（台北：揚智文化公司，1995年1月）。

〔註163〕楊建文認為：「無邊苦海」和「因果業報」是元人悲劇展開在芸芸眾生面前的兩大佛教境界，前者代表現實的苦難，後者代表抗爭的心聲。而此宗教精神主要反應出元人的社會心態。參見《中國古典悲劇史》，頁188～194。

楔　子：岳飛統軍在朱仙鎮拒敵，忽奉聖旨金牌令其還朝，令張憲、岳
　　　　雲留守。

第一折：岳飛抵京，爲秦檜送下大理寺問罪。全折多對簿時之辭令，最
　　　　後定讞，故有「殺了岳飛、岳雲、張憲三人」云云。

第二折：地藏神化爲瘋僧，到靈隱寺揭露秦檜夫婦謀害岳飛事。

楔　子：何宗立奉秦檜之命，至靈隱寺勾提瘋僧，只得「家住東南第一
　　　　山」之句，復領秦檜命往勾，卻來到鬼門關，方知瘋僧實爲地
　　　　藏王，而秦檜正帶枷受審，囑其傳語王氏：東窗事犯矣。

第三折：岳飛父子三人既已被殺，乃向高宗托夢，申訴冤情，請殺秦檜，
　　　　以祭冤魂。

第四折：何宗立回還時已是二十年後，宋廷已換新君，於是其遂向新君
　　　　稟述秦檜在陰司受罪情形，王氏聞之甚悲。最後岳飛父子冤魂
　　　　上昇。

　　由以上可知：《東窗事犯》演出的內容包括「奉詔班師」、「冤獄屈死」、「瘋
僧戲秦」、「忠魂顯聖」、「何立入冥」等岳飛故事的情節單元，然並未直接敷
演出「東窗陰謀」單元，而是一方面通過岳飛自述其精忠與冤屈；一方面由
瘋僧對秦檜勾結金邦、殘害忠良之惡跡，作出無情的揭露和鞭撻；最後安排
何宗立爲善惡必報的見證者。至於秦檜則沒有直接上場，因爲相較於岳飛代
表的受苦者，秦檜則是加害者，在元雜劇的結構中「兩者雖相比而存在，然
是以受苦者爲全劇的結構重心」。〔註164〕因此，正末在第一、三折時扮岳飛，
第二折扮呆行者（瘋僧），第四折扮何宗立。然於第四折末有〈後庭花〉、〈柳
葉兒〉二曲，又改以岳飛口吻來唱。

　　依戲劇的情節結構來看，《東窗事犯》的起首以矛盾激化來呈現高潮，開
場楔子已醞釀出詭譎不安的氣氛，第一折即以岳飛上枷上場，慷慨激昂地連
唱十隻曲子，營造出冤氣沖天的氛圍。中腹爲第二、三折，在時空上由陰司
到靈隱寺、由靈隱寺到鬼門關、再由陰司到京城宮闕，時空的大幅跳躍頗有
滄海桑田之感。結局以因果報應呈現另一高潮。於是全劇的情節中充滿了悲
情意識。如此敘事手法的安排，就戲曲本身的文學特性來看，由於戲曲的主
體是唱唸和動作，因此其「敘事能力遠遠比不上它的抒情能力」，〔註165〕劇作

〔註164〕參見楊建文《中國古典悲劇史》，頁122～123。
〔註165〕參見傅謹《戲曲美學》第二章〈戲曲的抒情本質〉，頁80～82。

家趨向於利用人們熟知的故事作為題材，可以使觀眾在觀賞時，易於穿過作品的題材層面，而直接接觸到它所表現的情感內核。如此，則作者何以要用《東窗事犯》為劇名，卻未據題直接加以敷演也就不難理解：因為秦檜在東窗設計陷害岳飛的傳說，到元朝時已為老百姓所熟悉，基於觀眾的審美品性、娛樂心理，孔文卿當然要側筆寫秦檜，而代之以岳飛的一唱三嘆，敘述自己的忠直含冤，並透過瘋僧的戲謔指斥以展現出諷刺的效果。

三、《東窗事犯》的主題思想

以下從反映南宋亡國的歷史、發洩痛恨奸臣的心理、藉鬼神報應彌補現實缺憾等三方面來論述《東窗事犯》的主題思想：

（一）反映南宋亡國的歷史

此劇由於距史實不遠，為了不涉及爭論未定的「岳飛該奉詔班師或抗命北伐」之歷史爭議，因此作者簡化「奉詔班師」的情節，寫岳飛雖然對朝廷宣召有所疑慮，最終還是相信班師是「聖明君犒賞特宣賜，怎肯信讒言節外生枝？」甚且準備面聖回來後要大展生平抗金之志，故唱：

> 自尋思，莫不是封官爵聖恩慈，明宣揚賞金資？添軍校復還時，將三略展，六韜施；收九府，取京師；殺猛將，血橫尸。奪了四京九府，須要稱了俺平生志！（楔子）

如此，作者便將岳飛盡忠報國的英雄形象勾勒出來。然而，緊接著岳飛再度上場時，其身分竟由意氣昂揚的鎮邊大將，一下子變為悲怨受苦的帶枷罪犯，如此瞬間構成的極度落差，使岳飛的冤屈形象更為鮮明。而岳飛因深感「陛下信任奸臣賊子，將俺功臣汙損」，故不禁怒吼：「到如今，宋室江山都屬四國王，生併的國破家荒。」同時為申明己冤，岳飛努力辨白：「既是我謀反，哪裡積草屯糧，誰見來？」且自誓：「皇天可表，岳飛忠孝。」然而，因為他的呼告始終得不到任何回應，使他不禁感嘆自己一生為國家出生入死，到如今竟落得如此下場。於是，岳飛滿懷悲怨地唱出：

> 我不合扶持的帝業興，我不合保護的山河壯，我不合整頓的地老天荒。……我不合定存亡，列刀槍。……我不合扶立一人為帝，教萬民失望；我不合於家為國，無明夜，將煙塵掃蕩；我不合仗手策、憑英勇，戰得山河壯……。我不合降戚方揭寨施心亮。我不合捉李

成賊到中軍帳。我不合破金國扶立的高宗旺。（第一折）

岳飛唱出十句慷慨激昂的「我不合⋯⋯」來「自訴」罪狀，既對朝廷的無情表示嚴正抗議，又對自己的壯志未酬感到滿腔悲憤。透過劇中對岳飛冤屈的悲怨描寫，流露出作者對南宋亡國的悲憤之情。因此，寫岳飛雖知最後不免要「做個負屈銜冤忠孝鬼」，但臨死仍關心國家安危，故唱道：

現有侵境界小國偏邦，秦檜結勾起刀槍。陛下，則怕你坐不久龍床！
（第一折）

然岳飛空有報國之心，下場仍是「落得鋼刀下斬首」。死後尚且魂歸無處：「但行處怨霧淒迷，悲風亂吼。恰離枉死城中，早轉到陰山背後。⋯⋯每日秦不管，魏不收。」（第二折）劇中透過「雄壯→悲怨→淒涼」一路下滑的情感落差，使岳飛冤死的悲情自然洋溢而出。

劇中雖曾批評宋高宗躲在臨安不肯抵抗金人，也透過岳飛唱出：「我不合扶立一人為帝」、「我不合扶立高宗旺」等。但在「忠魂顯靈」的情節單元中，寫岳飛鬼魂欲「對聖主明言剔骨仇」、「替微臣報冤仇」，而其姿態是「躬身叉手緊低頭，又不敢把龍床叩」。（第三折）如此表明岳飛對宋高宗終究是尊重且寄以希望的。這樣的矛盾現象，正是傳統忠君思想下，身為忠臣的痛苦。（此詳論第六章）而岳飛戰功大卻冤死慘，那種充滿無奈的悲情亦由此可見。於是劇中岳飛雖然已死，卻仍不禁感嘆地說：

臣統三軍捨性命，與四國王做敵頭，將四京九府收，不想臣扶侍君王不到頭，提起來兩淚交流。想微臣蓋世功名，到今日一筆都勾。（第三折）

可見，在「尊王攘夷」文化要求下，岳飛被塑造成忠君愛國的民族英雄。儘管這個英雄始終充滿悲怨，但卻是作者在異族統治的時代下，出自「民族大義」的抉擇。因此，作者刻意避開「高宗賜死岳飛」的直接描寫，不管是岳飛死前在獄中呼冤，或是死後到皇宮哀告，劇中的宋高宗始終不知岳飛冤死事，一切罪責都可推託為受到奸臣的蒙蔽。然從另一角度來看，作者寫岳飛忠魂向高宗訴冤時，高宗正在沈睡，如此表面上是為高宗諉過，暗地裡卻用「睡」來隱斥其「昏」，故強調岳飛平反時已是「立起新君換舊君」。如此，雖然作者在「華夷之辨」為首要的大前提下，充分運用曲筆來處理岳飛和宋高宗的關係，但仍明確地追究出南宋亡於異族的禍因，實在於君昏臣奸。

元代朝野對岳飛多持正面評價，其形象應被定位在英雄人物。然而南宋

亡國，蒙古人以外族入主中原後，對漢人採取高壓統治，對讀書人更加鄙視。如此，知識分子心中的亡國之悲是遠勝於英雄崇拜的。故元雜劇《東窗事犯》所塑造的岳飛形象，非但沒有氣蓋山河的豪邁氣概，反而充滿各種難以名狀的情緒，這種情緒由高昂的憤怒轉為鬱悶的悲怨，再由鬱悶的悲怨直落下成為無奈的悲涼。其中既有英雄救國無門的無限惋惜，又有對奸臣賊子禍國殃民的深切痛恨；既有對自己「功名紙半張」的不平之鳴，又有對宋室江山的憂心忡忡。透過岳飛，作者寫出英雄的悲悽，也展現了時代的悲情，而這樣的悲涼氣氛，恰是反映出南宋亡國的歷史。同時，在華夷之辨和忠君思想的交互作用下，作者雖然堅守民族大義，在劇中不忍對宋高宗進行直接批判，然透過岳飛這種「臣比君正義，下比上崇高」的愛國忠臣形象，不也暗示出南宋遺民對大宋皇帝竟向金國舉表稱降的不滿。

（二）發洩痛恨奸臣的心理

元朝前期，由於距南宋亡國不遠，民間面對漢族亡於異族的事實，不免要加以省思，諸如：

◎南宋亡於異族，是因為失去善戰的民族英雄。

◎善戰的英雄不死於戰場，竟然死於冤獄；而陷害英雄的賣國奸臣，卻升官進爵、榮華富貴以終。

◎如果英雄不死，是不是就可以免除亡國的命運呢？

如此，聯結現今在異族統治下的痛苦感受，士民們不免要將所有國仇家恨全算在這群奸臣身上。如此，前代英雄的「冤案」，遂化成後代民眾的「怨氣」，而這樣的怨氣就直接投影於戲中的岳飛。〔註166〕因此，《東窗事犯》雖然沒有將岳飛塑造成《岳飛精忠》般的英雄豪氣，但卻更能深刻體現出觀眾的感受。而元代民眾這種長期鬱積的「怨氣」，在現實生活中既然無從宣洩，只好假戲劇以行之。在《東窗事犯》中，運用兩種方式來發洩民眾痛恨奸臣的心理：一種是由忠臣岳飛怒斥奸臣賣國，形成「忠奸抗爭」的敘事結構；另一種則是請出鬼神教化，演為「瘋僧戲秦」的情節單元，如前述，這可能是南宋「優伶戲諷」的發展。

〔註166〕此正如楊建文所說：「元雜劇中那些以上層人物為主角，取材於「大人物」遭受苦難的悲劇，由於時代的原因，又大都在一定程度上曲折反映著當時廣大「小民」的離恨與悲怨、憤懣與不平，甚至其主要的意圖或許正在此。」《中國古典悲劇史》，頁213。

　　首先，在岳飛的指斥方面：劇中岳飛對秦檜的指斥，主要是針對其蒙蔽君王、通敵賣國的罪行。如岳飛魂諫高宗時揭露秦檜之奸，云：「秦檜沒功勞請俸，乾吃了堂食御酒，他待將咱宋室江山一筆勾，好金帛和大金家結勾。」（第三折）可見盡忠報國的岳飛和通敵賣國的秦檜，抗爭的立場鮮明。故岳飛強烈呼告高宗要「用刀斧將秦檜市曹中誅，喚俺這屈死冤魂奠盞酒」。作者更於劇末演完朝廷平反後，再以岳飛出場高唱：「將秦檜三宗九族家族壞，每家冤仇大，將秦檜剖棺槨剉尸骸。恁的呵，恩和仇報的明白。」（第四折）可見「忠奸抗爭」的堅持，是劇中岳飛英雄形象的必備要素，更是作者和觀眾對「善」的共同肯定，如此共識，除有作者的教化意圖外，更是讀者接受岳飛戲時的期待心理。

　　其次，在瘋僧的指斥方面：《東窗事犯》第二折以正末扮地藏神降臨凡世，於靈隱寺明刺暗諷地揭露秦檜誣陷岳飛的奸計，並預示其將得到惡報，如云：

> 你所事違天理，休言神明不報，只爭來早來遲。……你看看業罐滿，漸漸死限催，那三人等候在陰司內。…那時你歸泉世，索受他十惡罪犯，休想打的出六道輪回。（第二折）

作者運用對襯的筆法來進行嘲諷，將「又瘋又痴」的呆行者和「占斷官中第一人」的奸相放在一起，形成「你道我痴，我道你奸」、「你休笑我穢，我乾淨如你」、「不是我瘋和尚強忍為嘴，也強如乾吃了堂食」，如此構成強烈的戲劇效果。然劇中「瘋僧戲秦」的重點，在於以「火筒」和「饅頭」為喻，前者諷刺秦檜勾通金人，賣國求榮；後者諷刺其陷害忠良，壓迫百姓。最後，瘋僧以八句藏頭詩要秦檜仔細參詳：

> 久聞丞相理乾坤，占斷官中第一人。都領群臣朝帝闕，堂中欽伏老勳臣。有謀解使蠻夷退，塞閉奸邪禁衛寧。賢相一心忠報國，路上行人說太平。

此詩表面上像是誇讚，其實八句橫排，各取頭一字則成：「久占都堂，有塞賢路」。然劇中並未明白點出此八字，只藉由瘋僧提醒秦檜回去要仔細參詳。如此敘述，可能是作者因有所忌諱，故用隱筆，同時形成一種猜詩謎的樂趣。

　　同時，這瘋僧還明白說出老百姓的心聲：「你屈壞了三人待推誰？普天下明知，明知其中造化機。百姓每恰似酸餡一般，都一肚皮填包著氣。」（第二折）可見，劇中瘋僧對秦檜的正義指斥，其實正是民眾心理的投影。當民眾在觀戲時，他們也不自覺地化身成劇中的瘋僧。畢竟就中下階層的民眾而言，

戰場上的英雄太崇高了（岳飛），朝廷裡的宰相又太高貴（秦檜），這些大人物距離他們的生活，總是顯得太遙遠，也太陌生了，只有寺廟瘋僧是他們所能接觸，所能了解的，故如此的角色較易爲觀眾所認同，並且產生移情作用。同時，專制時代民眾不敢在公開場合對高官、朝廷有所批評，故在公眾面前演戲時，用一個「瘋、痴、呆」的角色來代替大家發言，無疑是最可推託，也是最保險的作法。然而，最重要的是：這瘋僧畢竟是地藏神的化身，而神是不會說假話的。此「瘋僧戲秦」的情節單元，能從元朝一直流傳到民國時期而不衰，或許正因觀眾能藉此「戲中吐眞言」的方式，以宣洩心中的不滿，進而獲取愉悅。

另外，雖然在南宋「東窗陰謀」的傳說中，已將王氏視爲是秦檜害死岳飛的幕後軍師，然此劇中卻未明顯加以指斥，〔註167〕這可能是受到元雜劇的四折敘事局限，故將斥奸火力集中於秦檜一人。

（三）藉鬼神報應彌補現實缺憾

在南宋傳說中對岳飛冤死事件已頻頻附會天命、鬼神。這是民間對英雄命運的不解、好奇，同時是對英雄故事的興趣所在，更是出自對英雄悲慘下場的補償心理。如此的解讀方式普遍存在於民間，形成一種鮮明的庶民文化。特別是在社會愈混亂時，對鬼神的需求也就愈昌盛。因此，在元雜劇中鬼神報應常是重要的結構，此除了文化傳承外，和當時的時代因素更是息息相關。〔註168〕

元雜劇《東窗事犯》演岳飛帶枷上場時，即頻頻呼冤喊屈，構成強烈的悲怨氣氛。而在秦檜專權的黑暗時局下，岳飛深感現實無依，只能「英雄氣怨上蒼」，大唱：「則那逆天的天不教命亡，順天的禍從天降！逆天的神靈不報，順天的受災殃！」（第一折）如此，戲一開場，就點明岳飛的冤屈之大，

〔註167〕孔文卿《東窗事犯》雜劇中，寫到王氏處如下：在第二折中，呆行者對秦檜說：「當時不信大賢妻，他曾苦苦勸你。你豈不自知？」；第四折中，寫「何立入冥」回來後，「夫人聽說了陰司下因，早不覺腮邊淚痕，古自想一夜夫妻百夜恩。說的夫人填愁悶，爲太師受辛勤。」又「脫太師千般凌虐苦，則除你一上青山便化身，顯夫人九烈三貞。」

〔註168〕曾永義指出：在元代異族鐵蹄下，求清官不可得，於是等而下求英雄好漢，可是像梁山般的英雄可遇不可求，只好在等而下之求鬼神，鬼神的超越力量不但可以彌補現實人生的不足，連千古遺恨也可以在鬼神世界裡補足，因此元雜劇中的鬼神運用實有其時代背景。參見〈雜劇中鬼神世界的意識形態〉《中華文化復興月刊》9卷9期（1976年9月），頁85。

非得靠鬼神的力量無以申冤。這是對南宋政治黑暗的無情嘲諷，同時也反映出作者對元代社會的感受。正因有此需求，故自第二折開始，即安排「瘋僧戲秦」、「何立入冥」、「忠魂顯靈」等情節單元，並將一連串的鬼神報應，具體表現在奸臣秦檜的下場。如秦檜因遭瘋僧戲弄，怒而要何宗立去捉瘋僧，然何宗立到了東南第一山後，方知此地實為冥府，進而見證秦檜在地獄受惡報的情形：「恰道罷見太師枷鎖套在身，並無那玉女金童接引，則有一簇牛頭鬼吏跟。」（第四折）何宗立且轉述秦檜的悔言，云：

> ……不想東窗下事犯緊。……他不合倉庫中盜了糧，府庫中偷了銀，
> 狠毒心一千般不依本分，更霸軍權屈殺了闌外將軍。當初禍臨岳飛，
> 今日災臨己，抵多少遠在兒孫近在身，唬鬼謾神。

看來秦檜還真是後悔了。然劇中安排秦檜的這段悔詞，為「鬼神報應」作宣傳的成分，卻遠大於為岳飛出氣。劇中秦檜下地獄是因為「業罐滿」，冤殺岳飛只是萬惡中最大的一件而已，真正最令秦檜後悔的是生前的「唬鬼謾神」。

試看：由第二折地藏王化身人間開始，劇中已然暗示人間無正義可言，故要藉由神來主持公理；第三折寫岳飛得以向宋高宗魂諫，也是因為「奉天佛牒、玉帝敕、東岳聖帝教」；第四折寫何宗立言秦檜在地獄受苦乃為地藏王所勾。劇中從頭到尾主持「善惡有報」的都是神，而且是主動為之。相較之下，人間君王的表現則令人失望多了。這可由下層民眾的心理來解讀：現實生活上的「君昏」是無可奈何的，然而心理上的「神明」則是絕對的要求，否則宗教、人生都將失去意義。特別是處在黑暗的時代背景中，元朝民眾對此感受也就特別深。

再看劇中寫人間對岳飛冤案平反的處置：何宗立回到朝廷時，已是「立起新君換舊君」時，當他對宋孝宗稟告在地獄見到死後的秦檜負枷後，孝宗該已明白岳飛之冤，然他並未因此而對岳飛的冤案有所主動的詔示，一直到有人請奏為岳飛平反，他才被動地准奏，並「教燒與掌惡酆都地藏神」，意思是將奏章燒與地藏神，使其明白人間已為岳飛平反。最後，「屈殺了岳飛、岳雲、張憲三人，已上昇三個全身」，而人人痛恨的秦檜則是「將殺身賊臣不須論」。如此，實諷刺了現實世界中君王的忠奸不明。正因如此，民眾才要將「懲惡揚善」的倫理堅持，寄託到冥冥鬼神的身上。

第三章 明代的岳飛故事——發展期

　　岳飛在明朝特別受到朝野推崇，而其相關故事、傳說也特別興盛。造成如此現象的原因眾多，時代背景的衝擊最爲主要：明朝由異族中取回政權後，政治上採取中央集權制，岳飛「忠君」的歷史形象首先受到明初帝王的重用；而後明英宗於「土木堡」兵敗被俘，如此的民族恥辱無疑是宋朝「靖康恥」的歷史重演，而在和戰論爭中，于謙以南宋和議亡國爲史鑑，力挽狂瀾於既倒，明朝方不致爲瓦剌所滅。然于謙的遭遇終究如同岳飛般，淪爲功大冤死收場。〔註1〕此後，外有異族寇邊、內有流寇之亂，加上朝中奸宦專權，而守邊保國的大將如熊廷弼、袁崇煥等，皆冤死於君昏臣奸之下，其命運是岳飛歷史的再度翻版，更是直接導致明王朝覆滅的主因。〔註2〕如此的現實刺激，使岳飛的評價自明中葉以後大盛，除忠君外，更張揚其護衛民族的精神，而對南宋君昏臣奸的批判，則成了士人、民眾對現實政治不滿的發洩。

　　此外，雖然明代中後期政治黑暗，可是社會經濟卻得到空前的發展，故有「資本主義萌芽」之稱。〔註3〕而隨著經濟發展興盛的「市民階級」，〔註4〕

〔註1〕 明英宗正統十四年，也先入寇，宦官王振挾帝親征，在土木堡被俘。京師大震之餘由郕王監國，命群臣議戰守，兵部侍郎于謙忠義、性剛，以「宋南渡事」爲例，嚴斥南遷主張。隨後于謙以國不可無主，太子年幼，爲社稷安危計，請立郕王爲景帝，改號景泰。一年後，也先見中國無釁，遂乞和、請歸上皇。有大臣議遣使奉迎，景帝本不悅，後經于謙勸說，卒奉上皇以歸。景泰八年，石亨、徐有貞等擁上皇英宗復辟。事成，以「不殺于謙，此舉爲無名」，判謀逆罪棄市。籍其家，家無餘資，天下冤之。參見《明史》卷一百七〈于謙傳〉（台北：國防研究院，1963年3月），頁2006～2010。

〔註2〕 詳參《明史》列傳第一四七〈熊廷弼〉、〈袁崇煥〉。

〔註3〕 詳參陳學文《明清社會經濟史研究》（台北：稻禾出版社，1991年）；南京大

對文化娛樂要求和消費能力的增加，更是直接促進了通俗文學的發展。特別是中下階層的文人，其對出版和編寫的高度參與，既可糊口濟貧，又可立言抒憤，間接促進通俗文學水準和地位的提高。其中，要求教化的實用功能，是當時創作和批評的重要標準。〔註5〕而忠君愛國的岳飛，被通俗文學家選爲教材，實屬自然。因此，在明代盛行的通俗文學類型中，不論是雜劇、傳奇，或是話本小說、長篇演義等，皆有岳飛故事的敷演。

總之，岳飛故事在明代特別興盛，實和外族侵犯、政治黑暗、經濟發達以及通俗文學盛行等種種因素密切相關。而「土木之變」是促使岳飛在明代中後期被高度肯定，以及相關傳說、故事空前發展之首要關鍵。故本章首先梳理明代朝野對岳飛的評價；其次各就小說和戲劇二大類，來看岳飛故事的發展狀況；最後擇定《精忠旗》傳奇爲明代岳飛故事的代表作，加以深論之。

第一節　明代朝野對岳飛的評價

明太祖先從異族中取回政權，後又極化君主專制，因此「尊王攘夷」的思想成了明廷政教的重點，能夠忠君的民族英雄自然是明帝推崇的榜樣。事實上，明朝士大夫多承宋、元傳統，忠君愛國的思想強烈，〔註6〕而史學家更是鼓吹攘夷復仇的民族大義，〔註7〕慣稱元朝爲「胡元」。〔註8〕因此明代士大

學歷系系明清史研究室編《中國資本主義萌芽問題論文集》（江蘇人民出版社，1983 年）；谷風出版社編輯部《中國資本主義萌芽問題討論集續編》（台北：谷風出版社，1987 年）；谷風出版社編輯部《明清資本主義萌芽研究論文集》（台北：谷風出版社，1987 年）。

〔註4〕 市民階級是指在封建社會後期，由於城市商業和手工業的發展，而在社會體系中出現的一個新的社會階層。其組成主要是富商大賈、作坊主、工匠、商販、苦力、高利貸者、店員等。參見謝桃坊〈中國白話小說的發展與市民文學的關係〉《明清小說研究》（1988 第 3 期），頁 15～18。

〔註5〕 關於通俗文學在明代後期教化功能理論的強化，詳參柯瓊瑜《三言教化功能之研究》第二章第一節（臺灣師大中文所碩士論文，1994 年），頁 31～39。

〔註6〕 詳參雷學華〈試論中國封建社會的忠君思想〉《華中師範大學學報・哲社版》36 卷 7 期（1997 年 11 月），頁 84～90。另可參朱漢民《忠孝道德與臣民精神》（鄭州市：河南人民教育出版社，1994 年 9 月）、何冠彪《生與死：明季士大夫的抉擇》（台北：聯經出版社，1997 年 10 月）。

〔註7〕 如明初方孝孺著有〈釋統三首〉、〈後正統論〉等，持攘夷之說，以夷狄僭中國爲變統。詳參《遜志齋集》卷二〈雜著〉（上海：商務印書館縮印明刊本，1967 年 9 月），頁 52～58。明末王夫之極力排斥夷狄，云：「夷狄華夏也，君子小人也。夷狄之與華夏，所生異地，其地異，其氣異矣。氣異而習異，習

夫的報國熱情、不遇心態、對國勢憂心等情懷，都使得他們對那冤死的民族
英雄岳飛，產生極爲親切的特殊情感。特別是當明代中葉以後，在以士大夫
爲中堅主導的帶領下，上有帝王封神的政教作用，下有民間顯靈轉世等傳說，
如此皆使岳飛在明代獲得朝野高度的評價。以下即由帝王、士大夫和民間等
三方面加以考察。

一、帝王的崇祀封神

中國的帝王以「天子」自稱，既是天之子，那麼就有借宗教來鞏固政治
的意圖，故對已死之人加以崇祀封神，不管其動機是崇德報功或是神道設教，
最終目的都是爲了提高君權正統。因此，鬼神不過是帝王「鄭重對待的政治
工具而已」，〔註9〕特別是藉由靈驗事蹟的宣揚，以「作爲君權神授的前提，
證明其專制統治的合理性」。〔註10〕同時，每當國衰世亂之際，朝廷對民間崇
信的神靈加以封敕，實有安定人心之效。因此，歷史人物既得後代帝王崇祀
封神，則其在該時代朝野的評價勢必隨之提昇，而且對民間相關傳說的發展
也會產生催促作用。

明初國勢安定，對前代崇奉的神明並未加以封敕，而另推崇「眞武大帝」
以宣告其帝位的正統性。〔註11〕因此，洪武年間，雖將元代已毀的杭州岳廟

異而所知所行蔑不異焉。」《讀通鑑論》卷十四，〈東晉哀帝條〉（中華書局四
部備要本，1981年），葉十二。此外，明代私家史學修宋史者亦多堅持如此觀
點，詳參陳學霖《宋史論集》（台北：東大圖書公司，1993年1月），頁372
～383。

〔註8〕 王德毅指出：由於土木之變的刺激，自正德嘉靖以後的史學文獻，多稱元朝
爲「胡元」。參見〈由宋史質談到明人的宋史觀〉收入《宋史質》前序（台北：
大化書局，1977年5月），頁19～20。

〔註9〕 王景琳指出：「宗教思想家按照人間秩序爲鬼神排座次，定尊卑，大小不等的
神官鬼官由此產生。統治者卻從中發現了穩定權力的精神支柱，於是，他們
也頻頻祭封鬼神。」王氏以「五嶽神」在武則天、唐玄宗和明太祖時各遭分
封、罷黜的情形爲例，證明鬼神不過是帝王們鄭重對待的政治工具而已。參
見《鬼神的魔力》（北京：三聯書店，1996年3月），198～201。

〔註10〕 見侯杰、范麗珠《中國民眾宗教意識》（天津人民出版社，1994年2月），頁
34。

〔註11〕 眞武之祀始於宋代，至明代方盛，主要是和太祖開國、成祖靖難之神靈陰
祐傳說有關，因此在南京神廟中，將眞武之祀列爲十廟之首，一直到明鄭
時代，鄭氏在台灣立廟的數量亦以眞武廟居首，可見自明初到明亡，帝王
崇奉眞武神的意義，都和其正統、正朔的精神有關。參見蔡相煇〈明鄭臺

復建並恢復祀典，然詔仍稱「武穆」。後又選定岳飛等歷代名臣三十七人，從祀歷代帝王廟，此亦是太祖有意行「忠君」之教。因此，岳飛在明初的地位尚未達到高峰。直到景泰元年（1450），英宗被扣未歸，瓦剌伺機進犯，在充滿民族危機的局勢下，侍講學士徐有貞奏請於湯陰立岳飛廟，以激勵民心。次年廟成，朝廷賜額「精忠之廟」。景泰、天順年間（1450～1457），杭州府同知馬偉重修岳飛祠墓，朝廷再賜額「忠烈」。明穆宗隆慶四年（1570），詔諡「忠武」。此後國家局勢更加危亂，民間對時局的不安，連帶引發對朝廷信心的動搖，於是宗教、英雄成了祈禱救贖的對象。因此，明神宗萬曆四十三年（1615），加封岳飛為「三界靖魔大帝」。如此，岳飛由單純的「歷史忠臣」，一躍而成了「神」。其敕曰：

> 言念渺躬，纘紹靈基，惟聖賢之典謨是重，撫綏夷夏，抑古今之忠孝可褒。咨爾宋忠臣岳飛，精忠貫日，大孝昭天，憤泄靖康之恥，誓清朔漠之師。原職宋忠文武穆岳鄂王，茲特封爾為三界靖魔大帝保劫昌運岳武王。由是造成冠帶袍履一分，特差尚膳監太監李福齋捧去湯陰岳廟懸掛。爰命道家，啟建金籙，告聞矜典，顯播王封，懸尚冠袍，用揚聖悃，咸使聞知。〔註12〕

岳飛被封為「三界靖魔大帝」後，與稍早幾年被封為「三界伏魔大帝」的關羽同祀武廟，形成關岳並祠，共為「武聖」。〔註13〕同時，前代對岳飛的封誥止於人格上的忠義贊揚，神宗則更加賦予宗教性稱號。如此使岳飛在「忠臣」、「英雄」等人格屬性外，更增多了「靖魔」的神格屬性。同時，由詔告中強調「撫綏夷夏」、「憤泄靖康之恥」等，可知明代帝王對岳飛大加敕封，甚至

　　　　灣之真武崇祀〉《明史研究專刊》3（台北：大立出版社，1983年9月），頁171～181。
〔註12〕參見李安《岳飛史蹟考》（台北：正中書局，1976年12月），頁372～373。
〔註13〕關羽在宋元時大受敕封，然朱元璋政權初立時，即削其王號恢復「漢壽亭侯」封號。後明英宗再度敕封其「壯繆義勇武安顯靈英濟王」；明萬曆間則敕封為「三界伏魔大帝神威遠震天尊關聖帝君」。在岳飛死之前，關羽已從祀武成王，在宋代軍人的心中，已有武神的地位，因此，雖然岳飛也符合武神的資格，但南宋人自未便遽黜關羽，獨崇武穆，所以由南宋末至元明初，便形成關岳並肩，並為「武聖」之局。參見黃華節《關公的人格與神格》（台北：商務印書館，1995年3月），166、196。另關羽封「伏魔大帝」的時間，有兩種說法：一為萬曆三十三年，一為萬曆四十二年，一般多從後者之說。參見洪淑苓《關公民間造型之研究》（臺灣大學出版委員會，1995年5月），頁528。

造神，除了爲延續宋元以來民間對岳飛的崇敬之風外，最主要還是欲藉此表彰民族英雄，以激發民族士氣。此正如浙江杭州府於天順年間，奏請敕廟額的奏章中所言：

> 臣惟褒功者崇報之常典，表忠者激勸之大端，古者聖帝明王之治天下，於凡人臣有功於民，有勞於國者，生未及乎爵封，沒必詳載於祀典，無非彰崇報之禮，而示激勸之道也。洪維我朝太祖高皇帝混一區宇，定鼎金陵，既設廟以報當世有功之臣，復建祠以祀前代忠義之士，其所以崇報於已往，激勸於將來，意到甚矣。〔註14〕

而董其昌在〈湯陰縣重修宋忠武岳鄂王精忠祠記〉中亦說：

> 錢塘之祠鄂王也，報忠也；湯陰之祠鄂王也，旌忠也。報忠者前宋之蓋愆，旌忠者我明之屬世。戡亂之時，表章尤急，雖非惜才於異代，實可激恥於懦夫，……今之爲將者，以王之事爲法，今之擇將者，以王之事求之，於鞭撻四夷何有。〔註15〕

由此可知：明初時，朝廷只是將岳飛視爲單純的「忠臣」。然自明中葉後，隨著外患侵擾，朝廷提昇對岳飛的崇信，除了引爲忠孝典型外，更強調其民族英雄的精神，用以「激勸將來」、「鞭撻四夷」。

二、士大夫的議論省思

　　明朝士大夫對於岳飛其人及其冤死事件，較諸宋元時代，因有客觀的時空距離，可以做較自由且深刻的省思。其觀點除了延續宋元士大夫對岳飛忠義精神的肯定外，更能大膽地直指在冤殺岳飛的過程中，宋高宗應負的罪責實大於秦檜。同時，由於明代和宋代都有君王被外族俘虜的相同背景，更使他們認清奸臣之所存，乃因有昏君支持，且所謂「昏君」既非天生昏孱，也非完全受到奸臣蒙蔽，而是有其個人私利的考量。因此，明代士大夫在省思岳飛冤死事件時，較之前代更能直指君王罪惡。此外，有些史家則由更宏觀的歷史視野來看待岳飛冤死，印證君臣之間所存在的歷史規律。

（一）岳飛其人忠義至誠

　　由於明代去宋代已遠，因此明代士人對岳飛忠義精神的肯定，較之宋朝，

〔註14〕參見李安《岳飛史蹟考》附錄〈各地紀念廟祠亭堂〉，頁603。
〔註15〕〔明〕董其昌《容臺集》卷四（台北：國立中央圖書館，1968年6月），頁521～524。

雖然缺乏耳聞目睹的親身體驗，然卻能更客觀的由歷史關鍵去分析判定，且舉出歷史上早被奉為忠義的類型人物來相比對，從而使得岳飛的忠義精神有更加穩固的根據和鮮明的形象。這個歷史關鍵，就是「奉詔班師」。由於岳飛奉詔班師，方得成就秦檜的冤殺奸計，因此使岳飛的英雄形像蒙上一層愚忠色彩。明代士大夫即對此加以辯駁，如王世貞論析：

> 昔人有以岳武穆朱仙之役，奉金牌十二班師為恨者，且謂武穆用大夫出疆之法，不奉詔而進兵，可以報讎而復中原，則非也。凡可以用出疆之命，不奉詔而進兵者，其勢足以制內者也。勢不足以制內而為之，必敗；勢足以制內而為之，雖成功，非純臣也。有如武穆不奉詔而進兵，檜以尺一削武穆官，使一部將代將之而歸，何以自處乎？強敵乘於前，而嚴僇迫於後，是非徒敗身也，且敗國！夫非獨義不順也。〔註16〕

王世貞透過客觀情勢的分析，指出岳飛當時若不奉詔師，非但會敗身，且會敗國。接著王世貞又分析當時的戰勢，認為諸軍既已奉詔而歸，若岳飛孤軍深入難保不會兵敗。如此看來，岳飛的奉詔班師，反而展現了他的愛國和遠見。因此，王世貞間接地以「純臣」來讚賞岳飛的忠義。王廷相則從專制政治的現實面加以分析，認為「人臣之能成事，雖出於己之才力，實藉人君之權，以鼓動於眾耳」，故要是以「將在外君命有所不受」為由拒不受詔，「不但不能動眾」，「人且將圖我矣」，到時忠智俱失。故其認為岳飛順事安命，以聽於君，是「成其忠而智得」。而李夢陽亦認為岳飛的奉詔班師非但不是錯誤，反而是「得正而斃矣、春秋之義也」。〔註17〕

明朝士人對於岳飛奉詔班師之舉，除了由軍事形勢、專制政治等現實環境來分析不得不為外，徐有貞在〈湯陰精忠廟廟碑記〉中更從岳飛的忠義性格肯定之：

> 夫將不專制內矣，惟漢趙充國之破西羌，嘗違詔而伸己策，以上有孝宣之明，下有魏相之忠與協耳。不然，則必如孔明之受託昭烈，桓溫劉裕之專制晉權，乃可以拜表而即行，彼高宗之去孝宣遠矣，又濟之以奸檜之賊，王既無孔明君臣之契，而裕溫又非王之所肯為

〔註16〕〔明〕王世貞《弇州山人四部稿》卷一百十〈岳飛〉（台北：偉文圖書出版社，1976年6月），頁5192～5193。

〔註17〕參見李安《岳飛史蹟考》，頁583。

者，此其所以寧死而不敢專制也歟！嗚呼！於此益可以見王忠義之
誠矣！〔註18〕

由此可知，明朝士人對於岳飛的奉詔班師，非但不以爲是愚忠的表現，反而
肯定岳飛此舉頗有遠見，展現其對政軍局勢的洞見，重要的是藉此印證了他
「忠義」的性格。因此，嘉靖十四年（1535），徐階在〈刻盡忠報國碑記〉中
對岳飛的「忠義功業」，大加推舉，認爲「蓋三代以降，才與至誠合一，卓然
炳然者，王及諸葛兩人而已」。〔註19〕

（二）宋高宗忘父殺臣

對於岳飛的冤死，明朝士人究其因由，大都歸罪於宋高宗，此固然是因
距離史實已遠，可以持公而論不必「爲君者諱」，更因受到明代現實政治的刺
激，使他們更能藉古喻今、觀今思古。如丘濬仿《通鑑綱目》所修的《世史
正綱》便直書：「帝下岳飛於大理寺獄」、「帝殺故少保樞密副使武昌公岳飛」，
並評論曰：

> 高宗志氣昏懦，不能恢復土宇，以報不共戴天之仇，不孝之罪固大
> 矣！甚至受冊於仇虜，稱臣上表，大爲中國千萬世之恥。〔註20〕

文中多責宋高宗殺戮功臣、無奮發之志。而這正是明代史家在肯定岳飛忠義
後，對其冤死事件加以省思時所常抱持的觀點。諸如張溥於《宋史記事本末》
中所論：

> 飛之利高宗構大矣，反其父兄，還其故疆，庸人皆喜，而構反爲仇，
> 非仇飛也，直仇親爾。秦檜逆構，構逆二聖，兩逆比而飛死，痛哉！
>
> 〔註21〕

而柯維騏在《宋史新編》中亦持此觀點，云：「高宗頓忘父兄之仇，宜其莫
恤功臣之冤也。」〔註22〕可見明代史家著書，對於岳飛一事，多能秉持大
義直書宋高宗之過。直至晚明，此一看法不變，如史家王夫之甚至指責宋高

〔註18〕參見李安《岳飛史蹟考》，頁650。

〔註19〕參見李安《岳飛史蹟考》，頁606。

〔註20〕〔明〕丘濬《世史正綱》卷二十七（丘文莊公叢書本下冊）（台北：丘文莊公
　　　　叢書輯印委員會，1972年2月），頁408～413。

〔註21〕〔明〕馮琦撰、陳邦瞻增訂、張溥論正《宋史紀事本末》卷七十〈岳飛規復
　　　　中原〉（台北：三民出版社，1973年4月），頁75。

〔註22〕〔明〕柯維騏《宋史新編》卷一二九〈岳飛〉（台北：新文豐出版社，1974
　　　　年11月），頁530。

宗「竄李綱，斬陳東，殺岳飛，死李光、趙鼎於瘴鄉，其為跖之徒也奚辭！」〔註23〕

而地方官紳在所修的志書中亦有持相同觀點者，如林雲程修《萬曆通州志》卷六〈岳飛傳〉，就特加申論殺岳飛的主要罪責在高宗而不在秦檜。其論云：

> 蓋岳飛不殺，則和議不成；和議不成則中原必復，中原必復則太上
> 必歸，欽宗復辟；太上復歸、欽宗復辟，則高宗自處無地。高宗無
> 自處之地，則必殺飛者，檜之謀始得入也。不然，十二金牌之召，
> 何發之亟而無疑！故曰：殺岳飛者非秦檜，乃高宗也。〔註24〕

此論義正詞嚴，深刻地揭露出宋高宗的自私。同時，由以上諸見解，更可見明代史家在論述岳飛冤死的歷史公案時，皆能秉持《春秋》明罪責之義。

此外，士大夫在撰廟記、碑記時，亦持此見解，如徐有貞〈湯陰精忠廟廟碑記〉云：

> 當是時，女真幾滅，中原幾復，奈何主蔽於奸，忘讎忍恥，自棄其
> 土，而不能建中興之大功，此則宋之不幸，中國之不幸，而豈獨王
> 之不幸哉！〔註25〕

車璽在〈重修岳武穆鄂王廟記〉中，亦直斥宋高宗「不知其邦國之害，而忍其忠臣之害，昏昏汶汶，良可痛哉！」〔註26〕而在杭州岳廟、岳墳的題詩中，同樣充滿如此感嘆，如葉映榴的「有心歸二帝，無計悟高宗」；高啟的「每憶上方誰請劍，空嗟高廟自藏弓」；王世貞的「空傳赤帝中興詔，自折黃龍大將旗。……莫將鳥喙論勾踐，鳥盡弓藏也不悲」；丘濬的「忠勳翻見遭殺戮，胡人未必能亡秦」。〔註27〕而文徵明看過宋高宗賜岳飛手敕石刻後，不禁有感而發，作〈滿江紅〉詞云：

> 拂拭殘碑。敕飛字，依稀堪讀。慨當初倚飛何重？後來何酷！豈是
> 功成身合死，可憐事去言難贖。最無端堪恨又堪悲，風波獄。豈不
> 念徽欽辱？念徽欽既返，此身何屬？千載休談南渡錯，當時自怕中

〔註23〕〔明〕王夫之《宋論》卷十〈高宗〉（台北：里仁書局，1985年2月），頁202。
〔註24〕〔明〕樊深《萬曆通州志》卷六〈岳飛傳〉（天一閣明代方志選刊4）（台北：新文豐出版社，1985年7月），頁176。
〔註25〕參見李安《岳飛史蹟考》，頁650。
〔註26〕參見李安《岳飛史蹟考》，頁653。
〔註27〕參見李安《岳飛史蹟考》，頁609～614。

原復。笑區區一檜亦何能，逢其欲。〔註28〕

詞意激昂慷慨外，更將岳飛冤死之因，直斥是宋高宗無情和私心所致。〔註29〕

綜觀以上諸家對宋高宗的指斥，皆集中在其不迎回二帝的私心。此固然一針見血，然若因此而認爲宋高宗賜死岳飛，全因岳飛力主迎回二帝所致，則非宋代史實，〔註30〕而是明人激情。重要的是：藉由對岳飛冤死的省思，明代士大夫已體認到「忠君」和「愛國」是有所不同的，因此他們對宋高宗的指責重點，並非是信任奸臣的昏庸，而是「受冊仇虜、忘讎忍恥、不念徽欽辱」。可見，明代士大夫是站在「中國」的立場，以民族大義責之。而士大夫如此的排夷情緒，應是直接受到明代後期的國衰勢弱、異族寇邊等的現實刺激所產生。

（三）「功高者危」的歷史規律

明代中葉以後國勢日衰，在內憂外患頻仍下，忠君愛國的將領、志士們卻又紛紛慘遭冤殺。如此現實環境的刺激，直接促使士大夫體認到昏君奸臣之害，將心比心之下，遂多將岳飛的冤死歸咎於宋高宗縱容秦檜所致。如此見解較諸宋元時代，雖較能直指問題核心，然卻充滿許多激情因素。此外，在明代史家中亦有持平以論岳飛者，如王洙在《宋史質》中肯定若無岳飛則南宋無以偏安，然其對岳飛「卒死於奸雄之手，遂使中興大業垂成而廢」，亦能提出客觀的論析：

> 由今觀之，飛之勳名威望彷彿子儀，處功或弗如也。昔代宗進退子儀，如待奴隸，子儀受命如響，不敢纖毫勉強意，稱子儀者曰：功高天下而主不疑，位極人臣而眾不嫉，茲固處功之道也。飛也，不合而歸，

〔註28〕〔清〕徐釚《詞苑叢談》卷八記事三〈文徵明滿江紅〉（台北：木鐸出版社，1982 年 2 月），頁 188。另此詞刻有石碑，仍存杭州西湖岳王墳側走廊，後題「嘉靖九年十月二日徵明」字。

〔註29〕清人褚人穫評文徵明〈和滿江紅詞〉云：「讀史者，但知扼腕宋高，切齒秦檜，衡山此詞，始發其隱，即起高宗於九京，而以此言作公案質之，恐亦無詞以對。」見《堅瓠二集》卷三〈岳武穆詞〉條（筆記小說大觀第二十三編）（台北：新興書局，1978 年 10 月），頁 4514。

〔註30〕鄧廣銘指出：「迎二聖、歸京闕」的口號，在南宋政權建立之初，是每個主張抗金的人經常叫喊的，岳飛只是其中之一。然自 1136 年以後，由於徽宗已死，岳飛再也不提迎回欽宗的事，反而當金人聲言恫嚇欲放歸欽宗時，岳飛即奏請立儲以沮敵人之謀。參見〈南宋初年對金鬥爭中的幾個問題〉《鄧廣銘治史叢稿》（北京大學出版社，1997 年 6 月），頁 161。

手札召之，至於十七，豈好剛使氣之習尚未平哉！名馬之喻，蓋高宗
諷也。使遇太祖，則橫行幽薊，當在曹彬諸人上矣！〔註31〕

王洙認為岳飛的性格忠憤、議論剛正，但為人臣下卻未能處功有道，是以遭殺，故責其「豈好剛使氣之習尚未平哉！」。同時，王洙亦認同宋朝朱熹的看法，認為宋高宗不足以駕馭岳飛，故岳飛當年與宋高宗的一段「良馬對」，〔註32〕實有意諷刺宋高宗不能用才。再如王夫之提出岳飛處功名之際，進無以報國、退不能自保，就算不遇秦檜之姦，亦難免冤死。其分析說：

君（高宗）非大有為之君，則才不足以相勝，不足以相勝，則恒疑其不足以相統。當世材勇之眾歸其握，歷數戰不折之威，又為敵憚，則天下且忘臨其上者有天子，而唯震於其名其勢。既如此矣，而在廷在野，又以恤民下士之大美，競相推詡，……流風所被，里巷亦競起而播為歌謠，且為庸主宵人之所側目矣。

王夫之認為岳飛冤死的真正原因，在於「功高震主」，何況宋高宗還是個昏庸善忌的君主。因而其提出假設云：

岳侯受禍之時，身猶未老，使其弢光斂采，力謝眾美之名，知難勇退，不爭旦夕之功。秦檜之死，固可待也。完顏亮之背盟，猶可及也。高宗君臣，固將舉社稷以唯吾是聽，則壯志伸矣！〔註33〕

因岳飛未能善觀時局、待勢而起，終致功高震主而遭殺害，故王夫之責其「失安身定交之道」。鄒元標在《岳武穆精忠傳·序》亦言：「蓋飛之死，雖死於檜之手，而實死於己之手也；雖死於立功之日，而死於刺字之日也。何也？飛若無此矢志，決無此奇功；飛若無此奇功，決無此慘禍。」〔註34〕

王洙、王夫之是史學家，而鄒元標是通俗小說的編者，他們對於岳飛冤死的歷史公案，皆能以宏觀視野，將之置於歷史洪流中加以冷靜觀察，最後指出岳飛冤死的深層原因，不過是印證歷代君臣關係中「功高者危」的客觀規律。〔註35〕因此，他們對岳飛不善處功的指責，實有《春秋》「責備賢者」

〔註31〕〔明〕王洙《宋史質》卷五十三〈岳飛〉，頁316。

〔註32〕紹興七年，高宗問岳飛「卿在軍中，得良馬否？」岳飛即對良馬論，寓意在論人才。參見〔清〕錢汝雯《宋岳鄂王文集·良馬對》（台北：中國文獻出版社，1965年10月），頁133～134。

〔註33〕〔明〕王夫之《宋論》卷十〈高宗〉，頁191～193。

〔註34〕丁錫根《中國歷代小說序跋集》（北京：人民文學出版社，1996年7月），頁985。

〔註35〕歷史上君臣之間這種「功高者危」的關係，常是構成政治英雄悲劇的深層因

之意。〔註36〕

三、民間百姓的揚忠恨奸

　　明代中葉以後，在時事、國勢的現實刺激，群眾心理對英雄、神靈的渴求強烈，相對地對奸佞更加痛恨。同時，政治上帝王對岳飛的封神、因果報應的民間思想盛行、以及神魔小說等通俗文學興起等，這些環境因素，無不直接、間接地促使群眾在傳說岳飛事蹟時，將民間因果報應等觀念加入其中。而「四奸鐵像」的鑄造，更成為明清岳飛相關傳說的重點。因此，明代民間對岳飛的評價，即充分展現出「忠奸抗爭」、「天命因果」等思想。以下由「岳飛轉世、顯靈」、「奸佞鐵像」、「痛奸惡檜」等三方面分述之：

（一）岳飛轉世、顯靈

　　徐鵬舉者，中山武寧王七世孫也，父奎璧夢宋岳鄂王語之曰：「吾一生艱苦，為權奸所陷，今世且投汝家，享幾十年安閒富貴。」比生，遂以岳之字名之。及長則父已歿，以正德十二年嗣祖爵，至今上初元始薨，凡享國五十七年。為掌府及南京守備者數任，備極榮寵，較之武穆遭際，不啻什佰過之。……金陵人云：鵬舉治圃於白門郊外，見一丘隆起，立命夷為平地，左右以形家言，不聽。比發之乃大冢，或諫弗啟，又大怒，劇之，則宋相秦忠獻墓也。聞之大喜，剖其棺，棄骸水中。人謂真武穆報冤云。〔註37〕

　　安陸州故有岳武穆祠。……守備杜正茂闢土得一石碑，遠望之，有人影甚多，其一奇偉豐腴，簇擁而過。如此經日，眾歡呼，以為武穆露形也。入夜，役卒守之，見一偉丈夫躍出，騎白馬，冉冉乘雲而上，從者數百，遙見天門開，一人衰冕迓之而入。守者驚伏，不敢大聲。比明，碑上題一詩云：「北伐隨明主，南征拜上公，黃龍已

素，這可由《史記》中的眾多事例歸納出來。參考周先民《司馬遷的史傳文學世界》第二篇第二章（台北：文津出版社，1995年10月），頁208～234。

〔註36〕清人吳闓生論《左傳》之微旨，有所謂「凡其所推崇褒大者，皆必有所不足；其所肆情詆毀者，必有所深惜者也。一言以蔽之，曰正言若反而已矣！」見〈與李右周進士論《左傳》書〉《左傳微》（台北：中華書局，1970年3月），卷首頁3～4。

〔註37〕〔明〕沈德符《萬曆野獲編》卷五「魏公徐鵬舉」條（筆記小說大觀第十五編）（台北：新興書局，1984年5月），頁3324～3325。

盡醉，長侍大明宮。」……味其詩，則武穆已轉世爲英國公，酬此
願矣。大約明神再生，必有可蹟，終以兵解，故英國公終卒於土木。
客有言英國面白而肥，與魏公徐鵬舉相類。徐之生，夢武穆到家，
云當受汝家供養，則武穆在我朝，殆再轉世矣。〔註38〕

皋亭山……，伯顏取宋屯兵之處，……方伯顏兵至下屯，其夕月明，
忽大風雷震電。伯顏知有異，起立帳外，勒兵防變，見四山旌旗閃
爍，皆作精忠字面。伯顏曰：「此岳公護本國，現靈異也。」亞宰牲
爲文致祭曰：「王繫心本朝，此是大忠大義，敢不仰體，但氣數如此，
王雖有心，不能違天。若旦日，宋以三千人來戰，即斂兵北歸，如
只講和，亦不能舍囊中物，而爲口舌所動也。」祭訖，風雷皆止。
明日天皎潔如故，宋無一兵，且納矣。伯顏入城，又親詣王廟致祭，
宋遂以亡。〔註39〕

某請仙，仙降書者是岳武穆。因問：「將軍恨秦檜否？」仙書詩一首，
中聯云：「出師未捷班師急，相國反爲敵國謀。」〔註40〕

前二則以岳飛在明代轉世後，強調其享富貴、升天、報冤等，無非是發自對
岳飛冤死的補償心理。而第二則附會「土木之變」、第三則以岳飛顯靈護本國，
意在讚揚岳飛的民族精神。另第三則對宋亡於元雖有天命之說，然重點在批
判和議亡國，第四則再就忠奸抗爭、通敵主和來解讀岳飛的戰功不成、冤死
收場。如此，透過這些岳飛轉世、顯靈的傳說，可知民間對岳飛的評價，在
於肯定其爲民族英雄，而這應是「土木之變」的現實刺激所致。意即「土木
之變」使民間深感民族危機或民族自尊受損，故在心理上期待出現像岳飛一
樣的民族英雄，於是運用天命因果等加以附會。另外，相關的傳說中亦有上
溯岳飛爲張飛、張巡等一脈英靈的轉生，如：

（宋徽宗時，關羽現於宮中）帝問張飛何在？羽曰：「飛與臣累劫爲
兄弟，世世爲男子身，在唐爲張巡。今已爲陛下生於相州岳家。他
日輔佐中興，飛將有功。」相州湯陰岳和，存心寬厚，妻姚氏尤賢。

〔註38〕〔明〕朱國幀《湧幢小品》卷二十「岳武穆」條（筆記小說大觀第二十二編）
　　　　（台北：新興書局，1978年9月），頁4694～4695。

〔註39〕同上註，頁4695～4696。

〔註40〕〔清〕諸人穫《堅瓠集・堅瓠二集》卷四「箕仙詩句」條引《金陵瑣事》（筆
　　　　記小說大觀第二十三編）（台北：新興書局，1978年10月），頁4541。

有娠畫寢，一鐵甲丈夫入曰：「漢翼德，當住此。」醒產一子，有大鳥若鵠，飛鳴屋上，因名飛。〔註41〕

（宋政和中，宮中有祟，呂洞賓召來關羽除之）上勉勞再四，因問張飛何在？羽曰：「張飛為臣累劫，世世作男子身，今已為陛下生於相州岳家矣。」……後岳武穆父果夢張飛托世，故以飛命名。〔註42〕

在轉世傳說中將張飛、岳飛扯在一起，除了同名附會外，可能是直接受到明萬曆後「關岳並祀」的啟發。同時，張飛、張巡、岳飛皆因壯志未酬而死，此亦予民間聯想的因緣。

（二）奸佞鐵像

正德八年，指揮使李隆冶銅為檜及妻王氏、万俟卨三形，皆赤身反接跪墓前，久為遊人撻碎。萬曆中，巡道范淶重鑄，又益鑄張俊像，共四焉。遊人拜墓後，必以瓦礫敲擲之，咸溺其頭，而撫摩王氏兩乳，至精光可鑑。忠奸昧於一時，榮辱分於千載如此。李卓吾曰：「宜鑄施全在旁，作持刀殺檜狀，更快。」〔註43〕

萬曆二十二到二十三年間，浙撫王汝訓沈張俊、王氏像於湖，移秦、万二像跪祠前。三十年，范淶復司藩於浙，捐俸重葺。〔註44〕

西湖岳墓鐵鑄五俘（增羅汝楫），向在他處，嘉興項伯堅德禎，雇壯丁徙置於墓前。明治乙未，蕭學使蒞杭，夢張俊鳴冤，懇求除去，蕭謀於二司，因禱於王，以卜可否，王不許。〔註45〕

奸佞鐵像鑄於明代，正可見明代朝野對奸佞誤國的不滿，於是除了秦檜夫婦外，尚要將罪責矛頭指向張俊、羅汝楫等，務求將奸佞一網打盡，於是鑄成「赤身反接跪墓前」的鐵像，意在替忠良報冤。其中王氏非但赤身，且民眾亦以「撫摸兩乳」來加以羞辱，此若和明代社會女教婦德之嚴來加以對照，〔註46〕則知

〔註41〕〔清〕徐有期集、張繼宗訂補《歷代神仙通鑑》卷十九「聖賢貫脈」條（台北：中華世界資料供應出版社，1976年），葉十七。

〔註42〕〔明〕王世貞《列仙全傳》卷六（台北：偉文圖書出版社，1977年10月），頁218。

〔註43〕〔清〕褚人穫《堅瓠集‧堅瓠四集》卷三「岳王墓」條，頁4776。

〔註44〕〔清〕丁傳靖《宋人軼事彙編》引《西湖便覽》（台北：臺灣商務出版社，1982年9月），頁736。

〔註45〕〔清〕丁傳靖《宋人軼事彙編》引《玉几山房聽雨錄》，頁737。

〔註46〕明代特重女教，可以由正史〈列女傳〉的比較觀之：《唐書》54人，《宋史》

其中含有深意：受到宋代傳說的影響，民眾認為岳飛冤死獄中，王氏主殺實狠毒於秦檜。再依此而聯想王氏必和金兀朮通奸，故在執行金兀朮「必殺岳飛」的指令時，表現得特別堅決果斷。此觀點普遍存在於明代的岳飛故事中，無論作者、讀者皆持「女人禍水」的角度來定位王氏。同時，或許因宋元時代多只歸罪於秦檜夫婦，故在明代傳說中要特別藉由「張俊鳴冤、岳飛不許」的傳說，以彰顯張俊在岳飛冤死事件中的罪責。

（三）痛奸惡檜

宋艮岳神運石之旁有兩檜。徽宗愛之，以玉牌金字書自製五言詩云：「拔翠琪樹林，雙檜植靈囿，上梢蟠木枝，下拂龍髯茂，撐拏天半分，連卷虹南負，為棟復為梁，夾輔我皇構。」後高宗御名為構，南渡秦檜作相，分天下之半，而時論謂檜倡和誤國，負南朝之眷，字字應前詩。〔註47〕

秦檜墓在健康歲久榛蕪。成化乙巳秋，被盜發，獲金銀器具鉅萬。盜被執赴部鞫，末減其罪。惡檜也。時人作詩快之曰：「權姦構陷孤忠殘，二帝中原不復還，恨無英主即顯戮，至今遺臭江皋間。當時殉葬多奇寶，玉簟金繩恣工巧，荒榛無主野人畊，狐兔為群石羊倒。一朝被發無全軀，若假盜手行天誅，於戲浙上鄂王墓，松柏森森天壤俱。」〔註48〕

明初國學旁有玉兔泉，秦檜所鑿也。張孟兼為學錄，作玉兔泉銘，為泉洗辱。〔註49〕

岳王墓在西陵橋之右，墓上松柏枝皆南向，墓前有分屍檜，自根以上，劈分為兩，至稍全其生，中格以木，以示支解奸檜也。正統間郡倅馬偉為之。〔註50〕

以上四則皆是可見明人對奸佞的痛惡，第一則以昏君徽宗來引出趙構、秦檜

55人，《元史》187人，《明史》竟「不下萬餘人」。可說整個「二十四史之節烈婦女，明史為數最多。」參見李美娟《正史列女傳研究》（政治大學中文所碩士論文，1983年），頁145。

〔註47〕 〔明〕沈德符《萬曆野獲編》卷二十九「先知」條，頁732。

〔註48〕 〔清〕褚人穫《堅瓠集・堅瓠九集》卷一「盜發穢冢」條，頁5358。

〔註49〕 〔清〕丁傳靖《宋人軼事彙編》引《明事紀事》，頁770。

〔註50〕 〔清〕褚人穫《堅瓠集・堅瓠四集》卷三「岳王墓」條，頁4776。

誤國，是假借天命以斥責昏君奸臣。其餘三則更可見士大夫和民間百姓，對秦檜痛恨的激情程度，至死不休，同時以「金銀器具鉅萬」來諷刺秦檜生前的貪暴。令人注意的是，雖然明人表現對秦檜的痛恨極深，但其中「移情作用」的成分是較大的，明人所謂的秦檜形象，實爲當朝王振、嚴嵩、魏忠賢之流的投影。另外，在明代野史中有一則「武臣刺背」記事，饒有諷趣：

> 嘉靖末年，用故將楊照爲遼東總兵官，照感上知遇，涅「盡忠報國」四字於背……。按刺背一事，始於宋岳少保。元順帝末年，杭州巡檢胡仲彬舉兵，其徒皆文背曰「赤心護國，誓殺紅巾」。至我明正德間，錦衣衛匠餘刁宣，自言背刺「盡忠報國」四字，上怒，命本衛杖而戍之嶺南。至嘉靖初，南禮部侍郎黃綰爲白簡所攻，亦自疏言背有「盡忠報國」字可驗，上雖不罪，而天下至今嗤笑。蓋至照而五矣。割股剖肝，固盡孝美事，然效顰不已，亦成故套。〔註51〕

岳飛背刺「盡忠報國」出於《宋史‧何鑄傳》，〔註52〕然因刺字在宋代盛行，〔註53〕因此「岳飛刺背」的情節在宋元的岳飛故事中並未受到特別的重視。透過此則錦衣衛背刺盡忠報國的記載，可見「岳飛刺背」的故事在明代頗爲流行，故能造成當時社會的「效顰不已」。

小　結

　　岳飛在明初的地位，只是一個著名的歷史忠臣，隨著「土木之變」的刺激，以及明代中後期的內憂外患等現實刺激，帝王封以宗教神格的「三界靖魔大帝」，並宣揚其抗金事功。如此「尊王攘夷」的教化功能，成了明帝崇拜岳飛的政治作用。而士大夫深感所處時代，有若是南宋岳飛歷史的重演，故將岳飛冤案重新加以省思，一面肯定其忠義至誠，一面惋惜其不善處功。這

〔註51〕〔明〕沈德符《萬曆野獲編》《補遺》卷三「武臣刺背」條，頁867。

〔註52〕岳飛背刺「盡忠報國」四字，一般以爲首出於《宋史‧岳飛傳》，此乃誤說，實應先出自〈何鑄傳〉。〈何鑄傳〉記此事的內容當是來源於何鑄子孫上報史館得行狀、墓誌銘之類，其中談到岳飛背上刺字事。而元脫脫在編寫〈岳飛傳〉時才採擷這條資料。

〔註53〕依《宋史》卷三六八〈王彥傳〉記載：南宋時王彥所率領之「八字軍」，皆自刺其面云：「赤心報國，誓殺金賊」。而《宋史》卷二七九〈呼延贊傳〉亦載：「贊有膽勇，常言願死於敵，遍文其體爲『赤心殺賊』字，至於妻孥僕使皆然。諸子耳後別刺字曰『出門忘家爲國，臨陣忘死爲主』。」可見宋代刺字行爲流行，且呼延贊刺字報國之例更明顯早於岳飛。

是明代士大夫對民族英雄「壯志未酬」的嘆息，同時也是其自身「感士不遇」的悲怨。在感時憂國的心態下，他們以民族大義深責宋高宗，無非是想興起史鑑效果，企圖拯救明代後期君昏臣奸的亂世。而更多中下階層的群眾，對岳飛冤死的看法是停留在「忠奸抗爭」的單純理解，故直接將情緒發洩在痛奸惡檜上；對於歷代君臣間「功高者危」的深沈省思，則逕以天命因果等世俗觀點加以詮釋之。

第二節　明代流傳的岳飛故事（上）──小說

　　明代岳飛故事的小說，寫作出版皆在明代中後期，類型可分為短篇和長篇：前者為話本小說，主要是針對市民階級讀者，因而內容直接反映民間的鬼神傳說。後者為歷史小說，由於當時興起創作虛實理論之爭，〔註54〕岳飛小說亦因此而有不同的改編動機。然總體來看，明代關於岳飛的長篇歷史小說中，「歷史」的成分還是大於「小說」的成分；而短篇話本小說則純屬虛構。同時，由於這兩類小說的刊刻是在書坊主促銷謀利的動機下快速編成，故其市場價值遠大於藝術價值，無論內容或主題皆充滿流行文化的氣息。

一、岳飛故事的短篇小說

　　明代關於岳飛故事的短篇小說主要是《續東窗事犯傳》和《遊酆都胡母迪吟詩》，其內容皆環繞於「秦檜冥報」情節。據孫楷第在《傳奇效顰集》中指出：

> 按秦檜冥報，宋洪邁《夷堅志》既著其事，元人又譜為戲曲。蓋以烈士沈冤，國賊未除，不得已而委之於冥報……。而以岳王事最足以刺激人之故，故故事特為盛傳。如明嘉靖本《大宋演義中興英烈傳》，即取此篇為最後回目，萬曆本《國色天香》及明何大掄序本《燕居筆記》亦皆選錄。馮夢龍《古今小說》且本之演為通俗小說。〔註55〕

在南宋《夷堅志》中記有考官暴死旅舍，復甦時道出：適看陰間斷秦檜事。元雜劇《東窗事犯》中演有「何立入冥」單元，其情節正是大略如此，然其重點

〔註54〕詳參周啓志主編《通俗小說理論綱要》第七章第廿三節（台北：文津出版社，1993年3月），頁275～283。

〔註55〕孫楷第《日本東京所見中國小說書目》卷六附錄〈傳奇效顰集〉（台北：鳳凰出版社，1974年10月），頁117～118。

是在於那句陰森恐怖的「煩傳語夫人，東窗事犯矣！」（詳見於第二章）因此，岳飛故事在明代出現的「胡迪罵閻」情節單元，可能即由此基源開發而來。然其內容主要著重因果報應、地獄輪迴等思想的宣揚，岳飛「冤死」的悲情只是一副藥引，故就岳飛故事的主題發展而言，並未能產生多大的影響。

　　然而，若就流傳現象來看，此類要求秦檜冥報的故事在明代卻頗為盛行，無論是長篇演義、短篇話本和文人筆記等，皆有所選錄或改編（見前引孫氏文），甚至在神魔小說《西遊補》中，更極盡聯想地要孫悟空扮閻王審秦檜、敬拜岳飛為師父。〔註56〕如此可見，要求奸臣必遭惡報，是整個明代社會共同的期待心理，也充分反應出明人對當朝權奸的不滿。同時，更可見民間在將歷史發展簡化為忠奸抗爭後，如何以因果報應來表達他們對現實的無奈。因此，雖然這類冥報故事貫穿頭尾的主角並非岳飛，但在歷代岳飛故事中卻從未缺席，它們一面在民間廣為流傳宣揚，一面又不斷地吸收民間對岳飛故事的看法，一直發展到清代後期，即於說唱文學中成為「胡迪罵閻」的系列主題（詳論於第四章）。

（一）《續東窗事犯傳》

　　此小說收錄在明初的《效顰集》中卷。以「續」為書名，是否之前已有名為「東窗事犯傳」的小說，不得而知，然可確定的是其為前代「東窗事犯」故事之後續發展。〔註57〕故事取材雖以宋元時期「秦檜冥報」傳說為主，然明代民間盛行的岳飛轉世傳說，對此亦應有所啟發。內敘士人胡迪，生性好善惡惡，一日飲酒半酣，偶讀《秦檜東窗傳》，觀未竟，不覺赫然大怒而高吟：

> 長腳邪臣長舌妻，忍將忠孝苦謀夷。天曹默默緣無報，地府冥冥定有私。黃閣主和千載恨，青衣行酒兩君悲。愚生若得閻羅做，剝此姦臣萬劫皮。

〔註56〕《西遊補》刊刻於明崇禎年間，其第九回〈秦檜百身難自贖　大聖一心歸穆王〉以孫悟空進了未來世界，逢閻王病故，於是代審秦檜，秦檜辯以當今奸臣大有人在，孫悟空責之罪在為當前奸臣師首，故當重罰；隨後又尊岳飛為自己的第三個師父。可見作者是在《西遊記》盛行後，先藉孫悟空威風以高揚岳飛；再藉秦檜辯說來諷刺時局。

〔註57〕本文所用為趙弼《效顰集》（台北：河洛出版社，1977年4月）。而此短篇以「續書」自居，文中又言有《秦檜東窗傳》，則作者所欲接續者應為此書。雖然目前無任何客觀證據可證明確有此書存在（或所指為何），然「東窗事犯」傳說自南宋流傳至明代，其間被敷演成小說的可能性極大。

因詩句涉及怨天侮神，故爲閻王召見。胡迪供云：因見秦檜害死岳飛父子，「傷忠臣被屠劉而殘滅，恨賊子受棺槨以全終」。於是閻王乃令冥官「領此儒生，遍視泉局報應」。果見秦檜父子、王氏與万俟卨，及諸朝眾奸臣，受盡「風雷」、「金剛」、「火車」、「溟冷」等獄的慘酷刑罰。〔註58〕後冥官告之：

> 此曹凡三日則遍歷諸獄，受諸苦楚。三年之後，變爲牛羊犬豕。生於凡世，使人烹剝而食其肉。其妻亦爲牝豕，與人育雛，食人不潔，亦不免刃烹之苦。今此眾已爲畜類於世五十餘次矣。……萬劫而無已。

後閻王再請胡迪作判以梟秦檜父子夫妻之過，胡迪即強調：「雖僥倖免乎陽誅，其業報還教陰受。」其後又參觀「忠賢天爵之府」，座上皆歷代忠臣義士，「每遇明君治世，則生爲王侯將相，黼黻朝廷」。這和明代盛傳岳飛轉世的傳說，具有相同的期待心理。

（二）《遊酆都胡毋迪吟詩》

此故事收錄於馮夢龍編的《古今小說》卷三十二。〔註59〕內容分成兩部分：首先是〈頭回〉，以「話說宋朝第一個奸臣，姓秦名檜」開始，敘寫秦檜夫妻密謀陷害岳飛，及後來專權橫行、西湖遇鬼、方士伏壇、東窗事發等事，可說集合了宋元以來有關傳說，結構像是一個故事的節略。其後是〈正文〉，敘述「胡毋迪」遊地獄事，〔註60〕情節主體大致與前述《續東窗事犯傳》類似。其相異處有三：

1、增加文天祥事。此安排的用意當是爲了上接秦檜主和禍國，宋朝不用良將，故亡於蒙古異族，從而引出故事的時代背景爲元初，如此可順利承接〈頭回〉再發展；另一方面，將岳飛和文天祥兩位民族英雄並稱，更能凸顯忠臣不得善終的人間不平，藉以開啓〈正文〉。因此，小說中以胡毋迪驚動閻王的吟詩爲：

> 檜賊奸邪得善終，羨他孫子顯榮同。文山酷死兼無後，天道何曾識

〔註58〕此和萬曆本《國色天香・東窗事犯傳》所錄略有不同：《國色天香》將金剛、火車、溟冷三獄併作略述，奸回之獄亦極簡單，重點再增加「不忠內臣之獄」，強調其內的歷代宦官，「欺誑人主，妒害忠良，濁亂海內」故萬劫不復。

〔註59〕本文引用文本爲馮夢龍編《三言・喻世明言》卷三十二（濟南：齊魯出版社，1997年8月）。

〔註60〕「胡毋迪」常被誤爲「胡母迪」。考《史記》儒林列傳第六十一載：「言春秋，於齊魯自胡毋生。」司馬貞《索隱》云：「毋，音無，胡毋姓，字子都。」故胡毋迪，應爲複姓胡毋，名迪。

忠佞。

　　2、敘說宋高宗、秦檜和岳飛三人的宿世因緣。小說寫宋高宗是吳越王的三子轉生，其偏安南渡，無志中原，乃意在報復當年宋太宗逼奪吳越王獻土事；〔註61〕因此秦檜力主和議，亦天數當然，但不該誣陷忠良，故有此冥報；而寫岳飛系張巡、張飛一脈轉生，這是附會前述民間的轉世傳說。

　　3、流露出華夷之辨的民族精神。小說中詳細點明故事時代，並寓含排夷情緒，如敘事中有：「元順宗至元初年，錦城有一秀才」；「方今胡元世界，天地反覆」；「子秉性剛強，命中無夷狄之緣」；「元祚遂傾，天下仍歸於中國」。由其中「胡元、夷狄、中國」等詞，可見故事應出自秉性剛強、充滿民族大義的明代士大夫，而其流露出的攘夷思想、恨奸情緒，無非是對明末黑暗時局的發洩。

二、岳飛故事的長篇小說

　　岳飛故事在明代流行的長篇小說，依鄭振鐸先生考證至少有四部：熊大木《大宋中興通俗演義》（以下簡稱熊編本）、鄒元標《精忠全傳》（以下簡稱鄒編本）、余登（應）鰲《岳王傳演義》、于華玉《岳武穆盡忠報國傳》（以下簡稱于編本）。〔註62〕其中熊編本是「中國小說史上第一部以岳飛故事為主要題材的長篇小說」，〔註63〕後三本則皆是根據熊編本進行增刪改定。故可說明代關於岳飛故事的長篇小說，是以《大宋中興通俗演義》為主（參見附表二）。而在熊編本之後的眾多改編本中，最值得注意的是《岳武穆盡忠報國傳》。因作者的改編動機，是針對熊編本的「欠實」而發，編寫意圖擺明要和熊編本有所區隔。以下即就熊編本和于編本論之。

（一）《大宋中興通俗演義》

　　《大宋中興通俗演義》版本眾多，名稱亦多，然由於各版本間除字句稍

〔註61〕此乃採用宋代「高宗索還疆土」的傳說，《錢塘遺事》和《賓退錄》有類似記載云：錢鏐於唐末時獨霸吳越，傳至錢俶，一日入朝被宋太祖留住，逼之獻土。後徽宗夢錢俶乞還兩浙，且曰：「以好來朝，何故留我？當遣第三子居之。」醒後語鄭后，鄭后曰：「妾夢亦然。」須臾韋妃報誕，即高宗也。三日後徽宗臨視，抱膝間，甚喜，戲妃曰：「酷似浙臉。」而錢王和宋高宗壽皆八十一。參見〔清〕丁傳靖《宋人軼事彙編》，頁71。

〔註62〕參見西諦（鄭振鐸）〈岳傳的演化〉《中國文學論集》（台北：明倫出版社，未註出版年月），頁360～363。（按：據孫楷第《中國通俗小說書目》及大冢秀高《中國通俗小說書目改訂稿》，鄭氏所謂「余登鰲」應為「余應鰲」之誤。）

〔註63〕參見齊裕焜《明代小說史》（杭州：浙江古籍出版社，1997年6月），頁171。

微有異外，內容幾乎相同，因此可視爲同一書，全書共八卷八十則，〔註 64〕
附李春芳編的《精忠錄》後集三卷，〔註 65〕及〈重刊精忠錄後序〉。其最早刊
本是明嘉靖三十一年（1552），楊氏清白堂刊刻，編者題爲熊大木。熊氏號鍾
谷，〔註66〕福建建陽人，嘉靖時在世（約 1506～1579），是當時著名的通俗小
說編者和書坊主。〔註67〕其在《大宋中興通俗演義・序武穆王演義》中云：

> 《武穆王精忠錄》原有小說，未及於全文。今得浙之刊本，著述王
> 之事實，甚得其悉。然而意寓文墨，綱由大紀，士大夫以下遽爾未
> 明乎理者，或有之矣。近因眷連楊子，素號湧泉者，挾是書謁於愚
> 曰：敢勞代吾演出辭話，庶使愚夫愚婦亦識其意思之一二。……以
> 王本傳行狀之實跡，按《通鑑綱目》而取義。至於小說本傳互有同
> 異者，兩存之，以備參考。

此序文首先令人注意到的是在熊氏改編前，已有岳飛事蹟的刻刊，〔註 68〕惜
皆已佚。其次，是《大宋中興通俗演義》的取材來源和編寫原則，其特點有
二：

一是「敘事依通鑑演義」：熊大木用史書編年的體例來架構作品，其人物
和事件皆講究正史出處，對民間傳說有所修訂，有時還特爲注明區分，如卷

〔註64〕《大宋中興通俗演義》版本眾多，一名《大宋演義中興英烈傳》、《武穆王演
　　　　義》，又名《大宋中興岳王傳》、《武穆精忠傳》、《宋精忠傳》、《岳武穆王精忠
　　　　傳》、《岳鄂武穆王精忠傳》、《精忠傳》等。其卷數皆八卷，然回數不一，有
　　　　74、80、84 等三種。參見江蘇社科院明清小說研究中心《中國通俗小說總目
　　　　提要》（北京：中國文聯出版公司，1991 年 9 月），頁 56。另本文引用文本爲
　　　　清白堂刊本，收錄於《明清善本小說叢刊》初編第十四輯（台北：天一出版
　　　　社，1985 年）。
〔註65〕此《精忠錄後集》三卷的內容，卷一爲〈古今褒典〉（諡議、封誥、祭文、禮
　　　　文）和〈古今論述〉（序文、跋文、題識、敘文、碑記、廟記）；卷二爲〈古
　　　　今賦詠〉和〈古詩〉；卷三爲〈律詩〉。如此，此三卷並無可稱爲小說者。
〔註66〕長期以來，小說史論著提及熊大木時，皆以「大木」爲其名，「鍾谷」爲其字。
　　　　經陳大康考證後指出：「大木」並不是熊大木的名，其名字應是熊福鎮，字大
　　　　木，號鍾谷。參見〈關於熊大木的名與字〉《通俗小說的歷史軌跡》（長沙：
　　　　湖南出版社，1993 年 1 月），頁 101～103。
〔註67〕早在熊大木父祖以前，建陽熊氏刻書業已由家刻發展成坊刻，而從嘉靖到萬
　　　　曆年間，經熊大木發揚後更是昌盛，其編撰的通俗小說，現存有《全漢志傳》
　　　　十二卷；《唐書志傳》八卷；《南北宋志傳》共二十卷；《大宋中興通俗演義》
　　　　八卷。參見齊裕焜《明代小說史》，頁 167。
〔註68〕若依李春芳《精忠錄後集》卷一〈古今論述〉所提及的資料來看，曾刊刻過
　　　　《精忠錄》者有袁純、太監麥公、太監劉公等三人。

八敘有：「秦檜既死，次日聞於朝，高宗即下詔罷其子，並其黨革職，全家遷發嶺南」。在此敘述作注云：「此小說如此載之，非史書之正節也。」由於熊編本只是將歷史通俗化，趣味性和生動性都較弱，故全書情節顯得平鋪直敘。這雖是熊大木慣用的編輯手法，〔註 69〕然從中可知其視小說為正史依附，故在〈序〉中聲明：

> 或曰小說不可參之以正史，余深服其論。然而稗官野史，實記正史之未備，若使的以事跡顯然不泯者得錄，則是書竟難以成野史之餘意。

可知熊大木是在「正史為主，小說為輔」的原則，將《大宋中興通俗演義》編成通俗的岳飛歷史書。因此，在全書八卷中，前七卷寫岳飛生前戰功，大抵按照史實敘述，雖有妝點，但不致偏離；直到最後一卷寫岳飛冤死後的情節，方才大量收錄傳說資料。若再從明代小說的創作發展來看，《大宋中興通俗演義》是明代第一部由書坊主編刊的通俗小說，其編刊主要還是受到當時《三國演義》暢銷所致，〔註 70〕為搶先上市以獲取利潤，依史為綱是較便捷的改編方式。

　　二是「內容以宋事為主」：本書既以「大宋中興」為敘事重點，因此多敘寫宋朝綱紀，直接關係到岳飛的情節約只占四分之一。雖然全書可謂展現了岳飛一生的時代背景，然岳飛並非是書中描述的唯一主角，只要是關係到宋廷興亡的人物和事件，都是被描述的對象，誠如熊大木在《凡例》中所說：「是書演義，惟以岳飛為大意，事關他人者，不免錄出，是號為中興也。」又：「至於諸人入事，亦只舉其大要，有相連武穆者斯錄出。」故整部小說顯得情節鬆散、枝蔓蕪雜，情節中心、人物形象等皆不夠突出。然由於全書是由靖康年間岳飛從軍的背景寫起（卷一第九則「岳鵬舉辭家應募」，岳飛正式登場），而以岳飛冤死後秦檜受冥報作結（直接引《效顰集‧續東窗事犯傳》作結），可見岳飛仍是書中眾多人物事件的主體，故雖以《大宋中興通俗演義》為名，又序題為《武穆王演義》。同時，就岳飛故事在小說文體的發展來看，「全部

〔註 69〕　伊維德指出熊大木的編輯方式是：「在通鑑綱目或它的續集之一所提供的一個按年代次序的大綱裡，他增添了從廣泛的不同來源裡所找到的資料。如果找不到虛構的素材，他就讓通鑑綱目本身來填補空缺。」見〈南宋傳與飛龍傳〉《中國古典小說研究專集 2》（台北：聯經出版社，1980 年 6 月），頁 206。

〔註 70〕　參見陳大康《通俗小說的歷史軌跡》第三章第一節〈連鎖反應的開始〉，頁 68～75。

《岳傳》的骨架在這裡已經成立了」。〔註71〕加上書中收錄許多正史、野史、傳說、筆記和戲曲中有關岳飛的故事，猶如一本岳飛百科，便於後人創作時從中取材。

此外，就岳飛故事情節單元的表現，熊編本有四方面值得注意：

其一：作為岳飛故事的第一部長篇小說，《大宋中興通俗演義》在敘述岳飛「戰功」時多依史實，然敘岳飛「冤死」，則延續了宋明以來岳飛故事中「瘋僧戲秦」、「何立入冥」、「胡迪罵閻」等情節單元。書中「瘋僧戲秦」只在《精忠記》傳奇的基礎增刪修改（下節詳論之）；「何立入冥」則改寫仙界「東南第一山」世人不能到，但秦檜卻以何立家眷性命要脅，逼迫何立前去捉拿瘋僧，此後便無下文，唯有一行小字註云：「後聞秦檜死，復還。」至於「胡迪罵閻」則直接引用短篇小說《效顰集·續東窗事犯》。由此可見熊大木雖然引用許多傳說資料，但卻未能善用前代故事已發展的成果再行敷衍創作，而僅將之雜湊成篇。此實和其編刊此部小說的態度有關，畢竟對一個書坊主而言，編刊小說如同製造流行商品，如何快速提供市場消費的需求才是最重要的。

其二：在岳飛故事的發展中首次出現「岳飛刺背」的情節細節。書中敘寫因寇匪來聘，岳飛「乃令人於脊背上刺『盡忠報國』四大字，以示不從邪之意。後有人來尋他，就將脊背字示之，以此相州豪傑，多不從盜。」（卷一）此雖用以表現岳飛持志之堅，卻未言何人所刺，形成純粹交代，缺乏故事性。然「盡忠報國」四字在熊編本的運用亦有勝於他作處，如寫岳飛屍首被埋在螺螄殼中，岳夫人扒開尋屍時：「看見岳太尉形容如生不變，夫人抱而痛哭，因解去項下繩索、脫卻血衣，背上『盡忠報國』四字昭然不沒，只是皮膚杖痕遍身、腥血鮮紅……。」（卷八）透過「盡忠／慘死」這種強烈而鮮明對比，頗能激發讀者對岳飛「冤死」悲情的感染。然熊編本未能善用前代「隗順埋屍」的傳說，而只略述有人不忍岳飛暴屍牆下，故先埋之螺螄殼中，待岳夫人尋屍時才告之。

其三：熊編本在關於岳飛的「冤死」情節，亦有自行創作處。在卷八〈陰司中岳飛顯靈〉一則中，敘述有臨安達者王能、李直二人，因見岳飛父子冤死，而秦檜卻一門享福，事過境遷並無報應。於是論辯「天地間是否有鬼神」，最後商議云：「吾聞城外有伍員之廟，至有靈感，他曾諫吳王，被太宰嚭暗中

_____

〔註71〕見西諦〈岳傳的演化〉，頁361。

害之，賜劍而死。此神之事，與岳飛相仿；神若有靈，必與岳飛父子雪怨。」於是二人前往拈香祝禱，祝畢「不覺眼中迸血、衝冠、咬牙切恨而退」。顯神伍員聽後「心中大怒，而體自家冤抑相同」，即時上告於天，岳飛父子陰魂終得受封天職，逕向秦檜顯靈索命。伍子胥功高遭忌，為奸臣伯嚭所害，死後屍身棄江，後人基於正義補償的心理，故有伍子胥死後成為錢塘水神的傳說。伍子胥的故事，是典型的忠臣悲劇，而岳飛盡忠報國，竟遭秦檜屈殺，此冤死悲情不禁讓人將他和伍子胥聯想在一起，故熊編本創作如此情節，頗為貼切合理。

其四：熊編本卷三寫「戚方刺飛」情節，以戚方為岳飛部下，以暗箭刺飛後叛亂為盜，後在岳飛征剿下雖走降張俊，仍為張俊以「既叛主將，復為盜賊，罪不容逭」斬之。實則戚方在杜充降金時首叛為盜，當岳飛來征討時，戚方曾以弓箭射中岳飛的馬鞍，是時岳飛藏此箭，怒云：「他日擒此賊，必令折之以就戮。」後戚方在走頭無路下先降張俊，經張俊再三懇免，岳飛乃赦之。〔註72〕由此可知熊編本不依史實而加以捏造，實有對叛賊施以文字懲罰之意。故後代岳飛故事寫「戚方刺飛」情節，大都依熊編本以敷演之。

（二）《岳武穆盡忠報國傳》

《岳武穆盡忠報國傳》現存友益齋刊本，〔註73〕扉頁中題「精忠傳」三字，右欄為「重訂按鑑通俗演義」，版心題《盡忠報國傳》。書中本不題撰人，但根據金世俊的〈序〉及書中〈凡例〉後題署，知為明末于華玉所編。于氏江蘇人，崇禎十三年進士，十五年任義烏知縣，是書應為任內所刻。〔註74〕其編寫動機是為了糾正熊編本的「荒誕不經」，故在〈凡例〉中指責熊編本云：

> 俗裁支語，無當大體，間於正史多戾。……舊傳卷分八帙，帙有十
>
> 目，大是贅瑣。至末摭入風僧冥報，鄙野齊東，尤君子所不道。

而其編寫原則是：「正厥體制，芟其繁蕪，一與正史相符，爰易傳名，曰《盡忠報國傳》，所以崇王涅膚之志。」因此，于華玉除將熊編本每卷十目刪為四

〔註72〕《三朝北盟會編》卷二百七載有岳飛母舅因銜恨而暗射岳飛一箭，只中馬鞍，岳飛即回馬將其破心碎割。因此，張火慶認為：「岳飛既對自己的母舅如此有仇必報，則小說附會他斬首叛將戚方的情節，可能即由此轉借。」《說岳全傳研究》（東海大學中文所碩士論文，1984年），頁224。

〔註73〕本文引用《岳武穆盡忠報國傳》收入《古本小說集成》（上海古籍出版社，1990年）。

〔註74〕同上註，刊刻「前言」。

目外,更將第八卷刪除,對傳統補償岳飛「冤死」所流傳的「瘋僧戲秦」、「何立入冥」、「胡迪罵閻」等情節單元,完全視爲「鄙野齊東、君子不道」,只以一目〈褒盡忠歷朝封祭〉作結。(其刪節對照詳參附表三)此外,又對熊編本「句複而長,字俚而贅」處,「痛爲翦剔,務期簡雅」,即將通俗口語改成較簡雅的文言。

從通俗小說的觀點來看,熊大木編《大宋中興通演義》,由於偏重史實,已經缺乏小說趣味,後于華玉據以改編的《岳武穆盡忠報國傳》,更將其中屬於小說趣味的通俗口語、神鬼傳說等刪除盡淨。如此,經過他刪訂後的作品,正如鄭振鐸所說:

> 雖改舊觀,卻失去了活的精神,傳奇的面目,他使《岳傳》離開了民間通俗讀物而逼近於正史傳記的複述了,他雖自己居功的說道:『繕校凡七易丹墨,大有分肌劈理、脫胎換骨之功。』其實他的「簡雅」,較舊傳的鄙俚尤爲使人不快。傳奇的著作是與其枯燥而無趣,不如鄙俚而生動。〔註75〕

鄭氏從通俗文學創作和閱讀的角度來評價于編本,可謂精闢。而此已涉及歷史小說創作的虛實理論。在關於岳飛故事的小說中,熊編本以史實爲主,傾向崇實不反虛,成果猶如白話史書;後鄒編本承此改編路線,再發展到清初的《說岳全傳》,遂有虛實並重的見解,顧全通俗文學本身的娛樂功能(詳論於第六章);而于編本崇實反虛,猶如正統史書,藝術價值較低,此崇實反虛的編寫路線,爲民國以來各類岳飛故事所採用(詳論於第五章)。

于編本和熊編本的不同,事實上反映出編者身分和時代需求的影響。熊大木是嘉靖年間的書坊主,當時通俗文學興起,市場流通熱絡,因此其在第八卷中,不從前七卷的按鑑演史,而保留岳飛死後的傳說情節,應是考量市場需求,以迎合讀者的消費娛樂心理。而于華玉是明末崇禎年間的進士、知縣,故身感內憂外患、國家岌岌可危,在對國勢的嚴肅看待下,使他對岳飛這個歷史英雄有更嚴肅的救國期待,如他在〈凡例〉第六則中所言:

> 傳中李忠定公綱有曰:「朝廷外有大敵,而盜賊乃敢乘間勢。非先靖內寇,則無以禦外侮。」韙哉斯言,今日時事之龜鑑也,有志於禦外靖內者,尚有意於斯編。

由此可知于華玉在時代需求下企圖「以史爲鑑」,故以「崇實」原則來改編《大

〔註75〕見西諦〈岳傳的演化〉,頁 362～363。

宋中興通俗演義》。同時，于華玉強調書名改為《盡忠報國傳》，是為了尊崇岳飛的「涅背之志」，此更可證其編書目的是為了激勵讀者的愛國心理。然而，若以岳飛故事的流傳來看，岳飛「戰功大、冤死慘」的史實，結合其忠臣、孝子、英雄等形象所構成的「冤死悲情」，向來是故事流傳的動源所在。因此，為岳飛平反、報冤乃至補償的正義心理，是作者的意圖，也是讀者的期待。而此群眾心理又具體反映在痛恨秦檜等奸佞上，故「瘋僧戲秦」、「何立入冥」等情節，是岳飛戲最早也是最基本的情節單元，特別是來自於民間的傳說，都環繞在對岳飛「冤死」的詮釋和補償上發展。因此，于編本將傳說情節悉數刪除，等於是斬斷岳飛故事流傳的動源，故就故事流傳的價值來看，其地位實不及熊編本。

第三節　明代流傳的岳飛故事（下）——戲劇

　　岳飛故事表現在戲劇的文學類型，在元代中已有相當成果，到了明代則更加興盛。究其因，除了社會經濟空前發展的有利條件，戲劇結構由雜劇進入傳奇的文體興遞，以及國勢時勢等現實刺激外，帝王對戲劇的提倡亦是主因。明帝自太祖迄崇禎，多喜好戲劇，明熹宗甚且「躬踐排場」演起戲來。〔註76〕然明帝對戲劇的提倡是有限制的，必須是「勸人為善」的內容，否則即禁毀之。〔註77〕因此，強調忠君、愛國等教化的實用功能，成為明代岳飛戲的共同特色。以下，由雜劇和傳奇兩類概觀明代岳飛戲的發展情形：

　　在明雜劇方面：《遠山堂劇品》著錄有凌星卿的《關岳交代》，大概是受到明代關岳封神並祀的啟發而作；又著錄祁麟佳的《救精忠》云：「閱《宋史》每恨武穆不得生。今乃欲生之乎？有此詞而檜死、髙死，武穆竟生矣。」由此可知其內容皆因不滿岳飛「冤死」，故加以虛構翻案，以岳飛不死且「戰功」功成。然這些岳飛雜劇今皆已佚。

〔註76〕明太祖好南戲，教坊奉旨創制絃索官腔；成祖曾於南京建立規模宏大的勾闌；惠帝曾幸教坊李惜兒；宣宗邀戶部尚書黃福一起看戲而碰釘子；憲宗好聽雜劇；武宗厚賞進戲本者，且給教坊官著一品服；神宗、熹宗、崇禎等亦皆頗好戲劇。詳參曾永義《明雜劇概論》第一章（台北：學海出版社，1979年4月），頁4～6。

〔註77〕《大明律講解》卷二十六〈刑律雜犯〉：「凡樂人搬做雜劇戲文，……其神仙道扮及義夫節婦、孝子順孫、勸人為善者，不在禁限。」見王利器《元明清三代禁毀小說戲曲史料》（台北：河洛出版社，1980年1月），頁10。

在明傳奇方面：相較於雜劇，明傳奇中的岳飛戲可謂質量俱佳。此主要是敘事形式的發達，誠如呂天成所言：「雜劇但撼一事顛末，其境促；傳奇備述一人始終，其味長。」〔註78〕故明傳奇演岳飛事皆求「備述」，而多將故事情節拓展成具有完整的結構，從而將岳飛形象塑造的更加鮮明。此依內容又可分成二大類：

第一類以《岳飛破虜東窗記》、《精忠記》、《精忠旗》為代表，詳細演述岳飛一生的「戰功」和「冤死」，對宋元時代的相關史實、傳說和戲劇等情節加以全盤運用。其中《精忠記》為《岳飛破虜東窗記》的改編本，而《精忠旗》則是因不滿《精忠記》「俚而失實」而作。另外，《遠山堂曲品》著錄有青霞仙客的《陰抉記》云：「前半與《精忠》同，後半稍加改竄，便削原本之色。」又闕名作《金牌記》云：「《精忠》簡潔有古色，而詳覈終推此本。且其連貫得法，武穆事功，發揮殆盡。」此二劇今皆已佚，然可知是《精忠記》的改編作品。

第二類以《續精忠》為代表，故事接續第一類發展，塑造出英雄後代來為前代英雄「補恨」，內容純屬虛構，且充斥神怪情節，此類明代自產，前代未聞。

明代關於岳飛故事的戲劇，存目作品的數量頗多，雖然每類型的作品各有其內容特色，然其情節敷演仍是以岳飛的「戰功」和「冤死」為主，而且有如下的共同特色：首先，敘事結構傾向以「大團圓」收場，這主要是受到明代通俗文學普遍要求教化的影響。其次，將忠奸抗爭拓展成集團對立，忠的一方除岳飛外，更有牛皋和小英雄的逐漸加入；奸的一方，由秦檜及於四奸鐵像和秦熺等，其中王氏皆被描繪成又姦又狠。再次，劇中敷演的主題，主要是士大夫評價岳飛重點，即「忠君／愛國」之辨，而具體表現在「奉詔班師」情節，以及岳飛和宋高宗的關係。以下即就現存的四部傳奇作品分別討論之：

一、《岳飛破虜東窗記》、《精忠記》

《岳飛破虜東窗記》為無名氏撰，〔註79〕全劇上下兩卷，共 40 折。今存

〔註78〕〔明〕呂天成著、吳書蔭校注《曲品校註》（北京：中華書局，1994 年 3 月），頁 1。

〔註79〕《永樂大典戲文目錄》著錄《秦太師東窗事犯》、《南詞敘錄・宋元舊篇》著錄《秦檜東窗事犯》，若此，當是宋元舊作。然《南詞敘錄》「本朝」，又有《岳飛東窗事犯》一本，云：「用禮重編」，因此，《岳飛破虜東窗記》很可能是宋

本爲明金陵富春堂刊本，題有「新刻繡像音註岳飛破虜東窗記」，約二、三折即附版畫插圖一張。而《精忠記》爲明憲宗成化年間，姚茂良撰，〔註80〕兩卷35齣。今存明末汲古閣原刊本，無插圖。祁彪佳《遠山堂曲品》評爲：「〈金牌宣召〉一折，大得作法，惜閒諢過繁。末以冥鬼作結，前既枝蔓，後遂寂廖。」

以上兩劇雖然折（齣）數不同，但其情節內容和敘述文字卻相似，應是宋元以來「東窗事犯」故事的同一系統。〔註81〕康保成曾詳加比對，認爲不論是曲詞、人物、情節等，《精忠記》確定是由《岳飛破虜東窗記》改編而成；而《岳飛破虜東窗記》則可能是宋元南戲《東窗事犯》的再次改本或三次改本。〔註82〕依此，則在宋元以來流行的「東窗事犯」故事系統中，《精忠記》應是最後成型之作，加上其作者、時代已被確定，實足做爲此故事系統的代表。因此，以下論述此系統岳飛戲在明代的演變，僅就《精忠記》爲論述主體，〔註83〕至於其和同時代《岳飛破虜東窗記》間的曲詞增刪、人物形象潤飾等情形，前述康保成文分析已詳，不再贅述。

（一）在情節結構方面

《精忠記》敷演岳飛故事的內容，由第1齣〈提綱〉可知其概：

南渡功臣，中興良將，平金奮志驅兵。太師秦檜主和議。奸佞朝廷，屢詔班師。東窗下與夫人設計，誣害岳家父子。屈死非刑更堪憐，墜井銀瓶。那秦丞相被冤鬼迷弄，心疑忌，往靈隱寺齋僧。遇葉守一，從頭點化。報應甚分明。方顯忠良讒佞，千古譚評論。

由此可知，《精忠記》將岳飛的「戰功」和「冤死」共同演述成一完整的岳飛故事，而其著重點則是抒發岳飛「冤死」的悲情。若依戲劇的情節結構來加

元舊本的改編本。另「用禮」有人疑爲系「周禮」之誤，而周禮爲明中葉人。參見李修生《古本戲曲劇目提要》（北京：文化藝術出版社，1997年12月），頁253。

〔註80〕《精忠記》的作者是誰曾引起爭論，今已確定爲姚氏所做。推論詳參金夢華《汲古閣六十種曲敘錄》第八章〈精忠記敘錄〉（台北：嘉新基金會，1969年7月），頁43。

〔註81〕莊一拂《古典戲曲存目彙考》〈精忠記〉條云：「宋元戲文、元雜劇均有《秦太師東窗事犯》。此戲當屬於同一系統，似經改編者。」（台北：木鐸出版社，1986年9月），頁98。

〔註82〕詳參康保成〈從《東窗事犯》到《東窗記》《精忠記》〉《藝術百家》（1990第4期），頁75～85。

〔註83〕本文引用《精忠記》版本收入林侑蒔主編《全明傳奇》（台北：天一出版社，1984年）。

以組織，則全劇可分成五大部分如下：

(甲) 欽詔禦敵：大破拐子馬；御賜精忠旗。(1～9 齣)

(乙) 奉詔班師：書生叩馬；蠟丸密詢；金牌偽詔。(10～12 齣)

(丙) 冤獄屈死：岳夫人解禳、道悅贈偈；周三畏掛冠；万俟卨誣劾；
東窗陰謀；冤死風波亭；張保埋屍；銀瓶墜井。(13～26 齣)

(丁) 東窗事發：瘋僧戲秦；施全憤刺。(27～30 齣)

(戊) 冤屈平反：世忠伏闕；皇帝表忠；鬼神報應。(31～35 齣)

由以上情節結構來看：(甲) 是演述岳飛的「戰功」情節，而「破拐子馬」是主要的情節單元。(丙)、(丁)、(戊) 則是演述岳飛的「冤死」情節，分量約占全劇的三分之二，其中「冤獄屈死」情節就敷演了 14 齣。由此可證：《精忠記》的戲劇中心，是延續元雜劇《東窗事犯》的情節進行發展，即由「冤獄」到「平反」更加進行渲染，使悲者愈悲、怒者愈怒，天上、人間皆要平反澈底。而促使故事流傳的動源，正是岳飛「冤死」的悲情。

其中，「岳夫人解禳」寫岳飛夫人夜夢不祥，卜知有牢獄血光之災，故請道士解禳；「道悅贈偈」寫金山寺道悅和尚善觀氣色，斷言岳飛有喪身之禍，臨別贈偈，預示冤死風波亭。此皆針對岳飛冤死故做懸疑、預警，以收傳奇之效。「周三畏掛冠」寫周三畏勘問岳飛，見其背上刺字，知其無辜，乃以「強敵未滅，二聖未返，無故戮一大將」為由，掛冠求仙而去，後因岳飛冤屈平反，受封為靈應真人，且至陰間作證勘問秦檜。〔註 84〕「張保埋屍」寫岳飛部屬張保替其收屍，「施全憤刺」寫岳飛部屬義憤刺殺秦檜。其中，張保非真實人物，施全刺殺秦檜史有其事，然施全並非是岳飛部屬，〔註 85〕如此虛構旨在宣揚岳飛生前善待下屬。「銀瓶墜井」寫岳飛次女銀瓶，〔註 86〕因不能為

〔註 84〕 在正史中見岳飛背字及說「無故戮大將」的人，應是何鑄而非周三畏（見《宋史‧何鑄傳》。關於周三畏，正史確有其人，《建炎以來繫年要錄》卷一四二載岳飛死後，何鑄與周三畏等人皆因忤秦檜意而得罪貶官。然正史無周三畏掛冠事，其掛冠傳說不知從何而起？然《樵書》中有一則其冠掛修仙的傳說云：「大理寺卿周三畏，不肯勘問岳武穆，掛冠而去，不知所終。明萬曆間，延安葭州山間有剪頭仙人，日飲淨水三甌，與人論及宋事，至咸陽冤死輒大哭。問其姓，曰：『姓周。』後忽不知其何從去，空中墜下名帖二紙，書『周三畏拜謝』。」參見〔清〕丁傳靖《宋人軼事彙編》卷十五，頁 732。

〔註 85〕 關於施全刺檜事，及其因此被時人誤為岳飛部屬的因由，詳見本論文第二章第二節 (三) 軍民的追思。

〔註 86〕 銀瓶小姐不見岳珂之〈金佗宗祠錄〉，但筆記傳聞皆謂其為岳飛次女，如《南宋雜事詩注》載：「銀瓶小姐，岳武穆季女也。武穆被難，女欲叩闕上書，遏

父申冤而投井自盡，旨在宣揚岳氏一門忠烈。

另相對於宋元時期的岳飛故事，明代岳飛戲的特色在於對（乙）「奉詔班師」的正視，此可說是岳飛故事由「戰功」變成「冤死」的關鍵。如前述，明代士大夫對岳飛奉詔班師事，多所議論，或許通俗文學的作者因此而受到影響，故亦將其視爲構成岳飛故事的主要情節。其中，「書生叩馬」〔註87〕寫金兀朮慘敗後，欲撤兵北回，突然有一書生叩馬進諫「自古未有權臣在內，而大將能立功於外者」，於是金兀朮密遣軍師哈迷蚩以蠟丸致書秦檜，而秦檜遂僞詔要岳飛班師。正史中並未說明岳飛班師是金兀朮暗中促成，或只是秦檜個人行動，然《精忠記》則以「蠟丸密詢」的情節單元，將「書生扣馬」和「金牌僞詔」連結起來，用以指斥秦檜通敵賣國。

（二）對元雜劇情節單元的繼承發展

在元雜劇《東窗事犯》中，有「瘋僧戲秦」和「何立入冥」兩大情節單元，明傳奇《精忠記》未演「何立入冥」事，改在第33、34齣中，以鬼卒將秦檜夫婦一同勾去，且在冥途中惡言相加，斥其殘害忠良。而「瘋僧戲秦」則在第27、28齣中大加敷演，並和「施全憤刺」連接起來，其中增加許多諷諭細節，以博取觀眾喜愛。其重新設計發揮處，主要有下列幾點：

1、瘋僧在《東窗事犯》中只說是「呆行者」名叫「葉守一」。《精忠記》則據此點破「葉守一」是「也十一」的諧音，三字合起來即爲「地」字，暗示其爲「地藏王」。

2、瘋僧在香積廚寫四句詩：「縛虎容易縱虎難，無言終日倚闌干；男兒兩眼英雄淚，流入胸襟透膽寒。」詩的第一句即是王氏在東窗下對秦檜的私語，末一句則故意把「膽」字寫小，諷刺秦檜云：「你的膽大，做出事來；我的膽小，不做出事來。」

3、瘋僧手持笤掃，說是「要掃殿上這些奸臣」；並且放他不得，「放了他就要弄權」。後代敷演此情節，而劇目作「瘋僧掃秦」蓋緣於此。

卒攔止之，遂抱銀瓶投井死。」《瑣談》亦載：「岳王女小字銀瓶，以王夫人夢抱銀瓶而生，故字之。後王死難，女投井殉。」參見〔清〕丁傳靖《宋人軼事彙編》卷十五，頁735。

〔註87〕「書生扣馬」情節首出於《鄂王行實編年》卷五。鄧廣銘認爲此事於南宋、金人的官私文書皆未見，而且在元末所修的《金史》中亦無，加上敘事文字繪聲繪影，頗富戲劇性。因此斷定此情節應是岳珂所虛構。參見《鄧廣銘治史叢稿》，頁626～627。

4、瘋僧身繫「執袋」，裡面有個掏空的黃柑，比喻：「暗藏著不平之氣。」這是南宋「東窗陰謀」中畫柑的傳說。

5、秦檜賞吃饅頭，瘋僧卻把餡弄掉，說：「別人吃你的餡（陷），我怎麼吃你的餡？」此借饅頭諷刺。在《東窗事犯》中瘋僧說的是：「百姓每恰是酸餡一般，肚皮填包著氣。」並未直斥秦檜之奸。

6、秦檜問：「你這病那裡得來？」瘋僧說：「東窗下得來。」且不能醫治，因爲少了一味藥：「岳家附（父）子」。

7、秦檜請瘋僧到冷泉亭講話，他卻說：「還到風波亭上好了事。」

8、瘋僧弄神通，呼風喚雨，說：「這是一日連發十二道金牌來的。」且風是「朱仙鎮上黎民怨氣」，雨是「屈殺了岳家父子天垂淚」。

9、秦檜臨去前，瘋僧寫詩送他，紙卻是縐的，因爲是從「蠟丸內取出來的」；詩云：「久聞丞相理乾坤，占斷朝綱第一人；都下庶民嗟怨重，堂中埋沒老功勳。蔽邪陳善謀皆死，塞上欺看罔萬民；賢相一心歸正道，路上行人說□□。」此和《東窗事犯》所引詩，只有二句相同。藏頭八字爲「久占都堂，蔽塞賢路」；但詩末句欠兩字而不全，秦檜問何因？瘋僧警告：「若見詩全（施全），你就要死哩！」以諧音來預示往後「施全憤刺」的情節。

由以上九點，可知明傳奇在「瘋僧戲秦」上大玩文字遊戲，從金國蠟丸通奸，到岳飛屈死風波亭，充分運用諧音將整個「東窗陰謀」揭發出來，讓觀眾在猜字謎的趣味中，回味劇情。加上在詩句、語句中皆能直斥秦檜奸權，又能令人感到痛快淋漓。

（三）岳飛愚忠、王氏姦狠的類型塑造

明代通俗文學普遍強調教化功能，特別是明代前期的戲劇創作，無不籠罩在「五倫」戲風中，主角皆被塑造成倫理綱常的類型人物。〔註88〕作於明中葉的《精忠記》不免受到這股創作風潮的要求和影響，故敘述岳飛故事刻意強調忠君思想，然卻因此而將岳飛塑造成愚忠典型。〔註89〕如第12齣〈班

〔註88〕明初戲劇創作特別強調教化的實用功能，如丘濬《五倫全備記》在「付末開場」中倡言：「若無倫理無關緊，縱是新奇不足傳。」參見楊建文《中國古典悲劇史》第六章〈悲劇的黃金時代〉（湖北：武漢出版社1994年4月），頁256～263。

〔註89〕王永健指出：與《精忠記》約作於同時期的《香囊記》雖是敷演張九成故事，但卻以岳飛抗金爲時代背景，而劇中大聲疾呼：「爲臣死忠，爲子死孝，死又

師〉，寫岳飛見金牌一到，即惶恐地說：「朝廷罪我，快分付張憲回軍。」岳雲勸岳飛待收服東京、迎回二聖後再回師，岳飛卻執意：「朝廷之命，豈容遲得？」第 18 齣〈嚴刑〉，寫岳飛被誣陷獄中，深怕岳雲、張憲「若知我受此冤屈，必然領兵前來報冤，那時難全父子忠孝之名」，於是岳飛修書誆騙二人同來受死。〔註90〕第 22 齣〈同盡〉，又寫獄卒奉命行刑，岳飛恐怕二子不肯服從，竟親自動手把他們綁了領死。《精忠記》中這種「為臣死忠、為子死孝」的描寫，雖有意將岳飛塑造成「忠君」的教化典型，然卻又處處顯得表現過度，反而使岳飛在民眾心中烙下「愚忠」印記。最後寫岳飛升天，封為「雷部賞善罰惡都元帥」，此神職非作者虛構，而是明帝所封，〔註91〕由此更可見作者是有意朝「忠君」方向去塑造岳飛。

而王氏的姦狠形象是從《岳飛破虜東窗記》、《精忠記》這個系統發展出來的。在元雜劇《東窗事犯》中，將岳飛冤死全歸罪於秦檜一人，但並未涉及王氏。到了《精忠記》則把王氏塑造成是秦檜冤害岳飛的軍師，如第 9 齣寫王氏獻計藏下御賜精忠旗，並預謀陷害岳飛父子；第 11 齣寫王氏訂計遣人持偽詔令岳飛班師。第 20 齣寫王氏東窗下力主設計殺飛。如此，王氏成了倫理教化下的「反面教材」，此後的岳飛故事皆以長舌、姦狠來定位其形象。

二、《精忠旗》

本劇為李梅實草創，馮夢龍改訂。李梅實，浙江杭州人，生平無考，其原著已不得見，今流傳乃馮夢龍改定本，〔註92〕共兩卷、37 折。據馮〈序〉云：

何妨？」等觀念，實形成一股「以時文為南曲」的逆流。因此，姚茂良沒有處理好岳飛忠君和愛國的關係，而著意渲染忠孝節義，與此逆流顯然殊有關係。參見〈憤懣心頭借筆頭——從《精忠記》到《精忠旗》〉《江蘇師院學報·哲社版》（1982 第 2 期），頁 45。

〔註90〕《宋史·岳飛傳》中並無此事，《精忠記》如此敘寫之因：「按春秋時，楚平王因伍奢，欲殺之，奢恐子尚與員報冤，乃以書招其二子。此記借用奢事也。」見〔清〕黃文暘《曲海總目提要》卷十三（天津古籍書店影印，1992 年 6 月），頁 556。

〔註91〕〔明〕沈德符《萬曆野獲編》卷十四〈加前代忠臣謚號〉條載：「岳鄂王謚號，見之諢詞，不下壯繆，則海內或未及聞也，其最後加岳謚云：誅邪輔正大將精忠武穆帝君。主治洞天福地，統領禋祀蒸嘗，協理三十六雷律令，贊七十二候天罡，受命上清，永揚帝化，神霄右監門，靖魔忠勇岳鄂王，蕩鹵大元帥，其崇奉亦至今矣。」，頁 364。

〔註92〕馮夢龍編《精忠旗》收入《墨憨齋定本傳奇》（馮夢龍全集）（江蘇古籍出版

> 舊有《精忠記》，俚而失實，識者恨之。從正史本傳，參以《湯陰廟記》事實，編成新劇，名曰《精忠旗》。精忠旗者，高宗所賜也。涅背誓師，岳侯慷慨大節所在。他如張憲之殉主，岳雲、銀屏之殉父，蘄王諸君之殉友，施全、隗順之殉義。生死或殊，其激於精忠則一耳。編中長舌私情及森羅殿勘問事，微有粧點，然夫婦同席及東窗事發等事，史傳與別紀俱有可據，非杜撰不根者比，方之舊本，不逕庭乎。〔註93〕

由此可知馮夢龍改訂《精忠旗》的動機，主要是因不滿《精忠記》的「俚而失實」。因而以《宋史・岳飛傳》為綱，旁參相關傳說重新改編，務求事出有據，故號稱「非杜撰不根者比」。其意乃是要在創作上取得虛實調合，如此方能將岳飛慷慨精忠的歷史形象塑造出來。而其具體作法，正如《精忠旗》劇末詩所云：「據宋史分回出折，按舊譜合調諧宮」。是故《精忠旗》稱「折」不稱「齣」。

《精忠旗》的情節結構，大抵同於《精忠記》的五大部分，但其中關目及次序因主題重點、人物塑造等而有所不同。（對照詳參附表四）以下指出其情節單元增、刪、改的情形：

（甲）欽詔禦敵（1～10折）：

　　增：岳飛刺背；若水效節；逆檜南歸。

（乙）奉詔班師（12～16折）

　　增：北朝復地。

（丙）冤獄屈死（17～30折）

　　增：群奸構誣；世忠詰奸；獄中哭二帝；北庭相慶；忠裔道斃。

　　刪：岳夫人解襄；道悅贈偈；周三畏掛冠。

　　改：「張保埋屍」改「隗順埋屍」。

（丁）東窗事發（31～35折）

　　增：何立入冥。

　　改：「瘋僧戲秦」改「湖中遇鬼」。

（戊）冤屈平反（36～37折）

　　改：「世忠伏闕」改成「程宏圖、岳珂申冤」

社，1993年9月）。

〔註93〕馮夢龍編《精忠旗》原〈序〉已佚，今刊本皆轉引自《曲海總目提要》卷九「精忠旗」，頁389。

　　由以上情節結構來看：首先，《精忠旗》光寫（丙）就用了 14 折，可見其同《精忠記》般，著重敷演岳飛「冤死」的情節。其次，在不改變《精忠記》的基本結構下，《精忠旗》在情節單元上變動頗多，比重也有所調整，最特別的是刪去「瘋僧戲秦」，改以南宋傳說中的「湖中遇鬼」（此可算是前代「忠魂顯靈」情節單元的發展），這就使明代岳飛戲得以和元雜劇產生區隔，而岳飛戲的情節重點，也得以從長久流傳下來的「東窗事犯」，轉為「精忠旗」。換言之，馮夢龍使岳飛故事的主題，由傳統所著重的鬼神報應，轉為強調岳飛精忠報國的精神。因此，其所刪除的情節單元，大都是有礙岳飛英雄形象的怪力亂神，雖然增加了「何立入冥」，但情節簡短，並不刻意描繪地獄景象，而（戊）只占 2 折，且以朝廷表忠作結。相對的，《精忠記》在（戊）寫了 5 齣，後 4 齣全以神鬼為主角。而這應該就是馮夢龍「俚而失實」的指斥所在。

　　此外，《精忠記》寫「世忠伏闕」純屬虛構，史實上應是「世忠詰奸」，而程宏圖、岳珂辨冤事正史分別有載，故依此粧點，合成一折。又將純屬虛構的「張保埋屍」改成南宋傳說的「隗順埋屍」，且以獄卒代替部屬，更可見民心所嚮。而增寫「岳飛刺背」、「獄中哭二帝」、且強調出「御賜精忠旗」〔註94〕等情節單元，主要是用來彰顯岳飛的忠君愛國。同時，在「冤死風波亭」中不循《精忠記》虛構岳飛召二子來同死的情節，而依史實寫張憲先被誣陷後，岳飛父子才被害入獄；而在「金牌偽詔」中一改岳飛受詔即班師，而寫在金牌屢屢催逼下，岳飛身處忠君與愛民、忠於高宗與忠於二帝等內心衝突，最終在客觀條件下不得已才做出班師決定。如此，都是為了有效去除岳飛愚忠的形象。

　　另外，「群奸搆誣」寫張俊參與誣陷岳飛事，依《宋史・岳飛傳》所載：張俊因忌恨岳飛，故在秦檜謀害岳飛時出力最多，然過去的岳飛故事演出群奸時，卻忽略此號人物，馮夢龍在據史敷演下，才讓張俊的奸惡形象出現在岳飛故事中。「忠裔遭斃」寫岳飛冤死後，其子盡遭秦檜所害，此虛構情節和「群奸搆誣」相對，乃是為了強調出全劇「忠奸抗爭」的主題，進而更加凸顯出岳飛冤死的悲情。然《精忠旗》除了「忠奸抗爭」的主題外，又將全劇

〔註94〕依《宋史・岳飛傳》載，紹興三年岳飛因平息諸盜，故高宗「手書精忠岳飛製旗以賜之」。《精忠記》第 9 齣則改為因岳飛因大破兀朮拐子馬，故高宗賜旗，然中途為秦檜扣留，如此雖有點出「御賜精忠旗」事，卻未敷演。《精忠旗》則將此獨立演成第 9 折〈御賜忠旗〉，寫岳飛將旗豎立中軍，做為帥旗，後方演「大破拐子馬」情節。

提高到「民族矛盾」，如依史實寫「若水效節」，〔註95〕呈現了外族侵犯的流離慘狀；再寫「逆檜南歸」凸顯出秦檜日後的主和立場乃因受恩金國；其後在岳飛奉詔班師後增寫「北朝復地」；在岳飛冤死後增寫「北庭相慶」，如此都可見秦檜害死岳飛，受苦的是百姓，高興的是敵人。

三、《續精忠》

明末湯子垂撰，又名《小英雄》。上下兩卷，共25齣。今存清鈔本。〔註96〕此劇既名《續精忠》，即是接續《精忠記》而敷演，內容以岳飛冤死後，金兵再度入侵，攻陷健康，進逼臨安，在國危思良將下，宋高宗始知岳飛為忠，故下詔訪求岳家後代抗戰。經過一翻請拒，最後在牛皋及岳雷、岳電以酷刑誅殺秦檜夫婦後，英雄後代始率軍抗金，終於完成岳飛救國的心願，且將叛國投金的秦檜兒子秦熺，加以伏誅，最後皇上封賜眾官，牛岳兩家復又榮盛。史實上岳飛五子中並無名為「電」者，且岳飛死後，牛皋未嘗出戰，其子亦無所聞，而秦熺更無叛宋投金事，故全劇的敘事內容「皆係憑空結撰，並無事實」。〔註97〕然就故事發展的內容型態而言，仍可歸結到岳飛的「戰功」和「冤死」。

《精忠記》依史實發展的時序，先展現岳飛的「戰功」，再敷演岳飛的「冤死」，而以朝廷平反、鬼神報應作結。就戲曲的結構而言，此一敘事已算圓滿，然《續精忠》的作者卻不以為結束，而要讓故事再發展下去，如此的創作意圖除了扣緊岳飛的「冤死悲情」外，應和明末內憂外患的時代背景息息相關。人們感於國衰虜強、苦難受災皆禍起於奸宦弄權，於是強烈地期待在現世中奸除虜滅。同時，自南宋以降，岳飛故事皆以鬼神報應作結，此固然可以滿足觀眾對岳飛「冤死悲情」的補償心理，但岳飛戲若每每止於如此，久而成套，觀眾亦不感新鮮。故在種種因素需求下，觀眾對岳飛故事的期待視野，即由鬼神世界轉回現世、人世。因此對岳飛「冤死」的平反，不以「瘋僧戲秦」、「天庭封官」為滿足，而必須代之以對秦檜的酷刑誅殺，方得以取得真

〔註95〕據《大金國志》卷五載：「天會五年（宋靖康二年），三月十六日粘罕坐帳中，使人擁二帝至階下，⋯⋯是日以青袍易二帝服，以常婦之服，易二后服。時惟李若水抱持大呼：『帝號不可去，龍章不可褫。若水唯有死而已！』」（台北：廣文書局，1968年5月），頁69。

〔註96〕本文引用《續精忠記》之版本為《全明傳奇》所收。

〔註97〕〔清〕黃文暘《曲海總目提要》卷十四〈小英雄〉條，頁619。

正的快感；而英雄岳飛已死，其事功不成的遺恨，乃至「戰功」的再現，則由英雄的後代來發揮，以符合中國傳統「父仇子報」、「虎父無犬子」的觀念。這種「英雄後代」的敘事結構，有可能是受到明代中後期通俗小說的影響，〔註98〕而後又爲清初的《說岳全傳》所採用。

　　《續精忠》雖然敷演岳飛冤死後的故事，但劇中二度安排岳飛顯靈出現，一是當金兵進逼臨安時，岳飛在朝上顯靈，率岳家軍大敗金兵，隨即隱去。如此方使宋高宗覺悟岳飛實爲含冤而死，即下令訪查岳飛後代。二是韓世忠奉命招撫牛皋，牛皋執意不從，岳飛則再度顯靈，牛皋被岳飛的忠義感動，遂帶領岳雷、岳電赴闕勤王。由此可見，劇中岳飛雖只以「忠魂顯靈」的方式出現，但卻是劇情發展的重要關鍵，岳飛爲人「忠義而死」；爲鬼「死而忠義」，如此忠義精神，成爲貫穿全劇的脈絡。而這種岳飛顯靈的情節，如前述，在明代民間的傳說中頗盛，作者或許因此而加以吸收運用。

　　此外，《續精忠》雖以岳飛爲眾英雄的精神領導，然實際的行動領導則是牛皋，牛皋同時也是串連起第一代和第二代岳家軍的唯一人物，由此可見其重要性。據《宋史》記載：牛皋隸岳飛軍後，斬王嵩、破李成、擒楊么，因功累遷高職。紹興十七年，田師中收編岳家軍後大會諸將，「皋遇毒疽歸」，乃語所親曰：

> 皋年六十一，官至侍從，幸不啻足，所恨南北通和，不以馬革裹屍，
> 顧死牖下耳。〔註99〕

牛皋被毒死，當時傳言是秦檜的陰謀。像這樣一個忠君愛國、鐵錚錚的英雄好漢，卻不幸冤死於奸臣之手，因此可知牛皋之所以能夠隨著岳飛而進入後代的通俗文學中，最主要乃在於其有著和岳飛相同的「冤死悲情」，是故作家們企圖用傳奇手法，爲他做辨冤的補償。〔註100〕牛皋在岳飛故事的流傳中，

〔註98〕參見馬幼垣〈講史小說的主題與內容〉《中國小說史集稿》（台北：時報文化公司，1987年3月），頁94；夏志清〈戰爭小說初論〉《愛情·社會·小說》（台北：純文學出版社，1981年12月），頁125～126。

〔註99〕見《宋史》卷三六八〈牛皋傳〉，頁11466。

〔註100〕張火慶指出：歷史上的牛皋，其「生平除了勇謀膽識爲後世景仰外，實已找不出其他令小說家感到興味的特徵了。或者說，他的功高而被害，這一層英雄悲劇性，與岳飛的『莫須有』罪名具有同樣的遺憾效果，遂使小說家企圖用傳奇的手法，爲他們做辯冤的補償。」〈以岳傳中的牛皋爲例——論戰爭小說中的丑角〉《中國小說史論叢》（台北：臺灣學生書局，1984年6月），頁258。

逐漸成爲必要角色，甚至是僅次於岳飛的人物（詳論於第四章）。

《續精忠》上卷敷演英雄後代對秦檜復仇後領兵抗金；下卷則著重在平服叛黨秦熺，以秦檜夫婦認罪伏誅後，抗金順利，秦檜子秦熺遂因懼禍而反叛作賊，最終則遭英雄後代擒獲奏功，於是以奸佞後代伏法、英雄後代授官作結。由此可知全劇是將外患歸之於內奸，而此恰反映了明代中葉後朝中奸宦當權致使外寇入侵的史實。故知民眾在受到當時時勢的現實刺激下，懷念起抗金的民族英雄岳飛，並透過《續精忠》這樣的岳飛故事，來表達他們對國事的期望。

小　結

現存明傳奇中的四部岳飛戲，若由創作出版的時間來分，則《岳飛破虜東窗記》、《精忠記》作於明代前期；《精忠旗》和《續精忠》則作於明代後期，而兩類間最佳的分界線即是「土木之變」。因此可知，時代需求和文學發展的潮流將直接影響到此兩類岳飛戲的主題。是故，《精忠記》偏重於塑造岳飛「忠君」的形象，如此太過強調教化，反而予人「愚忠」之感；而《精忠旗》在明後期的時勢刺激下，力去「愚忠」形象，而凸顯「愛國」精神。由此對比中，可以發現這兩部劇作的表現，各自反映了明初帝王和明後期士大夫對岳飛評價的不同觀點。同時，由於《續精忠》、《精忠旗》作於明代後期，故其內容在忠奸抗爭外，也富有華夷之辨的思想，充分體現出明末的時代需求。另外，明代民間傳說的「忠魂顯靈」、「四奸鐵像」等因果報應情節，則是明傳奇岳飛戲中的共同表現。

然而，儘管《精忠記》在塑造岳飛的形象上有其缺失，然卻是自元入明以來，戲劇中演述岳飛故事的完整定型，之後的岳飛戲劇，多在其情節結構的基礎上加以改編發展。因此，在岳飛故事的流傳發展中，《精忠記》實有其價值地位。但是，若以文學價值而言，改編後的《精忠旗》實高於前作，特別是岳飛的形象，「從美學的角度看，已從過去戲曲小說中類型人物，發展成爲崇高完美的悲劇英雄典型形象」。〔註101〕因此，就岳飛故事的流傳來看，真正能代表「明代」的岳飛戲，應是這本由通俗文學大家馮夢龍所用心改定的《精忠旗》。

〔註101〕包紹明〈岳飛故事的流傳與演變（上）〉《福建師範大學學報·哲社版》（1994
　　　　第 4 期），頁 69。

第四節　明傳奇《精忠旗》的寫作意圖和敘事主題

本節探討《精忠旗》的創作意圖、敘事結構和主題思想，以下依序論述之：

一、馮夢龍及其編訂《精忠旗》的意圖

（一）馮夢龍的生平、思想

馮夢龍（1574～1646），字猶龍，又字子猶、正猶。別號很多，有綠天館主人、墨憨齋主人、可一居士、詞奴、茂苑野史、詹詹外史等等。出身蘇州的書香門第，兄弟三人皆有文名，時稱「吳下三馮」。馮夢龍的生平記載不詳，根據其弟夢熊及李叔元爲《麟經指月》所做的序，知其二十歲左右爲諸生，此後蹭蹬不進，直到崇禎三年，才以歲貢得仕丹徒縣學訓導，時年已五十七歲。崇禎七年，升任壽寧知縣，四年任滿即過著隱居鄉紳的生活。明朝亡國前後，他爲了抗清復明，還四處奔波宣傳，以老臣身分集刊了《甲申記事》、《中興實錄》、《中興偉略》等，記載當時的歷史事實，希望能以史爲鑑。大約在清朝順治三年春（1646），憂憤而逝。

在馮夢龍未出任的青壯年時期，編纂著書與處館課童是他謀生的主要方式，在他的著作中，合乎道統的主要是《麟經指月》等五種，內容是將經學疏解提要，雖然目的是「爲舉業士子之便」，然而梅之煥在〈序〉中卻盛讚馮夢龍治《春秋》卓絕。不過，馮夢龍最大的成就是在通俗文學的編著整理上，無論種類或數量成果都很豐碩，甚至成爲他一生中最重要的志業。〔註102〕這些不登大雅之堂的通俗文學，在馮夢龍眼中，都不失爲「有爲」之作，如其編輯民歌，正是欲「借男女之眞情，發名教之僞藥」（《山歌‧敘》），而所編笑話集也隱含了無奈世事、怨而不怒的心情。誠如梅子煥所言：

> 不有學也不足譚，不有識也不能譚，不有膽也不敢譚，不有牢騷鬱積於中而無路發攄也亦不欲譚。夫羅古今於掌上，寄《春秋》於舌端，美可以代輿人之誦，而刺亦不違鄉校之公，此誠君子不得志於時者之快事也。（《古今譚概‧序》）

由此可知馮夢龍編作通俗文學，既表現其才識、膽量，也發洩其牢騷鬱積。而他要發名教之僞，正可見他已注意到通俗文學的社會功用。這樣的思想，可以

〔註102〕詳參劉淑娟《馮夢龍通俗文學志業之研究》（中正大學中文所碩士論文，1997年）。

說是繼承明代中後期文學講究教化的風潮，同時也和其交遊對象有關，許多東林黨的中堅分子，如文震孟、姚希孟、錢謙益、梅之煥、熊廷弼等，都是馮夢龍結社的好友。〔註103〕而東林黨人關心世道、濟物利人的主張，〔註104〕和馮夢龍要發揮通俗文學的社會功用，其本質是一樣的。

（二）馮夢龍編訂《精忠旗》的意圖

馮夢龍在戲曲方面創作少，主要從事改定他人的作品，其動機是針對當時南曲靡爛等劇壇上的種種陋習，〔註105〕而搜求改訂的成果，即今日所見之《墨憨齋定本傳奇》。然馮夢龍對明傳奇的重視，最主要是在其教化功用的發揮，欲藉改訂戲曲，比擬《春秋》筆削功能，以達到導正世風的作用。〔註106〕正如其所自豪：「自余加改竄而忠孝志節種種具備，庶幾有關風化，而奇可傳矣！」（《新灌園‧序》）然而戲曲這種文藝形式，要能有效地發揮教化功用，則必須要案頭、場上兩擅其美，否則縱使內容再好，若不能當場演出，亦是枉然。〔註107〕於是，馮夢龍在改定傳奇作品時，對於劇本創作和舞台演出，都有其理論見解和導演要求。〔註108〕因此，經過其改編後的作品，就具有較

〔註103〕明代士大夫只要對某種文化藝術有興趣，就可以自由組織社團，如文社、詩社等，此對文化藝術與通俗文學的發展，有促進的作用。詳參夏咸淳《晚明士風與文學》（北京：中國社會科學出版社，1994年7月）；謝國禎《明清之際黨社運動考》（北京：中華書局，1982年12月）。

〔註104〕黃宗羲《明儒學案》卷五十八〈端文顧涇陽先生憲成〉談到東林中堅顧憲成時說：「先生論學以世為體，嘗言官輦轂，念頭不在君父上；官封疆，念頭不在百姓上；到于水間林下，三三兩兩，相與講求性命，切磨德義，念頭不在世道上，即有他美，君子不齒也。」（中華書局四庫備要本，1981年），頁4。

〔註105〕如馮氏在《雙雄記‧序》中言：「高者濃染牡丹之色，遺卻精神；卑者學畫葫蘆之樣，不尋根本。甚至村學究手撮一二椿故事，思漫筆以消閒；老優施腹瀾數十種傳奇，亦效顰而奏技。」見《墨憨齋定本傳奇》（上），頁479。

〔註106〕如《酒家傭‧序》言：「傳奇之衰鈸，何減春秋筆哉！」而《新灌園》劇末引詩：「孝子忠臣女丈夫，卻將淫褻引昏途。墨憨筆削非多事，要與詞場立楷模。」見《墨憨齋定本傳奇》（上），頁99、96。

〔註107〕此馮夢龍在改訂湯顯祖《風流夢》小引中言：「夫曲以悅性達情，其抑揚清濁，音律本於自然。若士亦鑒真以揍嗓為奇，蓋求其所以不揍嗓者而未遑時，強半為情才所役耳！識者以為此案頭之書，非當場之譜。欲付當場敷演，即欲不稍加竄改而不可得也。」見《墨憨齋定本傳奇》下冊，頁1047。

〔註108〕馮夢龍的戲劇理論主要是要求劇本須能「便於當場」，做到高度集中以利演出，因而折數不能太繁、人物性格應突出、情節需曲折、且要有趣味。而在演出時則強調演員表演、服裝、道具等整體的舞台氣氛，不可壞了劇本原意。參見劉淑娟《馮夢龍通俗文學志業之研究》第二節〈三、戲劇〉，頁131～145。

高的文學價值。

在《精忠旗》第 1 折〈家門大意〉中，馮夢龍寫道：

> 發指豪呼如海沸，舞罷龍泉，灑盡傷心淚。畢竟含冤難盡洗，為他
> 聊出英雄氣。千古奇冤飛遇檜，浪演傳奇，冤更加千倍。不忍精忠
> 冤到底，更編紀實精忠記。

由此可知馮夢龍改編《精忠旗》的動機是「不忍精忠冤到底」，目的是「為他
聊出英雄氣」。在此宗旨下，馮夢龍將過去「浪演」岳飛故事之內容，改向「紀
實」修正，而其整體的寫作意圖，正如他在劇末【尾聲】中所云：「賢奸今古
同其臭，憤懣心頭借筆頭，好教千古忠臣開口笑。」同時，在劇末引詩云：「不
等閒追歡買笑，須猛省子孝臣忠。」如此則點出他企圖對觀眾施予的教化。
然而，千古以來的忠臣冤劇何其多？會何馮夢龍偏要選定岳飛呢？明末的民
族危機應是最客觀的寫作背景，而東林黨遭受到閹黨的政治迫害，特別是抗
清大將熊廷弼的冤死，可能是促使其詳定《精忠旗》的直接刺激。〔註 109〕

二、《精忠旗》敘事結構的特色

以下從抗戰與通和集團的衝突、大團圓的故事結局兩方面論述《精忠旗》
敘事結構的特色：

（一）抗戰與通和集團的衝突

馮夢龍以史實為主改編《精忠旗》，在維持《精忠記》的情節結構下，增
加或改變部分情節單元，使全劇主題因而不同於以往之作，人物形象也更加
鮮明。最明顯的是戲劇衝突的擴展，自宋元以來，演述岳飛故事多將岳飛一
生的悲劇用忠奸鬥爭來詮釋，亦即以岳飛為忠，秦檜為奸，整場戲是以此二
人為敷演重心，於是展現出來的主題、人物都呈現單純化。《精忠旗》雖繼承
此戲劇傳統，然卻將全劇的衝突中心，由單純的忠奸二人，擴展成「抗戰」
與「通和」二組集團的衝突。前者以主戰派為主，其動機在於抗敵禦侮，故

〔註 109〕馮其庸於 1961 年指出熊廷弼、袁崇煥兩件冤案，可能促使馮夢龍詳訂《精忠
　　　　旗》。熊氏為馮夢龍的至交，且曾為其解難，此觀點無疑。然袁氏則有討論空
　　　　間，如王永健引趙翼《二十二史札記》的說法，認為在《清太宗實錄》披露
　　　　真相以前，明末朝野無不訾袁氏賣國。因此馮氏在當日很難相信袁氏無罪。
　　　　參見〈憤懣心頭借筆頭──從《精忠記》到《精忠旗》〉，頁 45。另熊廷弼為
　　　　馮夢龍解難事，詳參黃明芳《馮夢龍編作三言的社會經濟基礎》（中山大學中
　　　　文所碩士論文，1994 年），頁 8。

爲「抗戰」集團；後者以主和派於主，其目的在於藉通敵以圖私利，故爲「通和」集團。由於這兩個集團的行動主旨強烈地互相矛盾，故岳飛抗金愈是節節勝利，秦檜對他的迫害也就愈加瘋狂。因此，《精忠旗》在寫岳飛抗戰行動的同時，緊接著是秦檜通和的行動。這可由劇中的關目安排來得證，如：〈若水效節〉接〈逆檜南歸〉；〈欽詔禦敵〉接〈奸黨商和〉；〈御賜忠旗〉接〈奸相忿捷〉；〈金牌僞召〉接〈北朝復地〉；而〈岳侯死獄〉後有〈北庭相慶〉。如此，在「抗戰」、「通和」等情節交叉並行下，構成《精忠旗》全劇緊湊而強烈對立的戲劇結構。

在「抗戰」集團中所彰顯的意涵，除了岳飛個人的忠君愛國外，還包括朝野志士維護民族尊嚴，以及中下階層百姓的生存利益。因此，劇中增寫第 3 折〈若水效節〉，意在借李侍郎效節，備寫一時流離之慘，呈現出一幅「蒼生直恁苦流離，被驅來無異犬和雞」的慘酷畫面。而第 15 折〈金牌僞召〉，描寫河北父老反抗朝廷班師的旨令，而要求岳飛繼續帶領他們抗金，此舉強烈地顯示朝廷通和的作爲，實和百姓的生存利益相違反，因此他們對朝廷班師的舉動表達不滿，要岳飛繼續抗金而高呼：「也管不得什麼金牌，朝廷也是主上，二帝也是主上！」百姓如此的怒氣，在第 16 折〈北朝復地〉中更達到高潮，以岳飛班師後，金兵隨即重來，致河北百姓慘被蹂躪，因而直斥秦檜通和是賣國投降，恨欲「食其肉寢其皮」。在《精忠旗》以前的岳飛故事中，往往未能發揮人民的作用，未能在百姓生存利益和岳飛抗戰事業兩者之間，加以對照聯繫，而形成如此密切的關係，這是《精忠旗》敘事結構的特殊處，也是其價值所在。而當岳飛被陷冤獄時，劇中接著寫〈世忠詰奸〉（第 22 折）；岳飛屈死後又寫〈隗順埋環〉（第 26 折）、布衣劉允升冒死爲岳飛喊冤（第 27 折），以及殿前小司施全憤刺秦檜（第 31 折）等。如此，可見以岳飛爲首的「抗戰」集團，除了邊地百姓外，更包含朝野的愛國志士。

相對的，《精忠旗》在「通和」集團中，以奸臣秦檜爲中心而擴展出去，劇中寫秦檜的奸，不光是國家的權奸，更是民族的內奸。由「權奸」這個點，再扯出張俊、万俟卨、羅汝楫等附會秦檜的朝廷奸佞；而「內奸」這條線則由王氏私通金兀朮的姦情接起，凸顯出「通和」乃是出賣民族利益，違反百姓抗金的願望。因此，在「通和」集團的行動目的中，首先體現的是女眞族「統治階層的利益」。〔註110〕如在〈逆檜南歸〉中，金兀朮雖俘虜徽、欽二帝，

〔註110〕鄧廣銘在第三度改寫《岳飛傳》時，特別強調：「我把發動這場侵宋戰爭的責

然深感宋朝：「舉族雖罹北轅之慘，敷天尚同左袒之心。猛將礪齒磨牙，猶思一備；文臣嘔心吮血，各在擄謀。」於是設下「通和」詭計：

> 我想必須一面鞠旅陳師，一面通和講好。將他金帛年輸歲運，如人害中消病的，不久傾亡；使他君臣宴息偷安，如人吃盅毒藥的，自然舉發。那南官兒只秦檜一人，常講和議，……如今只得縱他南歸，暗中行事。（第 4 折）

由此可見，「和談」實是女真統治者併吞宋室的一種手段。因此，秦檜回宋後與「抗戰」派相爭，力主宋金通和，如此就不僅僅是宋廷本身單純的忠奸之爭，而含有民族利益的矛盾。當然，秦檜的通和主要也是為了他自身的利益，如在〈東窗畫柑〉中，秦檜自言：

> （和議）這條計，不但使宋朝倚重，尤能使金主銜恩。上可望石敬塘，次可效法張邦昌，最下亦可常保相位。（第 24 折）

可見秦檜力主和議是想從中謀取私利。而這種「謀私利」可說是整個「通和」集團的行動源泉所在，金兀朮、秦檜已如前述，代表宋朝統治者的高宗更是如此，作者藉秦檜之口說出：

> 我說他（岳飛）曾說自己與太祖俱三十歲除節度使，他肚裡便想黃袍加身了，那時陛下求為匹夫且不可得，怎能夠像今日罷戰休兵，安閒自在？皇上當時嘿然不言，頗頗相信。（第 24 折）

由此可知宋高宗是站在「通和」的一方，此亦曲筆暗示：日後秦檜能掌朝中大權，主和議、殺岳飛，可說都是得自高宗的默許和支持。如此一來，在以秦檜為主的「通和」集團中，除了朝中奸佞、女真貴族外，宋高宗實也包括在內。

　　總之，《精忠旗》演述岳飛故事，其情節架構雖是以《精忠記》為基本，然全劇的敘事結構並未流於單純化、個人化的忠奸抗爭，而是將忠奸和民族利益、百姓安危等聯結在一起，形成「抗戰」集團和「通和」集團的衝突。同時，作者又使故事發展集中在「忠奸抗爭」和「民族矛盾」所交錯構成的時代背景下，因而劇中岳飛的「戰功」和「冤死」所造成的影響，也就擴展到更廣泛的社會層面。特別是寫岳飛的「冤死」所呈現出來的悲情，就不僅

任都寫在女真軍事貴族身上，認為他們的這些軍事行動所代表的，也僅僅是金王朝統治階層的私利，與女真族人民的根本利益和長遠利益是不相符合的。」《岳飛傳》（北京：人民出版社，1986 年 6 月），序頁 2～3。

僅是其個人的英雄悲劇,而是全民的、時代的、歷史的大悲劇。這樣的敘事結構,正是《精忠旗》寫岳飛故事勝於他作之處。

(二)大團圓的故事結局

岳飛冤死雖是歷史事實,但若以冤死做為結局,並不符合中國戲曲的審美觀,〔註111〕特別是寫人們敬仰的英雄,「失敗和毀滅會給觀眾太多的刺激、太強烈的感情衝擊」。〔註112〕因此,《精忠旗》以「慢天公到頭狠報應,好皇帝翻案大褒封」來做為大團圓的喜劇收場,此敘事模式可說是繼承元雜劇的鬼神報應,而更求周全,務使生前受冤屈、遭陷害的人在死後皆能得到「合理補償」。

從第 31 折起,劇中就開始安排一連串大快人心的情節,如「施全憤刺」表達人怨;「湖中遇鬼」、「陰府訊奸」展示天怒。以生前為害作惡之人,在世時雖享盡榮華富貴以終,但死後卻難逃惡報,且最好是由受冤屈的人來主持審判,如此可直接滿足觀眾「報復」的快感,兼收教化作用。於是元雜劇將岳飛死後寫成淒慘的可憐遊魂,《精忠旗》則改為立即升天受封,岳飛死後反而「神氣」起來,秦檜受審後則「打入阿鼻地獄,叫他萬劫不得脫離苦趣」。另《精忠記》在「東窗事發」這一情節結構中,承宋元戲路,以地藏王化身來揭發秦檜奸謀,而後預告施全行刺。《精忠旗》在此刪去瘋僧的情節,而改用〈湖中遇鬼〉,就情節而言較符合人物心理,安排讓秦檜、王氏、張俊和万俟卨四人同遊西湖,而只有秦檜一人見岳飛顯靈索命,反映秦檜主導冤獄的作惡心理,也為下一折〈奸臣病篤〉作合理的接續。而將〈施全行刺〉安排在〈湖中遇鬼〉之前,亦較符合戲劇本身的發展,以「盡人事」不成,只好「聽天命」。同時,亦可接續上一情節結構「冤獄屈死」的悲哀傷感,形成一股悲憤之氣。

劇中最後一折〈存歿恩光〉,又回到人世間,寫世人對岳飛的平反昭雪和對奸賊秦檜的聲討,終於岳飛追封鄂王,秦檜改謚「繆醜」,符合善有善報,

---

〔註111〕中國戲曲寫「大團圓」的主要原因可疏理出三點:一是民族文化強調中和之美;二是戲劇的大眾娛樂性;三是失志文人藉以抒憤。參見王宏維《命定與抗爭》(北京:三聯書店 1996 年 4 月),頁 106～107。另張家榮《「中國古典悲劇」論定與構成之疑議》第二章第二節〈團圓論戰〉針對大團圓現象的各家觀點有詳細的引論。(臺灣師大國文所碩士論文,1998 年),頁 26～41。

〔註112〕戲曲不能寫英雄的毀滅,而只能演他們如何「從勝利走向勝利」,失敗和毀滅會帶給觀眾太多的刺激和感情衝突,而這和我們民族的審美習慣相左。參見傅謹《戲曲美學》(台北:文津出版社,1995 年 7 月),頁 135。

惡有惡報的大團圓結局。如此類型化的敘事結構，雖然使《精忠旗》整體的藝術價值和主題思想多少受到局限，但卻可見民心之所嚮，同時也體現了專制時代人民無處伸冤的無奈，如銀瓶墜井，爲的是人間無可訴冤，故欲向上告於天帝。（第28折）施全行刺不成，臨死前亦指望：「俺這一靈兒好伴忠良訴天府。」因此，若獨立出《精忠旗》，只就劇本本身來看，其中許多的鬼神報應著實令人深感俗不可耐，然若將其放回明末的時代背景中，則可見其中體現出的是黑暗時代下人民的現實無奈和理想渴望。

三、《精忠旗》的主題思想

以下從塑造愛國愛民的岳飛形象、對奸佞進行批判嘲諷、曲筆指斥宋高宗的罪責、明朝末年的歷史寫照等四點論述《精忠旗》的主題思想：

（一）塑造愛國愛民的岳飛形象

《精忠旗》在第2折〈岳侯涅背〉中，將「岳母刺字」要兒盡忠的情節，改爲金人來犯擄去二帝，岳飛深痛文臣愛錢、武人惜死，致有如此民族恥辱，故主動要張憲在其背上刻字，用以「喚醒那忘君背主的，要他回頭」。如此則揭示了岳飛的「盡忠報國」是內在性格使然，而非外在的母訓。而增寫的第3折〈若水效節〉，先藉李若水不屈死節來諷刺宋朝少忠義，再側面反映老百姓拋妻棄子的流離苦難。在此背景下，岳飛堅持抗戰的行動，就具備了高尚的嚴正性，從而奠定其愛國愛民的英雄形象。而劇中岳飛精忠報國的精神，主要還是透過「忠奸抗爭」的主題彰顯出來，如〈欽詔禦敵〉中，岳飛沈痛地說：

> 我身受國恩，志存滅敵，可奈奸臣秦檜來自邊庭，力倡和議，聖上聽信，寵以相位。眼見得大功不遂，壯志難灰，如之奈何？……我岳飛一息尚存，決不與此人共戴天。（第5折）

這種忠奸對立的敘事手法，可以說是爲了「通過秦檜的假醜惡去塑造他的理想人物岳飛」，〔註113〕並以岳飛報國和秦檜賣國兩者間的衝突，構成鮮明的倫理批判。同時，劇中的岳飛雖然具有滅敵之志，但又深感在「高宗寵信秦檜」的先決條件下，結果必是壯志難成。由此可見，岳飛在尚未上戰場以前，就明白地體認到高宗並無抗戰決心，然因「身受國恩」，只能鬥奸到底、以死報國。於是，整個抗戰行動自始即充滿了「知其不可而爲之」的英雄悲情。透

〔註113〕焦文彬《中國古典悲劇論》（西安：西北大學出版社，1990年5月），頁162。

過如此的敘述，作者強調出岳飛的「盡忠報國」是一種「理智的犧牲」，而非「盲目的愚忠」。因此，朝廷欽召禦敵對岳飛而言是「正合我意」，這可再由其對「二帝被俘」的比喻得證：「譬如人家將父母辱罵一場，必思報恨。又如你每被他毆打一頓，也要回拳。今二聖就是父母一般，這羞恥比那毆辱萬倍。」（第 7 折）故岳飛堅持抗戰、迎二帝實是維護民族尊嚴的具體行動，此即彰顯出岳飛民族英雄的形象。

當岳飛大破拐子馬後，即向金兵高呼：「送我兩宮還，送我兩宮還，退保那煙沙地。」然正如岳飛先前所料，朝廷收到戰功捷報後，反而回覆班師。當第一道班師金牌傳到宋營時，岳飛不禁大嘆：「十年之功，廢於一旦。皇上、皇上，不是我岳飛沒用，是奸臣誤了你也。」（第 15 折）隨即，陸續又傳來三道金牌急促班師。此時河北父老聞訊群湧而至，特來挽留岳飛，他們伏地哭訴道：

> 我每情願跟著爺爺去殺兀朮，大家求見二帝一面，切不可輕回。……
> 爺爺也管不得什麼金牌，朝廷也是主上，二帝也是主上。爺爺縱不
> 肯救我百姓，也看二帝面上，再住一住。（第 15 折）

這使得岳飛在「奉詔班師」與「抗旨作戰」之間，更感決擇兩難。而急催班師的金牌則又陸續來到，使得岳飛跟本沒有思考的時間，後因協同作戰的韓世忠、劉錡等俱已班師，而使臣也加以提醒：「雖然闌外將軍令，須信從來天子尊。」雖然眾將領對班師與否仍有爭論，然岳飛最後還是只能選擇班師，如此的無奈使他不禁深深嘆息：「不用細推詳，自古道：天威難犯，這才是莽精忠的散場。」為了顧及百姓安危，岳飛懇求使臣讓其再停留五日，「等父老婦女束裝隨去，庶免陷於賊手」。直到臨行前，岳飛仍不忘辦香案辭二帝，面北大哭云：「二帝二帝，臣飛一去，不知乘輿何日還京也！」而留在當地的百姓則對岳飛哭訴云：「爺爺救我每性命！怎捨得爺爺回去了！」

劇中隨著金牌逐一陸續的來到，使得情節緊湊萬分，更加顯出岳飛班師的無奈。而加入老百姓的情節，更是《精忠旗》勝於《精忠記》之處，以百姓對二帝和朝廷的看法，可知百姓所求是基本的安身立命的生活，皇權是誰並不重要，他們信服追隨的是代表群眾利益的岳飛，於此就形成對宋朝通和的諷刺。故當岳飛班師回朝後，緊接著寫〈北朝復地〉，以金兵隨即重來大加虜殺，老百姓在痛苦萬分下，不禁破口大罵：

> 秦檜天殺的，你把岳爺撤回，這一方被金賊殺得好不苦楚哩。……

秦賊、秦賊，身在南朝作大臣，反教北將害南人。到頭一報還一報，
遠在兒孫近身。（第 16 折）

《精忠旗》以〈北朝復地〉的關目，為「奉詔班師」情節結構的結束，從中
宣揚岳飛的抗戰行動所體現的除了民族尊嚴外，更是百姓生存的利益。透過
如此的描述，使岳飛的班師行為，非但不是盲目的愚忠，而是在理智衡量軍
情時勢後，在萬不得已下才做出的明智決定。而重點在於百姓對岳飛的不捨、
挽留，以及岳飛班師前仍考慮要顧及百姓安危，如此皆強力塑造出岳飛愛國
愛民的形象。

岳飛回京後不久，秦檜、張俊即設計先誣陷張憲入獄，再以作證為由，
騙岳飛到大理寺，再由万俟卨造招將岳飛父子一併下獄。《精忠旗》在此情節
上依史實敷演，不採用《精忠記》寫岳飛先入獄再召二子前來同死的情節，
如此則排除了將岳飛塑造成愚忠過頭的詬病。同時，寫岳飛被陷入獄後，不
但不擔心自己的安危，反而擔心「國事從今不可為」；即使到了赴刑前夕，他
仍因念念不忘國難君恥而高歌：「忠心未盡身先喪，報國曾無一事成。拼命飲
刀何足惜，二帝呵，恨不見你雲車返故庭。」（第 20 折）想到奸臣誤國，岳
飛不禁悲憤地說：

秦檜，秦檜，你若為我身一家的私仇，我何惜百口殞命，以快你志。
只怕我死了呵，便下和親令。若下和親令，忍蒙塵二聖，終付仇人。
（第 20 折）

秦檜、秦檜，我岳飛呵，便粉身何惜覆全家？只是可恨累君王常受
波查！（第 23 折）

劇中將岳飛的愛國精神提昇到不惜獻身的崇高理想，而這也使得長久以來對
岳飛愚忠的形象有了調整。儘管岳飛的「迎還二聖，收復中原」包含著忠君
思想，「但由於這兩個口號集中代表了廣大民眾的要求，體現了民族自尊心，
表達了民族的情感，因此，『精忠報國』就不是單純的對宋高宗盡忠，而是憂
國憂民，為民族大義而獻身」。〔註114〕因此，在第 23 折〈獄中哭帝〉中，寫
岳飛在獄中念念不忘哭二帝；在第 25 折〈岳侯死獄〉中，寫岳飛臨死前仍要
求獄卒讓他拜辭二帝；甚至在〈陰府訊奸〉中，岳飛還對秦檜等奸佞強調說：

像你們不迎回二帝，即使不殺我，我也對你們痛恨入骨！假如你們

〔註114〕鄭傳寅《中國戲曲文化概論》（新店：志一出版社，1995 年 4 月），頁 362。

迎回二帝，我即使死去也是快活的。（第 36 回）

畢竟「迎回二帝」在岳飛的心目中，所代表的是民族尊嚴的維護，這是他一生奮戰的目標，死後猶且不悔。同時，這也正是一位精忠報國、愛國愛民的民族英雄所該堅持的本分。

（二）對奸佞進行批判嘲諷

《精忠旗》將宋廷群奸以「通和」集團來概括，其中雖以秦檜為首惡，然透過「屈陷岳飛冤死」的事件，將全部奸佞都加以批判嘲諷，特別是受到奸佞鐵像的影響，而集中描繪秦檜、王氏、張俊和万俟卨的罪行和醜狀。

秦檜內奸和權奸的身分，在南宋傳說、元雜劇中已是定案，然直到明傳奇《精忠旗》才對此大加敷演。在第 4 折〈逆檜南歸〉中寫金國恩養秦檜，縱其回國宣揚主和。在〈奸黨商和〉中，更寫秦檜自白：

> 用多少心奉承金主，遂得放回故鄉；憑兩個策聳動朝廷，便爾備位丞相。兩隻手生薑煮過，舒來拿住權綱；一條腸砒霜製成，用著摧殘儕輩。（第 6 折）

秦檜更因此自得他的「老秦筆」一動，殺人即成坑，故大言不慚地說：「我看溫、懿、莽、操忒忠厚，枉得虛名；人言天地鬼神不可欺，卻是混語」。作者以「主和」來塑造秦檜通敵的內奸形象，再透過和歷代權奸的比較，表明秦檜才是天下第一奸相，而寫其此時狂妄鬼神，實為劇末的「湖中遇鬼」、「陰府訊奸」等情節預作伏筆，同時藉由其前後態度的差異，構成嘲諷效果。

然而秦檜再奸再狠，終究不如其妻王氏。在南宋傳說中，王氏是「東窗陰謀」的獻策者，然元雜劇對此未加敷演，到了明傳奇才確定王氏陰險狠辣的形象。《精忠記》除「東窗陰謀」外，另將「金牌偽召」亦描寫成是王氏主意。《精忠旗》則進一步虛構王氏和金兀朮的私情，以加強秦檜主和通敵的證據。如第 4 折寫王氏對金兀朮言：「賤妾見中原男子都是脆弱，及待太子，始知人間有男子耳。」於是金兀朮贈以明珠，約定和議得成便相見有日。秦檜雖知此事，也得體會：既為國家大事，顧不得這個私情。而在第 6 折中，秦檜苦惱和議多阻，王氏則曰：「相公少年多讀兩行書，留著道理在胸中，不好行事。」而要他敢於放出毒手，故秦檜常自喜「夫人機警，可謀大事」。另在第 13 折〈蠟丸密詢〉中，寫王氏自稱其為「王次山之女」，此為刻意虛構，王次山乃王次翁，因其與秦檜極厚，在謀奪三大將兵權時出力頗多，「故此劇

以檜妻為次翁女以辱之也」。〔註115〕

　　《精忠旗》更成功的是突出張俊和万俟卨的奸滑形象。《宋史·岳飛傳》中對張俊忌恨岳飛的原因記載甚詳，故在捏造岳飛父子的謀反證據時，其主意亦最多。然《精忠旗》之前的岳飛故事，皆忽略了張俊這個角色。《精忠旗》在第17折〈群奸搆誣〉中，寫張俊如何諛秦檜、貶岳飛，脅迫王貴、王俊先誣陷張憲入獄，進而冤害岳飛，此等情節皆依史敷演。而寫万俟卨，亦著重描繪其險毒、貪汙的奸佞形像。如寫其自云：

> 但弄得他人有些不祥的機括，便與我無一毫利息，也笑上半年；只打聽得那家有些略好的風聲，並與我沒半點私仇，也惱成一病。……
> 常思量包攬盡舉世榮華，又管什麼背地裡口誅筆伐。（第20折）

因此，張俊誣陷岳飛猶因忌恨所致，万俟卨則不須要任何理由，其無賴的性格更可由審理岳飛時看出：當岳飛言「我身上只有盡忠報國四字，不忠的事，怎麼肯做？」他卻刁鑽地說：「這四個字在你背上，不在你心上。」而當冤案促成後，作者敘寫一段嘲諷對話：

> 〔丑〕（扮万）：笑罵由他笑罵，好官我自為之。手下的，他每不曾
> 　　　　　用一下刑，都一一招了，難道冤枉他不成？
> 〔雜揉眼睜看介〕：我怎麼白日裡站著做起夢來？
> 〔丑〕：你夢見什麼？
> 〔雜〕：我夢見老爺把他每著實地欒，著實地夾，著實地打，他每一
> 　　　　些也不曾招。（第20折）

由此可見，作者善用戲劇中插科打諢場面，將奸佞卑劣的形象、性格用嘲諷的敘事來表現。另在第33折〈奸臣病篤〉中，以万俟卨要太醫開藥方，刻意更改有關「飛（岳飛）、雲（岳雲）、朱（朱仙鎮）、君子、忠」等字眼的藥名，而多改用「金、和」等字，最後名曰：「六和湯」。而張俊要道士請神作法，也要避開關羽、張巡等忠勇名將，而請以「和合二聖」降箕。如此敘寫，充分顯示出二人對秦檜屈意奉承的奸佞心理，更藉以反諷秦檜的「通和」誤國，因此這「六和湯」、「和合二聖」皆救不了秦檜的性命。

〔註115〕〔清〕黃文暘《曲海總目提要》卷九〈精忠旗〉條指出：「檜妻王珪女孫，今所云次山乃王次翁，字慶曾非珪子也。慶曾在政府與檜極厚，其子孫作王次翁家傳云：『檜奪張俊、韓世忠、岳飛三大帥兵權，皆次翁為參政府與檜密謀所致。』故此劇以檜妻為次翁女以辱之也。」，頁369～370。

（三）曲筆指斥宋高宗的罪責

在《精忠旗》之前的岳飛故事，寫岳飛「冤死」情節時，對宋高宗雖持否定態度，但多只是暗諷其昏而已。作於明末的《精忠旗》，則彰顯出宋高宗的私心和無情，此乃反映前述士大夫對宋高宗「不迎二帝故殺岳飛」的指斥。雖然劇中並未直寫宋高宗的出場，但以「精忠旗」為劇名，本身已為極大嘲諷。〔註116〕此外，更充分運用劇中人物的對話和敘事，對這位自私無情的昏君加以諷刺。在第 5 折〈欽詔禦敵〉中，寫宋高宗臨危要岳飛抗戰，卻又對秦檜寵以相位、聽信其主和之議，可見宋高宗根本就不是真正的抗戰派。故在第24折〈東窗畫柑〉中，即透過秦檜之口，指出宋高宗贊成和議之因，在於一己之私和多疑善忌。第36折〈陰府訊奸〉中，更寫出冥王審秦檜的對話，頗有寓意：

〔淨〕：主和是我秦檜不是了，只岳爺被禍，他也有自取處。

〔外〕（冥王）：他怎麼自取？

〔淨〕：他一心要把二帝迎還，卻置皇上於何地？皇上因此與他不
　　　　合，不專是我秦檜主意。

〔外〕：一發胡說！若是朝廷與他不合，屢次宸翰褒獎，卻是何為？
　　　　叫鬼卒，扯起御賜精忠旗。

劇中透過秦檜親口說出，則宋高宗的罪責已非常明顯。而冥王的怒斥指正，應是作者的反諷「曲筆」。

此外，劇中寫岳飛自始自終、口口聲聲地喊二帝、哭二帝，和元雜劇《東窗事犯》中的哭聖上完全不同，畢竟二帝被虜，對岳飛而言，是民族極大的恥辱。因此劇中的「二帝」，在岳飛心中可說是「民族」的代表，是傾向「理想」的；而高宗則是「朝廷」的代表，是傾向「現實」的。雖然英雄常因不滿於現實，而要去追求理想，但卻又逃不出現實的無奈，故岳飛要在奉詔班師時大嘆：「這才是莽精忠的下場！」被害入獄後，岳飛既痛惜自己熱血不灑君父之前，而死獄牢之中，同時暗怨高宗偏安，「只為荷香十里，忘卻中華」。（第 23 折）宋高宗的無情，或許正如秦檜對「御賜精忠旗」的解讀：「聖上賜旗，也是一時之興。」（第 19 折）因此，劇中對統治階層的無情，常透過

〔註116〕王永健認為「精忠旗」是高宗親賜給岳飛的，因此馮夢龍以此命名，實對害死岳飛的禍首高宗含有諷刺、抨擊之意。見〈憤懣心頭借筆頭——從《精忠記》到《精忠旗》〉，頁40。

下層人物加以嘲諷，如前述〈金牌僞召〉中寫河北父老不滿班師令，而說：「朝
庭也是主上，二帝也是主上。」而在第 23 折〈獄中哭帝〉中，寫獄卒的對話
云：

〔淨〕：他又不哭老婆，不哭孩兒，單哭什麼二帝、二帝。

〔丑〕：二帝是什麼東西？可是吃得的麼？我兩個頭幾文錢買與他不
　　　　打緊。

這雖是戲曲插科打諢的運用，企圖調節一下觀眾悲苦的情緒，但實構成巧妙
的諷喻效果。因此，當岳飛要求獄卒讓他拜辭二帝、高宗後再領死，獄卒則
直言：「那樣東西，就不辭他也罷了。」（第 25 折）劇中以獄卒的角色來進行
諷刺，或許正因獄卒在獄中看多了這類冤獄，故對於統治者的無情體會早已
司空見慣，而這同時也呈現了看戲觀眾對統治階層的普遍看法。

　　此後寫岳飛冤死後，其家人後代紛紛慘遭迫害，眾人在爲岳飛申冤無門
下，只好訴之於天，故在「平反」的情節結構中是先天庭再朝廷，意即朝廷
平反岳飛並非是出於主動，而是受到何立入冥，得知秦檜受冥報後，才順應
天意所爲。更何況最後一折〈存歿恩光〉，引岳珂出場，則表明皇帝早就換人
做了。此又曲筆指責了高宗對岳飛冤死的態度。故馮夢龍在第 1 折〈家門大
意〉中引詩：

岳少保赤心迎二聖，秦丞相辣手殺三忠。

慢天公到頭狠報應，好皇帝翻案大褒封。

劇中以「迎二聖」是岳飛的理想，而「好皇帝」則是觀眾的期待。那麼介於
此兩代皇權之間的高宗，則是無人愛了，如此作者對宋高宗的態度也就不言
而喻。

（四）明朝末年的歷史寫照

　　《精忠旗》以「抗戰」和「通和」兩組集團的衝突，作爲描寫岳飛故事
的敘事結構，使岳飛的形象活躍在民族矛盾和忠奸抗爭中，從而鮮明、有效
地將岳飛塑造成作爲維護民族尊嚴的「民族英雄」；和作爲體現百姓利益的「群
眾英雄」。而這樣的岳飛故事，直接反映出來的是明朝末年的歷史寫照。

　　自明代中葉以後，內憂外患不斷，特別是魏忠賢的閹黨專政，使明末的
政體更爲黑暗，在權奸執柄下，群小逞凶，忠良罹難，構成腥風血雨的恐怖
時代。生活於明末的馮夢龍和東林黨人有密切交往和深厚友誼，在東林黨和

閹黨的鬥爭中，馮夢龍表現出站在東林黨立場的鮮明態度。〔註117〕因此，在《精忠旗》中藉由人人熟知的岳飛故事，從中反映出明末社會的現實黑暗，寄託他對當時腐敗政治的憤懣之氣，特別是對權奸誤國的痛恨。如寫「寧爲蹈東海，不處小朝廷」的劉允升，仗義替岳飛申冤，反被秦檜以「妄言朝政、誣衊大臣」爲由加以定罪，然他情願自家撞死，也不肯死於奸賊之手（第27回）。而「不曾講過忠君愛國套數」的施全，憤刺秦檜不成，被抓了還破口大罵賣國賊；秦檜以其心瘋，令左右掌嘴，他卻氣壯地說：「要殺便殺，掌什麼嘴！」（第31折）。他們這種「忠憤義烈」的性格，是劇中「抗戰」集團成員的共同屬性。故《精忠旗》以「抗戰」、「通和」爲集團對立，頗有明末東林黨、閹黨對立的時代反映。

同時，自明代中葉以後，市民階層在明代的政治舞台中顯出強大的力量，如天啓六年蘇州市民爲援救援周順昌而爆發「開讀之變」。〔註118〕馮夢龍在敷演《精忠旗》時，亦受此市民風潮的影響，而在〈金牌僞召〉、〈北朝復地〉中，特意描寫老百姓慷慨激昂的抗爭、斥奸行爲。因此，整部《精忠旗》可說是明末歷史的寫照，「從盡忠報國、堅貞不屈卻又鬱鬱不得志的岳飛身上，可以看到明末愛國志士和東林黨人的英姿」；「從秦檜兇殘暴虐、獨斷專橫的言行中，可以看到魏忠賢恐怖的幽靈；從趨炎附勢、殺人媚人的勢利小人万俟卨、張俊身上，可以看到『五虎』、『五彪』、『十狗』……的陰魂」。〔註119〕正因如此，《精忠旗》在馮夢龍「紀實」的改編下，演出岳飛的歷史故事，同時真實地反映出明末的歷史生活，使其時代主題因而有了新的生命，故能在岳飛故事流傳的脈絡中，成爲明代岳飛故事之最佳代表作。

〔註117〕在《精忠旗》第17折〈群奸構誣〉中，馮夢龍眉批云：「小人見君子義合，只說是趨奉，猶今之排擠正人，便說是朋黨。」由此旁證，可見馮氏是站在東林黨這邊的。

〔註118〕魏忠賢下令逮捕周順昌時，引起吳中沸然，士民擁送者不下數千人，諸生五六百人遮中丞懇其疏救，後因東廠緹騎逼迫，竟引發群眾暴動，「叢毆緹騎，立斃一人」、「焚其舟、沈駕帖於河，緹騎皆泅水遁」。詳參〔清〕谷應泰《明史記事本末》卷七一（台北：三民書局，1985年9月），頁803～804。

〔註119〕如此比附，參見宋克夫〈試論《精忠旗》的悲劇衝突和主題〉《湖北大學學報・哲社版》（1987第2期），頁20。

第四章　清代的岳飛故事──成熟期

　　明季滿州興起予遼防極大壓力，先是守邊大將袁崇煥遭冤殺，後又因遼餉開支而傾動全國，以致流寇內亂、崇禎帝殉國。吳三桂引清兵入關欲消滅流寇，滿清遂乘勢奪取中原轉移明祚，使得中國再度淪爲異族統治。〔註1〕在此時代背景下，人心思漢，岳飛的評價和故事本應更爲盛行，然卻相反，較之明代，簡直是由高峰處跌落谷底。

　　清初帝王對岳飛的態度基本上頗爲忌諱，這又連帶影響到清代朝野對「岳飛」形象的認定，即在其英雄的組成成分中，消弱「民族」精神，而增強「忠君」態度。因此，岳飛故事在明代快速竄起的發展熱情，入清後即受到嚴重打擊，一直到清代中後期，隨著國衰勢亂的時代需求、政治壓力的禁令解除，岳飛故事才又逐漸興盛起來，這中間經歷一段不算短的創作空白期。同時，清代岳飛故事的主題大都只強調「忠奸抗爭」，如明代般充滿排夷情緒的作品，少之又少。

　　在清代流傳的岳飛故事中，以文學類型來看：戲劇方面在明代已發展到高峰，入清後呈走下坡，只有幾部作於明清之際的傳奇較佳。小說方面在明代雖然數量多，但成就不高，清初的《說岳全傳》綜合前代岳飛故事的內容，是岳飛英雄形象的定型之作；然遭乾隆帝下令查禁，遂阻斷了岳飛小說再創作發展的動力。清代中葉以後，清廷對岳飛的禁令雖已放鬆，然隨著文學潮

〔註1〕晚明流寇是導致明室覆亡的主因，熹宗天啓年間流寇之亂開始，崇禎年間更盛。滿清覬覦入侵，吳三桂以消滅李自成軍爲名，開關引進清兵，流寇之亂與異族侵略，成爲明室滅亡的致命原因。詳參李文治《晚明流寇》（台北：食貨出版社，1983年8月）

流的演變，長篇的傳奇戲劇和歷史演義皆已不再流行，岳飛故事的類型多轉為地方戲和民間說唱，這類作品雖頗爲興盛，然大都只是舊有岳飛故事的片斷取材，加上所著重的是演和唱，能有意識要妥善保全下來的文本不多，殊爲可惜。

第一節　清代朝野對岳飛的評價

滿清舊稱後金，而岳飛卻以抗金英雄聞名於世，因此清初帝王對岳飛總是格外小心，而將「抑岳」納入其整體的文化政策中。同時，由於邊疆平亂所需，清政權不得不重用岳飛的後代子孫，因而在評價岳飛的態度上，隨之起了微妙地互動。清初帝王對岳飛這種抑、揚的衝突，最後在清高宗時取得調和，逐將岳飛定型爲「精忠效君」的典範。而在清帝強烈的政治施壓下，士大夫評價岳飛大抵只就「忠」字發抒，而民間百姓則以種種鬼神傳說，透過「恨奸」來間接「揚忠」。總之，清代政權本爲異族所立，而帝王又善用文化統治，因此岳飛在清代時，其「民族英雄」的形象始終受到壓抑，儘管清後期頻頻遭受西方列強的欺凌，岳飛精神的張揚處仍只在「主戰愛國」而非「民族尊嚴」。以下，由清初帝王「抑揚策略」、士大夫「遺恨已伸」、民間「奸不可恕」等三方面，來看清代朝野對岳飛之評價。

一、清初帝王對岳飛的抑揚策略

自明代中葉以後，岳飛形象強烈被定位在「民族英雄」，故清初帝王在政權考量下必得設法貶低其地位，於是透過普遍的「禁書風潮」和專屬的「以關代岳」，以轉移民間對岳飛的崇拜。此外，岳飛後裔岳鍾琪，是清初唯一的漢人大將軍，其地位興衰和清帝對岳飛的評價，彼此間實有微妙關係，此亦值得注意。以下即由抑岳政策和岳鍾琪這兩個角度來看：

（一）禁書和「以關代岳」的抑岳政策

滿清入主中原後，察覺漢人普遍蘊蓄光復心理，特別是士大夫階層忠於明廷，更難以用武力屈服。〔註2〕因此當滿清入關時，無不刻意表現其承襲明

〔註2〕這點清太宗已看出，故說：「今我兵圍大凌河，經四越月，人皆相食，猶以死守。雖援兵盡敗，凌河已降，而錦州、松山、杏山猶不忍委棄而去者，豈非讀書明道理爲朝廷盡忠之故乎！」見〈大清太宗文皇聖訓〉收入《大清十朝

祚，延續五帝三王之國家正統。清初帝王尤用心於明遺民的安撫，故致力文教宣揚以收服人心。〔註3〕此崇儒漢化政策，雖已獲致頗大成效，〔註4〕然清帝爲求政權正統的速立，亦運用嚴酷而巧妙的策略，具體展現在禁書和塑造正統神祇上。透過如此考察，正可探知清初帝王對岳飛的眞實態度。

　　首先是禁書策略。中國很早就有禁書的政令，然正式將其做爲統一思想的手段，始自明清。〔註5〕特別是清初，由於民族矛盾十分尖銳，禁書常和文字獄相結合，因此顯得極爲嚴酷。〔註6〕其中，通俗文學因爲在民間具有深遠影響，故屢屢遭禁，如順治九年（1652）清世祖就正式下令：嚴禁「瑣語淫詞」，「違者從重究治」；〔註7〕十七年，更因政治問題將李漁的《無聲戲二集》列爲禁書。〔註8〕康熙五十三年（1714），下令「嚴絕非聖之書」，明確地將通俗小說視爲「造妖書妖言」加以查禁。〔註9〕此後，雍正年間下令查禁闡揚岳飛忠烈的傳書；乾隆年間更藉編修《四庫全書》之名，乘機將內容有礙的書籍毀去，〔註10〕其中自然包括了宣傳岳飛抗金的通俗作品。乾隆四十五年

　　　　聖訓》（台北：文海出版社景印本，1965年），卷四葉四。

〔註3〕詳參王爾敏〈滿清入主華夏及其文化承緒之統一政術〉《中國歷史上的分與合學術研討會論文集》（台北：聯經出版社，1995年9月），頁247～271。

〔註4〕呂士朋在〈清代的崇儒與漢化〉一文中，肯定清代最大的貢獻有三：一爲版圖擴大，二爲長期繁榮與人口增加，三爲崇儒和漢化的成功。收入《國際漢學會議論文集・歷史考古組》（台北：漢學研究中心，1981年10月），上冊頁533～542。

〔註5〕中國禁書史從秦始皇焚書坑儒開始，後代多只禁絕天文圖讖；至宋代爲防人民造反和批評朝政，故禁兵書、野史和蘇、黃文集；元代主禁天文讖緯；直到明初，方孝儒被視爲反黨誅殺，收藏其著作者一併殺之，如此興起嚴屬的禁書風氣，其後李贄因「惑亂人心」被捕死獄，著作全遭焚毀，禁書乃成爲統一思想的手段。詳參安平秋、章培恒《中國禁書簡史》〈慘酷的代價〉一節（台北：竹友軒出版公司，1992年2月），頁231～292。

〔註6〕關於清初康雍乾三朝禁書情形，詳參丁原基《清代康雍乾三朝禁書原因之研究》（台北：華正書局，1983年2月）。

〔註7〕王利器《元明清三代禁毀小說戲曲史料》第一編〈中央法令〉「順治九年禁刻瑣語淫詞」條（台北：河洛出版社，1980年1月），頁19～20。

〔註8〕詳參安平秋、章培恒《中國禁書簡史》，頁274～278。

〔註9〕其令云：「朕惟治天下，以人心風俗爲本。欲正人心，厚風俗，必崇尚經學而嚴絕非聖之書此不易之理也。近見坊間多賣小說淫詞，荒唐俚鄙，殊非正理，不但誘惑愚民，即縉紳士子未免游目而蠱心焉。所關於風俗者非細，應即通行嚴禁。」見王利器《元明清三代禁毀小說戲曲史料》「康熙五十三年四月禁小說淫詞」條，頁24。

〔註10〕從乾隆三十七年下詔徵書，到五十三年《四庫全書》複查完畢，初步統計被

（1780），又下令對劇本進行專門檢查。詔云：

> 因思演戲曲本內，亦未必無違礙之處，如明季國初之事，有關涉本
> 朝字句，自當一體飭查。至南宋與金朝關涉詞曲，外間劇本往往有
> 扮演過當以致失實者，流傳久遠，無識之徒或轉以劇本爲眞，殊有
> 關係，亦當一體飭查。此等劇本，大約聚於蘇揚等處。〔註11〕

由於滿族號稱是金的後代，故演南宋故事，要是眞實地揭露金兵暴行，皆算
是「扮演過當，以致失實」。特別是明末清初岳飛戲的劇作家，如馮夢龍、朱
朝佐、李玉、張大復等人，皆是蘇州人，而詔書中直指蘇揚劇本，則岳飛戲
當是查禁重點。因此，自康熙中期到嘉慶末，岳飛戲在禁令下並無創作發展。
此外，刊刻於清初，描寫岳飛英勇抗金的小說——《說岳全傳》（詳論於本章
第三節），在乾隆年間亦被認爲有政治問題而加以查禁。〔註12〕雖然嘉慶以後
又准許刊刻，然其內容可能已被增刪，成爲符合統治者可以容忍和接受的標
準。〔註13〕

其次，是用關羽取代岳飛，透過正統神祇的塑造，間接達到貶低岳飛的
目的。清初將民間信仰的神祇收入官方的祀典之內，〔註14〕除了藉此收撫人
心外，更進一步利用官方力量來塑造出所謂「正統神祇」，以反過來主導民間
的信仰，而其最終目的是在「塑造正統皇權」。〔註15〕如關羽和岳飛在明萬曆

全毀的書，數量就約占了《四庫全書》的四分之三。參見安平秋、章培恒《中
國禁書簡史》，頁 272。

〔註11〕 王利器《元明清三代禁毀小說戲曲史料》「乾隆四十五年令刪改抽徹劇本」條，
頁 45～46。

〔註12〕 安平秋、章培恒《中國歷代禁書目錄》（台北：竹友軒出版公司，1992 年 2
月），頁 142。

〔註13〕 《說岳全傳》初版於康熙年間，歷經乾隆間的查禁，在嘉慶三年、六年和同
治九年又先後刊刻過。大陸學者賈璐認爲在這一禁一放中，內容應有增刪，
其舉二例爲證：一爲第 10 回中講到羅成爲天下第七條好漢，而此說法卻始自
乾隆間刊刻的《說唐演義》；二爲《清忠譜》傳奇中，敘有說書者講《說岳全
傳》韓世忠事，內容卻和嘉慶年以後刊刻的版本不同。因此，賈璐推測：嘉
慶以後刊刻的《說岳全傳》，乃是乾隆年間遭禁以後，被人增刪過的。參見〈岳
飛題材通俗文學作品摭談〉《岳飛研究》第三輯（北京：中華書局，1992 年 9
月），頁 341～342。

〔註14〕 清代禮制，祀典區分三大類別，即大祀、中祀與群祀，前二者俱行之皇帝，
或遣親王大臣，民眾不能參與；群祀則是針對民間原本崇祀的廟神遣官致祭，
而仍是以民眾的活動爲主。參見王爾敏〈滿清入主華夏及其文化承緒之統一
政術〉，頁 263。

〔註15〕 關於清政權如何利用地方祠廟來達成其正統皇權的塑立，可參考蔣竹山《從

時已因封神而「關岳並祀」，到了清康熙時，仍本初入關時的政策，尊奉關羽為「聖帝」，[註16] 對於重修岳廟的奏章也准奏。雍正四年（1726）下令全國普建關廟，並追封關羽三代，同時將與女眞為敵的岳飛移出武廟，自此武廟為關羽獨占。此乃意圖利用「以關代岳」的文化策略，將關羽塑造成武聖正統，同時達到貶抑岳飛的政治目的。乾隆四十一年（1776），更下令「所有志內關帝之諡，應改為忠義」。[註17] 而由清帝贊關羽時皆強調「忠」字，可知其有意藉此進行「忠君」政教。如此意圖，又具體表現於清軍攻占台灣後，積極「貶眞武、獨尊關帝」的種種作為。[註18]

（二）岳鍾琪地位與岳飛評價的互動關係

岳鍾琪（1686～1745）歷仕康雍乾三朝，因鎮戍邊疆，撫定無數次變亂，故為乾隆帝稱許為「三朝武臣巨擘」。有清一代，以漢人拜大將軍、武臣既廢復起者，僅此一人。[註19] 由於岳鍾琪是岳飛後代，[註20] 加上戰功軍權頗大，故在雍正朝屢屢遭忌受禍，至乾隆朝由於平亂所需才再度起用，而岳飛也因此得到清帝首次公開肯定。過去，學者在評價乾隆帝對岳飛的讚賞，大都只單純地歸因於乾隆帝個人對岳飛的景仰，而未能從政治現實面切入，故

打擊異端到塑造正統──清代國家與江南祠神信仰》（清華大學歷史所碩士論文，1995 年）。

[註16] 滿人入關前，除了將《三國演義》作為兵書寶鑑、從政規範外，更利用蒙古人尊奉關公的心理，以「桃園結義」來拉攏其一同對付明朝。故入關後，大局初定，便於順治九年追封關公為「忠義神武關聖大帝」。黃華節《關公的人格與神格》，頁 168～169。

[註17] 張羽新〈清朝為什麼崇奉關羽？〉《世界宗教研究》（1992 第 1 期），頁 61。另可參《關帝事蹟徵信編》卷三〈爵諡〉（傅斯年圖書館藏，道光四年重刻本），頁 9～12。

[註18] 梅錚錚指出：清帝吹捧關羽乃為了將人民約束在忠君的思想裡，使他們不跟統治者作對，同時讓每一個食君之祿的大臣官吏，必須無條件地以君主利益為第一。而其在攻占台灣後，獨尊關羽，將眞武神貶為屠宰業的祖師，亦在降低台灣人民對鄭成功父子的崇拜，同時教化百姓要對朝廷忠誠。參見《忠義春秋──關公崇拜與民族文化心理》（成都：四川人民出版社，1994 年 8月），頁 44、121。

[註19] 參見《清史》卷二九七〈岳鍾琪〉（台北：國防研究所，1961 年 5 月），頁 4091。

[註20] 李安認為岳鍾琪是岳飛的第十七世孫，詳參《岳飛史蹟考》補編第八章〈十七世孫岳鍾琪〉（台北：正中書局，1976 年 2 月）。然陳捷先則認為應是第二十一世孫，並論述清初時岳家世代皆出身行伍、效忠清室、深曉邊事，故方成就岳鍾琪一生的事功和地位。參見〈岳鍾琪的家世及其發跡略考〉《中國歷史論文集》（台北：臺灣商務印書館，1994 年 10 月），頁 479～491。

以下即依《清史·岳鍾琪傳》所載，以排比方式呈現出雍正、乾隆時期岳鍾琪和岳飛的互動關係：

甲、雍正時期——功高者危

1、雍正二年（1724）：岳鍾琪征服青海，封三等公。三年，再封川陝總督，掌西北軍政大權

2、雍正四年（1726）：下令將岳飛移出武廟，繼復查禁闡揚岳飛忠烈的傳書。

3、雍正五年（1727）：成都訛言岳鍾琪將反。鍾琪疏聞，上諭曰：「數年以來，讒鍾琪者不止謗書一篋；甚且謂鍾琪爲岳飛裔，欲報宋金之仇。鍾琪懋著勛勞，朕故任以要地，付之重兵……。」後將斬造謠者。

4、雍正六年（1728）：靖州秀才曾靜遣其徒張熙授書，略言清爲金裔而鍾琪乃鄂王後，勸其復宋金之仇。後鍾琪疏聞，上褒其忠，捕曾靜、張熙置罪。

5、雍正七年（1729）：以岳鍾琪爲寧遠大將軍，平準部之亂。

6、雍正十年（1732）：三月，岳鍾琪因征討不力遭滿人鄂爾泰疏劾；四月，削公爵、革宮保、降爲三等侯；七月，召回京；十月，削職、交兵部拘禁。十二年，眾內閣大學士上奏斬決岳鍾琪，雍正帝核處「斬監候」。〔註21〕

由以上可知：岳鍾琪在雍正朝的地位暴起暴落，究其因在於雍正帝對漢人的不信任感所致，且可由其排抑岳飛的文化政策見出端倪；特別是曾靜一案，已伏下殺機，只是因邊疆尚有亂事待平，故再授以大將軍職，一旦功成，即削職拘禁。此又是功高者危的歷史明證。

乙、乾隆時期——東山再起

1、乾隆二年（1737）：釋岳鍾琪歸成都故里。

2、乾隆四年（1739）：乾隆帝作〈岳武穆論〉，特贊岳飛勝於韓、彭名將處，非「用兵馭將」之戰功，而是「精忠無貳」；「知有君而不知有身，知有君命而不知惜己命！」〔註22〕

〔註21〕明清時代將重刑犯暫時收監，待秋審、朝審後，再重新考核裁定者，稱爲「斬監候」。

〔註22〕乾隆帝在〈岳武穆論〉中先責宋高宗：「信用汪、黃，貶斥李綱」，後贊岳飛云：「夫如武穆之用兵馭將，勇敢無敵，若韓信彭越類皆能之，乃加以文武皆

3、乾隆十三年（1748）：因清兵征討大金川耗久無功，乃復召岳鍾琪，授四川提督。事平，封三等公。而後，岳鍾琪又平定西藏亂事。

4、乾隆十五年（1750）：九月，乾隆帝特遣使蒞湯陰精忠廟致祭，極贊岳飛「公忠秉性」。

5、乾隆十六年（1751）：乾隆帝南巡，特至西湖岳廟，御題「偉烈純忠」廟額。

6、乾隆十七年（1752）：雜谷土司為亂，岳鍾琪遣兵擒之。

7、乾隆十九年（1754）：重慶亂起，岳鍾琪親往捕治，卒於底定歸還途中。乾隆帝特賜祭葬，諡「襄勤」。

8、乾隆二十二年、二十七年、三十年，乾隆帝各作湯陰〈岳武穆祠〉、杭州〈岳廟〉、〈岳墓〉等詩，藉以追思岳飛。〔註23〕

9、乾隆四十七年（1782）：下令將錢彩《說岳全傳》列為禁書。

　　由以上可知：乾隆並未真正解除雍正的抑岳政策，然卻更巧妙地以「知有君不知有身」，將岳飛精神由「抗金」轉化至「忠君」。而岳鍾琪為乾隆帝奮鬥至死，的確實踐了「知有君不知有身」的岳飛精神。同時，透過排比可見乾隆帝對岳飛廟的致祭、賜額，皆在岳鍾琪出戰前後，此舉必使岳鍾琪深加感念而戮力效命。因此，當岳鍾琪死後，乾隆帝那些追思岳飛的詩，就顯得寓意深廣，其中應有岳鍾琪的影子，而最重要的是要藉此進行「忠君」的教化。

二、士大夫認為岳飛遺恨已伸

　　就岳飛冤死事件而言，清代士大夫既沒有宋元時代的貼近史實，也沒有明代的現實刺激，因此對岳飛其人其事，多持「第三者立場」，回歸史實就事論事。而其肯定岳飛之精神，或許是受到帝王態度的影響，多側面強調其人

備，仁智並施，精忠無貳，則雖古名將亦有所未逮焉。知有君而不知有身，知奉君命而不知惜己命！知班師必為秦檜所搆，而君命在身，不敢久握重權於封疆之外。嗚呼！以公之精誠，雖死於檜之手，而天下後世仰望風烈，實可與日月爭光矣！」見《御製樂善堂全集定本》卷六（景印文淵閣四庫全書1300冊）（台北：臺灣商務印書館，1983年），頁329。

〔註23〕乾隆帝在紀念岳飛的詩中，強調的是「讀史常思忠孝誠」、「持身忠總根於孝」，可見有意藉岳飛事以宣揚忠孝報國；另外，詩中亦強調「恨是金牌太促期」、「萬里長城空自壞」，則清高宗實有可能是欲藉由對宋高宗昏庸的譴責，來間接暗示岳鍾琪可以放心地對其效忠，全力全意平定邊事。關於乾隆此三詩全文，詳參李安《岳飛史蹟考》，頁437～438。

忠義，對其「抗金戰功」自然避而不談，然對其「冤死」事件，仍認爲是前所未有的，如雍正九年（1731），李衞撰〈岳忠武王廟碑記〉中云：

> 功垂成而物敗，讒未雪而身殲，自古忠臣名將，遭逢屈抑，未有如王之悲涼慷慨者也。……況以王在天之靈，生而忠孝，歿爲明神……。〔註24〕

乾隆十六年（1751），高植在〈重建廟記〉中亦云：「若其功垂成不就，厄於權奸，得禍慘而遺恨深者，尤以王爲最。」但文末強調云：

> 若其心理大同，興聞百世，過王祠者，士夫而外，農夫村婦，皆太息匍伏，扼腕歔欷，不自知悲憤之何自而生，涕泗之何時而集，王之功烈矣！王之禍奇矣！而王之昭回者，在史策，在詩歌，在祠祀，在人人心眼。嗚呼！豈有遺恨哉。〔註25〕

可見，清代士大夫對岳飛的看法是盡忠爲國，然不幸爲權奸所害，致報國不成，故有遺恨。然又認爲岳飛冤屈昭然，加上宋廷亦已平反，故不須再有所遺恨。

同治年間，司獄吳延康掘得已毀之「精忠柏」，〔註26〕乃重疊土爲臺，植於其上。俞樾作〈精忠柏臺記〉云：

> 岳忠武遇害之日，柏即枯死，乃自宋至今，枯而不仆，虛中實外，堅如鐵石，蓋忠義之氣，大之可以動天地泣鬼神，其被於一物者，猶不可磨滅如是。……王死不朽，柏死不腐。〔註27〕

光緒元年（1875），楊昌濬在〈杭州九曲叢祠岳忠武王忠顯廟碑記〉中亦云：

> 世稱忠烈，唯漢之關侯，宋之岳王最著。…迄乎孝宗繼統，復官改葬，王之功雖亦未成，而復仇報國之義，抑已伸於天地之間。〔註28〕

由以上諸家觀點，可知清代士大夫雖肯定岳飛含冤而死，但亦客觀冷靜地認

〔註24〕 李安《岳飛史蹟考》，頁604。

〔註25〕 李安《岳飛史蹟考》，頁675。

〔註26〕 相傳宋大理寺獄風波亭畔有一古柏，岳飛入獄後即枯槁且僵立不仆，垂六百年，號稱「精忠柏」。清嘉慶間，范正庸司獄繪圖勒石，遂著於世，洪揚之役柏毀於兵。至同治間掘出後，疊土爲臺，植於其上，請俞樾作記。民國十一年，王豐鎬將之移置西湖岳廟，疊石爲臺，鑄鐵爲欄，至今尚存。參見錢文選《精忠小誌》（台北：台灣商務出版社，1973年1月），頁45。

〔註27〕 〔清〕俞樾《春在堂雜文》續編二（台北：文海出版社，1973年4月），頁124～126，

〔註28〕 參見李安《岳飛史蹟考》，頁626～627。

爲岳飛冤屈既伸，不須遺恨。故在其所撰的岳飛廟記、碑記中，只有平實敍事而無太多情感用語，且會強調岳飛的精神在於「忠」字。較特殊的是對宋高宗的態度：前代或因「爲君者諱」轉而斥奸、或因現實刺激而充滿激情，然清代士大夫對此則大都略過，有意要避免檢討到「朝廷」階層，可見士大夫對清帝威權的畏忌態度，影響了其對岳飛冤死事件的評價。比較特別的是，袁枚改用可憐語氣對宋廷進行嘲諷，如其〈岳武穆墓〉詩云：[註29]

> 岳王墳上鳥聲悲，半是黃鸝半子規。鐵像至今長跪月，金牌當日早班師。清宮客少王思禮，前進兵輸來護兒。公本純臣無底恨，可憐慈聖茹齋時。[註30]

又袁枚〈謁岳王墓〉詩云：[註31]

> 靈旗風捲陣雲涼，萬里長城一夜霜。天意小朝廷已定，那容公作郭汾陽。遠寄金環望九哥，一朝兵到又回戈。定知五國城中淚，更比朱仙鎮上多。

袁枚同樣認爲岳飛不須有所遺恨，而將過去那種對岳飛命運的惋惜，轉成對宋朝宗室的可憐嘲諷。詩中另有「憐他絕代英雄將，爭不遲生付孝宗」句，透過岳飛冤死事，流露出傳統士大夫「感士不遇」的文化心態。而對趙構眷戀皇位，以致不許岳飛迎回二帝，則諷刺云：「趙家天下可憐蟲」。另外又以「梨花寒食燒香女，纖手都來折檜枝」，寓指秦檜的惡名昭彰。

此外，嘉慶、道光年間，西方帝國主義強銷鴉片煙毒害中國，高度激起有識之士的民族意識。如力主禁煙的林則徐，於河南湯陰拜謁岳廟後，賦詩云：

> 不爲君王忌兩宮，權臣敢撓將臣功。黃龍未飲心徒赤，白馬難遮血已紅。尺土臨安高枕計，大事河朔撼山空。靈旗故土歸來後，祠廟猶嚴草木風。（《左雲山房詩鈔》卷一）

〔註29〕〔清〕袁枚《小倉山房詩文集》卷十七（上海古籍出版社，1988年3月），頁393。

〔註30〕袁枚運用「可憐慈聖茹齋時」典故出自明郎瑛《七修類稿》記章后被虜金邦時盛聞「大小眼將軍」岳飛的英武事蹟（其大小眼乃因患嚴重眼疾）。後因宋金和議得釋回，至臨安忽問：因何不見大小眼將軍？人曰：岳飛死獄矣！遂怒帝，聲言有良將不能用，決出家爲尼。帝跪謝遂止。然章后終身在宮中著道服。另清初厲鶚亦詠詩嘆云：「可惜岳將軍不見，深宮只著道家衣。」參見〔清〕沈嘉轍《南宋雜事詩注》（台北：藝文印書館，1974年4月），頁286。

〔註31〕〔清〕袁枚《小倉山房詩文集》卷二六，頁633～634。

詩中既指斥秦檜主和賣國，又敬慕岳飛主戰愛國。這種高度自覺的民族意識，是林則徐後來「投入禁煙運動的思想基礎」。〔註32〕當道光二十年（1840）爆發第一次鴉片戰爭時，南宋主和亡國的歷史教訓，遂為士大夫議論時事的重要依據。特別受到岳飛故事的流傳教化，民間早已認定「主和的秦檜是奸臣，主戰的岳飛是忠臣」。因此，在關於鴉片戰爭的民間著述中，有一普遍而共通的思考模式，即視當時「主戰」的清廷官員為愛國英雄；而「主和」者皆被斥為怯戰，甚至懷疑是收受英方賄賂的「通夷賣國之漢奸」。〔註33〕

三、民間以奸不可恕間接肯定岳飛

清代士大夫對岳飛的評價，多因帝王態度而持保守說法，然民間百姓卻相對地顯得活潑，在直接讚頌岳飛可能將觸犯政治忌諱的情況下，遂發展出「奸不可恕」的鬼神傳說，用恨秦檜來間接讚岳飛。此類民間評價，除承明代「奸佞鐵像」傳說更加發揮外，亦將岳飛顯靈轉世之說，相對地發展出秦檜轉世為畜的傳聞。其中，更有幾則岳飛神靈怒斥恕奸者的傳說，此若和清帝刻意降低岳飛崇信相較，則可見民間對清廷抑岳的不滿。

（一）奸佞不可恕，鐵像不可廢

康熙丙子春，浙撫王嵋谷到西湖岳墳，禮拜武穆畢，顧瞻墓前鐵鑄秦檜、王氏等跪於前，遊人必笞杖之，惻然憫焉。默念此事已遠，欲撤而去之。然未出於口也，忽覺背上有鞭之者，悚然而退。途中即病，進署惛然，百方祈禱不癒而殂。武穆在天之靈，可不畏哉。〔註34〕

村民棍擊王氏，鐵頭斷折。雍正時，李衛督浙，奏請重鑄。言凡鐵不應為所汙，請用收貯叛逆盜兵穢鐵，鑄四奸像，從之。〔註35〕

千古姦邪，無踰秦檜，墮豕胎而雷殛，掘狗葬而焚灰，人心猶未快

〔註32〕 康保成〈清代政治與岳飛劇的興衰〉《中州學刊》（1985 第 2 期），頁 86。

〔註33〕 詳參張銓津《鴉片戰爭時期的「漢奸」問題之研究》（臺灣師大歷史所碩士論文，1997 年）。

〔註34〕 〔清〕褚人穫《堅瓠集・堅瓠廣集》卷四「岳墳靈異」條（筆記小說大觀第二十三編）（台北：新興書局，1978 年 10 月），頁 5843。

〔註35〕 〔清〕丁傳靖《宋人軼事彙編》引《醒心集》（台北：臺灣商務出版社，1982 年 9 月），頁 737。

也。……本朝乾隆中，熊公學鵬爲浙江巡撫，四鐵像又以擊壞，縣官稟聞，擬請重鑄。熊未批準，竊念岳王靈爽在天，逆檜沈淪地獄久矣，頑鐵無知，何煩重鑄耶。是夜夢四像來叩謝階下，醒而異之，仍飭縣官重鑄。〔註36〕

李敏達公總制浙江，偶至西湖謁岳忠武祠。見廟前鐵人秦檜夫婦，猶反手並跪，慨然曰：「此老罪已足矣！我爲釋之。」是夜，夢秦來謝。翌日爲左右曰：「我以此老死久矣！乃身死而魂猶靈耶！」仍令立之。〔註37〕

秀水張恭錫先生自述爲諸生時，夢入岳廟，王待以客禮。既而辭出，聞廟後樹林內哀號聲，往視之，見一囚反接於樹，一力士執鐵鞭鞭之。張問何人，囚曰：「吾秦檜也。岳王法令每日受鐵鞭一百，公幸與王善，能爲我乞免今日百鞭乎？」張諾之。復入謁王，而王已預知其意，不復爲禮，怒叱曰：「汝向與吾同事，吾被檜賊害，汝亦幾不免，今何得昧前因，而反欲爲賊乞哀？可速退，姑貸汝。」張惶懼趨出，再過林中，則見執鞭者又增一人。謂張曰：「王怒公爲囚祈請，令今日加鞭一百。」張大驚悸而寤。明日猶面熱背汗，急往廟拜謝，幸無恙。〔註38〕

自明代將秦檜等鑄成四鐵像後，「奸佞鐵像」即爲岳飛相關傳說的重點。同時，由於其常遭民眾棍擊唾罵，故必須屢屢重鑄。雍正時，李衛除倡修岳廟外，更奏請用穢鐵來鑄奸像，此舉頗符合民心。值得注意的是：在清代「奸佞鐵像」的傳說中，皆以朝廷官員本欲廢之，結果要不是遭岳飛顯靈阻止，就是奸佞托夢來謝。可見豈止忠魂常存，連奸佞亦靈魂不死，永世要受折磨。如此民間傳說，除宣揚因果報應外，更有暗諷當朝奸佞橫行之意。若再以民間不許廢除奸佞鐵像的堅持，相對於清帝下令將岳飛移出武廟，則可見民間或有意以此來表達對清廷抑岳的不滿。因此，清代民間賦予岳飛的形象是威重權大，這和宋元時期那種「空有遊魂遍九州」的悲慘狀（詳見第二章），眞是

〔註36〕　〔清〕錢詠《履園叢話》卷二十二（筆記小說大觀第二編）（台北：新興書局，1988年1月）。

〔註37〕　〔清〕丁傳靖《宋人軼事彙編》引《雨村詩話》，頁770。

〔註38〕　〔清〕褚人穫《堅瓠集・堅瓠祕集》卷六「秦檜日受鐵鞭」條（筆記小說大觀第二十三編），頁6263。

差之千里，由此可見岳飛形象在民間日益孳乳壯大。

（二）秦檜轉世為畜

萬曆丙子，京口鄒汝璧遊于杭，見屠豬者去毛盡，豬腹有五字曰：「秦檜十世身。」又萬曆戊辰，鳳陽城三十里外朱家村，雷震死一白牛，火燎毛盡，背有秦檜二字，深入皮中。又康熙中，震澤某同友遊武陵，適屠家宰一豬，蹄上有秦檜字，並肺管上亦有其名，眾競往觀，無敢買者。某毅然買之，同行者竊笑。彼乃令僕煮蹄及肺熟，攜至岳王廟，率眾羅拜，對神禱祝，祝畢恣啖，聞者大快。夫檜誤國陷忠，六七百年，猶受豕戮雷誅，陽罪止於一時，陰罪恒至千百載，可不畏哉！〔註39〕

萬曆中，武林一士夢冥王判秦檜為龜，云剜剔以償夙孽，鑽灼以罄餘智。後江上漁翁網得大龜，腹有秦檜字。〔註40〕

以上兩則分別以秦檜轉世為豬、牛、龜等，且敘明就算轉世為畜牲，下場亦是遭到屠宰、雷擊等不得好死。特別是第一則，以某人買回秦檜轉世的豬腳，先祭岳飛，「祝畢恣啖，聞者大快」，此將民眾痛恨奸臣的心理展現無遺。

（三）奸佞絕後

王文祿述略：羅汝楫附秦檜劾岳飛下獄，汝楫之子願知鄂州，入武廟，遽卒像前。崇禎間，金陵秦某，檜之後裔，偶入岳廟，雙睛墮出，遂以瞽廢。又嘉靖初，錢寯死後，魂至崔駙馬家作聲曰：「我問凌遲七次，今三世矣！因秦檜欲殺岳飛，不合助言，故冥司擬此罪，天律重主使也。」問：「汝是宋何人？豈万俟卨耶！」鬼不言而去。

〔註41〕

嘉靖初，秦檜裔孫某，宰湯陰，綽有政聲，每欲謁岳忠武廟，迭巡弗果。將及瓜，謂同僚曰：「岳少保雖與先世有惡，豈在後嗣耶！且吾守官無愧神明，往謁何傷？」遂為文祭之，拜不能起，嘔血數升，

〔註39〕〔清〕褚人穫《堅瓠集‧堅瓠續集》卷一「秦檜豬牛」條（筆記小說大觀第二十三編），頁5609～5610。

〔註40〕〔清〕褚人穫《堅瓠集‧堅瓠祕集》卷六「冥報」條（筆記小說大觀第二十三編），頁6275。

〔註41〕〔清〕褚人穫《堅瓠集‧堅瓠廣集》卷六「岳武穆條」（筆記小說大觀第二十三編），頁5879。

扶出廟門即死。〔註42〕

前代因岳飛冤死而有「秦檜冥報」情節，意欲透過補償心理來轉化冤死悲情。清代時，在士大夫「不須遺恨」的倡導下，岳飛在民間的形象不再是完全充滿悲情，有些反而變成威重權大的神靈。當然，其中應有對清帝「以關代岳」的反彈。而民眾在通俗文學「忠奸抗爭」的教化下，必得宣揚岳飛死後神靈懲奸，方得符合善惡必報的心理需求。同時，其受懲對像不單止於奸佞本身，更要奸佞絕後、絕種。雖然這種心態有時顯得非理性，然卻透露出民眾對歷史的理解，以為歷朝奸佞不絕、代代相傳，故將天下太平的期待，放在奸佞絕種之時。

小　結

　　清初帝王對岳飛的抑揚策略，就岳飛故事的發展流傳而言，實有極大的影響。其「以關代岳」，塑造正統神祇的文化政策，企圖降低岳飛在民眾心中的地位；禁書政策則是具體截斷岳飛故事的流傳，直到嘉慶年間雖解除《說岳全傳》的禁令，然重新刊刻的小說內容可能已遭刪改，何況歷史小說創作的文學潮流已過，如此皆阻抑了岳飛故事再創作的發展，使岳飛故事在清初即已定型。而乾隆帝「知有君而不知有身」的評價，卻向咒語般在清代「岳飛」的頭上套上一個「愚忠」的緊箍，引導著清代的岳飛故事，一同朝向「忠奸抗爭」的主題發展。此外，士大夫在帝王態度的政治壓力下，認為「岳飛踐忠、朝廷表忠、民眾敬忠」，故有「冤屈已伸」的客觀看法。此雖是在儒家忠君思想下，強調盡己道德的完成自足（詳論於第六章），然卻也沖淡了歷代岳飛故事發展的流傳動源──岳飛冤死的悲情。而民間百姓在清廷的抑岳策略下，轉而更加恨奸，運用鬼神報應強調「奸不可恕」，同時間接表達了對清初帝王的抑岳政策、以及清代後期黑暗時局的不滿。

第二節　清代流傳的岳飛故事（上）──戲劇

　　岳飛戲的發展來看，相較於明代的繁興，清代則顯得岑寂。究其因，除了受到清初帝王對岳飛態度的影響外，就文學發展來看，主要原因有二：一

〔註42〕〔清〕褚人穫《堅瓠集・堅瓠續集》卷四「秦檜後裔」條（筆記小說大觀第二十三編），頁 5700。

是岳飛事功已發揮殆盡；二是雜劇、傳奇的繁榮期已過，代之而起的京戲、地方戲等既不重內容創作，又大多因文人鄙薄不予著錄而失傳。〔註43〕若再就岳飛戲在清代的流傳類型來看，可分成傳奇和地方戲兩大類：前者多是生存於明清之際的作家所寫，劇作內容較能反映出對明亡於清的歷史省思；後者則主要集中於清代中葉以後，然由於劇本、劇目著錄流傳者有限，因而本節只就京劇論之。

一、傳奇中的岳飛戲

清傳奇中的岳飛戲，現存可見的有《如是觀》、《牛頭山》、《奪秋魁》、《碎金牌》等四劇。除了《碎金牌》作於道光年間外，其他三劇皆作於清初，作者可能皆經歷過明清之際的時代轉變，且其流傳時期與《說岳全傳》孰先孰後難以判定，因而在內容上有彼此影響的可能性。

（一）《如是觀》

《如是觀》又名《翻精忠》、《倒精忠》，〔註44〕作者張彝宣，字大復，又字心其，〔註45〕江蘇吳縣人，約清順治前後在世。據《曲海總目提要》卷十一云：

> 以精忠直敘岳飛之死，而秦檜受冥誅未快人意，乃作此以翻案。言飛成大功，檜受顯戮，兩人一善一惡，當作如是觀，故名如是觀也。
> 事蹟有眞有假，精忠眞者大半，此據多係綴飾。〔註46〕

由此可知本劇爲「快意一時」的翻案作，是承元雜劇《宋大將岳飛精忠》、明

〔註43〕參見賈璐〈英名赫赫彪青史　梨園世世演精忠──岳飛戲曲淺探〉《岳飛研究》第二輯（鄭州：中原文化編輯部，1989年7月），頁278～279。

〔註44〕本文引用《如是觀》乃是一個演員作掌記的抄本，題：「康熙五十三年孟秋江寧署中馬子元錄。」文本收錄於杜穎陶、俞芸《岳飛故事戲曲說唱集》（台北：明文書局，1988年7月）。

〔註45〕《如是觀》的作者在《曲海總目》、《曲目新編》、《新傳奇品》、《今樂考證》等皆著錄爲張心其作。《傳奇彙考標目》著錄作者是張大復，字星期，吳郡人。今可知：張大復，一名彝宣，字心其，一作星期，寓居寒山寺，自號寒山子，著有《寒山堂南曲本》。另《曲海總目提要》卻以此劇作者爲明末的吳玉虹，並以小字注明：「一作清張大復撰」。然而參看所有著錄的書目，未再有指爲吳玉虹所作者，故莊一拂《古典戲曲存目彙考》中載云：「一說明末吳玉虹所作，似不可靠。」筆者因此視《如是觀》爲清初張彝宣所作。

〔註46〕〔清〕黃文暘《曲海總目提要》（天津古籍書店影印，1992年6月），頁471。

雜劇《救精忠》等翻案劇的主題系統。故其第一齣開首【滿江紅】云：

中興功，精忠岳。悲中斷，遠和約，不平千古，吁嗟寥落。二聖南
還酬素志，群臣戮力除姦惡。假眞當作「如是觀」，開懷酌。

在劇末【山花子】又唱：「論傳奇可拘假眞，借此聊將冤債伸」。由此可知作者的創作意圖仍是扣緊於岳飛冤死的悲情，故要藉由戲劇創作來替古人伸冤。以下就其特色分論之：

1、「奉詔班師」情節的處理

《如是觀》要替岳飛翻案，要假設岳飛「戰功」功成、迎回二聖，那麼作者首先要面對的就是如何處理「奉詔班師」的情節。因為這是岳飛故事中「戰功」和「冤死」的分界，唯有寫岳飛抗旨拒班師，先前的假設方得以成立；然無故抗旨，卻又損害岳飛的精忠形象。因此，作者巧心安排：以岳飛接旨後，先是懷疑其中有詐，故以「將在外，君命有所不受」為由拒絕班師；而後，又寫牛皋拿獲王氏私通金兀朮的證據，岳飛據此斬殺秦檜使臣田思忠。接著，作者寫王貴、牛皋與岳飛間的對話：

〔末、丑〕：元帥若不去明正其罪，那奸賊反誣我每有反叛之心，如
　　　　　何處置？
〔生〕：我也別無良策。連夜發兵，殺到黃龍府，迎請二聖還朝，表
　　　　我為國之心。（第18齣）

如此，非但有效避開「愚忠／不忠」的論爭，更將岳飛塑造成英明果斷的形象。

2、天命謫仙的運用

在敘事結構上，《如是觀》最大的特色是將「宋金交戰的歷史」，以天命謫仙的因果來詮釋，劇中寫神仙鮑方道破天命云：

今有大宋徽、欽二帝荒於酒色，聽信奸邪，將玉帝表札誤書奏上；
玉帝大怒，差下赤鬚龍攪亂他的江山，將他囚禁。今當數滿，令其
返國，又差白虎將岳飛等提兵掃盡金人，伏屍千里。上帝命我遣角
瑞神獸擋住宋兵，海中再現金橋一座，渡兀朮過北海以全其種；此
乃上帝好生之德，原非庇佑夷狄也！（第26齣）

透過這樣的神話結構，金兀朮和岳飛皆是奉天命下凡的天將，宋金交戰成了天命下的一場龍爭虎鬥，更將戰亂之因歸究是人間帝王「荒於酒色、聽信奸邪」所致。這樣的詮釋觀點別具時代意義：

　　首先，《如是觀》作於清初，作者刻意藉此「君昏臣奸」必遭亂世戰禍的觀點，演爲戲劇，以用來諷刺明末時政，爲明亡於清的歷史作出省思。同時，自明萬曆以後，可說「代代是昏君，代代有奸臣」，在君主世襲的專制體制下，民眾眼看著代代亂世、無以振興，最後終致亡於異族的下場，也只能無奈地將之歸於天命。《如是觀》運用如此的神話結構，或許是受到明中葉以後佛道思想、神魔小說等盛行的影響。因此，作者加以運用在岳飛故事中，不過是追求當時流行的文學潮流，以取得市場行銷的效益。雖然在敘事結構上有其不成熟之處，也因此減少了作品在思想方面的深度，然卻不失其文學價值，特別是能彰顯出一般民眾對明朝亡於異族的看法。如此的天命詮釋，在長篇小說《說岳全傳》被發揮得更加周全，故能創造出岳飛故事的顛峰。（詳論於本章下節）

　　其次，由《如是觀》的天命因果說中，可知劇中充滿著「排夷情緒」。如寫赤鬚龍奉天命擾亂宋室江山，乃因徽、欽二帝昏庸所致，然而天遣白虎將「提兵掃盡金人，伏屍千里」，卻不用任何理由。再以神仙救金兀朮後，尚且要特別聲明：「原非庇佑夷狄」。如此，間接表明了：夷狄本該伏屍千里，不值得庇佑。如此的排夷情緒，亦見於「岳飛刺背」的情節，劇中寫宗澤聞二帝陷虜後，悲憤地連呼「過河殺賊」而死，臨終前交代岳飛兵符。而當岳飛猶疑忠孝兩難時，岳母即以「精忠報國」刺其背，曉以大義云：「奮力把胡酋退」（第9齣）。

　　再次，就故事主題來看，《如是觀》以天命降低民族矛盾的尖銳，而將主題充分集中於忠奸抗爭。因此，劇情安排金兀朮最後由仙人鮑方所救；而秦檜和王氏則被判「劍劍抽筋、刀刀割肉、斷脊剜心、剖腸破腹」，百姓歡呼之餘，更是「怒擲其頭，爭啣其肉」。在別本岳飛故事中，百姓痛恨秦檜奸權的情緒，都是來自對岳飛冤死的悲情，然此劇以岳飛最終迎回二聖，又被「聖主」高宗封爲「武穆王」，在此皆大歡喜之下，應是不具悲情動因。那麼，百姓恨奸的怒氣何來？此應是清初的明遺民，對明末奸佞亡國的憤怒展現。

　　3、相關人物的塑造

　　《如是觀》除了以忠、奸類型化來塑造岳飛、秦檜外，更著力王氏、戚方及牛皋等人的塑造。在王氏的塑造上，作者以明傳奇中王氏的姦狠形象爲基礎，更加發揮之，寫其惡行有：色誘金兀朮、力阻金兀朮放回二聖、詐勘岳母、遣戚方行刺岳飛等，劇中所有惡事全和她有關。故當岳飛迎回二聖時，秦檜即抱怨王氏云：

我好端端做平章之位，一生富貴也夠了。多是你今日殺岳飛、明日殺岳飛；岳飛不曾殺得，看看輪到自己身上來了！……那岳飛與你有什冤仇，苦苦要去殺他？……我當初原是有主意的；被你終日耳根前說四太子長、四太子短，如今四太子呢？（第28齣）

又當秦檜夫婦被審時，王氏強調自己是「貞烈婦」，指責秦檜：「沒廉恥，教我去勾引兀朮。」而秦檜則反罵她是：「騷淫婦、有名的長舌婦。」如此，作者極盡諷刺了這對奸夫淫婦。其次，劇中將明代《大宋中興通俗演義》中的「戚方刺飛」情節更加發揮，寫戚方是秦檜府中豢養的刺客，因岳飛不遵和議，故奉命殺之。戚方暗射岳飛一箭後，即往投金兀朮報告好消息；然倖免於難的岳飛則將計就計，藉由裝死誘敵而大破金兵；而後抓來戚方與秦檜對質，從而勘明秦檜賣國的罪行。史實上戚方和秦檜毫無關係，作者在「物以類聚」的觀念下，將曾陷害過岳飛的人扯在一起。再次，劇中寫岳飛的部將牛皋，形象鮮明且地位勝過他將，如劇中最關鍵的「奉詔班師」、「天命因果」兩段情節，皆由牛皋來扮演扭轉、見證的角色。

（二）《牛頭山》

《牛頭山》的作者李玉，吳縣人，為清初蘇州派大家。李玉在明末崇禎年間便素負盛名，入清以後絕意仕進，致力於戲曲創作，《牛頭山》可能即為此時之作品。〔註47〕全劇兩卷25齣。〔註48〕內容大要為宗澤荐舉岳飛留守東京之位後，岳飛見宋高宗寵信黃潛善、汪伯彥等奸佞，乃上書力諫，不料反遭貶謫丟官。金兀朮得知後大舉南侵，杜充不戰而降，金兵直取揚州。此時，汪伯彥棄帝自逃，黃潛善隨宋高宗、張后逃出，途中張后與宋高宗在逃難的人群中離散。後來宋高宗君臣幸得水滸英雄李俊、燕青之助逃到明州，流落至黃妻嚴氏之茅庵。在逃難路上，黃潛善表面上忠心護主，其實心懷詭計，另有所圖，劇中寫他獨白云：

　　……倘然兀朮趕著，急難之間，我悄向金營奉獻：「謹具皇帝一個奉申薄敬，忠臣黃潛善頓首拜。」難道金邦不喜我、愛我、感激我？我定然是張邦昌、劉豫一般封王稱帝了。（第7齣）

〔註47〕李玉生於明萬曆二十四年左右，卒於清康熙十五年，曾親眼目睹南明覆亡時，清軍「揚州十日屠」的浩劫。可參考歐陽代發〈李玉生卒年考辨〉《文學遺產》（1982第1期），頁144～147。

〔註48〕本文引用《牛頭山》收入林侑蒔主編《全明傳奇》（台北：天一出版社，1985年）。

原來黃潛善早視宋高宗爲「奇貨可居」，必要時欲用以換取榮華富貴。果然，不久黃潛善即向金營通風報信，然其妻嚴氏卻深明大義，偷偷放走宋高宗後自盡。宋高宗在金兵追趕下，逃至張所營中，爾後即演張所、岳飛保駕，與金兵對峙牛頭山。另一方面，與宋高宗離散的張后逃至湯陰岳家，因此引出另一敘事路線，寫岳雲年方十二，山中奇遇九天玄女，賜以銀鎚，又命滄海君授神鎚法。後岳雲得知岳飛於牛頭山保駕，乃前往助之，途中穿插岳雲與鞏氏訂親事。而岳飛因有岳雲來助，乃得順利破金兵之圍。最後宋高宗定都臨安，岳氏一門榮耀受封。

宋金「牛頭山戰役」於史可考，是南宋得以偏安的關鍵。過去戲劇寫岳飛的「戰功」，大都以「破拐子馬」情節單元爲代表，李玉則選擇此一歷史關鍵點大加發揮，在岳飛故事流傳的內容題材上，算是有所突破。同時，劇中寫宋高宗斥忠良、信奸佞，終致逃難的狼狽下場，實反映出李玉對明代亡國的看法。這可由劇中對奸佞的描寫來看：杜充、黃潛善、汪伯彥都是宋高宗所親信重用的大臣，然而當金兵來犯，杜充不戰而逃，後降金兀朮還大言：忠臣不怕死。而寫黃潛善出賣宋高宗事則是純屬虛構，史實上宋高宗並未被大臣出賣過，「倒是南明王朝的弘光帝，真是被部下獻給了清兵」。﹝註49﹞而汪伯彥聞知金兵攻來，完全不顧朝廷主上，收拾金銀自顧而逃。作者著力描寫這群奸臣的臨難表現，頗能彰顯出明末朝臣失節、腐敗，終至亡國的歷史省思。

《牛頭山》寫岳飛較爲平實，傳奇的運用集中在岳雲身上，全劇下卷以其爲主角。在岳飛子輩中，隨其抗金、乃至冤死，唯有岳雲。然元明的岳飛故事對岳雲並未有所敷演，不論是寫岳飛「戰功」或「冤死」，岳雲皆不過是一個陪襯的名字。而明傳奇《續精忠》雖極力敷演二代英雄，又因真正的二代英雄岳雲已隨岳飛冤死，只能另行虛構角色出場。因此，李玉在劇中以傳奇手法寫岳雲，塑造將門虎子，此亦是岳飛故事的突破。

（三）《奪秋魁》

《奪秋魁》的作者是清初的朱佐朝，字良卿，江蘇吳縣人。﹝註50﹞全劇

﹝註49﹞康保成引《清史稿‧世祖本紀》云：「（順治二年六月）辛酉，豫親王多鐸遣軍追故明福王朱由崧於蕪湖，……總兵管田雄、馬得功執福王及其妃來獻。」又《鹿樵紀聞》卷上「福王」條有同樣記載。因此論定李玉《牛頭山》寫黃潛善出賣高宗是影射此事。參見〈清代政治與岳飛劇的興衰〉《中州學刊》（1985第2期），頁84～85。

﹝註50﹞朱佐朝之生卒、事跡皆不詳，然知其有一兄弟爲朱素臣，而朱素臣被考訂是

共 22 折，《曲海總目提要》云：

> 内演岳飛初年事，與史傳不甚合，半據小説半屬粧點。飛本傳…，
> 無應舉事，今劇内武闈赴試，甚謬。但作者以奪秋元起波，故云奪
> 秋魁焉。〔註51〕

故事大要是岳飛和牛皋、王貴三人去赴秋試武闈，於校場中打死小梁王柴貴，
致岳飛入獄、兄弟離散，後經岳母奔走、宗澤保救，帶罪立功剿平洞庭湖寇
楊么，最後岳飛和牛皋各娶得佳人歸。〔註52〕

　　《奪秋魁》寫岳飛故事，其敘事結構主要可分二個部分，一是寫岳飛少年
英雄，虛構出「槍挑小梁王」的情節單元。在《宋史·岳飛傳》中，雖對岳飛
少年時的洪水氾濫、學射周同等事蹟略有敘述，然舊有岳飛故事皆未加以發揮，
而都直接由岳飛成年後寫起，故留下岳飛故事的空白處。另一是寫「平楊么」
的情節，此於史可考。雖然此劇寫平楊么的戰爭過於簡略，但卻是在所有岳飛
戲中首先敷演此情節。同時，作者極盡誇大楊么等賊寇的勢力，有可能是受到
明末流寇橫行的啟發。由此可見，《奪秋魁》對岳飛故事流傳的價值所在，就是
以「槍挑小梁王」和「平楊么」兩情節單元，開拓了岳飛故事內容的發展。而
劇中寫「岳飛刺字」情節頗有特色，如刺字前有段母子對話：

> 〔生〕：目今宋室將傾，干戈未息，二帝有蒙塵之患，萬民無駐足之
> 　　　　寧，若不趁此時報效，怎顯的胸中抱負！孩兒欲將「精忠報
> 　　　　國」〔註53〕四字刺入皮膚：一則以報君父之恩，二則立誓不
> 　　　　從奸賊之意。母親意下如何？
>
> 〔老旦〕：我兒，你力行忠孝，所志何患不就，何必刺字；毀傷身體，
> 　　　　　恐非孝道！
>
> 〔生〕：母親，忠孝本乎一體；我本取志立名，非自毀身。（第4齣）

　　　生於 1615 年左右，而於 1690 年以後去世，因此推論朱佐朝的生卒年當與朱
　　　素臣相距不遠。參見李修生主編《古本戲曲劇目提要》「奪秋魁」條（北京：
　　　文化藝術出版社，1997 年 12 月），頁 446。

〔註51〕〔清〕黃文暘《曲海總目提要》卷四十五〈奪秋魁〉，頁 1933。

〔註52〕本文引用文本爲弋陽腔改編演出本，主要根據清初永慶堂抄本，收入杜穎陶、
　　　　俞芸《岳飛故事戲曲說唱集》。

〔註53〕岳飛背上的刺字依史實應是「盡忠報國」，戲曲和說唱等民間文學多有誤爲「精
　　　　忠報國」，此或許是因爲和「精忠旗」相混所致。此外，清中葉流行在北京的
　　　　秦腔劇本《回府刺字》，更寫所刺字爲「忠孝保國」。參見杜穎陶、俞芸《岳
　　　　飛故事戲曲說唱集》，頁 72。

劇中以岳飛主動要求母親刺字，來宣示忠孝本乎一體，故寧可透過毀身來表示他移孝作忠的決心。岳飛此舉著實令人感動，爾後因打死小梁王入獄，岳母即以岳飛刺背為營救說帖，而宗澤亦因此而保釋之。此和前述《如是觀》寫「岳母刺字以訓子」的情節，於主、被動角色剛好相反，然卻更能集中刻畫出岳飛少年立志的堅定；若再較之《精忠旗》寫岳飛命張憲刺字的情節，則更能展現岳飛既「忠」且「孝」的性格。

此外，劇中人物除岳飛外，亦突出牛皋形象。如寫牛皋為救岳飛而寧願求乞；義救崔蓮玉以見其受恩不忘；網擒楊么以見其作戰智勇。更常用三言兩語，將牛皋那種滑稽、莽撞的形象展露無遺。

（四）《碎金牌》

《碎金牌》為道光年間，浙江海寧人周樂清所作。〔註54〕正名作「岳元戎凱宴黃龍府」，共分6齣，齣目依序為：〈矯詔〉、〈詰奸〉、〈渡河〉、〈殛朮〉、〈凱筵〉、〈仙慨〉。內容以岳飛兵駐朱仙鎮，正待一舉破敵時，万俟卨卻捧來班師聖旨，後又傳來十二道金牌。岳飛本不疑有詐將欲班師，然此時又接獲京中李司農急書，指班師乃秦檜假詔，而楊再興更捕獲奸細，搜出秦檜通敵臘丸。如此，岳飛證實班師是秦檜陰謀後，一面繼續進兵；一面急書韓世忠密呈高宗此事。高宗得知後大怒，命周三畏、何鑄勘訊秦檜等人，查實後隨即問斬。李若虛奉命持秦檜首級慰勞前線，先將万俟卨亂箭射死，再將十二道金牌於軍前捶碎。如此奸佞盡除後，岳家軍渡過黃河大敗金兵，金兀朮被逼自刎而亡。後韓世忠前來犒軍，與岳飛痛飲黃龍府。此時，有一徐神翁至軍前以歌曲點醒岳、韓，二人頓時對名利心存雪淡，似有引退之意，全劇於此告結。

《碎金牌》和《如是觀》是同一系統，都企圖顛倒史實，以為岳飛補恨。因此從「奉詔班師」的情節單元中，即虛構出種種合理、有利的證據，既使岳飛可以兼顧忠君與愛國的形象，又可免「冤死」、成「戰功」。全劇強調要將奸佞凌遲處死方得以慰軍心、成戰功，可見其主題是在「忠奸抗爭」的主線中發展，顯示出奸佞對國家民族的危害。然卻又將「忠勝奸敗」的決定關鍵，寄望在君主英明的先決條件上。如此，則作者以「碎金牌」這一六奮人心的舉動為劇名，表面上演的雖是岳飛「戰功」功成，其中卻含有更多對君

〔註54〕《補天石傳奇》為周樂清劇作的合集，所收除《碎金碑》外，另有《宴金臺》、《定中原》、《河梁婦》、《琵琶語》、《紉蘭佩》、《統如鼓》、《波弋香》等，內容皆史實翻案以快人心。

主英明的期待。

二、京劇中的岳飛戲

乾隆五十五年四大徽班入京，吸收各種戲曲的演唱優點，歷經長期的演變發展，到了道光年間，逐漸形成一種新的劇種，這種戲劇以通俗易懂的唱詞，委婉動人的腔調，取代了以文人為主的崑曲，由於其盛行於京津一帶，便稱為「京劇」。隨著京劇的盛行，岳飛戲又繁榮起來。然由於戲曲的文化主體，於清中葉後逐漸由文學主體轉向聲腔表演的藝術。〔註55〕因而京劇中的岳飛戲，其內容自行創作者極少，大多是改編或截取自元明戲曲、通俗小說中的段落情節而敷演之。同時，其劇本的保存亦不受重視。因此，本節的討論材料只能由少數的劇目記載、戲劇內容來看出端倪。

（一）由劇目記載來看

根據《道咸以來梨園繫年小錄》的記載，可知在道光四年，當時的慶平班劇團曾演過《鎮潭州》、《八大錘》、《挑華車》、《金蘭會》、《五方陣》、《拿楊么》、《岳家莊》、《請宋靈》、《胡迪罵閻》等岳飛戲。〔註56〕再根據《五十年來北平戲劇史料·前編》的記載加以統計，可知在光緒初年，僅北平地區，就有 13 個戲班同演《八大錘》；19 個戲班同演《挑華車》、《岳家莊》；23 個戲班同演《鎮潭州》。此外，《回府刺字》、《瘋僧掃秦》、《精忠傳》（又名《風波亭》）等也是常演的劇目。〔註57〕同時，自道光迄宣統年間，許多優秀演員是以善演岳飛戲而著名，如被稱為京劇開山祖師的程長庚善演《鎮潭州》；徐小香善演《八大錘》；譚鑫培、俞菊生善演《挑華車》等。由此可知岳飛戲在清朝道光以後十分盛行，一直到民國早期，岳飛戲是京劇中演宋代故事的四大支柱之一。〔註58〕

〔註55〕詳參張勝林〈論清代中葉中國戲曲文化主體的轉移〉《煙台大學學報·哲社版》（1991 第 2 期）。

〔註56〕參見周志甫《道咸以來梨園繫年小錄》（商務印書館香港印刷廠，1951 年 12 月），頁 4～7。

〔註57〕周明泰《五十年來北平戲劇史料》，記錄了自光緒八年至宣統三年，長達二十九年時間在北平所上演的戲碼，列為「前編」；再仿照戲簿的體例，繼續將民國二十年來的重要戲目排列出來，並且註明演戲的日期和出演的地點，作成「後編」。（台北：廣文書局，1977 年 12 月）。

〔註58〕據陶君起說法：宋代故事題材在京劇中最為豐富，而以包公戲、水滸戲、楊家將戲、岳飛戲為四大支柱。參見《平劇劇目初探》（台北：明文書局，1982

　　從以上所述，可知京劇中常演的岳飛戲，除「瘋僧戲秦」、「胡迪罵閻」、「岳母刺字」等流傳已久的情節單元外，也有一批劇名是過去較少獨立出現的情節，如《鎮潭州》演岳飛降九龍山楊再興事；《五方陣》、《拿楊么》演岳飛平楊么事；《金蘭會》演王佐宴請岳飛事；《挑華車》演高寵單挑鐵滑車事；《岳家莊》演岳雲往牛頭山助戰事。儘管這些岳飛戲的內容，大多是改編自清初的《說岳全傳》，但卻明顯不再將岳飛的「戰功」局限在「大破拐子馬」的情節，「平楊么」、「收楊再興」等成為新鮮題材，且高寵、陸文龍、岳雲等反而成為岳飛戲中最搶眼的角色。如此現象的可能成因有二：首先是因為岳飛故事流傳久遠，舊有的情節單元觀眾們早已耳熟能詳，不再富有市場吸引力，因而以岳飛為中心，朝其相關人事另謀發展、再創生機。其次，京劇在清末時，武戲題材不斷發展，不僅有大量武戲演員湧現，在武生演技上也得到迅速的進步。〔註 59〕這可從流行的岳飛戲劇目中，看出演岳飛「冤死」的文場戲較少，而演岳飛「戰功」的武打戲較多。因此，武生出色的演技是此類岳飛戲廣受觀眾歡迎的重要因素。〔註 60〕

（二）由時代主題來看

　　京劇中的岳飛戲在選材、改編，乃至成為流行劇目的過程中，仍可由內容變異處見其時代主題。以下就較流行的《岳家莊》和《請宋靈》兩劇來看：

1、《岳家莊》

　　產生於道光年間的京劇《岳家莊》，雖取材於《說岳全傳》，但其思想內容卻不同於小說。小說中寫岳雲終日使槍弄棍，家人並不禁止，然京劇卻寫岳雲瞞其母偷習武藝，後被發現，其母以違背「棄武習文」之教條，對其大

年 7 月），頁 270～282。另參考曾白融主編《京劇劇目辭典》中著錄的岳飛戲更高達百餘齣之多。（北京：中國戲劇出版社，1989 年），頁 713～741。

〔註 59〕廖藤葉引陳彥衡《舊劇叢談》載：「徽班不甚講求武劇，自楊月樓、譚鑫培以武功得名，而武生始為人所重視。同時俞菊生，氣概雄偉，武功堅卓，為個中之巨人。」見〈岳飛戲曲故事補遺〉《台中商專學報》30（1998 年 6 月），頁 319。

〔註 60〕《梨園舊話》記有演岳飛戲的二段軼聞：1.「議定演《挑滑車》，菊生下晚登場，演至挑車時，再接再屬，真有氣吞醜虜，奮不顧身之概。夜間鑫培又以此劇登場，於登臺守大纛旗時，指畫戰狀，驚訝奮怒情形，一一畢露，真畫工所不能到，觀者無不拍掌，無一人嫌此劇之復演者。」2.「徐伶《八大錘》一劇，是其得心應手之作，其車輪戰數場，各有身段，鎗花手法絕不相複，其妙劇真無可形容。」參見廖藤葉〈岳飛戲曲故事補遺〉，頁 319。

施責罰，岳雲因此不得不勉強為屈服。後來金兵進襲岳家莊，正當全家無措時，岳雲殺退外敵，藉此保家禦侮的事實，證明其學武的正確。

　　此情節變異，有其時代要求：長期以來中國社會重文輕武，然到清朝後期，面對帝國列強的入侵卻無力抵抗。因此，正如康保成所說：「當時，青年高唱『讀書不忘救國』，趕習軍事，盛極一時。《岳家莊》就是對『文弱』積習的一顆炸彈，劇中的岳雲，就是讀書不忘救國的好青年。」〔註61〕

　　2、《請宋靈》

　　《請宋靈》全劇以岳飛為主，但並非改編自《說岳全傳》，算是京劇岳飛戲中較特殊的作品。內容寫岳飛大敗金兵後，金兀朮許將徽欽二帝放回，然囚於五國城的二帝早因夢先祖趙匡胤指責，醒後因無顏見宗廟羞憤自盡。於是金兀朮定計，令丞相訃告宋營，請岳飛迎請太后還宋，而預伏將士謀刺。岳飛知其有詐，要金兀朮掛孝捧靈，親自率張憲、岳雲前往祭奠。先是金兵突發，被岳雲殺退，後牛皋引精兵繼至，迎二帝靈柩回朝。

　　歷史上岳飛的班師和冤死，實和宋高宗深忌二帝回朝頗有微妙關係。然舊有岳飛故事在翻案岳飛「戰功」功成時，皆未能就宋高宗的心結進行處理，而逕以大團圓作結。《請宋靈》則能正視之，明白岳飛要「戰功」功成，不光只是奸臣秦檜要先死而已，連二帝也該先死，如此宋高宗方能放心地讓岳飛直搗黃龍府。這是此劇最有價值處。

第三節　清代流傳的岳飛故事（中）——《說岳全傳》

　　《說岳全傳》全稱《精忠演義說本岳王全傳》，現存最早版本為金氏餘慶堂刻本，凡 20 卷 80 回。作者題「仁和錢彩錦文氏編次，永福金豐大有氏增訂」，生平不詳，可能是下層文人為岳飛申冤雪恨而作。〔註62〕而書卷首署有「甲子孟春」金豐〈序〉，甲子當為康熙二十三年（1684），一說指乾隆九年（1744）。〔註63〕乾隆四十七年下令禁毀此書，直到嘉慶年間才又開放刊刻。

〔註61〕康保成〈清代政治與岳飛劇的興衰〉，頁 87。

〔註62〕《說岳全傳》的創作動機可從第 79 回的引詩得知：「世間缺陷甚紛紜，懊惱風波屈不伸。最是人心公道在，幻想奇語慰忠魂。」

〔註63〕參見張俊《清代小說史》（浙江古籍出版社，1997 年 6 月），頁 122～123。關於《說岳全傳》成書的時間，由於史料缺乏，並無確實證據可依，一般皆認定是康熙二十三年，然如此很難說明為何此書可以流傳近百年，直到乾隆四

而由現存版本眾多的現象，可見《說岳全傳》在當時頗爲流行。〔註64〕

關於岳飛故事的長篇小說，明代已有好幾部在流傳，然《說岳全傳》一出，前作皆爲之遜色。其不僅吸取前代各種岳飛小說的精彩部分，而且綜合其他岳飛戲劇、傳說等題材，內容可謂集岳飛故事之大成。同時，在創作上學習史傳文學的敘事特色，力求糾正明代岳飛小說的質實少文，而進行大膽的虛構創作，著力描繪岳飛英雄傳奇的一生。因爲語言通俗、奇趣橫生，故問世後在諸本岳飛小說中最爲流行，〔註65〕成爲岳飛故事發展之定型，對其後各種文類的岳飛故事，影響很大，特別是京劇大都從中取材。（參見附表五）整部小說的敘事結構可分成三大部分：

1、前 14 回：寫岳飛神奇出生和青少年的事蹟。以「天命謫仙」結構和「槍挑小梁王」情節爲主，分別是清傳奇《如是觀》、《奪秋魁》之擴大增演。

2、中間 47 回：寫岳飛安內攘外的戰功。以明傳奇《精忠記》、《精忠旗》之「欽詔御敵」、「奉詔班師」、「冤獄屈死」等情節結構爲主。其中安內剿寇的情節眾多，爲此書自行創作敷演處。

3、後 19 回：敘事上二線並行，一是明傳奇「東窗事發」、「冤屈平反」等情節結構；另一則是「二代英雄」報仇雪恨情節。前者集前代各種鬼神報應情節之大集，諸如「瘋僧戲秦」、「何立入冥」、「胡迪罵閻」、「哭訴潮神廟」等；後者應是明傳奇《續精忠》的擴大敷演。

由以上可知：《說岳全傳》用四分之三的情節，集中刻畫岳飛的英雄形象。同時，擴大敷演各種岳飛故事的天命因果情節。特別是後 19 回，可說是集虛構之大成。此「實者虛之，虛者實之」，正是錢彩的創作特色。如金豐在〈序〉

十七年才遭到禁毀。以清初帝王對岳飛的忌諱來看，乾隆九年之說應較符合現實狀況。

〔註64〕《說岳全傳》的版本今可知者有：康熙年間金氏餘慶堂刻本；清大文堂刻本；日本東京大學東洋文化研究所雙紅堂文庫藏「以文居藏板」本，有圖；英國博物院圖書館藏嘉慶六年「福文堂藏板」本及嘉慶三年刊本等。參見江蘇社科院明清小說研究中心《中國通俗小說總目提要》（北京：中國文聯出版公司，1991 年 9 月），頁 418。另本論文主要引用文本爲《說岳全傳》（古本小說集成）（上海：上海古籍出版社，1990 年）。

〔註65〕鄭振鐸指出錢彩的《說岳全傳》在諸本岳飛小說中最爲流行，其原因主要是內容荒誕、傳奇；而且「將諸舊本的敘述和描寫都放大了」，使一切敘述更詳盡深入，一切描寫更生動活潑。見〈岳傳的演化〉《中國文學論集》（台北：明倫出版社，未註出版日期），頁 365。

中云：

> 如宋徽宗朝，有岳武穆之忠，秦檜之奸，兀朮之橫，其事固實而詳焉。
> 更有不聞於史冊，不著於記載者，則自上帝降災，而始有赤鬚龍虬龍
> 變幻說也，有女土蝠化身之說也，有大鵬鳥臨凡之說也。其間波瀾不
> 測，枝節紛繁，冤仇並結，忠佞俱亡；以及父喪子興，英雄復起，此
> 誠忠臣之後，不失為忠；而大奸之報，不恕其奸，良可慨矣。

可見金豐肯定「天命謫仙」、「二代英雄」等虛構情節的運用，可補史實不足。
而此所謂不足，除有欲藉鬼神以行教化的意圖外，更有市場接受的考量，故
在〈序〉中又強調如此可「動一時之聽」、「娓娓乎令人聽而忘倦」。

　　然而，後代論者對此虛構處卻頗為批評，史學家固然在實事求是的立場
上大加辨正，許多專門討論《說岳全傳》的文章，亦認為錢彩虛構太甚，形
成小說思想、藝術上的缺陷。〔註66〕然限於篇幅，這些文章大都只點到為止，
未及深論。張火慶在《說岳全傳研究》的論文中，從小說結構的立場，論析
「天命因果」如何指導小說情節的發展；「二代英雄」如何呈現出週旋現象。
〔註67〕如此，對虛構情節做出肯定論述，實有助於提升《說岳全傳》的價值。
然而，由於張氏是以《說岳全傳》為研究的主要範圍，因此對於岳飛故事流
傳至此，何以要運用如此虛構情節的諸多問題，皆無暇觀照。諸如：運用如
此結構，是作者單純的追隨市場潮流，還是故事本身發展的需求？是讀者對
岳飛冤死命運的理解，還是對自身現世命運的詮釋？最重要的是，這些天命
因果、二代英雄的情節，並非全是出於作者的「虛構」，而是作者從歷代流傳
的岳飛故事中，加以彙整「建構」出來。如此，對這些所謂虛構情節的評價，
就不能只局限於《說岳全傳》本身，而必須將其放在岳飛故事的流傳脈絡中

〔註66〕關於《說岳全傳》的評價，詳參張火慶《說岳全傳研究》〈前言：總論《說岳
全傳》在中國小說史的評價〉（東海大學中文所碩士論文，1984 年），頁 1～9。
至於近年來大陸學者的評價，對此亦多持否定看法，詳參李時人〈關於說岳
全傳〉《中國古代通俗小說閱讀提示》（江蘇人民出版社，1983 年 6 月）；高爾
豐〈試論說岳全傳的主題思想及時代意義〉《明清小說研究》（1989 第 1 期）；
栗文飛〈說岳全傳對岳飛形像的塑造〉《岳飛研究》（鄭州：中州文物編輯部，
1989 年 7 月）；駱玉明〈說岳全傳〉《中國禁書解題》（台北：竹友軒出版公司，
1992 年 2 月）；古亦冬〈說岳全傳〉《禁書詳解：中國古代小說卷》（天津社會
科學院出版社，1993 年 5 月）等。
〔註67〕詳參張火慶《說岳全傳研究》第二篇第一章〈天命與因果的神話背景〉；第八
章〈後集故事的來源與風格〉。

來考察，探求其和「岳飛冤死的悲情」、「明末清初的時代要求」、「清初朝野對岳飛的評價」等種種因素的互動關係。〔註68〕

因此，本節不擬對《說岳全傳》做出全方面的分析，而是將《說岳全傳》放在岳飛故事的整體流傳中，針對前代流傳的情節單元、作者敘事的創作發展、以及時代需求的主題意涵來進行討論。首先，探討天命謫仙與因果報應的結構；其次，探討傳奇英雄的塑造；最後，發掘小說的時代主題思想。

一、天命謫仙與因果報應的敘事特色

（一）天命謫仙的結構

以下先就岳飛故事的發展流傳角度，來論述《說岳全傳》運用天命謫仙結構的必然性與必要性，而後再就小說本身運用天命謫仙的方式及意涵進行探討：

1、天命謫仙運用的必然與必要

岳飛故事流傳到清代，可以說早已家戶喻曉，然而當民眾距離史實愈遠，對故事內容也愈熟悉時，其心中同時也會存有更多不解的疑問，而這些不解正是在前代故事中，未能加以合理交代的問題。諸如：

◎北宋既是中原正統，為何竟會亡於番邦金國？而皇帝既是「天子」，為何徽、欽二帝竟被俘虜囚禁至死？

◎金兀朮為何能橫掃中原？既然他如此屬害，又為何每逢岳飛即戰敗？

◎岳飛一生為何以抗金為職志？而這樣的大英雄為何竟是冤死的下場？

◎秦檜夫婦為何一定要害死岳飛？而勇猛善戰的岳飛為何在被冤害時反而顯得無力招架？

針對以上諸種情況，可以由四方面加以探討：

〔註68〕洪素真的《岳飛故事研究》第四章〈清代岳飛故事的成熟〉中，雖以獨立一節專門討論《說岳全傳》，然皆只停留在內容介紹，如「作者及版本狀況」、「故事內容簡述」、「改編劇目簡介」，至於其「說岳之評析及其地位」，亦容於分析實際文本、揭示時代主題，而只就少數前人的說法，進行小說史式的重點介紹。如此，就小說本身的研究來看，其成果自然無法突破張火慶的《說岳全傳研究》。再就岳飛故事的流傳來看，除了告知清代有此一作品外，對於作品主題和時代需求的關係（橫向）、前後代間作品演進的軌跡（縱向）、以及作者、讀者對作品的要求發展等，皆未進行具體的分析論述。（臺灣師大國文所碩士論文，1999年）。

　　第一，就民眾、讀者的立場來看：以上疑問都是他們在長期接受岳飛故事時，想要滿足的心理需求，特別是故事流傳愈久、愈廣，這樣的疑問會累積愈深，而想要獲得解答的心理也就會愈強烈，一旦故事演變始終無法解決讀者的需求，那故事的生命有可能會因此而告終。

　　第二，就通俗小說的作者來看：他們大都是所謂的不遇文士，其身分是介於士大夫和平民之間，因此在小說創作的過程中，他們所扮演的角色是文化上大、小傳統的中介者。意即：他們一面將士大夫的經史知識加以通俗化，傳達給中下層社會；一面又能在創作中，充分反映出民眾對歷史的深沈質疑和詮釋觀點。如此，通俗小說的作者，同時也是重要的讀者。因此，當錢彩要在流傳已久的岳飛故事中，再行創作出新作品時，他必須要能夠解決讀者目前所質疑的問題。

　　第三，就岳飛故事的流傳來看：宋代筆記即因岳飛死於非命，而有「豬精」、「猿精」等傳說；〔註69〕明代則是以「轉世投胎」來比附岳飛的來歷；〔註70〕特別在清傳奇《如是觀》中，除將岳飛說是「白虎星」下凡外，也運用天命因果來解釋宋金交戰。因此，錢彩對前代故事的觀點加以採用，並進一步擴大發揮，頗合乎故事演變的跡象。

　　第四，就通俗小說本身的發展來看：明代中葉以後，講史小說和神魔小說都達到了極高的水平，同時也出現兩者合流的現象，運用仙話模式在通俗小說中成了一種流行的敘事形式。〔註71〕為了因應市場需要，吸引一般讀者的購買閱讀，通俗小說的作者在創作時必得符合此文學潮流，以順應時代和讀者的要求。〔註72〕

　　綜合以上四方面的探討可知：當錢彩創作《說岳全傳》時，在敘事結構

〔註69〕《獨醒雜志》記相者為岳飛觀相，言其為猿精轉生：《夷堅志》甲志卷十五則
　　　　稱為豬精。兩者皆是扣緊岳飛「死於非命」而發。詳參本論文第二章。

〔註70〕《萬曆野獲篇》和《湧幢小品》皆記載岳飛在明代轉世為徐鵬舉或英國公張
　　　　輔；而《列仙全傳》則以岳飛乃張飛托生；《關帝明聖真經》則說伍子胥、關
　　　　公、張巡、岳飛等皆是同一靈分別轉生。詳參本論文第三章。

〔註71〕參見王星琦《講史小說史話》（瀋陽：遼寧教育出版社，1993年9月），頁136。
　　　　另可參孫遜〈釋道「轉世」、「謫世」觀念和古代小說結構〉《中國小說與宗教》
　　　　（香港：中華書局，1998年8月）。

〔註72〕通俗小說的作者為了增強作品的吸引力，故在舖寫帝王將相的歷史時，常會
　　　　注入世態人情、雜燦神魔靈怪，以加強文學和讀者之間的精神聯繫，而這種
　　　　創作上的現象，自明代中葉以後即出現。參見張俊、沈治鈞《清代小說簡史》
　　　　（瀋陽：遼寧教育出版社，1993年9月），頁12。

上對天命謫仙加以運用，實有其必然性（創作潮流）和必要性（解決質疑）。因此，《說岳全傳》以天命果報來詮釋人事紛爭，固然純屬虛構，但對此觀點，卻又不宜單純視為宣揚迷信，而全盤加以否定。必須以較宏觀的角度，不將視野局限在小說本身，而從岳飛故事的流傳、讀者接受以及小說創作的時代潮流等層面來考察。

2、天命謫仙運用的方式與意涵

錢彩在運用謫仙結構時，想必經過一番縝密的安排，因為他必須在前代岳飛故事的情節、人物中，再加以虛構發揮，以合理地解決前述四大疑問。因此其採用傳統說話人那種高角度的全知觀點，將國與國之間、人與人之間的所有糾葛鳥瞰明白，故小說第 1 回為「天遣赤鬚龍下界，佛謫金翅鳥降凡」，由此建構出一套謫仙果報的關係網。以下分析來看：

甲、先將金國犯邊解釋成乃因宋徽宗在表章中，將「玉皇大帝」寫成「王皇犬帝」，惹怒天庭玉帝，遂命赤鬚龍下界，降生成金兀朮，日後侵犯中原、擾亂宋室江山以為報應。

乙、我佛如來因恐赤鬚龍無人降伏，萬民將慘受兵革之災，故遣「大鵬金翅鳥」下界。〔註73〕

丙、為何佛祖要派大鵬投生為岳飛呢？因正當佛祖登臺講經時，下方有位星官──女土蝠，因「一時忍不住，撒下一個臭屁來」，此時佛頂上的護法──大鵬金翅明王，怒其汙穢不潔，就一嘴將之啄死。結果女土蝠投胎成為王氏；而大鵬鳥因起殺心，乃被謫譴塵世：「了卻一劫，待功成圓滿歸來，再成正果」。

丁、被謫譴的大鵬鳥徑往東土投胎，路經黃河時，見河邊有水族妖精，即本能地啄傷「鐵背虯龍」、〔註74〕啄死團魚精。團魚精後即轉生為

〔註73〕岳飛投胎轉世的傳說眾多，錢彩為何要以「大鵬金翅鳥」來造就岳飛的神話傳說呢？臺靜農指出：「將大鵬鳥與金翅鳥合為一鳥，並非事實。因為大鵬鳥在中土故有此說；金翅鳥則出於佛典，也許正是作者有意如此，才不致使讀者感到陌生。」又《宋史‧岳飛傳》中言明岳飛字鵬舉，故有「大鵬鳥」之名稱，而《法苑珠林》卷十〈畜牲部〉載金翅鳥與龍比鄰而居，以龍為糧食，是龍的剋星，故「金翅鳥」是借自佛教傳說，其作用在剋制赤鬚龍。因此，《說岳全傳》中以岳飛為「大鵬金翅鳥」的神話身分乃是由兩個神話組成。參見〈佛教故實與中國小說〉《靜農論文集》（臺北：聯經出版社，1989 年 10 月），頁 221～223。

〔註74〕《說岳全傳》第 1 回中以鐵背虯龍轉世秦檜，之前並略述「許真君斬蛟」的故事，以鐵背虯龍乃是蛟精餘孽。作者如此附會，可能是因《宋史‧岳飛傳》

万俟卨。

戊、鐵背虬龍為了報前日一啄之仇，得知大鵬轉世投生於岳家莊後，乃
　興起黃河水難，枉害一村人性命。然卻因此犯下天條、被玉帝斬首，
　其陰魂投胎為秦檜。

由甲、乙可知：《說岳全傳》將宋金交戰的歷史，以天命註定來交代，而
大鵬既是為了剋制赤鬚龍而下凡，無怪乎金兀朮每逢岳飛必得戰敗。再由丙、
丁、戊來看：作者巧妙地將大鵬下凡和秦檜夫婦相聯繫，安排大鵬鳥先後和
女士蝠、鐵背虬龍、團魚精等在前世結冤，用以解釋轉世後的王氏、秦檜和
万俟卨之所以必將岳飛害死而甘心，實是「冤冤相報」的因果。如此一來，
作者將岳飛故事罩在天命因果的仙話框架下，則一切有關岳飛冤死的不合理
現象，不管是時代悲劇或是英雄悲劇，都因此而得到合理的詮釋。諸如：岳
飛為何要奉詔班師？因為天命只令他保宋室而非迎回二帝。岳飛為何會遭受
秦檜陷害？因為這是他們前世欠下的冤仇。為何王氏東窗出狠計，必殺岳飛
而甘心？無非是為了報前世的殺身之仇。為何岳飛入獄時要召來張憲、岳雲
同死？因為他二人本是雷部將吏，該隨著大鵬歷劫圓滿升天。如此，則小說
中岳飛看似愚忠的作為，原來全是受到天命所限之故；而岳飛一代英雄的偉
烈戰功，亦不過是「盡人事、聽天命」罷了。所以，作者最後以「證因果大
鵬歸位」為回目作結，小說寫岳飛魂魄回到西天時：

> 佛爺道：「善哉！善哉！大鵬久證菩提，忽生瞋念；以致墮落塵凡，
> 受諸苦惱。今試回頭，英雄何在！」岳飛聽了，忽然驚悟，隨佛前
> 打介稽首；就地一滾，變作一隻大鵬金翅鳥，閛的一聲，飛上佛頂。
> （第 80 回）

作者運用謫仙結構，將岳飛的一生戰功和千古冤案，全歸諸天命、因果。因
此，小說中的岳飛所體現的是「贖罪意義」：當他歷劫救劫後，即是功德圓滿，
又將回歸仙界，這整個過程是「超越的我」的完成。〔註75〕於是，作者在演

　　已載有岳飛出生時，「未彌月，河決內黃，水暴至」。同時，受到明代中葉以
　　後許遜故事盛行的影響，因而將兩者加以聯想附會，虛構出這段蛟精作怪的
　　故事。而此虛構，有意無意間亦對秦檜的出身，形成「惡質血統」的諷刺。
　　關於許遜故事在明代的流傳，可參李豐楙〈鄧志謨《鐵樹記》研究〉《許遜與
　　薩守堅——鄧志謨道教小說研究》（台北：臺灣學生書局，1997 年 3 月）。

〔註75〕　李豐楙指出：「從道教末世學的劫運論考察，則謫仙者以解救者的身分在歷劫救
　　　　劫後，他本身又將回到彼界，以功德圓滿的自我重新回到清淨的仙界，這是『超
　　　　越的我』的完成。」見《許遜與薩守堅——鄧志謨道教小說研究》，頁348。

述岳飛的英雄歷程後，竟然在故事結束前，以高角度的全知觀點道破：「英雄何在！」這使得讀者的心情，在隨著岳飛一生的英雄歷程，而不斷高低起伏時，突然被潑下一盆冷水，因而得以清醒而冷靜地看待歷史、看待自己的人生。

而其他下凡星官，作者藉玉旨宣判：牛皋乃趙雲壇坐下黑虎，仍著趙公明收回。〔註76〕赤鬚龍雖奉玉旨下凡，卻私汙王氏，犯淫亂之罪，故罰討鐵鞭、摘去火珠，「著南海龍王敖欽鎖禁丹霞山下，令他潛修返本」。另外，「秦檜諸奸臣等，著冥官分擬輕重，入地獄受罪」（第80回）。於是，小說中一切的人事恩怨、歷史功業，都回歸平常，所有世間紛擾全是夢幻一場。〔註77〕可見，小說中運用如此的天命謫仙，構成一種超越性的宇宙觀，非但幫助作家突破歷史演義的現實格局，同時也使得讀者因此能對現世人生的恩怨情仇，保持一種距離的美感。

若再就最終審判的安排來看，則作者寫赤鬚龍的罪罰，頗具喻意。首先是刻意將其和大鵬鳥構成對比，強調謫譴本是一種修練，只有僅守天命、不違本性，最後才能通過考驗。其次，突出「犯淫亂」之罪甚大，這應是不滿社會淫亂的教化手法。再次，雖然作者因畏於清帝態度，而在全書中對金兀朮頗多譽美（詳論於後），但畢竟作者是漢人身分，而金兀朮總是來犯的異族，在「華夷之辨」的傳統觀念下，又怎能讓他有好下場呢？於是作者巧妙地運用前述對比、教化等手法，以發洩自己以及讀者們對異族不滿的情緒。

另外，既寫秦檜、王氏和万俟卨極力害死岳飛，乃是為報前世之仇；而岳飛甘心就戮亦因體現天命，為求了卻前因。如此，則秦檜等人害死岳飛，應是「因果報應」的完成，那為何在最終審判時，仍得再入地獄受罪呢？此不合理處，固然是作者在敘事表層上欠缺嚴密所致。然而，卻頗符合深層的文化心理：首先，他們並非被謫譴的仙類，而是未得道的妖精，更是天上、人間秩序的破壞者（蛟精泛洪濤、女士蝠放屁）。正因他們的出現和作為，皆

〔註76〕《說岳全傳》作者在建構天命謫仙關係網時，並未說明牛皋何以下凡，同時寫牛皋死後也不經功過審判，即歸回原位，如此可能是作者敘事安排的疏漏處。然張火慶卻認為和這其福將性格的塑造相關，故牛皋轉世下凡，是為了替整個故事做「畢竟成空」、「英雄何在」的見證。參見《說岳全傳研究》第五章，頁207。

〔註77〕《說岳全傳》第80回寫完下凡星官封罰後，即引《金剛經》四句偈作結：「一切有為法，如夢幻泡影，如露亦如電，應作如是觀。」

有礙於常理、常道。而在維持「常態」的文化心理下，註定他們必不能有好的下場。〔註 78〕故作者開頭即賦予秦檜等人妖精的惡劣出身，實有利於結尾的唾棄、懲罰。其次，作者在敘述中強調「秦檜諸奸臣等」，實有意彰顯「恨奸心理」，故於末尾引詩，尚有「萬古共稱秦檜惡」、「奸佞立朝千古恨」等句。可見，在傳統報應觀念下，務使奸臣受到惡報，是作者、讀者共同而普遍的要求。而從此善惡必報的規律中，亦見必須維持「常態」的文化心理。

（二）因果報應的情節

《說岳全傳》中的因果報應可分成兩大類：一是傳統鬼神情節的繼承，二是強調人力報復的發展。就岳飛故事的流傳來看，其間因果報應的演變，形成「靠鬼神→靠明君→靠自己」的發展，而其情感意蘊亦由特定的「岳飛冤死悲情」擴大為更普遍的「恨奸情緒」。

1、傳統鬼神情節的繼承

在鬼神報應方面，前代流行的情節單元有「瘋僧戲秦」、「何立入冥」、「胡迪罵閻」和「哭訴潮神廟」等，《說岳全傳》對此四段全數採用，敘事內容大體同於前代故事，而在單元主題上則略有不同，主要是特別凸顯對奸臣的痛恨。以下分述之：

（1）「哭訴潮神廟」

第 69 回〈憤冤情哭訴潮神廟〉。此情節首出於《大宋中興通俗演義》，寫王能、李直至潮神廟訴冤，廟神伍子胥感同身受，上奏於天後，即令岳飛顯靈嚇奸，事後王、李二人未再出現。《說岳全傳》據此大加發揮，先將「隗順埋屍」情節，改編成王、李二人因不忍岳飛冤死，故施棺埋於螺獅殼內。再寫兩人從此「身穿孝服，口吃長齋」到各廟祈求報應，然過了兩、三年皆未見報應，兩人惱恨下改成逢廟必打、遇神就罵，最後怒毀潮神廟。伍神回廟後氣憤狂生「不知果報，毀辱神明」，於是上奏於天，後查明是因岳飛冤屈未雪所引起的民怒，於是命岳飛陰魂去顯靈。當時秦檜正草擬奏章，欲再繼續

〔註 78〕在中國的精怪傳說中，精怪皆不免淪於被打殺的厄運。李豐楙認為此共同的敘事結構，是中國人「常與非常」民族文化心理的反映。詳參〈正常與非常：生產、變化說的結構性意義——試論干寶《搜神記》的變化思想〉《第二屆魏晉南北朝文學與思想研討會論文集》（台南：成功大學中文系，1984 年）；〈六朝精怪變化傳說的結構分析〉《六朝隋唐文學研討會論文集》（嘉義：中正大學中文所，1994 年）。

陷害韓世忠等人,岳飛見後大怒,一鎚打下,秦檜被打倒後,見是岳飛陰魂,嚇得昏迷不醒。〔註 79〕後來岳飛沈冤昭雪了,王、李二人才脫去孝服,出家後得道坐化。《說岳全傳》非但擴大此情節單元的內容,而且明顯將主題由單純的因果報應,改成強烈的恨奸情緒。

（2）「瘋僧戲秦」

第 70 回〈靈隱寺進香瘋僧遊戲〉,敘事內容多循《精忠記》所演,主要是將瘋僧的八句藏頭詩,由隱喻諷刺改為明顯斥奸,詩云:「久聞丞相有良規,占立朝綱人主危;都緣長舌私金虜,堂前燕子永難歸;閉戶但謀傾宋室,塞斷忠言國祚灰;賢遇千載憑公論,路上行人口似非。」此詩以「人主危、傾宋室」直斥秦檜專權誤國,並將害死岳飛的罪責,指向乃因王氏私通兀朮。如此改編,應是為了符合小說整體的敘事。

（3）「何立入冥」

第 71 回〈東南山何立見佛〉,主要是增加地獄慘狀的描述,並強調何立入冥後還能回陽,全因其具有孝順的美德。後來何立回到相府,秦檜竟主動告知:「瘋僧之事,我已盡知。」何立即辭職,回家侍奉母親享完天年,再偕妻共同出家修道。在所有岳飛故事中,《說岳全傳》寫「何立入冥」最為詳備,而其主題逐漸由見證善惡必報,轉向宣揚孝道。

（4）「胡迪罵閻」

第 73 回〈胡夢蝶醉後吟詩遊地獄〉,內容幾乎是由《國色天香》中的《續東窗事犯傳》抄來,然為了配合謫仙結構,增加一段岳飛、兀朮、秦檜在地獄三曹對案。其中寫岳飛、金兀朮到地府時:「閻王下殿迎接,接到殿上行禮」;而秦檜則是「披枷帶鎖,跪在殿前」。透過如此描寫,更可見作者對奸臣的痛恨。

整體來看,《說岳全傳》敘寫此四段情節單元,大都是依循前代的內容,稍加增改,在「善惡到頭皆有報」的傳統主題上,更加強調出「忠、奸」是善惡果報的判準。因此,儘管這些情節單元是由岳飛「冤死」的悲情所引出,但故事發展到清代的《說岳全傳》時,其中除因果教化的意圖強烈外,更可見作者所發出的「恨奸情緒」。同時,作者將此四段情節全數採用,構成天上、人間、地獄三界,皆對岳飛的冤死發出不平,由此可證:岳飛「盡忠報國」的精神,所感召、所影響的層面有多大!而中下階層民眾期待善惡必報的心

〔註79〕《說岳全傳》描寫此一情節,應是受到南宋傳說「秦檜死報」的影響（原出《程史》卷十二）。詳參本論文第二章第三節。

態，又是多麼強烈！

2、強調人力報復的發展

前代故事寫岳飛平反時，皆是詳演朝廷表忠，而略言奸佞伏誅。《說岳全傳》則更加發揮，特意突出「善對惡的報復」情節。同時，岳飛故事中舊有的鬼神報應情節，一來流傳已久，新鮮感不在；二來民眾對應自己的處境，看社會生活中依然是善惡不分，於是覺悟閻王「善惡必報」的說法，終究不過是不切實際的「鬼話連篇」。於是他們要求能得到現世的宣洩，只有奸臣伏誅、絕嗣，才能使他們獲得心理的快慰。而執行此報復行動的是「滑稽英雄」牛皋和一群「英雄後代」（此名號於後詳論）。

牛皋和岳飛同輩，故他所報復的對象是曾冤害岳飛的奸佞。當岳飛死後，金人再度來犯，新君孝宗徵召牛皋抗金，為使其心服，乃授權審奸。作者寫協審的周三畏將奸佞一一問明服罪，而牛皋則又氣又不耐煩地只管大喝：「不必問他，先打四十嘴吧」、「這樣狗官，問他做什麼？」（第74回）結果秦熺、万俟卨、羅汝楫和張俊等奸臣，自然全被斬首。〔註80〕此外，牛皋更將已死的秦檜夫婦，破墓開棺、梟首戮屍。可見牛皋對奸臣的報復行動，全是衝著岳飛冤死的悲情而發。

牛皋的懲奸雖富有報復意味，然大抵上還是依法、依律而行。相對的，英雄後代則顯得隨興任意，而且對象是奸臣的後代。如英雄後代打擂台時，張俊之子既被台上的岳霆公平擊敗，復被台下的伍連刻意踹死；另戚方二子則被砍殺得落荒而逃（第69回）；此外，更讓王橫子王彪，將眾奸臣的子女媳婦全數剖出心肝、砍下首級，大祭岳飛和其父（第75回）。作者寫英雄後代的報復行動，皆以私刑、非法的殘暴手斷行之，而且事後全未因此受責。如此，可見作者強烈的創作意圖：希望所有的奸佞永遠消滅，然又體認到現實的不可能，於是這般安排，聊備父債子還（奸臣）、父冤子申（忠臣）。這

〔註80〕《說岳全傳》寫張俊較特殊，先寫其附從張邦昌，三番二次協同害岳飛，而後黑蠻龍興兵替岳家報仇，他則親附秦檜抗之。作者雖然沒有寫他參與岳飛冤獄的史實，然卻將他的形象定位在陷害岳飛上，如「戚方刺飛」，事敗後岳飛逐其投靠張俊；而張俊之子又向戚方兒子拜師學武。如此，透過「物以類聚」的影射，藉戚方來點明張俊的罪責，故有張俊子孫遭到滅絕的報復敘事。同時，作者對張俊頗為唾棄，故當牛皋欲將之斬首時，卻有群眾吶喊不已，因張俊在臨安「姦人婦女、占人田產」，許多受冤之人想要報仇。結果張俊竟被眾冤家一口一口活活咬死，死後再被斬首。（第75回）

種極端的「因果報應」，正和前述「奸佞絕後」的民間傳說形成呼應。而安排如此情節的用意，已經不再局限於對岳飛冤死悲情的彌補，而是透過岳飛的冤死，發洩群眾更普遍、更深刻的「恨奸情緒」。

另一方面，作者卻又宣揚「以德報怨」的教化。如第66回「柴娘娘恩義待仇」，開首引詩云：「不念舊惡怨自希，福有根源禍有基；能移怨恨爲恩德，千古賢名柴桂妻。」作者隨即述說一段果報故事，再下評論云：

> 那「冤仇」兩字，只可解不可結。此回書中，柴娘娘不報殺夫之仇，
> 反將恩義結識岳夫人，眞乃千古女中之丈夫也！

岳飛冤死後，岳家一門流放雲南，秦檜逐即煽動柴王報父仇，意欲使忠良滅種。然柴娘娘得知後，即說明當年老柴王意圖叛國在先，雖遭岳飛刺死，然岳飛盡忠報國於後，故告誡云：「不可聽信奸臣言語，恩將仇報！」柴王遂捨棄報仇念頭，母子更以德報怨，親自護送岳飛家人到雲南。〔註81〕

總之，作者一方面快意情仇地寫牛皋和二代英雄的報復行動，一方面卻又肯定柴娘娘恩義待仇的美德。如此，雖形成敘事表層的相互矛盾，然從中卻透露出作者的倫理抉擇。因爲其力主報復的對象是「奸臣」；不念舊惡的對象是「忠良」。面對「忠善／奸惡」的對立，作者堅持美善的倫理抉擇，故要寫忠興奸除。這是歷代岳飛故事中，所有因果報應情節的共同意旨所在。

二、「英雄傳奇」對傳奇英雄的塑造

《說岳全傳》是一部講岳飛故事的「英雄傳奇」。〔註82〕就其敘事結構來看，小說中的英雄類型有三：除「主要英雄」岳飛外，尚有「滑稽英雄」牛皋，以及一群「英雄後代」。此三類英雄在小說敘事中，雖各自代表三種不同的行動意涵，然是以岳飛爲整體的精神中心，彼此間形成一種互補關係。

〔註81〕〔宋〕岳珂《金佗稡編》卷九〈諸子遺事〉中有載：岳霖將往湖北任官，百姓因感念岳飛冤死而哭迎，其中「有一嫗哭尤哀，曰：相公今不復北來矣！家人念之者，呼而遺之食，問其夫何在？嫗舍食哭曰：不善爲人，爲相公所斬矣！」（台北：臺灣商務印書館，1983年），頁392。此記事中以老嫗之夫曾爲岳飛部屬，後因犯軍紀遭斬，然她非但不怨責，反而深明大義、感懷不已。錢彩創作柴娘娘「以德報怨」的情節，或有可能受此記事的啓發。

〔註82〕「英雄傳奇」是以講述古代英雄業績爲主，它不像歷史演義那樣以一個朝代的歷史爲敘事線索，而是圍繞一個人的一生經歷展示他的種種傳奇行爲。參見寧宗一《小說類型學》（合肥：安徽教育出版社，1995年12月），頁468。

（一）「主要英雄」之英雄歷程

《說岳全傳》塑造岳飛最大的特色，就是寫盡他的一生三世。將岳飛的生命，以一種規律性的發展歷程來呈現，從而透顯出他的英雄形象，和不可取代的英雄地位。此「英雄歷程」就小說中的敘事來看，可分成七個階段，即：「成型→待勢→竄起→顛峰→頓挫→再起→悲歌」。以下分述之：

1、「英雄成型」（第 1 回到第 14 回）

小說一開始先寫岳飛的神奇出生和逃洪水，再寫岳飛從小即具不容侵犯的性格，曾以寡敵眾將一群惡意欺負的鄰童打跑。此為其日後維護民族尊嚴，堅決抗金的性格做出伏筆。後在岳母調教下，岳飛勤奮好學，得到水滸英雄的名師「周侗」賞識，〔註 83〕收為義子盡授文韜武略、更傳承忠義精神。如此，在天性、母教、師誨下，岳飛已俱備「英雄內涵」。而後，寫岳飛得神槍、寶劍、戰馬，義結王貴、牛皋等。如此，「英雄配件」也俱足了。而後在「槍挑小梁王」情節單元中，先寫老英雄宗澤對岳飛的賞識，再寫岳飛剛直不阿，具有護衛國家的「英雄精神」。故將《奪秋魁》中，志在為國舉才以抗金兵的小梁王柴桂，改寫成串通匪寇、賄賂考官，欲奪武狀元以謀反的叛國者。更寫柴桂因見岳飛英勇，屢屢威脅利誘之，然岳飛不懼權勢，比武時仍將其一槍挑死。至此，英雄的內涵、配件、精神，岳飛皆已俱全，故稱「英雄成型」。

從此，岳飛以英雄揚名，為其日後的建功立業鋪下道路，但同時也為其悲劇命運埋下種子。因為其忠貞、剛直的性格已得罪朝廷奸權。柴桂死，本立有生死狀，然奸相張邦昌卻怒而欲斬岳飛。經宗澤抗議、牛皋造反，終得逃出。後岳飛助宗澤平亂有功，雖荐之朝廷，卻遭奸相阻抑。如此，岳飛空有忠心卻難敵奸權，功名路斷只好回鄉等待時勢。小說寫英雄一出場，即遭奸權百般阻扼，可見英雄路上最大的風波，正是「忠奸抗爭」。

2、「英雄待勢」（第 15 回到第 22 回）

第 15 回開始，極寫金兵入寇橫掃中原，忠臣紛紛死節，而張邦昌竟暗自

〔註 83〕小說中的「周侗」即正史上的「周同」。《宋史·岳飛傳》載：「（岳飛）學射於周同，盡其術，能左右射。同死，朔望設祭於其家。父義之，曰：『汝為時用，其徇國死義乎？』」另在《大宋中興通俗演義》卷一中，寫岳飛對周同別具深情之因，除感激其知遇之恩外，主要還是敬重其射術勝於他人。可見，周同應只是岳飛的學射師。然《說岳全傳》卻據此而將其虛構為水滸英雄林沖、盧俊義之師，後再成為岳飛的義父。

降金謀傾社稷，致使二帝被擄、北宋滅亡。作者通過外族入侵的歷史敘事，又從中凸顯宋朝的君昏臣奸，如此形成錯綜複雜的時代環境。在「時勢造英雄」下，爲日後岳飛的抗金行動，提供了一個廣闊的社會歷史背景。另一方面，岳飛等回鄉後，遭逢旱荒。王貴、牛皋遂占山爲寇，岳飛規勸不聽，竟劃地絕交。同時，巨寇楊么慕岳飛英名，欲重金禮聘，然岳飛以忠於大宋爲志，嚴詞拒絕。如此，皆見岳飛安貧守志，更視「義」爲「忠」的附屬，故其性格是眞正的「精忠」。而岳母亦嘉許說：

> 做娘的知你不受叛賊之聘，甘守清貧，不貪濁富，是極好的。但恐我死之後，又有那些不法之徒前來勾引，倘我兒一時失志，做出些不法之事，豈不把半世清名喪於一旦？……但願你做個忠臣，我做娘的死後，那些來來往往的人，道：「好個安人，教子成名，盡忠報國，百世流芳！」我就含笑九泉矣。（第22回）

岳飛本以「身體髮膚受之父母，不敢毀傷」爲由，要求免刺字。然岳母反問一旦落入官司，豈能如此說法？於是在岳飛背上刺「精忠報國」。此「岳飛刺背」是岳飛故事中重要的情節單元，然敘寫重點多在烘托岳飛「忠」的形象，《說岳全傳》則藉此更塑造出明理慈愛的岳母。如描繪刺字時：

> （岳母）將繡花針擎在手中，在他背上一刺，只見岳飛的肉一聳，安人道：「我兒痛麼？」岳飛道：「母親刺也不曾刺，怎麼問孩兒痛不痛？」安人流淚道：「我兒！你恐怕做娘的手軟，故說不痛。」就咬著牙根而刺……。（第22回）

如此母子連心的感人畫面，既深刻岳母賢德的形象，更凸顯岳飛的「移孝作忠、忠孝兩全」。正因如此，岳飛故事中「岳飛刺背」的情節單元，在明代即有許多不同的敘事，然日後獨以此「岳母刺字」最爲盛行。

3、「英雄竄起」（第23回到第27回）

二帝被擄，是民族極大的恥辱。以岳飛的性格而言，自是深受刺激，然因忠心不敵奸權，只能既怒且怨。直到宋高宗即位，方得保荐。當宋高宗初見岳飛時，即出示金兀朮兄弟畫像，囑其「倘若相逢，不可放過」。如此賞識倚重，使岳飛深感幸遇明主，終於可以大展抱負，滿足建功立業的熱誠。而日後岳飛對宋高宗的所謂「愚忠」，和此時「士爲知己者用」的感懷精神不能說毫無關係。

岳飛總算開始屬於英雄的征戰事業。小說中刻意描寫並誇張許多重要的

戰役，以強調岳飛這位英雄的神勇與謀略。〔註84〕先是「青龍山大戰」，岳飛
以八百大破金兵十萬，如此既見其傑出的帶兵才能，更突出英雄「知其不可
而爲之」的抗爭精神。因此在「愛華山大戰」時，作者描繪金兀朮眼中的岳
飛：

> 但見帥旗飄揚，一將當先：頭戴閃金盔，身披銀葉甲，内襯白羅袍，
> 坐下白銀龍，手執瀝泉槍；身長白臉，三綹微鬚；膀闊腰圍，十分
> 威武。馬前站的是張保，手執渾鐵棍；馬後跟的是王橫，拿著熟銅
> 棍。威風凜凜，殺氣騰騰。（第 27 回）

如此的英雄形象，自然又得到空前的勝利，此戰金兀朮還差點被擒。而宋高
宗遂封岳飛爲五省大元帥。如前述，小說是以「忠奸抗爭」爲規律。故此時
英雄能夠竄起，「忠盛奸衰」是一大原因。作者寫暗自降金的張邦昌，竟騙得
「傳國玉璽」進獻宋高宗，再任相國。這奸臣一面以美女迷誘宋高宗荒淫酒
色，一面僞詔岳飛回京誣罪欲斬。幸賴内有忠臣李綱施計；外有牛皋興兵圍
城；而岳飛同時揭示背上刺字。如此，高宗方悟受到蒙蔽，而逐奸封忠。如
此，岳飛方無後顧之憂，得以大破金兵。

　　4、「英雄顛峰」（第 28 回到第 45 回）

　　此階段可分爲二：自第 28 回「岳元帥調兵剿寇」開始，英雄主要戰功在
安内；第 36 回「金兀朮五路進兵」至第 45 回「掘通老鸛河兀朮逃生」，英雄
主要戰功在攘外。透過安内攘外的戰功，使岳飛的英雄事業達到顛峰。

　　在安内剿寇的過程中，岳飛深明大義、慕賢若渴、團結大批朝野豪傑，
形成一支所向無敵的「岳家軍」。在攘外抗金過程中，透過「牛頭山大戰」、「高
寵挑華車」等情節，極寫岳飛的軍事才能和岳家將的英勇抗金。其中戰爭固
然精彩，然最大快人心的是張昌邦、王鐸等賣國奸臣，竟被金兀朮當做豬羊
宰了祭帥旗（第 39 回）。如此，再次印證小說中「奸亡忠興」的抗爭規律。

　　5、「英雄頓挫」（第 45 回到第 46 回）

　　金兀朮敗逃回國後，百思不得其解：爲何初入中原勢如破竹，一遇岳飛卻

〔註84〕小說中如此的敘事手法，正如夏志清所說：「在一本戰爭小說中，主角一旦嶄
　　　　露頭角，故事總趨於落入俗套，因爲他的生涯現在已大部分和軍事行動分不
　　　　開了。既以縷述他在軍事上的豐功偉業自命，有一個戰役，著書的人就得添
　　　　入它的細節，這些細節在歷史和傳說中不是語焉不詳，就是全付闕如。他得
　　　　發明每一場戰爭的情況，但他的發明通常露出沿襲的痕跡。」〈戰爭小說初論〉
　　　　《愛情・社會・小說》（台北：純文學出版社，1981 年 12 月），頁 110。

全師盡喪？軍師哈迷蚩一語點破云：「狼主動不動只喜的是忠臣，惱的是奸臣，將邦昌等殺了，如何搶得中原？」（第 45 回）於是建議金兀朮恩養秦檜。爲何挑秦檜？作者寫道：因爲當年被虜到金邦的宋臣都已死節，唯獨秦檜夫婦無恥偷生。後金兀朮更爲王氏美色所惑，遂加以私通。如此恩養一載有餘，秦檜發誓要「把宋朝天下送與狼主」，金兀朮乃「大排筵宴餞行」。另一方面，金兵敗逃使南宋得到暫時安定。此時，宋高宗貪圖享樂，執意偏安，主戰的李綱、岳飛反對無效，皆解職還鄉。而秦檜回宋後，宋高宗竟喜而封官。正因宋高宗退忠臣、進奸雄，使英雄從顛峰頓挫，故作者不禁引詩云：「高宗素志在偷安，奸佞紛紛序列班；從此山河成破綻，蒙塵二帝不能還。」（第 46 回）

6、「英雄再起」（第 47 回到第 58 回）

宋高宗偏安，導致眾寇作亂，倉惶無措下藉「御賜精忠旗」再召岳飛平亂。〔註85〕聖旨到時，眾人不就。岳飛則說：

> 你我已食過君祿；況爲人在世，須要烈烈轟轟，做一番事業，顯祖
> 揚名；豈肯老死蓬蒿！我們此去，必要迎還二聖，恢復中原，方遂
> 我一生大願。（第 47 回）

於是英雄再起。然而，當岳飛在外一路殺賊剿寇時，秦檜在內卻一路官封太師，忠奸抗爭之勢再度緊迫。於是當岳飛安內剿寇時，有王氏下毒；攘外抗金時，有「戚方刺飛」。〔註86〕然而，最是艱難時刻，方見英雄豪氣，這期間：楊再興、湯懷轟烈死義；王佐斷臂義勸陸文龍；曹寧明邪正大義滅親。憑此忠烈豪氣，岳家軍對內「平楊么」；〔註87〕對外「大破拐子馬」，終於兵臨朱仙鎮。

〔註85〕明傳奇《精忠記》、《精忠旗》寫「御賜精忠旗」單元，皆安排於岳飛對金作戰的前後，旨在強調岳飛抗金是精忠報國的行爲。《說岳全傳》則在賜旗動機上大加發揮，以宋廷偏安、腐敗無能，遇賊寇作亂時，才由皇后繡「盡忠報國」龍鳳旌旗一對，遣人星夜趕到湯陰。如此實諷刺了宋高宗的現實、虛假。

〔註86〕《說岳全傳》第 48 回寫戚方爲太湖水寇；第 52 回寫戚方因誤殺王佐兒子，被岳飛以軍令重責三十大棍，故懷恨在心，因而兩次以暗箭射殺岳飛，事敗後，岳飛逐他改投張俊，終被牛皋所殺。可見，《說岳全傳》中的「戚方刺飛」的情節，只著意於解釋他放暗箭的理由，整個情節並不如之前《大宋中興通俗演義》、《如是觀》所敘寫之精彩。

〔註87〕《說岳全傳》寫「平楊么」的情節單元，從第 48 回「王佐計設金蘭宴」至第 53 回「岳元帥大破五方陣」，其中非但衍生出許多附帶情節，更加入妖術陣圖等內容，可謂極盡誇張虛構。值得注意的是：作者將此情節緊接著「大破拐子馬」、「奉詔班師」。如此，可見岳家軍雖疲於剿寇，卻仍有能力抗金，而朝廷竟下令班師，豈不充滿諷刺？這是作者藉南宋岳飛事，來反映出對明代亡

7、「英雄悲歌」（第59回到第61回）

「朱仙鎮大捷」是岳飛在《說岳全傳》中的最後一戰，此戰使南宋朝野對於反攻復土、迎回二聖的信心大增，但同時也爲其英雄末路唱起悲歌。在忠奸抗爭的敘事結構下，一旦朝中大權爲奸臣掌握，忠臣的悲劇也就開始上演了。因此，當岳飛欲乘勝追擊，直搗黃龍時，秦檜卻一日連發十二道金牌逼他還朝。如此則使岳飛深陷矛盾衝突：「若不班師回朝，即是違抗聖命，於君不忠；然此刻若是班師，抗金大業即毀於一旦，拋國家安危而不顧，忠又何在？」兩難抉擇下，岳飛終究選擇忠君死節的路。雖然眾將勸阻，岳飛卻說：

> 我母恐我一時失足，將本帥背上刺了「盡忠報國」四個大字，所以一生只圖盡忠。既是朝廷聖旨，那管他奸臣弄權。（第59回）

果然，岳飛回京後即遭逮捕。受審時，岳飛雖照樣揭示背上刺字，然朝中已無像李綱般的忠臣相救。於是，在「忠消奸猖」的時勢下，岳飛冤死風波亭。

（二）「滑稽英雄」對「主要英雄」的作用

戲劇演出時常有插科打諢的安排，目的在於取悅觀眾，同時避免他們太入戲，特別是悲傷的情節，一旦觀眾的情感沈溺其中，反而無法獲得娛樂的效果。通俗小說繼承戲曲的這項特色，亦有滑稽角色。特別是取材於歷史的演義小說，由於史實過於嚴正，主角又常是帝王、英雄等大人物。因此，其滑稽角色的功能，除了插科打諢外，尚可和主要角色構成一種對比效果，特別是在性格方面。如此，這類滑稽角色在故事的敘事結構中，即可成爲英雄中的一種類型，稱爲「滑稽英雄」。

《說岳全傳》中的滑稽角色是牛皋，小說中將其塑造成具有「嗜殺、嗜酒、福運、滑稽」等人格特質，這點前人頗多探討。〔註88〕然過去探討牛皋多從創作角度下手，認爲這滑稽角色的一言一行，都代表著作者的諷諭。如此的看法固然有理，但由於只將探討的範圍局限於滑稽角色本身、作品本身，因而常忽略了整體文學潮流的作用。其實自明代中葉以來，滑稽角色幾爲通俗小說中的必備人物，而且因常被塑造成正義、善良的形象，〔註89〕故最能

　　國的省思。（詳論於本節之「三、《說岳全傳》的主題思想」）。

〔註88〕詳參張火慶《說岳全傳研究》第五章第三節〈丑角牛皋〉；羅書華〈中國傳奇喜劇英雄生成考辨〉《明清小說研究》（1997第3期）。

〔註89〕如《水滸》中的李逵；《說唐》中的程咬金；《楊家將》中的焦贊和孟良；以

引起中下階層讀者的共鳴，甚至將其做爲移情的對象，故讀者們在閱聽過程中，不知不覺即將滑稽角色視爲自己在故事中的化身。因此，這滑稽角色是小說中的必要組成，否則讀者們將在小說中找不到「自己的化身」，或是「自己的代言人」，嚴重的恐怕還會影響到小說的銷售。如此看來，滑稽角色在小說中的作用，決非僅是作者的諷諭而已。

因此，《說岳全傳》塑造的牛皋，其所繼承的是明代中葉以來，通俗小說中所流行的一種敘事類型，而此類型之所以流行，和讀者喜愛、市場暢銷有很密切的關係。因此，牛皋所體現的精神，是那些中下階層讀者的欲求。在這些讀者眼中，牛皋不只是單純的滑稽角色而已，而是滑稽英雄，是一種能夠和主要英雄相輔相成的角色。故和岳飛嚴正的人生態度相比，牛皋始終充滿滑稽趣味，且其抗金動機並無岳飛那種「盡忠報國」的態度，而是單純地「忠於岳大哥」。此信念源自「朋友道義」，〔註 90〕是民間重要的價值觀。因此，在《說岳全傳》中牛皋這滑稽英雄，對岳飛這主要英雄的作用，具體表現在三方面：一爲救厄、發洩、報仇；二爲促使反省「忠」的內涵；三爲完成未竟事業。以下析論之：

1、滑稽英雄為主要英雄救厄、發洩、報仇

此又可由三方面來看：一是針對宋朝權奸和岳家軍中的敗類。在「槍挑小梁王」單元中，奸相欲斬岳飛，牛皋即喊：「先殺了瘟試官。」混亂下岳飛方得逃生（第 12 回）。後奸相欲誣殺岳飛，牛皋即興大兵圍攻京城，嚇得宋高宗不得不還岳飛清白（第 25 回）。王氏在御酒中下毒，幸牛皋機警發覺，岳飛等人方免被毒死（第 50 回）。〔註 91〕「戚方刺飛」使岳飛二度傷重幾死，

及狄青小說中的焦廷貴等。可參蘇義穠《傳統小說中李逵類型人物研究》（政治大學中文所碩士論文，1988 年）。

〔註 90〕作者寫牛皋重道義的形象，還具體集中在其對待高寵的態度上。第 38 回，寫牛皋奉令解軍糧時，途中和高寵三兄弟結義，得其助戰方達成任務。後牛皋冒死至金營下戰書，臨行前不顧自己安危，反而掛心高寵無人照料，而特別請求眾人：「看待這三個兄弟，猶如小弟一般。」第 39 回，寫高寵連挑鐵滑車後捐軀，屍首爲金兵吊起示威，牛皋不顧自身安危匹馬衝入金營，奪得尸首後「大叫一聲，翻身跌落馬下」。眾人將牛皋救回營後，「牛皋大哭不止，連暈幾次」，岳飛只好令湯懷住在牛皋帳下，「早晚勸他不要過於苦楚」。後又寫牛皋祭拜高寵時，「哭個不止，昏昏竟暈倒在墳前」（第 41 回）。

〔註 91〕《說岳全傳》寫牛皋打碎毒酒罈，應是爲英雄雪恨的虛構敘事，因爲史實記載恰好相反：「都統制田師中大會諸將，而統制官牛皋遇毒而歸，……翌日丁卯卒於正寢故。外人唯知皋無病而卒，既而聞其遇毒，或以爲秦檜密令師中

皆賴牛皋以神丹救之。而後牛皋又巧合地殺了戚方（第 52、58 回）。岳飛冤死，牛皋怒而興兵復仇，然因岳飛陰靈不許，使他深感無奈，大哭一場後跳江自盡（第 63 回）。然牛皋福大未死，日後孝宗更授權令其審奸，將曾參與冤害岳飛的奸臣，活著斬首、死的戮屍。（第 74 回）

二是在抗金作戰中，牛皋以其福將運氣護持岳飛。如宋金對峙牛頭山，岳飛深恐糧盡，欲向金營挑戰。然因金兀朮橫暴，稍有不對恐即喪命，故岳飛苦惱無人可任。此時，牛皋自告奮勇前去。由於牛皋表現得體，令高傲的金兀朮十分佩服，事成後他還在金營吃得大醉方歸。如此，原本是恐即喪命的任務，牛皋卻喜劇性地解決了岳飛的困境（第 38 回）。此外，在各場重要戰役中，牛皋雖然武藝不佳，岳飛卻常令其當先鋒，每每靠其福運使岳家軍在戰場上出奇致勝。

三是針對朝廷，特別是宋高宗本人。在小說中，岳飛忠君愛國，而宋高宗卻對其無情無義。因此，牛皋屢屢代替岳飛發洩心中的不滿。如宋高宗寵信苗傅、劉正彥而執意偏安，導致岳飛罷官而去。牛皋即說：「我家元帥，立了多少大功，殺退金兵。那康王全無封賞，反將他黜退閒居，那些無功之人，反在朝中大俸大祿的快活，心中實在不平。」而後苗、劉造反，岳飛遣牛皋救援，事平後高宗欲賜封其為都督，牛皋竟不客氣地說：「你這個皇帝老兒！不聽我大哥之言，致有此禍！本不該來救你，因奉了哥哥之命，故此才來。」說完拒官即去，完全不給宋高宗面子（第 47 回）。當岳飛冤死後，朝廷前來招安，遣使命牛皋排香案接旨，牛皋卻喊道：

> 接你娘的鳥旨！這個昏君，當初在牛頭山的時節，我同岳大哥如何救他，立下這許多的功勞，反聽了奸臣之言，將我岳大哥害了，又把他一門流往雲南。這昏君想是又要來害我們了！（第 74 回）

岳飛冤死使牛皋對宋高宗的強烈不滿達到極點，更因此而看清政治的現實面。故當遣使告知高宗已死、新君已赦岳家，故才來招安時，牛皋即大聲地回說：「大凡做了皇帝，盡是無情無義的。我牛皋不受皇帝的騙，不受招安。」（第 74 回）如此憤激之語，可說全是衝著岳飛冤死而發。

2、滑稽英雄促使主要英雄反省「忠」的思想內涵

《說岳全傳》塑造「精忠岳飛」的形象，是隨著其「英雄歷程」的演變，

毒之，莫不歎惜者。」見〔宋〕徐夢莘《三朝北盟會編》卷二一六（台北：文海出版社，1962 年 9 月），頁 1553。

而反省並調整其「忠」的思想內涵（詳論於後），而不斷促使岳飛反省的，正是牛皋。在小說敘事中，每當岳飛面臨對朝廷的去取抉擇時，牛皋總是以「大逆不道」的激烈言詞勸之。如岳飛報國心切、勇奪秋魁，原本期待因此得以報效朝廷，不料反遭張邦昌迫害。此時牛皋即主張先將奸臣殺了，再擁護岳飛做皇帝。此話一出，岳飛立即斥為胡說。後來眾人談到奸臣當道，牛皋又說：「有日把那朝內奸臣，也是這樣殺殺才好。」（第 12 回）岳飛又立即斥為胡說。當苗、劉叛變時，岳飛要牛皋去救駕，牛皋卻反勸：「不要管他娘什麼閒事。」岳飛即說：

> 賢弟！我豈不知；但是曾已食過君祿，天下皆知我們是朝廷的臣子，
> 如今有難，不去救駕，後人只說我們是不忠不義之人了！（第 46 回）

其後宋廷「御賜精忠旗」，意圖宣召岳飛進剿九龍山。牛皋當場開罵道：

> 我是不去的。那個瘟皇帝，太平無事不用我們；動起刀兵來，就來
> 尋著我們替他去撕殺，他卻在宮裡快活。（第 47 回）

岳飛聽後也只能再以「賢弟休如此說，……你我已經食過君祿」來表態。雖然岳飛亦說「迎還二聖，恢復中原，方遂我一生大願。」但如此做是為了「方不負此世」、「顯祖揚名」。可見岳飛此時的「忠」，只剩盡己的倫理道德。透過牛皋激烈的言辭，使後期的岳飛，更能反省自己過去「忠」的內涵：民族、國家皆不是他一人所能決定的，高宗才是主上；民族英雄能夠自主的，唯有「忠臣」的名節而已。故過去牛皋只要一說反朝廷、殺奸臣，岳飛總是嚴斥「胡說」；而這時牛皋罵的再難聽，岳飛仍以「賢弟」稱之。因為牛皋已使岳飛純淨了忠的信念。故當十二道金牌來時，岳飛一面向眾將強調「一生只圖盡忠」；一面則理智地安排岳雲、張憲回鄉傳教兄弟武藝，張保外任豪梁總兵，帥印交施全、牛皋，並要大軍不動以防疏虞（第 59 回）。岳飛能做的就是這些了，他很清楚那「盡忠報國」的內涵，此時他能自主的僅僅是「保有一世忠名」。因此，當岳飛最後體認到秦檜必致他於死地時，他召來岳雲、張憲同死，以全忠孝之名。

3、滑稽英雄完成主要英雄未竟的事業

「壯志未酬身先死，常使英雄淚滿襟。」十二金牌，打碎岳飛的夢想；一場冤獄，更使得親痛仇快。英雄已死，誰最關心他那未竟的英雄事業呢？當然是通俗小說的讀者。中國的民眾無法接受英雄滅亡的下場，這是身為中國戲曲、小說的作家們必須具備的基本認知。因此，必須有人接著來完成英雄未竟的事業，父喪子興固然合情合理，然而若由滑稽英雄來主持、帶領，

應更能得到讀者的共鳴。畢竟大英雄的後代是小英雄，這種英雄世家對中下階層的讀者而言，還是頗有距離。他們還是較習慣、較喜歡將那個可以大聲說話、大口吃喝的粗人、福將類化成自己。何況滑稽英雄體現的不正是喜感、幽默嗎？故最適合用來做為大團圓的收場。

因此，作者寫岳飛冤死後，牛皋因興兵報仇不成而跳江自盡，但是牛皋未死，這不光是為了證明其福運好而已，主要是要賦予他更重大的責任。在敘事結構上，他必須「活到領導年輕一輩的英雄抗金，並且為恢復岳家應得的一切榮譽說項」。〔註92〕於是，這個不識字的粗人竟奉命審判奸佞，之後更帶領英雄後代上戰場，再重新回到主要英雄遺恨的地點——朱仙鎮，與主要英雄的死對頭在戰場上拚個生死，做個了斷。於是，作者安排牛皋騎在金兀朮背上，「氣死金兀朮，笑殺牛皋」（第 79 回）。〔註93〕滑稽英雄總算完成主要英雄未竟的事業，任務既已完成，他的生命同時也可以告終。這樣的敘事結構，正如書末引詩所云：「因將武穆終身恨，一半牛皋奏大功。」（第 80 回）

（三）「英雄後代」的敘事風格與意涵

《說岳全傳》自第 62 回開始，被稱為「後集」，內容除延續前代岳飛故事因果報應的情節外，同時交叉敘述英雄的下一代出場。而自第 74 回到末尾第 80 回，則集中在英雄後代的敘寫。

對此後集敘事，歷來批評頗多，特別集中於「所載類多失實」。〔註94〕就歷史真實而言，英雄後代的敘事確是子虛烏有，然就岳飛故事的發展來看，這正是明代傳奇《續精忠》演述的內容。若再就明代中葉後盛行的通俗小說來看，類似英雄後代的敘事結構已經有相當的發展、成熟。〔註95〕可見，《說岳全傳》如此敘事，是繼承前代通俗小說慣用的敘事模式，而參酌採用前代流傳岳飛故事之內容。然而，從小說本身的敘事結構，以及岳飛故事的流傳

〔註92〕夏志清〈戰爭小說初論〉，頁 125。

〔註93〕《宋史・牛皋傳》寫牛皋遺言曰：「所恨南北通和，不以馬革裹屍，顧死牖下耳。」因此小說中安排牛皋在戰場上大笑而死，實有為英雄補恨之意。

〔註94〕如錢靜芳所說：「岳傳一書，『前集』多係實事，惟前後顛倒，頗以為憾。『後集』因為岳飛為秦檜所誅，作者感憤，欲為平反，故所載類多失實。」《小說叢考》（台北：長安出版社，1979 年 10 月），頁 107。

〔註95〕夏志清觀察明清間有關唐宋的通俗小說後，指出：「戰爭小說家有一信條，他們的英雄可以慘死，但他們的子孫後裔會將英雄的火種綿延下去，隨時東山再起，濟國家於艱難之際。」〈戰爭小說初論〉，頁 117。

來看，又可見作者寫此「英雄後代」，實處處扣緊「主要英雄」岳飛。以下即由兩者的敘事比較來看：

1、相同處在於「英雄精神」和「忠奸抗爭」

《說岳全傳》寫第 61 回〈風波亭父子歸神〉後，緊接著是第 62 回「韓家莊岳雷逢義友」。可見其對英雄後代的塑造，是緊接著岳飛冤死，奸佞猖狂的時勢。先寫英雄後代的逃難、崛起，再寫他們聚義、復仇，終以繼承父志為圓滿完結。而連結、貫穿此一脈絡的，正是岳飛的「英雄精神」。逃難是為了保續此精神，聚義的內發情感亦由於此，最後奉詔禦敵同樣是為了再度發揚岳飛精神。唯有如此，這些英雄子弟，方配稱之為「英雄後代」。可見，英雄的軀體可滅亡，然其精神不容間斷。

因此，作者敘述英雄後代的崛起過程和其前輩英雄頗多類似：表面上，他們照樣以「義氣」論交，然其實是同受岳飛「精忠」精神的感召；他們要建功立業，以達「英雄顛峰」，照樣得等到朝中奸臣除盡，而外患日逼時才有機會。作者在「後集」中運用和「前集」相似的敘事結構，使得後集故事在全書中發揮一種類似「歷史再現」的效果，進而使整部小說的敘事重複，構成「週旋現象」。此現象不僅是中國長編通俗小說的特色，〔註96〕同時更顯示出民間慣常以「忠奸抗爭」來解讀英雄的歷史命運。

2、相異處在於處世的態度

《說岳全傳》第 62 回的開場詩，既對前代英雄的命運作出理會，也為英雄後代的出場做出宣告。詩云：

> 秋月春風似水流，等閒白了少年頭；功名富貴今何在，好漢英雄共一坵。對酒當歌須慷慨，逢場作樂任優遊；紅塵滾滾迷車馬，且向樽前一醉休。

這首詩頗有意思，作者寫岳飛父子冤死後，再以「富貴何在、英雄一坵」做為高視角的觀照。如此心得見解，是作者的，也是讀者的，更是民間的思維。讀者在感受到前集歷史殘酷、英雄淒涼的人生，於是激發出一種期待心理，希望未來會更好。於是，作者就將英雄後代塑造成「理想英雄」。換句話說，因為前代英雄做人太善良、做事太嚴肅，而下場竟然是如此地淒慘；那麼，後代英雄的為人處事也就不必太認真了。因此作者將英雄後代塑造成自由任

〔註96〕浦安迪〈談中國長篇小說的結構問題〉《中國古典文學比較研究》（台北：黎明文化公司，1977 年 10 月），頁258。

性，不必有太重的責任，甚至可以強搶婦女、逼誘成親。〔註97〕而敘寫英雄後代在對金作戰時，也多用妖術法寶來取代列陣交鋒、用仙妖鬥法速戰速決來取代主將對打三百回合。〔註98〕這一切都顯的太輕鬆、太順利了，雖然有礙小說的藝術價值，然卻可滿足眾多讀者心中的理想。同時，更使讀者在閱聽岳飛故事時，能有一種緊張後的鬆弛，將悲情轉化為愉悅。

　　由以上可知：在作者賦予英雄後代的任務中，抗金是順便的、是時勢所趨、是可以水到渠成的。重要的是對前代英雄的沉冤進行昭雪，對壞事做盡的奸佞進行復仇，如此方能大快人心。此正如第 75 回引詩云：「恩仇已了慰雙親，領兵受符寵渥新；克建大勳同掃北，行看功業畫麒麟。」只有先為父輩英雄申冤，英雄後代才可建功，如此方能符合「忠奸抗爭」的英雄歷程。因此，作者安排英雄後代痛宰奸佞後代，如此血腥的敘事，並非僅僅為了懲惡揚善的說教，而是要讓讀者在心理上獲取壓抑後的愉悅；同時證明只有在「君明、臣賢、奸除」的局勢下，英雄事業才能進展到顛峰。這是古代社會中士民的共同理想，更是通俗文學家採用「忠奸抗爭」以詮釋英雄命運的旨趣。更何況故事已到結尾，為滿足「大團圓」收場的觀眾心理，於是作者就安排奸佞滅絕，讓忠良從此過者幸福快樂的日子，畫個「萬世太平」的大餅，來滿足群眾那深切期盼，卻又遙不可及的理想。

小　結

　　《說岳全傳》之所以成為岳飛故事的最後定型，其中一個很重要的因素

〔註97〕《說岳全傳》中寫英雄後代強搶婦女成婚共有四起：韓起龍與巴秀琳、韓起鳳與王素娟（第 67 回）；牛通與石鸞英（第 68 回）；伍連與完顏瑞仙（第 69 回）。此和父輩英雄相比，最明顯的是牛皋和牛通父子的比較，牛通在戰場上一見敵方女將美貌，即認定「這是我的夫人來了」，後即設計將其搶來完婚。而第 32 回，寫牛皋奉令救藕塘關，爛醉出戰下，竟因嘔吐而殺了番將，總兵金節見他是福將，片面作主欲將自己的妻妹嫁給牛皋，婚宴當天，事先不知情的牛皋還以為是金節請他吃喜酒，當得知新郎竟是自己時，這位粗魯、高傲的牛皋「一張臉嘴，脹得像豬肝一般。急得沒法，往外就跑」，後經岳飛命令，方才成此姻緣。

〔註98〕如第 68 回，石鸞英的石元寶、石如意；第 76、78 回，普風國師的混元珠、駝龍陣、黑風珠；第 79 回，西雲小妹的陰陽二彈、白龍帶；烏靈聖母的魚麟軍、鐵嘴火鴉、烏龍陣等。這些法寶妖術威力強大，非傳統的作戰方式能相抗，故小說中安排兩場仙妖鬥法，以鮑方老祖擊死普風國師（第 78 回）；施岑收伏烏靈老母（第 79 回）。

是能夠充分體現出岳飛的英雄精神。然其在塑造岳飛成爲傳奇英雄時，並非只就岳飛這「主要英雄」發揮，而是再塑造「滑稽英雄」、「英雄後代」來共同烘托，構成一幅密切相關的英雄畫卷。就其中所展現出來的英雄氣質，加以比較來看：「主要英雄」代表較多的「理智」；「滑稽英雄」呈現較多的「情感」；「英雄後代」則是充滿了「理想」。此三類英雄在小說中雖各有不同的敘事，然就讀者（閱聽者）而言實爲一體三面。因爲讀者在接受故事的過程中，透過其中不同英雄的不同風格，而在心中進行「理智和情感互補、理智和理想調和、情感和理想結合」。正因《說岳全傳》在塑造英雄時，能同時滿足讀者各方面的心理需求，故能深受喜愛而廣爲流行。

三、《說岳全傳》的主題思想

《說岳全傳》的主題思想，可由其敘事結構和創作時代交互來看。小說中寫岳飛抗金勢如破竹，眞正形成對抗、阻撓，甚至毀滅英雄的，卻是來自於自己民族內的君昏臣奸。因此，小說在敘事上刻意凸顯「忠奸抗爭」，而曲筆迴避「民族矛盾」的思想。作者之所以如此安排，筆者認爲主要原因有二：

首先是受到清初帝王抑岳政策的影響。如其對金兵的描寫，較之明代的岳飛故事，顯然有所約制，因此較少使用過分醜化和羞辱的用語，甚至對金兀朮不乏譽美之處。〔註99〕而小說中極力塑造岳飛「精忠」的形象，除了是故事一貫的教化意圖外，更是呼應清代朝野對岳飛「精忠」思想的評價。〔註100〕因此小說中的岳飛，其「忠」的思想內涵是有所調整、轉變的。

〔註99〕在《說岳全傳》之前的岳飛故事中，金兀朮雖是必備角色，但其形象並不特別突出，多只作爲一般蠻夷敵將的描寫，即惡形惡狀、凶殘好殺的類型化，雖然這多少展現了作家們華夷之辨的思想，但主要作用還是要相對於故事中岳飛的美善類型。到了異族統治的清代，受到清初帝王文化政策的影響，作家們自然不敢刻意醜化金人來惹怒號稱「後金」的清政權，同時反省到明代滅亡的歷史在於君昏臣奸，於是將二者結合，先將金兀朮「漢化」，寫他酷好南朝人物，最喜南朝衣冠。再寫他每見了宋朝人物，總是先辨忠奸，並處處表現出愛忠恨奸的性格，如此，既不得罪清政權，又能符合民眾的痛奸心理。另如〈金豐·序〉所稱：「若夫兀朮一戰於朱仙，而以武穆敗之；再戰於朱仙，而以岳雷驅之：雖云奔北，而竟以一人兼敵父子之勇，不亦難乎！」此亦是爲了討好滿清政權。

〔註100〕《說岳全傳》雖作於清初，然眞正大爲流行是在嘉慶時解除禁書令以後。而此重新開放刊刻的版本，其思想內容很可能已有所調整。因此，本文論其受到朝野評價的影響，不設定「清初」，而採用廣泛的「清代」。

其次，是藉以表達對明代亡國的省思。如小說寫豪傑落草為寇，全因朝政腐敗、民不聊生所致，故在岳飛對其曉以大義後，皆樂於加入岳家軍，共同抗金以保衛自己的民族。這是對宋廷的諷刺，更是對明末流寇興起的反思。而在抗金作戰中，極寫岳飛領導的岳家軍百戰百勝外，更以「梁夫人擊鼓戰金山、金兀朮敗走黃天蕩」來表現宋朝將領一致抗金破敵的盛況。然由於宋廷君昏臣奸，竟使岳飛抗金不成，反而冤死。同理，明末雖國勢衰弱，但卻不乏足以抗敵致勝的將領，然而他們的遭遇，竟然一個接一個都像是岳飛歷史的翻版，如熊廷弼、袁崇煥，正是沒有死在抗清戰場上，卻死於昏君奸臣之手；而後來矢志抗清的史可法、李定國等，也是處處受到奸臣馬士英、馬吉祥的掣肘。

可見，《說岳全傳》表現出來的主題思想，不僅有宋朝抗金的歷史作依據，更是直接反映了對明朝滅亡的省思。同時，更體現出清代朝野對岳飛的評價。以下，即從「追究昏君的罪責」、「賣國求榮者誅」、「忠的省思與堅持」三點來具體分析其主題思想：

（一）追究昏君的罪責

在《說岳全傳》中，作者從多方面來表達出對昏君的痛恨。如寫徽、欽二帝被俘後遭金主戲謔，既哀其不幸，又怒其昏庸，故說：「這也是他聽信奸臣之語，貶黜忠良之報。」（第 19 回）此後，因以岳飛故事為主，故多集中在批判宋高宗上。如先虛構宋高宗在未登基前，入質金邦，為求貪生竟願作金兀朮的乾兒子（第 19 回）；寫張邦昌欲謀害岳飛，宋高宗就聽荷香的話傳旨將岳飛斬首（第 25 回）；金兵來犯，宗澤請宋高宗進駐汴京以號令四方，宋高宗不從，竟因此急死宗澤（第 36 回）；寫秦檜通金欲殺岳飛，宋高宗即答應和議，並下詔岳飛班師（第 59 回）。除了透過具體事件的敘述外，作者也安排各方代表人物直接進行指斥，如代表反朝廷民軍的楊再興憤然指出：

> 當今皇上，只圖偏安一隅，全無大志，不聽忠言，信任奸邪，將一座錦繡江山，弄得粉碎，豈是有為之君？（第 47 回）

代表化外之人的黑蠻龍起兵為岳飛報仇時說：

> 宋朝將官，曉事的，快把秦檜獻出，萬事全休。稍有遲延，殺進城來，將你們那昏君一齊了命。（第 72 回）

連忠君的岳飛也有怨言：

> 朝廷聽信奸言，希圖苟安一隅，無用兵之志，不知將來如何？（第

59 回）

> 不思二帝埋沒於沙漠，乃縱倖臣弄權於廟廊。（第 60 回，岳飛下獄
> 自招狀）

而代表讀者、下層百姓的滑稽英雄牛皋，更是在整部小說中不斷地以「這個
昏君」、「那個瘟皇帝」破口大罵。代表敵人的金兀朮，每提到宋高宗皆以「昏
君」稱之。甚至連作者自己也忍不住跳出來論斷：「高宗本是個庸主」（第 45
回）、「高宗素志偷安」（第 46 回）、「遺恨高宗不鑑忠」（第 61 回）等。

由此可知：作者對昏君屢屢聽信奸佞之言，卻毫無愛惜忠良的行徑深感
痛惡。因此書中屢屢寫出宋高宗因聽信奸佞之言，而終狼狽逃難的景象；更
運用金兀朮敬愛忠臣，〔註101〕來反諷宋高宗寵信奸佞；運用陸文龍棄金投宋，
〔註102〕來反諷宋高宗認賊作父等。最後更巧妙安排就昏君罪責進行嘲諷性的
蓋棺論定，以岳飛死後，金兀朮再度犯邊，宋高宗得知後大驚，乃問兩班文
武有誰可去退金兵？

> 那時岳爺的忠魂，附在羅汝輯身上，跪了奏道：「臣岳飛願往。」高
> 宗聽了「岳飛」二字，嚇得魂不附體，大叫一聲，跌下龍床，眾大臣
> 連忙扶起，回宮得病，服藥不效，不多幾日，高宗駕崩。（第 74 回）

作者先以岳飛死後宋朝無人可應敵，來諷刺宋高宗自毀長城；再以岳飛「忠
魂顯靈」後，宋高宗竟因此活活嚇死，以見其對岳飛冤死事件的心虛。因此，
《說岳全傳》中對宋高宗不斷地明斥暗諷，此雖是故事流傳發展的必然趨向，
更有作者發洩對明末諸帝昏憒亡國的不滿。

（二）賣國求榮者誅

在前代的岳飛故事中，對奸臣的敘寫，大都只是針對秦檜一人，或是以

〔註101〕如寫金兀朮攻破陸安州時，見陸登慷慨殉國，願意屈膝一拜以表敬意，並將
其夫婦合葬，使過往之人曉得是忠臣節婦之墓（第 16 回）。河間節度使張叔
夜，自知非金兀朮之敵，爲保百姓免受殺戮而詐降，但堅不受爵祿，金兀朮
知眞相後，感其仁心救民，令部下繞城而過，不准侵擾（第 17 回）。李若水
至金營言語無禮，金兀朮知其爲忠臣，反說：「某家倒失敬了。」要軍師好好
款待（第 19 回）；後在中原巧遇李母，雖遭其責打，卻以若水「盡忠而死」
爲由，贈以膳養費，命金兵不許騷擾（第 26 回）。爲了追趕康王，金兀朮砍
死忠勇的老將呼延灼後，尚且自責：「倒是某家的不是了。」（第 36 回）。
〔註102〕陸文龍爲陸登之子，因陸登夫婦殉國時尚在襁褓，金兀朮爲告慰忠良乃加以
撫養長大（第 16 回）。後經王佐斷臂假降金，對陸文龍以說書的方式點破其
身分，勸其不可認賊作父，應歸宋國（第 56 回）。

秦檜爲主的通和集團。如此的敘事容易形成一種印象：以爲秦檜是宋廷中唯一，而且特出的權奸，那麼一旦秦檜及其集團被滅，朝中即無奸佞，天下即告昇平。如此雖可集中凸顯出秦檜的罪責，但相對地便會降低對昏君、時局的鞭撻程度。《說岳全傳》則於此有所發展，其寫奸臣數量最多、爲禍最烈、下場最慘。此固然是因小說本身的敘事模式利於發揮（長篇白話），然最主要還是在於作者對明代亡國的看法：「清兵得以入關直取中原，不正是依靠了吳三桂、洪承疇這些賣國賊嗎？」這樣的歷史省思，正是小說中哈迷蚩提醒金兀朮的：「狼主前日之功，幸虧得宋朝奸臣之力。」（第 45 回）因此，《說岳全傳》在寫秦檜專權之前，已經陸續讓許多奸臣出場，其中大多是賣國求榮者：先敘寫朝廷如何重用他們，而他們在取得權勢後，如何對內擺高姿態欺壓忠良，對外哈腰搖尾討好金邦，他們雖受宋廷奉祿，卻無所不用其極地出賣國家；而昏君雖然屢受奸臣設計而九死一生，然卻又始終寵信他們。如此的敘事模式，強烈地彰顯出奸臣之所以源源不絕，實因有昏君這個源頭，故「昏君奸臣」是緊連著的共同體。

在《說岳全傳》中，除了昏君，所有人對奸臣的行徑都深感不齒，包括其親人和其百般討好的敵人。如張昌邦和王鐸先後軟禁康王，欲向金兵領功，但卻受到自家妻兒的反對，將康王偷偷放走，結果反被金兵抄家（第 36 回）。最後，兩個賣國奸佞還被金兀朮當做豬羊宰殺（第 39 回）。劉豫降金封王，使金兵得以渡過黃河攻宋，又得到金國的珍珠寶篆雲幡之賜，自以爲十分榮耀，然其子卻深以爲恥、自盡抗議（第 26 回）。而劉豫亦無好下場，終爲金兀朮抄家滅族（第 33 回）。曹榮降金封王，反過頭來打擊宋軍，結果其子大義滅親，親手殺之（第 26、56 回）。最可惡的是秦檜夫婦，秦檜甘心事敵、王氏私通金兀朮，夫婦二人合營賣國事業，天怒人怨、鬼神不饒，故兩人皆受盡痛楚而亡，〔註103〕死後非但不得全屍、靈魂猶且沈淪地獄。另外，與秦檜合謀陷害岳飛的宋廷奸佞，如万俟卨、羅汝楫、張俊等，雖未直接涉及賣

〔註103〕秦檜惡報情節主要延續前代故事，先讓其經歷岳飛顯聖、瘋僧戲弄、施全行刺後，再寫奸臣病篤、咬舌自盡。（第 72 回）王氏則增寫當金兵再度來攻時，其看準宋廷無人可以抗敵，故欲先逃到金邦，討得封贈。正盤算時，忽一陣陰風，但見牛頭馬面牽引秦檜而來，「王氏驚得魂飛魄散，索落落抖個不住，冷汗直流。秦檜只說得一聲：『東窗事發了。』那鬼卒便將鐵鏈向王氏背上一擊，王氏只大叫一聲，跌倒在地。」終活活嚇死，死時「但見舌頭拖出二三寸，兩眼爆出」。可見作者將王氏的主要罪行，定罪在投金賣國。（第 74 回）

國求榮事，然由於陷害忠良、危及民族國家，故照樣以斬首收場。

　　過去岳飛故事對奸臣的痛恨，主要是扣緊岳飛「冤死」而發，是較單純的「忠奸抗爭」。《說岳全傳》雖繼承此敘事結構，卻以更廣更深的視角，直指奸臣乃是民族衰敗、國家滅亡的最大禍因。於是，透過忠良、親人、敵人、百姓等共同來鞭撻奸臣的作為，更讓這群賣國奸臣多死於金兀朮之手。可見，作者不但痛恨奸臣，更有意藉以指斥昏君，畢竟這群賣國賊，皆曾是昏君所寵信的佞臣。同時，故事中賣國奸臣的作為和下場，實為明末清初時吳三桂、洪承疇的形象。如吳三桂引清兵入關，雖受封為藩王，下場卻是為清帝下令誅滅滿門；而洪承疇降清後雖享盡榮華，死後卻被清廷史書列入「貳臣傳」，可見他們所投降討好的清帝，對其人格始終是鄙視的。

（三）「忠」的省思與堅持

　　岳飛在《說岳全傳》中是「忠君愛國」的典範，然小說在塑造岳飛「忠」的思想時，卻是隨者其「英雄歷程」的演變，而在思想內涵上有所調整。在英雄的「顛峰」階段以前，其中「槍挑小梁王」、「岳母刺字」等情節，都顯示岳飛盡忠的對象是國家；其中作者著力描寫異族入侵，更動情地寫二帝被虜的國恥，藉以烘托出岳飛建功立業的愛國熱誠。爾後在出師抗金前，作者陸續描寫岳飛雪去國恥的心願，如他常勉勵眾兄弟要「保宋室，迎二聖」；而且通過家人之口，說岳飛天天吃素的情形：

　　　　每到吃飯的時候，家爺朝北站著，眼中淚盈盈說道：「為臣在此受用
　　　　了，未知二位聖上如何？」那有一餐不慟哭流淚！（第24回）

作者塑造岳飛心中的二聖，所代表的「國」而非「君」，故「二聖被虜」代表的是山河淪陷、國家亡於異族的恥辱。同時，因為宋高宗即位後不久，即賦予岳飛抗金重任，使岳飛長久以來維護民族尊嚴的「精忠」思想，終於得以付諸行動。此時岳飛對宋高宗充滿「士為知己者死」的感念，故在收降楊虎、余化龍時，即強調宋高宗能「用賢任能，中興指日可待」。（第30、31回）但是，岳飛「精忠」的對象畢竟是民族尊嚴和國家安危，故其在招降何元慶、楊再興時，皆以「同保宋室江山，迎還二聖」為由，加以勸說（第36、48回）。

　　然而，當宋高宗決定偏安時，岳飛的「精忠」思想隨即產生內涵上的轉變。當時，岳飛力諫留守舊都以「迎還二聖，報中原之恨」，斷然遭到宋高宗拒絕，自此小說中再也沒有寫岳飛有對宋高宗有過任何的好評。可見岳飛先前對宋高宗的感念已經消失，其後對宋高宗盡「忠」的理由，不過是因「食

過君祿」而已。雖然岳飛照喊「迎二聖」，但其「精忠」內涵已經變成純淨的倫理堅持，缺乏實質建功立業的成就內涵。而在身爲忠臣、維護忠名的倫理規範下，岳飛日後的種種「盡忠」行爲，遂紛紛染上愚忠色彩。

　　前代岳飛故事寫岳飛「盡忠近乎愚」的形象，主要是在「奉詔班師」和「召來張憲、岳雲入獄同死」等二段情節。《說岳全傳》爲將岳飛塑造成極忠，除此之外更加虛構發揮，以奉旨回京後，王橫本欲拒捕，岳飛卻以「陷我不忠之名」爲由，喝令不准動手，結果王橫反遭亂刀砍死（第 60 回）；岳飛冤死後，眾將興兵報仇，岳飛竟顯靈阻止，導致余化龍拔劍自刎、何元慶舉鎚自盡、牛皋跳江自殺（第 63 回）；施全欲刺殺秦檜時，岳飛的陰魂竟扯住其雙臂，導致施全行刺不成反遭殺害（第 70 回）。作者在敘事中強調岳飛如此作爲，全是「爲保其一生忠名」。若光由如此的敘事內容來看，岳飛的「忠」豈止是愚忠而已，簡直是愚蠢到了殘忍不仁的地步。而此正是《說岳全傳》所塑造出來的岳飛形象，備受後代評家詬病之處。

　　然而，小說中岳飛的「精忠」到底值不值得呢？作者顯然是肯定並且堅持的。故在後 19 回中，描寫英雄後代聚義的精神號召，是岳飛的一世忠名；而天庭、人間、地獄紛紛爲岳飛申冤，亦因其擁有一生忠名。此外，在全書的謫仙結構中，更因岳飛忠於天命，故大鵬方得歷劫圓滿、回歸天庭。可見，小說中所強調的岳飛精神，正是「盡忠」的名節。一切因岳飛冤死所造成的不公、遺憾，皆因「忠名」而得到補償。如此，岳飛既具有「忠」的理想和堅持，自能因應天命，也就無須遺恨。作者藉由這樣的岳飛故事，表達出民族英雄所體現出來的民族精神，正是一個「忠」字。這樣的觀點既符合「忠奸抗爭」的敘事主題，更能符合清政權對岳飛故事所能容忍的範圍。

第四節　清代流傳的岳飛故事（下）——說唱

　　說唱文學語言多俚俗，內容以符合中下階層民眾的認知和趣味爲主，故能充分展現出民間百姓的心態。關於岳飛故事的說唱文學，主要流傳的時間是在清代中葉以後，然由於說唱作品多爲民間藝人所作，主要是用來表演謀生，加上多是抄本，因此能夠完整保存且流傳下來的不多。以下即就目前常見的岳飛故事說唱作品（作品及收錄詳參附表五），分成幾類來探討：首先是以「胡迪罵閻」、「奉召班師」情節單元爲主的系列，此系列作品包含多種說唱形式，由此

可見民間對岳飛故事關注的焦點所在；其次是石派書《風波亭》和彈詞《精忠傳》，此二部作品皆能在傳統岳飛故事的情節單元之外，再自行發掘內容敷演之；再次是四季山歌、五更調等，此內容雖僅是簡短舖敘，然透過其說唱形式的運用，無形中別有寓意。最後則針對其他內容較有新意的作品論之。

一、「胡迪罵閻」系列

在岳飛故事的「胡迪」相關情節中，宋代傳說提供了遊地獄的故事基源，明代話本小說則演成具體故事，到了清代則在說唱文學中廣受流行。然而同樣是「胡迪」故事，明清二代在故事主題上，則顯得大不相同。明代的《胡母迪吟詩》以元末明初為背景，胡氏只做一怨詩即遭閻王相請，開始時還得以喝醉酒為由討饒，內容以地獄報應為主，可說是不折不扣的傳教劇。清代說唱中的胡迪除了書生身分不變外，首先是將時代改成南宋岳飛冤死前後，這胡迪作詩前不必喝酒，見了閻王也不客氣，有些連地獄也不遊了，只因氣惱忠奸不報就怒而破壞閻王神像，一副義氣不平的樣子。這樣的故事發展，或許是因前代的鬼神報應早已不再新鮮，而善惡必報的來世遠景，實抵不過現世權奸所帶來的痛苦。於是，說唱人在市場需求下作意新奇，而聽眾樂於接受如此的轉變，也可見其故事主題符合時勢現象。以下就文本來看：

（一）石派書《謗閻醒夢》

此書共分兩本 6 回，是當時「石派書」藝人兩日所唱的分量。〔註104〕內容先是強調胡迪是個「名富五車，才高八斗的飽讀名流，只是生平正直，清而不染。可憐才高難入俗眼，只中個廩膳生，大比之年，孫山名墜」（第 1 回）。當他得知岳飛父子三人被勒死在風波亭上時，竟鬧出一身病來。因為當時的社會環境是「那秦相爺是站著的高宗萬歲」，故當胡迪在街上喊叫「奸賊秦檜」時，就把熟人都嚇得「如飛的去了」。進了東嶽天齊廟，老道士以為他心瘋，先引拜五瘟神，胡迪卻罵：「既然有靈，為什麼不叫那秦檜一家遭瘟？」再引拜增福財神比干，胡迪又罵：「你既是忠心耿耿，豈不曉當下事體，難道你也坐觀成敗？」再引拜正殿東嶽大帝，胡迪卻「手指聖像，立旁邊聲喊叫」，問祂是不是也怕「秦檜老奸權」。老道士見諸神無效，最後只好帶他引拜後殿閻

〔註104〕「石派書」又稱「石韻書」，是清代中葉時北京著名民間藝人石玉崑所創的一種說唱形式。

君。胡迪一看對聯高書：「陽世奸雄朝秦暮楚皆由己，陰司報應古往今來放過誰？」（第 4 回）竟怒而質問閻王：岳飛死風波亭，秦檜卻享榮華，報應在哪裡？他愈罵愈氣，罵到氣盛時竟威脅閻王：

> 三日內，拘拿秦檜將他治罪，上刀山，下油鍋，推入阿鼻地獄中，
> 倘然是過了期限不報應，準備著取火焚燒滿廟紅。（第 5 回）

接著胡迪就在牆上題詩：

> 湛湛清天甚可欺，未曾舉意神不知；天公默默全無報，地府明明定
> 有私。長腳奸臣長舌妻，抵將忠義苦凌逼；胡迪若得閻君作，拿住
> 奸臣萬剝皮。

胡迪作完詩後，感到困乏，即在廟內睡著。不久醒來，大叫一聲，告知睡夢中入冥，果見秦檜受陰報。於是又將前作詩之句尾改成「不可欺、神先知、原有報、本無私」，最後兩句則重寫成「閻君還是閻君作，胡迪還是一胡迪。」

（二）子弟書：《胡迪罵閻》、《謗閻》

「子弟書」〔註105〕中的《胡迪罵閻》仍是以「岳家父子死的屈，氣壞生員叫胡迪」開始，然卻不像前述的石派書多做導引。子弟書中的胡迪在罵完東嶽大帝後，怒而限定其要在三日之內降秦檜的災，否則非但要燒廟，還要打碎神像金身。最後，胡迪怒不可遏：

> 走上前扔了籤筒摔木魚，噹啷啷擊碎神前磬，搬倒香爐著腳踢，碟
> 子碗盞一齊打，湯飯饅首擂在丹墀。「天大的事情都無報應，可惜東
> 西與他吃！」

接著，胡迪更跳上供桌，指著塑像罵愚迷世人。再來則如石派書的情節，胡迪作完詩即睡著了。當閻王回廟時，看了詩好惱，即叫人快拿狂生來。沒想到胡迪見了閻王，「抬頭啐了一口」，責問：「岳家父子的死的苦，為什麼你裝啞推聾總不知？」還要閻王讓出位子給他斷曲直。閻王罵他「狂徒大膽太無知」，胡迪更不甘示弱，要約閻王一齊到天庭比高下、要玉皇革其失職。然全文最後一句竟是：「原來是在茶堂睏臥才頓飯時。」

《謗閻》是現存四種帶戲子弟書之一，〔註106〕情節與前述子弟書《胡迪罵閻》大同小異。在胡迪破壞物品，跳上供桌後，接著寫他對著閻王神像：「嘎

〔註105〕「子弟書」是北方鼓詞的一個支流，始創於八旗子弟。

〔註106〕其他三種為《訪賢》、《罵女》、《乍冰》。另《清蒙古車王府藏曲本》有《胡迪罵閻》（全 1 回），即此帶戲子弟書。

吱吱先給你攪拆王帽翅，哧哧哧把綱鬚究的亂蓬鬆，呸呸呸吐沫涎痰往臉上啐，嚓嚓嚓供桌跺腳似雷鳴，彎腰脫下了硃紅履，我叫你作弊徇私試試我的刑。」最後以胡迪自言就算是推倒了泥像，氣都不平。

（三）快書《胡迪罵閻》、《謗閻》

兩本「快書」〔註107〕中的內容相似於帶戲子弟書中的《謗閻》。〔註108〕只是最後一句分別以「只打的閻君心不平」和「只打得閻君臉上冒了鮮紅」作結。

二、「奉詔班師」系列

「奉詔班師」是岳飛故事由「戰功」進入「冤死」的交接處。岳飛該不該奉詔班師在後代曾引起廣泛的討論，明清戲曲對此情節也各有不同敷演，有的強調岳飛忠君不疑；有的強調天威難犯；有的則要岳飛抗旨不班師。如此，皆因此情節實為塑造岳飛形象、彰顯故事主題的關鍵處。在清代的說唱作品中，即有直接針對此情節單元發揮者，以下分別探討之：

（一）《岳武穆奉詔班師》

此為河南鼓子曲，先敘述岳飛大破金兵拐子馬，再以秦檜深怕：「若是岳飛一戰成功，十數年和議一場空。」於是奏本「岳飛孤軍不可久在外」，高宗即准奏，「恰中秦檜計牢籠」。如此敘述，顯然是將罪責全推給秦檜，這是將歷史簡化成典型的「忠奸抗爭」，因此強調：「將軍正破敵，奸臣主和兵」、「失機原可惜，違旨不算忠」。對岳飛奉詔班師的看法，是肯定岳飛的忠君。

（二）《調精忠》、《武穆還朝》

《調精忠》為子弟書，一名《詔班師》，署名清虯髯白眉子撰。《武穆還朝》雖為大鼓書，然曲文字句與《調精忠》幾乎完全相同，若不管演唱形式，而單就曲文來看，實可視為同一作品。〔註109〕全文首先強調「自古來和字千

〔註107〕「快書」一名子弟快書，因其曲文必以「連珠調」作結，故亦名「連珠快書」，是清代北方俗曲之一種，盛行於同、光年間，至民初始告沒落。

〔註108〕陳錦釗認為快書淵源於帶戲子弟書，並詳細比對《謗閻》快書和《謗閻》帶戲子弟書，指出前者乃根據後者改編而來。參見《快書研究》第一章〈快書之類屬、淵源及其演唱規矩、產生之背景〉（台北：明文書局，1982年7月），頁1～21。

〔註109〕大鼓書和子弟書兩者之間頗有淵源，鄭振鐸指出：「子弟書的組織，和鼓詞很

秋誤」。對班師之詔，用連續六句「莫不是不知」的問句來強烈質疑：

> 莫不是不知軍民皆用命？莫不是不知豪傑盡從風？莫不是不知官軍
> 連日捷？莫不是不知敵寇望驚風？莫不是不知朝廷聖主懷別見？莫
> 不是不知邊塞將軍少至誠？既不然班師之詔因何下？

破敵在即，竟下令班師。岳飛對此充滿不解，悲憤之餘大膽地責怪起宋高宗：
「全不念交虎的皇帝、塗炭的生靈！」「他竟肯甘願偏安半壁中，致使那二帝
零丁身羈北。」同時，岳飛也悲慟君臣關係的失落，故唱出：

> 想昔時將臣召至寢閣內，君致說：「有臣如此可卻愁容！設施之方全
> 由著你；中興之事一以委卿。」到如今言猶在耳竟違意，好叫我一
> 度思量一慟情！

在經過一翻問君、疑君的思考後，岳飛仍然作出班師的決定：

> 雖然說將在外君命不受，亦可以整頓軍旅把賊平；然禮云：君召臣
> 行不俟駕，我豈肯把那抗旨的心生！況背後高高刻字「精忠報國」，
> 教爲官德與字文同；倘不還，背君命又違母訓⋯⋯。

雖然岳飛自始自終對朝廷班師的旨令既憤怒且惋惜，可是他的反抗並沒有化
諸行動，最終還是選擇「忠孝兩全」。說唱者在最後以「猛聽得哭聲振野，黎
民遮道，不放登程」來作爲此本岳飛班師故事的結局，而後用類似史家論斷
的口氣，唱出全本故事的最後一句「喜的是忠孝節義萬古留名」。由此可見，
此唱本透過岳飛的口，指責宋高宗私心、背信，同時對宋廷違反民意、不顧
百姓而下旨班師也持負面態度。然因岳飛的班師並非本意，而是「奉詔」，因
此錯在宋高宗，何況和宋高宗的背信相較，岳飛能信守「精忠報國」的母訓，
反而更顯得人格高尙。

三、石派書《風波亭》

　　此爲民間藝人石玉崑所作，全書 40 卷。〔註110〕故事從風波亭岳飛遇害後

相同，雖然沒有說白，但還可以看出是從鼓詞蛻變出來的。」《中國俗文學史》
下冊第十三章〈鼓詞與子弟書〉（台北：臺灣商務印書館，1992 年 11 月），
頁 401～402。由此推測《調精忠》子弟書可能即源自《武穆還朝》大鼓書。
〔註110〕 石玉崑的生平經李家瑞考證後，得知：石玉崑字振之，天津人，久在北京賣
唱，咸豐同治年間嘗以唱單絃轟動一時，以巧腔妙句著名，大約死於同治末
年。再傳弟子在光緒末亦大享其名，以後的人乃稱石玉崑一派所有的說唱書
詞爲「石派書」。參見王秋桂《李家瑞先生通俗文學論集》（台北：臺灣學生

說起，之前的情節作者言明在《精忠傳》上已講明白，因此：「非是愚下敗筆不寫，就是據實寫出，眾公聽了也不爽力，替古人憤氣難舒」。由此可見作者的創作是著重在岳飛死後的故事發展，而既言「據實寫出，聽了不爽力」，那亦可知其敘事內容多為虛構，目的在讓人可舒憤氣。因此，除了秦檜夫婦外，文中對宋高宗、王俊、万俟卨等奸惡形象，有較多的嘲諷與批判；對隗順、施全、張保等人，則將之塑造成義俠形像。以上這些人物的塑造，可說是這本石派書《風波亭》最大的特色。以下由四方面來看：

1、尖銳批判宋高宗

岳飛冤死，宋高宗明知情屈卻不肯認錯，一來事已成真，二來恐人議論，乾脆將錯就錯，下令岳飛父子三人的屍骸不准收殮，丟在監外牆下，任憑日曬雨淋、鳥啄狗啃，「以警生心叛逆臣」。於是万俟卨領旨露暴三屍、王俊領京兵巡屍、錦衣衛則鎖拿岳家老幼。後來一批以韓世忠為首的有功大臣，因抗旨去奠祭岳飛，被秦檜參劾，宋高宗果真將功臣們綁赴刑部發落。在歷來的岳飛故事中，對於宋高宗在岳飛冤死中所扮演的角色，總是含糊其詞，而將主要的罪責全歸於秦檜，石派書《風波亭》則透過宋高宗辱屍的敘事，直接且尖銳的加以批判。

2、嘲諷王俊、万俟卨等小人得志的嘴臉

王俊乃是秦檜、張俊用來誣告岳飛的卒子，在其他岳飛故事中較少提及，石派書《風波亭》則將此號人物凸顯出來。唱本中先描繪了岳飛父子冤死的慘狀：

> 三位爺屍骸暴露、七竅流血、鬢髮蓬鬆、灰塵滿面，直挺挺的虎軀躺地下。（第3卷）

而後再寫誣陷岳飛的王俊出場：

> 只見無數官兵，簇擁著一將：頭帶金襆頭，身穿繡蟒袍，腰橫玉帶，手執絲鞭，生的顴骨臉、兔頭、蛇眼、鼠耳、鷹腮、坐跨駿馬。（第4卷）

唱本中運用華麗官飾和猥賤人樣構成強烈的對比，從而對王俊其人表達出一種鄙夷的立場。同時，若再以王俊揚威作勢的景象，相對照於岳飛父子冤死的慘狀，更能彰顯宋高宗對奸臣大加封賜，對忠臣卻殘酷不仁的批判。而王

俊因堅持宋高宗的旨令不讓眾功臣祭拜岳飛，結果竟被眾功臣打得鼻青臉腫、哀哀求饒。不但之前的得意威武，全成了一場笑話，更可見作者有意諷刺宋高宗重用小人所導致的離心離德。

唱本中的万俟卨奉命搭棚守屍，對一干獄卒吆喝擺架勢，十足威風得意。然而，當他見了韓世忠等功臣要來奠祭岳飛時，竟立即膽怯地令眾人退去。不料眾功臣在焚燒紙錢時：

> 旋風攪著火焰，竟自飛進了蘆棚。奸賊万俟卨正在公案上端坐，忽
> 的一縷紅光撲在他的臉上，只燒得鬚髮焦捲，滿臉上都是燎漿大泡。
> （第 5 卷）

眾功臣見万俟卨栽倒叫苦，無不拍手叫好，連稱報應不爽。可見，唱本有意先極寫小人得志的嘴臉，再從而寫其遭受戲弄的不堪，透過充滿滑稽的方式以嘲諷奸佞。

3、「三俠盜屍」與「施全憤刺」的情節特色

石派書《風波亭》進一步將「隗順負屍」的簡單情節加以擴大，創作出「三俠盜屍」的情節單元，成功地將獄卒隗順塑造成忠義的俠士。以隗順邀張保、施全共同盜屍時，再三強調：「縱然事犯全有我，情願餐刀頂帽紅。」而後運用智謀，主導一場三俠盜屍。此行為感動了錢塘水神伍子胥：「世人皆能惜良將，神明豈可負功臣。」於是伍神以神通先助隗順等人突破官兵圍捕，再將岳飛父子的屍身葬於螺螄殼內。同時，万俟卨、獄卒等因有虧職守致使三屍被盜，卻又不敢據實以報，故以「三屍被風刮去」哄騙宋高宗；而巡查官兵亦怕「兵部聞知又要想銀」，故也不敢聲嚷三俠盜屍事。如此，對於南宋上下的貪風、腐敗，實構成一大諷刺。此外，「施全憤刺」的情節單元，在此表現的遠較戲曲、小說中生動，如：

> 忽見一人彪形虎體，直撲向前，照著大轎唰就是一刀，「喀嚓！」將
> 轎杆子砍斷。轎夫害怕，一齊栽倒，咕嚕嚕滿地亂滾。大轎一歪，
> 倒在塵埃，把一個奸賊摔出轎外：只跌得頭破臉腫，鮮血直流。（第
> 16 卷）

這段秦檜出醜的敘寫，充滿了為忠臣出氣之意。後來，施全雖然行刺不成，但他仍冷笑發誓要「死後追魂把冤完」，自刎後「死屍不倒眼睜圓，豪傑英魂不散去」。如此豪氣，嚇得巡捕們軟癱，只好對其屍身三叩首，「禱告把義烈稱」，才敢割下施全首級，回去將功贖罪。石派書《風波亭》善長於對比的寫

法，在此既正面描寫施全的義勇，又側筆寫出秦檜的醜惡。值得注意的是施全刺秦失敗，南宋民間戲稱爲「不了事漢」，到了清代說唱中則一躍成爲「義俠、義烈」。此正可見時代環境對岳飛故事的影響，南宋秦檜專權橫行，民間遂用「戲稱」來表示心中的遺憾。到了清朝雖已無此憚懼，然因清帝對岳飛的忌諱，於是民間藉由加深對奸臣的痛恨、相關忠義人士的宣揚，以達到懷念岳飛的目的。因此，書中稱秦檜夫婦，逕以「奸賊」、「狗賤」、「狗婦」名之，頗富民間氣息。

4、其他情節單元的繼承與發展

本書後半即「瘋僧戲秦」、「胡迪罵閻」和「何立入冥」等情節單元。前兩者內容襲舊，較無新意；後者則有所改編，以何立入冥後，因見主人秦檜帶枷受苦，於心不忍下，遂向速報司之神岳飛求情，表示願代秦檜受過，地藏王見何立爲僕忠誠，乃賜其長生不老餅，並遣其回陽。石派書《風波亭》用了將近十回的篇幅述何立入冥事，是歷來特重此情節單元者。另本書自創「銀瓶起兵」的情節單元，〔註 111〕以岳飛父子三人死後，消息傳來，岳雲妻鞏氏和銀瓶即擬起兵，欲殺到臨安報冤仇，適有一真道人來訪，說出因果，並贈照陰鏡一面，鏡中顯出岳飛審問秦檜、王氏等奸佞，眾人始知善惡報應分明。此內容和前述「三俠盜屍」的情節，都是其他岳飛故事所無。

四、彈詞《精忠傳》

彈詞和鼓詞是講唱文學中的南北兩大支，前者細膩；後者雄壯。彈詞的內容大多爲才子佳人之類，以忠孝節義爲題材的較少。在關於岳飛故事的彈詞中，無論內容或回目多和《說岳全傳》極爲相近，到底是誰因襲誰，實在很難去考證，一方面因爲《說岳全傳》的內容大多是集自其前的戲曲、小說，而在其之後的戲曲和小說也多從其中取材；另一方面，現今可見的彈詞大多爲殘本，根本無從考知其作者及詳細年代。因此，只能就其殘存的部分文本來討論。《精忠

〔註 111〕銀瓶進入岳飛故事是始自明傳奇（詳第三章），然在清代以前，其形象止於個性堅毅的弱女子。入清後，或許是受到民間「奸佞鐵像」和岳飛神靈等傳說的影響（詳本章第一節），而具有勇猛的形象，除此「銀瓶起兵」情節外，《堅瓠秘集》卷二〈銀瓶小姐〉條亦載：「明時有宋觀察使，祀岳王，謂武穆精忠固當拜，銀瓶女流耳，非所宜。障之以屏。於禮使登公座，睹玉貌錦衣神女，持弓矢當簷而立，像案具見，觀察驚顧，矢發中背，成疽而死。」，頁6159～6160。

傳》彈詞爲光緒年間周穎芳編，凡 36 卷、73 回。李樞〈序〉云：

> 太夫人固巾幗鬚眉，生平愛慕古名臣，以宋岳忠武爲首推，因就世
> 傳之《精忠傳》說部，辨其訛而求其世，改爲彈詞若干卷⋯⋯，此
> 書之成，自同治戊辰至光緒乙未，二十八年中，或作或輟。〔註112〕

由此可知《精忠傳》彈詞的內容乃是改編自《說岳全傳》，而其所謂「辨其訛」主要是刪去大鵬鳥和女士蝠冤冤相報的天命因果。

在《岳飛故事戲曲說唱集》中收錄了《精忠傳》彈詞第 50 回和第 51 回，內容主要寫張俊棄淮和岳飛收復淮西、兵救襄陽事，此二回的內容是其他岳飛故事中所未見。而特別處在於對張俊加以嘲諷，如寫其坐鎮淮西，百姓不堪其虐，早定有「除張不叛」的計議。一日金兵攻城已甚危急，張俊卻還擁著十個搶來的婦女作樂，家丁來報戰事，他卻不在乎地說：

> 就失了這淮西，也值不得甚麼大事。且等四太子進了臨安，殺了那
> 昏君，再報與老爺知道也還不遲。（第 50 回）

還大言不慚地向眾美女保證說：「老爺是秦相門下第一個得意的人，秦相是私通金人的，兩下俱是關照。」如此，張俊的鄙相顯露無遺。同時，透過其罵高宗爲昏君，更可見宋高宗重用張俊眞是昏庸無比。結果金兵未進城，張俊竟先換好金國衣著，準備開門迎接金兵。城中百姓見了忍無可忍，於是造反要先殺他，張俊慌忙下從城牆狗洞逃出去，不料一腳踏空，掉進過往行人的溺便窩，下場是：「糞蛆入耳溺滂沱，幾番跳躍無門路。」而金將喇罕破城後，得知張俊懼罪而逃，即恥笑云：「原來世上竟有這樣怕死瘟官！難怪百姓要叛了。」（第 50 回）後來家奴將一身尿糞的張俊救起，作者加以諷刺寫道：

> 臭氣薰天了不成，渾身尿糞糊頭面，從何下手脫衣襟！內中有個高
> 年僕，硬頭皮代洗清；上下衣衫都脫下，宛若豬羊待典刑。（第 50
> 回）

眾人將張俊從頭到腳洗刮了一番後，有一場極精彩對話：

> 老奴：只是臭氣洗不去，如何是好？
>
> 張俊：臭氣倒隨他去罷，秦相爺也有這股氣味呢！
>
> 老奴：如此說來，老爺也要拜相了。（第 50 回）

透過金兵入城的事件，對張俊進行鄙斥，同時也批判秦檜通奸賣國、高宗庸

〔註112〕《精忠傳彈詞》未見全本，所引李樞〈序〉轉引自譚正璧《彈詞敍錄》（上海
　　　　古籍出版社，1981 年 7 月），頁 301～302。

弱信任奸小。而描寫張俊掉入糞坑吃屎，則是爲了「進行報復」，以大快人心。

此外第51回描寫岳飛痛宰番將四人，而此四人的名字分別叫：孫汝權、曹汝操、張汝嵩、魏汝賢。作者以此喻指三國時的孫權、曹操，和明末奸宦嚴嵩、魏忠賢等。前二者可能是藉由蜀漢政權的正統性，來暗喻作者對異族統治的不滿，故要民族英雄岳飛加以痛殺之。後二者無疑是充分反映民間對奸臣的痛恨，而在心理上企望有岳飛這樣的英雄來除奸。

五、《精忠傳四季山歌》、《岳飛五更調》

在岳飛故事的說書和彈詞中，仍然強烈地將岳飛冤死事件，定位在「忠奸抗爭」的觀點上，而山歌和五更調則將整個岳飛事件，視爲一種客觀的循環，用季節和時間展現出歷史規律。如清末有《精忠傳四季山歌》：

> 春季裡，草青青。岳爺趕考上東京。天下舉子奪魁首，槍挑梁王一命傾。英雄從此顯英名。

> 夏季裡，莊稼忙。金兀朮領兵進汴梁，殺人流血八百里，皇帝捆來賽豬羊。大宋江山亂荒荒。

> 秋季裡，雁南飛。金兀朮陣前雙淚垂。拐子馬，全不濟；鐵浮圖，化成了灰。「岳」字旗唬得他心膽碎。

> 冬季裡，雪花飄。汗馬功勞無下梢。一連金牌十二道，風波亭上淚嚎啕。不是天不保宋朝！

此山歌的內容應來自於《說岳全傳》，雖然在岳飛故事的演變上並無增刪改異，然而將岳飛一生用四季情景來唱和，則冬天過後，春天會在來，岳飛故事在此體現出的主題已不是其個人的沈冤悲劇，而是整個歷史的客觀運轉循環。在《岳飛五更調》中，亦是用相同的文學樣式來呈現出相同的主題內涵，以「一更一點月上升、二更二點月照山、三更三點月光明、四更四點月漸沈、五更五點月光微」，來配合展現出岳飛的一生。

六、其他說唱作品

《岳武穆》（南詞小引）、《精忠傳》（福州評話）、《精忠》（八角鼓）等說唱作品，其敷演的內容可說都是《說岳全傳》的大要或節略，並無創發處，無法彰顯出岳飛故事的時代主題。而有一些作品，雖然內容上亦是如此，不

過有其特殊處，故以下另行介紹：

1、《十二金錢》（彈詞）

估計全書可能有三四十卷之多，〔註113〕內容和回目同於《說岳全傳》。在殘本中，原版被剜去的字很多，從文意上看，多是「番」、「虜」等字樣，如「一眾〔番〕兵多吶喊」、「金〔虜〕兀朮凶如虎」等。可見此彈詞曾被清代統治者列為禁書。從板式來看，似乎是乾隆間翻刻，寫作的年代當更早。

2、《高寵挑華車》（大鼓詞）

本書共 4 卷 16 回，內容同於《說岳全傳》第 28 回到第 39 回。專寫高寵只有第 1 回「金兀朮入寇中原，開平王母子避難」；以及第 2 回「桃花山高寵落草」，此兩回是將《說岳全傳》中提及高寵身世處，加以放大添料，其實全書的主線仍在岳飛，所敷演的也是集中在岳飛的「戰功」。

3、《岳武穆》（石派書）

中央研究院史語所藏。這本《岳武穆》石派書由於翻頁處多遭磨損，且回數不全，故只能由前數回知其內容約為寫岳飛被害後事，背景為岳飛冤死平反，秦檜、王氏、張俊等皆受報而死，岳氏一門受封鄂州；但張俊之弟張杰掌握兵權，而秦檜兒子秦熺又位至宰相，兩人合謀要將岳飛的一干兒孫調至軍前，意欲將岳飛後代趕盡殺絕。雖然只知本書的內容背景，但由此可知是承《說岳全傳》英雄後代的部分再行敷演。

4、《全掃秦》（子弟書）

主要是演「瘋僧戲秦」、「施全刺秦」、「何立入冥」等岳飛故事的情節單元，令人注意到的是前所未見的白翠蓮角色。書中以白翠蓮和王氏同為秦檜的妻子，白翠蓮勸秦檜勿害岳飛，然秦檜聽信王氏，反而威逼翠蓮自縊，翠蓮死後，冤魂向秦檜追索償命。後來東窗事發，秦檜方才悔恨說：「男人無禍是妻賢，當初若聽翠蓮的話，俱家永遠保平安。」而將東窗陰謀全歸罪於王氏。由此可知，子弟書增衍出白翠蓮的角色，用意是在和王氏產生對比作用。

〔註113〕《岳飛故事戲曲說唱集·十二金錢彈詞》中記載：「今僅見有殘本，開首八卷，從楊再興誤走小商河說起。估計全書，可能有三四十卷之多。」，頁 82。另趙景深《彈詞研究》載：「此書極不易得，阿英藏殘本十八冊，全書至少當有三十六冊」，又就版本推論其年代，認為較《精忠傳彈詞》早出。（國立北京大學中國民俗學會民俗叢書 62）（台北：東方文化書局，1970 年），頁 56。

小　結

　　清代中葉以後，出現大量關於岳飛故事的說唱文學。在現存的作品中，可見其表現出來的風格頗為多樣，光對岳飛冤死一事，有的寄託於鬼神報應，有的發掘出客觀的歷史規律。而對鬼神的期待又非全然信任，故有敬鬼畏神的胡迪，也有罵神拆像的胡迪。然而，不管是何種岳飛說唱，其敬忠恨奸的情感總是格外分明，故譴責宋高宗私心無情、指斥秦檜主和殺飛，更對張俊、万俟卨、王俊等趨炎附勢的小人進行嘲諷。相對的，讚揚岳飛忠孝兩全，對隗順、張保、施全等不畏權勢的義氣更是推許有加。透過這些變與不變的內容、主題，皆可見證民間文學的特性，更可看出民間對岳飛的肯定評價。

　　同時，這些說唱作品的內容，大都不是以岳飛本人的「戰功」、「冤死」為敘事中心，而是透過岳飛冤死的歷史公案，極盡刻畫了朝廷、高官們的腐敗、貪婪。可見其所反映的情感，頗有清代民間對自身現實社會的不滿。如在「奉詔班師」系列中，皆強調主和賣國，這和鴉片戰爭時期的和戰議論頗為相合。而在「胡迪罵閻」系列中，以秦檜當權為時代背景，再強調正直才高的胡迪「孫山名墜」，如此，實藉岳飛、胡迪等人的時代悲憤，來發洩作者、聽眾們對現實黑暗的憤懣。因此，從岳飛故事的流傳發展來看，儘管這些說唱的內容大都是改編自岳飛的戲曲、小說，真正有所創發的情節主題有限。然而，通過這些作品，既可了解岳飛故事在清代後期的流傳狀況，更可從中觀察民間對岳飛冤死事件的省思和詮釋。

第五章　民國以來的岳飛故事——轉型期

　　西元 1911 年隨著滿清政權倒台，君主專制時代宣告結束。民國三十八年以前，國家處於北伐剿匪、日本侵華的戰亂局勢，民族英雄岳飛再度受到積極評價，「岳飛精神」更在八年抗戰中成為時代的精神支柱。爾後政權分立，兩岸對岳飛的評價重點有所異同，台灣承襲了高度肯定的評價；而中國大陸則有所褒貶。這其中除了時代需求外，最主要還是受到政府政策的主導。故自民國八十年代以後，隨著政治時勢的緩和，對岳飛評價之非常熱情逐漸趨於平常。

　　君主專制時代結束對岳飛故事最大之影響，就是將岳飛一生的志願，以「還我河山」取代「迎回二帝」，強調岳飛的愛國形象在於「愛民」而非「忠君」，甚至刻意朝「反愚忠」的方向創作，更視故事中的天命因果情節為封建迷信。如此，皆使民國以來較具代表性的岳飛故事之主題，以及岳飛形象之塑造、岳飛精神之定義等，必須面臨不同於以往的轉型。這是時代對岳飛的需求，是朝野評價岳飛的呼應。然由於岳飛故事在清代已經達到發展成熟的階段，因此民國以來的岳飛故事在情節上較少有新的發展，加上史學研究盛行，頻頻以修正通俗文學的錯誤認知為首務。如此，皆促使著「岳飛」快步走回歷史的課題之中。

　　本章首先梳理民國以來朝野對岳飛的評價，而以民國三十八年為階段的區分；其次探討民國以來流傳的岳飛故事，分成戲劇和傳記小說兩類加以考察；最後擇定莊嚴出版社之《岳武穆》為民國以來岳飛故事之代表作。

第一節　民國以來朝野對岳飛的評價

　　民國建立迄今，關於岳飛的評價可分成兩階段來看：第一階段為民國元

年至三十八年，岳飛的地位在對日抗戰中達到巔峰；第二階段則是民國三十八年以後，此又分成台灣和中國大陸二條路線。台灣方面，在「光復大陸」的奮鬥目標下，各界對岳飛皆持肯定評價，特別是在民國六十到七十年間，又把岳飛推上另一高峰；中國大陸方面對岳飛則是先抑後揚，除了譴責岳飛「鎮壓農民起義」的口徑較一致外，其他評價始終不一。然自民國八十年代以後，兩岸對「岳飛」的政治激情皆已消弱，「岳飛」才逐漸由政治回歸歷史。

一、民國建立到民國三十八年以前

自清朝雍正四年將岳飛移出「武廟」後，岳飛武聖的頭銜始終未能恢復。民國三年，北京政府下令，由當時禮制館妥議關羽、岳飛合祀，其令曰：

> 時方多難，宜右武以崇忠烈。古者以死勤事，以勞定國，皆在祀典。近則歐西各國范金鑄像，日本亦有靖國神社之名。表彰先烈，中外所同。現武成之奠尚在缺如，崇德報功必符名實。關壯繆翊贊照烈，岳武穆獨炳精忠、英風亮節，同炳寰區，實足代表吾民族英武壯烈之精神。謹擬以關岳合祀，作為武廟等情。〔註1〕

由以上這段合祀的令文，可知民國初年政府肯定岳飛，其要旨在於取其「忠武」和「民族」兩個重點形象。以時代環境來看，滿清末年政權腐敗，又深受到西方列強的百般欺凌，直到孫中山倡導國民革命推翻滿清後，方使中國人長久以來所失落的民族尊嚴，得以再度復興。此民族情感連帶及於歷史上的民族英雄，因此岳飛得到北京政府的肯定，重新將其入祀武廟。但另一方面，民國初年仍是軍閥混戰的局面，在「軍閥政治」下，〔註2〕社會經濟民不聊生，人民多半對尚武的軍閥沒有什麼好感，而此觀點又連帶影響了對歷代武將的評價。〔註3〕在如此複雜的時代心理下，儘管人們對岳飛的形象感受強

〔註1〕 見國史館民國三年十一月二十一日《政府公報》第 815 號。

〔註2〕 西元 1916～1928 年，中國國政為軍閥所操持，此時期的政治，稱為「軍閥治政」。而民初軍閥有幾個基本特性：1.養兵的目的以追求個人利益為主；2.以武力為解決爭端的正常途徑；3.軍事權不受行政權的約束；4.罔顧國內外的秩序與法律。參見張玉法《中國現代史》第四章〈軍閥的興衰〉（台北；東華書局，1986 年 11 月），頁 171～173。

〔註3〕 民國十三年，呂思勉著《白話本國史》，乃有「後世只有莽操，在古代卻有禪讓的堯舜；現在滿眼是驕橫的軍閥，從前偏有公忠體國的韓岳張劉」之論，其論點雖肯定岳飛的公忠體國，但顯然認為「韓岳張劉」頗似民初的軍閥。（台北：台灣商務印書館，1976 年），頁 515。

烈，但對其人的評價並非完全傾向正面。反倒是當時的軍閥對岳飛頗有好感，如民國七年杭州岳王祠重修，全國軍閥無不慷慨捐輸，惟恐落於人後。〔註4〕民國十年，盧永祥擔任浙江督軍時重修岳王廟，其在廟碑中除了讚揚岳飛的「忠藎、武烈」外，亦明白揭示此舉「欲國人明春秋尊攘之大義」。〔註5〕後來馮玉祥、吳佩孚等也分別在岳廟中題過字，高倡：「驅爾異族，百年奇恥不共天」、「嘆河朔燕雲至今陷虜……，問中國人應當學誰」，可知他們一致肯定岳飛維護民族的立場。〔註6〕

當時，在岳廟的許多題聯中，最值得注意的是教育家蔡元培的手筆。其云：

民族主義，歷元清鼎革，始達完全，如神有知，稍解生前遺恨。〔註7〕

開頭這句「民族主義」，一針見血地點出岳飛在民國初年的評價重點。而以民族主義來定位岳飛精神，或是說在民初時期之所以要特別宣揚岳飛的價值，可說呼應了當時「學生反日運動」的社會風潮。〔註8〕民國八年的「五四愛國運動」，更是直接提出「外抗強權、內除國賊」的口號，其意在反帝國主義、反軍閥政治。因此在民初時期，岳飛的時代形象是建立在「外抗強權」需求下的「忠武」和「民族」。然而，由於民眾反軍閥的情緒同時高漲，而岳飛畢竟是個武將，多少會受到「軍閥陰影」的影響，故此時岳飛的整體評價尚未達到全民盛讚的顛峰。

〔註4〕 方豪在《岳飛史蹟考·序》中，提及一段幼年見聞，可證當時軍閥對岳飛的崇敬：「髫齡時，值北軍入浙，廢督裁兵之聲，甚囂塵上，而齊盧之爭，閩浙之戰，擾攘無已，閭閻為之不安；維時南北分裂，握軍符者多割地自雄，……民國七年杭州岳王祠之重修，全國軍閥又無不慷慨捐輸，惟恐獨後。且爾時不識字之武夫，亦皆聘有能文高手，書法名家，故新祠落成之日，金碧輝煌之匾額與楹聯，琳琅滿目……。」（台北：正中書局，1976年12月）。

〔註5〕 參見李安《岳飛史蹟考》，頁605。

〔註6〕 馮玉祥所題為：「還我河山，一片忠心報國；驅爾異族，百年奇恥不共天。」而吳佩孚所題為：「都邑南遷，帝王北狩，痛靖康君臣僉主和戎，君侯大節矢精忠，是大丈夫固宜若此；文官要錢，武將怕死，嘆河朔燕雲至今陷虜，故鄉廟貌遺千秋，問中國人應當學誰。」參見李安《岳飛史蹟考》，頁632、665。

〔註7〕 引文為前聯，後聯為「聖湖風景，得祠墓點綴，差不寂寞，茲地之勝，允宜廟貌重新。」參見李安《岳飛史蹟考》，頁632。

〔註8〕 民國初年的學生反日運動，主要有兩次：一為民國四年，因日本向我國提出「二十一條條約」而引起；另一為民國七年，因中日訂定軍事協定而引起。是時北京、天津、上海等地學生紛紛組織全國學生聯合會，發行刊物，致力於反帝救國宣傳。參見張玉法《中國現代史》第五章〈啟蒙運動〉，頁317～322。

其後，國民革命軍北伐成功，結束軍閥政治。然在全國統一後，隨之而來的是對日本侵華的抗戰。當外患日益加深，國家民族處於危急存亡之秋時，就愈會令人懷念起民族英雄。於是從民國二十年「九一八事變」發生以後，至民國三十四年抗戰勝利期間，岳飛形象中不再有「軍閥陰影」，而是徹頭徹尾的「民族英雄」，這是強烈的時代需求所致。同時，當時的國家局勢很容易讓人聯想到南宋的歷史，如政權亦分成主戰、主和兩派，主和的汪精衛在日本人的支持下成立偽政府，成為近代史上人人痛罵的漢奸；〔註9〕而主戰的國民政府既要安內剿共、又要攘外抗日等。如此的時勢背景，使堅持抗戰的岳飛成為人人普遍歌頌、共同肯定的民族英雄。因此，當時的政軍要員們紛紛舉辦祭岳活動，意欲藉以激勵軍民們愛國抗戰的熱忱，〔註10〕而岳飛的〈滿江紅〉詞，更被編成流行歌曲四處傳唱，成為最佳的愛國象徵。〔註11〕其間，撰寫岳飛的專書和專論也多了起來，〔註12〕如歷史學家鄧廣銘研究岳飛多年，於民國三十四年出版《岳飛》一書，對岳飛備為推崇。其〈自序〉云：

> 不幸是：當他剛踏進勝利的門檻，使得金國的兀朮和全部女真人戰慄的時候，也竟使得宋高宗和秦檜戰慄了。高宗和秦檜是當國的人物，他們有權利阻礙他的進程，使他十年的長期經營不崇朝而悉數廢壞。他惋惜，他憤激，在顯明的康莊大道上竟也會觸著暗礁，落入陷阱！一個公忠正直的北方軍人，學不會一些看風轉舵的乖巧本領，到這裡，他只有以身殉道！〔註13〕

鄧廣銘用富感情的文字，寫出民族英雄岳飛奮不顧身卻報國不遂的心情。那種惋惜、憤激，正足以代表抗戰時期的史學家對岳飛冤屈事件的觀點。

〔註9〕 詳參黃美真、張雲《汪精衛集團叛國投敵記》（河南人民出版社，1992 年 5 月）。

〔註10〕 民國二十年代的祭岳活動頗多，其中以商震的祭祀活動最大。在民國二十五年三月八日，岳飛冥誕時，當時擔任河南省主席、三十二軍軍長的商震，親自參加了湯陰岳廟的祭岳大典，並通過宣傳和優惠等辦法，主持了規模空前的紀念岳飛活動，旨在宏揚民族正氣，鼓舞部隊將士和城鄉人民反抗日寇侵略的鬥志。參見王春慶、陶濤〈湯陰岳飛廟的地位和作用〉《岳飛研究》第三輯（北京：中華書局，1992 年 9 月），頁 291。

〔註11〕 參見鄧廣銘《岳飛傳》（北京：三聯書局，1955 年 10 月），頁 159。

〔註12〕 較具代表性的有民國二十八年，諸應瑞撰《岳飛抗金救國》，三十一年諸氏又撰《精忠報國的岳飛》，均由上海民眾書局出版。三十四年，鄧廣銘撰《岳飛》（勝利出版社出版），彭國棟撰《岳飛評傳》（重慶商務印書館出版）等。

〔註13〕 見鄧廣銘《岳飛·序》（勝利出版社，1945 年 5 月）。

而用「殉道」來形容岳飛的冤死，更是肯定了岳飛崇高的愛國情懷。民國三十五年，李漢魂作《宋岳武穆公飛年譜》，在其〈序〉中言：

> 竊以國本在民，而民族精神，尤爲立國要素。若武穆者，誠人倫之極則，所謂民族英雄，微斯人其誰與歸。至若志圖恢復，而不事侵略，心存匡濟，而不計功名，此則先得民族自決之眞諦，尤非彼徒以事功相炫耀者所可幾及也。緬懷往古，盱衡今茲，世界尚未大同，止戈仍須講武，就國族言，固不可扭於一時之勝利，而忽略國防，就個人而言，尤不應惑於一已之得喪，而迷失所守。〔註14〕

由此可見岳飛在此時期所受到的高度評價，其做爲「民族精神」的象徵，更是隨著「止戈仍須講武」的戰亂時代，而被深深地期許著。

二、民國三十八年以後迄今（1999）

（一）中國大陸方面

　　民國三十八年中共建立政權後，史觀大變，特別擅長於強調所謂的「歷代農民起義」、「階級矛盾」等。於是，南宋初年在洞廷湖作亂的土寇楊么，一下子翻身變成光榮的「農民起義」。自 1951 年開始，岳飛安內的軍事行動被批鬥、指責爲「鎮壓農民起義」。岳飛因此被視爲是犯下大錯的人民公敵，非但不值得崇拜，許多人甚且懷疑他到底是不是一個愛國者？到底算不算是一位民族英雄？〔註15〕然而，岳飛的歷史評價雖然隨著時代不同而在評價焦點上有所變動，但其深植人心的愛國形象卻非一朝一夕所造成。或許正因如此，當時的中共政權在無法完全否定岳飛英雄評價的情況下，其史觀乃由最初的「批岳飛、揚楊么」轉變爲「岳楊同揚」。於是，1952 年毛澤東指示保護湯陰岳廟，1958 年官方設立「岳飛紀念館」。此後，中共政軍高層頻頻參訪岳廟，更出版岳飛詩文集、文物圖集等，並將杭州岳飛墓大加整修、編印旅遊手冊鼓勵外僑參觀。〔註16〕

〔註14〕李漢魂於民國三十五年十一月寫於上海的〈自序〉《宋岳武穆公飛年譜》（台北：臺灣商務印書館，1980 年 5 月）。

〔註15〕關於大陸報刊所刊載的批岳文章，可參考復旦大學歷史系資料室編《中國古代史論文資料索引》（上海人民出版社，1985 年），頁 933～936。另李凡〈岳飛研究書目〉、查長美〈岳飛研究報刊論文索引〉亦可參考，二文收入《岳飛研究》（浙江古籍出版社，1987 年），頁 424～462。

〔註16〕關於中共重修杭州岳廟的情形，詳參李安引紐約華美日報（1979 年 9 月年 4

　　受到中共當局對岳飛政治態度之影響，大陸學者在評價岳飛時，皆頗能緊緊把持住「農民起義」的史觀。如前述鄧廣銘作於民國三十四年的《岳飛》，於 1955 年改寫成《岳飛傳》，書中雖仍直指趙構、秦檜爲民族敗類，但對岳飛卻做了新的評價：一方面，極力肯定岳飛是傑出的軍事家、愛國英雄、班師非愚忠之舉；另一方面，嚴厲指責岳飛對江西、湖南的起義軍，竟用武力加以蕩平，直指這是無法滌除的罪行。最後對岳飛事功的評價是：

> 如果岳飛一生的事蹟就到瓦解了湖湘地區的起義軍爲止，那就注定
> 岳飛只是我們歷史上負有罪責的人。〔註17〕

雖然鄧廣銘在時代要求下，對岳飛有了新的評價，但是他仍然肯定岳飛是民族英雄。其後有人主張：過去宋金戰爭是中華民族內部的矛盾鬥爭，而當今進行愛國主義應以防禦來自國外的帝國主義和霸權主義，故在「內外有別」下，不應該再講述岳飛的抗金事例，認爲岳飛已是一個不合時宜的民族英雄，過度推崇之，恐將影響中國大陸眾多民族的團結。對此說法，鄧廣銘於中共「四人幫」垮台後，又將《岳飛傳》加以改寫，於 1982 年出版，其在〈序〉中特別強調：讚揚岳飛這位民族英雄，並非希望萬一再有對抗性的民族矛盾時，能出現一些岳飛式的人物，而是要發揚岳飛那種對民族、國家的忠貞熱愛，「隨時起而對付妄圖侵略我國的帝國主義和大小霸權主義者，以保證各兄弟民族的安全，使其能得在安全環境中共同從事於振興中華的大業」。〔註18〕而鄧廣銘的學生王曾瑜，於 1983 年撰《岳飛新傳》時，仍延續如此的史觀，肯定岳飛一生堅守其「盡忠報國」的誓言。另一方面，或許因爲政治壓力已不再那麼強烈，因此王曾瑜在批判岳飛的「鎮壓農民起義」，表現得較爲緩和。其云：

> 儘管他（岳飛）鎮壓過農民起義，然而他將成千上萬起義失敗者加
> 以收編，轉而投入到抗金戰場，這同單純地鎮壓和屠殺起義群眾，
> 也應有所區別。……實質上體現了人民群眾的利益和願望。他不愧
> 是我國歷史上一位偉大的民族英雄。〔註19〕

可見儘管在「農民起義」史觀的影響下，王曾瑜仍然認爲岳飛功大於過，肯

〔　〕 月）的報導。參見《岳飛史事研究續集》（台北：臺灣商務出版社，1987 年 7
　　　月），頁 69～71。
〔註17〕 鄧廣銘《岳飛傳》（北京：三聯書店，1955 年 10 月），頁 261。
〔註18〕 鄧廣銘《岳飛傳》（北京：人民出版社，1986 年 6 月），序頁 2～3。
〔註19〕 參見王曾瑜《岳飛新傳》第十六章〈歷史評價〉（中和：谷風出版社，1986
　　　年 10 月），頁 345～346。

定其盡忠報國，是人民心中的民族英雄。

　　雖然大陸學者在評價岳飛時，向來認爲「鎭壓楊么起義」是岳飛一生最大的缺點。不過，近來也有一些人提出新的看法，指出楊么當時勾結金國和僞齊，對宋軍抗金造成實質的危害，故有重新評價的必要，亦即當肯定此事件乃是岳飛「安內攘外」的正確作爲。〔註20〕

　　從被質疑到底是不是一位愛國者？到肯定其盡忠報國，而後討論算不算鎭壓農民起義？時代在變，史觀在變，岳飛的評價重點也在變。〔註21〕隨著兩岸日漸交流，1991 年，大陸學者在台灣出版了《丹心遺恨說岳飛》，對岳飛的事功則有耐人尋味的評價重點，其在署名「將本書奉獻給臺灣讀者」的〈臺灣版序〉中，除了肯定岳飛是卓越的軍事家、愛國的作家外，更強調地說：

> 海峽兩岸都是炎黃的子孫，本書所寫人物也是兩岸民眾共同傳誦和景仰的民族英雄。……岳飛這位歷史人物最值得讚頌的地方，尤其集中體現在他能以強烈的民族責任感和公而忘私的偉大精神，「待從頭收拾舊山河」，使南北分裂的祖國重新獲得統一。……大一統的思想感情始終是我們炎黃子孫的共識，……妄圖分裂的奸臣、國賊，人民則總是口誅筆伐……。〔註22〕

將岳飛抗金禦侮的事功，重新以「使南北分裂的祖國重新獲得統一」加以定義；評價這位民族英雄的精神，強調其所體現的是「大一統的思想感情」；而過去指責秦檜的罪名多爲「通敵、賣國」，此書則以「妄圖分裂」的新詞加以定罪。以上種種用詞和觀點的強調，皆爲前代所無，也只有在如今「海峽兩岸對恃」這樣的時代環境中，才會刻意出現這樣的敘述用語。

（二）台灣方面

　　台灣地區對岳飛的崇敬，早在清雍正時已有建廟祭祀，〔註23〕直到日據

〔註20〕詳參鄭國弼〈關於楊么的評價問題〉《文史哲》（1984 第 5 期）。

〔註21〕大陸史學界對岳飛的研究主要還是圍繞在岳飛的評價問題，而其爭論較集中於「民族英雄」、「愛國主義」、「忠君思想」、「鎭壓農民起義」、「殺害岳飛元凶」以及〈滿江紅〉詞、「朱仙鎭之役」等考證。詳參許銘〈岳飛評價問題綜述〉《中國歷史研究專題述評》（黑龍江人民出版社，1990 年 9 月），頁 190～194。

〔註22〕鄭乃臧、常國武《丹心遺恨說岳飛‧序》（中和：雲龍出版社，1911 年 11 月）。

〔註23〕台灣崇奉岳飛爲主神的宮廟共有十二座，有文獻可考者最早是創建於雍正十三年的台南永康元帥廟，其餘各廟的稱謂有岳飛元帥、岳府元帥、元帥爺、岳文元帥、精忠元帥、岳武穆王、岳飛等等，其中而以宜蘭岳廟最具規模。詳細情

時代，清朝的台籍進士楊士芳，於民國前十六年（1896）在宜蘭倡建岳武穆王廟，規模最大，旨在效法岳飛忠教節義的精神，期達「還我河山」的目的。然為遮日人耳目，故取「碧血丹心望曉霞」之意，定名為「碧霞宮」，於民國前十三年（1899）秋季落成。在台灣光復以前，廟方設有「勸善局」，派員深入民間宣傳武穆精忠報國的精神。〔註 24〕此外，反日的台籍進士邱逢甲，對岳飛同樣大為讚賞。〔註 25〕

　　民國三十八年，國民政府播遷來台，將台灣視為「復興基地」，以「反攻大陸」為首要國策。因此，政府對這位「怒髮衝冠、欲餐胡虜肉、恢復舊山河」的民族英雄岳飛，自然引為知己、標竿，而特別要加以重視、重用。民國四十九年，東西橫貫公路竣工，特在花蓮天祥風景區建立「鄂王亭」，亭記中云：「蓋期登臨者，睹名興懷，追慕遺烈，慨然激發收復河山，中興邦國之壯士焉。」更於民國五十六年，由當時的國防部長兼救國團主任蔣經國，率領社會各界菁英千人以上，於「鄂王亭」前合唱岳飛的〈滿江紅〉。由此，可見當時政府欲藉岳飛的忠烈精神，激發出民眾反攻大陸的壯志，而這同時也成了台灣朝野評價岳飛的焦點所在。

　　當時的台灣宋史研究風氣很盛，對岳飛評價的專書和論文亦多。〔註 26〕其中，李安於民國五十八年出版《岳飛史蹟考》廣受各界肯定，〔註 27〕而其撰寫動機實足以代表當時各界對岳飛的普遍評價。如其在〈自序〉中所強調：

　　　　武穆堅苦卓絕之精神，值得為人人作楷模，尤其在反攻復國之艱鉅

況並參林衡道《台灣寺廟大全》（台北：青文出版社，1974 年 12 月）；仇德哉《台灣寺廟與神明》（南投：台灣省文獻委員會，1983 年 6 月）；李安〈岳飛言行影響及於現代的綜合研究〉《中華文化復興月刊》20 卷 10 期（1986 年 10 月）。

〔註 24〕詳參李安《岳飛史蹟考》，頁 727～732。程光裕〈台灣宜蘭岳武穆王廟——碧霞宮〉《岳飛研究》第三輯，頁 297～303。

〔註 25〕邱逢甲作有〈讀《宋史‧岳忠武傳》作〉的長詩，對岳飛「盡忠報國三字涅背久，到頭反付三字莫須有」大為感嘆。參見《丘逢甲文集》（廣州：花城出版社，1994 年 6 月），頁 28～31。（註：邱逢甲為光緒十五年進士，民國成立後，邱姓回復姓丘。）

〔註 26〕詳參宋晞〈談近四十年來台灣地區的岳飛研究〉《岳飛研究》第三輯，頁 137～142。

〔註 27〕宋史專家姚從吾於書跋中云：「岳武穆精忠報國，治軍治學均有專長，為我國歷史中罕見的異才，國人為之作年譜、評傳、歌劇者，為數甚夥。然就從吾與子平所知，時賢論著最謹者，當推李漢魂氏的《岳武穆年譜》、鄭烈氏的《精忠柏史劇》與彭國棟氏的《岳飛評傳》三書。但吾從個人所瞭解，上述三書雖各有千秋，實均不如子平所著《史蹟考》討論的廣泛與精博。」

時期。……安內攘外之戰功，推行戰地政務之政績，皆屬光復大陸
神聖工作之最好榜樣。……畢生志節，要在以「還我河山」爲奮鬥
之總目標，……胥在實踐「文臣不愛錢，武臣不惜死」與「盡忠報
國」之堅毅主張。……本書冀以闡揚國家民族之正氣，發揮愛國救
國之精神。〔註28〕

可知受到時代、環境的影響和要求，岳飛在台灣的英雄形象十分鮮明。正因
如此，岳飛這種「愛國民族英雄」的形象，是不容詆毀，甚至不容有所異議。
〔註29〕

　　民國六十年代，受到美國和中共建交的嚴重刺激，朝野一片悲憤，對岳
飛的感念之心更加強烈。於是，政府首長大聲號召國人要效法岳飛精忠報國
的精神，矢志光復大陸、還我河山。一時之間，朝野祀岳飛、立銅像、大遊
行、電視演劇、唱〈滿江紅〉等強調「還我河山」的愛國活動紛紛盛行起來。
〔註30〕而發表在報刊評論岳飛的文字，也會刻意凸顯出岳飛精忠報國、還我
河山的民族正氣。〔註31〕如此種種，皆使得岳飛「民族英雄」的形象再度達
到登峰造極，而其被再三強調和高度評價的民族精神，正是符合時勢所需的
「還我河山」。此誠如民國六十四年日月潭文武廟改建後，署名徐鼐所題的楹
聯之下聯所云：「念大陸生靈塗炭全民奮起同驅妖攘復山河」。

〔註28〕參見李安《岳飛史蹟考》作於民國五十七年之〈自序〉，序頁1～3。
〔註29〕民國五十九年，林瑞翰教授撰著大學用書《中國通史》，引清人趙翼說法，認
　　　　爲南宋諸將中，斷語「而飛亦最跋扈」。書甫出版，隨即遭到讀者多人指摘論
　　　　據失當，退役軍官陳繹更先後向教育、內政、監察等部會檢舉請願，申訟林
　　　　著歪曲史實，誣衊民族英雄岳飛。最後由三部會聯合調查、於民國六十二年
　　　　決議：函請行政院對於林著修正再版之《中國通史》重加審查；對於已發行
　　　　未修正之版本，收回銷毀，以免流傳民間，造成不良影響；對該教授任教中
　　　　國通史之資格問題嚴加審核。參見李安《岳飛史事研究》，頁96。
〔註30〕諸如民國六十一年，日月潭文武廟奉　蔣公指示入祀岳飛。民國六十五年，
　　　　行政院長蔣經國於擴大早餐會報中，號召國人要以無比的信心與決心，一致
　　　　效法岳飛「精忠報國」，矢志光復大陸，「還我河山」；台視公司亦宣稱應觀眾
　　　　要求，推出「精忠岳飛」國語連續劇。民國六十六年，嘉義市恭立岳飛銅像，
　　　　像座鎸有「還我河山」大字；新竹武聖廟加祀岳飛。民國六十八年，宜蘭碧
　　　　霞宮高抬岳飛像，舉行「還我河山」大遊行；台北市在齊唱〈滿江紅〉的歌
　　　　聲中，恭塑岳飛銅像，像座刻上「還我河山」和〈滿江紅〉詞。參見李安〈岳
　　　　飛言行影響及於現代的綜合研究〉，頁38～40。
〔註31〕關於民國六十年代、七十年代報刊評論岳飛的文章，詳參朱傳譽主編《岳飛
　　　　傳記資料》（台北：天一出版社，1985年）。

民國八十年代以後，由於海峽兩岸緊張對立的關係趨於和緩，將岳飛的歷史評價，高度集中在「還我河山」的熱潮已不再，然而各界對岳飛盡忠報國的精神仍持高度肯定。

小　結

滿清末年內有腐敗政權，外有列強欺凌，歷經長期割地、賠款的屢屢屈辱，導使民族尊嚴喪失殆盡。直到推翻滿清、建立民國，低落的民族自信心才又興起。然因民國初年時，帝國主義餘威猶存，更有不斷地軍閥混戰。在如此時代背景下，北京政府迫切回復岳飛「武聖」的頭銜，並以「忠武」、「民族」為評價岳飛精神的重點。而後國民政府展開北伐、抗日、剿匪等軍事行動，在「外抗強權、內除國賊」的時代需求下，岳飛身為「民族英雄」的象徵再度達到顛峰。民國三十八年，中共政權建立，國民政府撤退來台。台灣在國民政府的領導下，延續「還我河山」的時代需求，對岳飛採取全方位的高度肯定；中國大陸則在不同史觀下，嚴詞批判岳飛安內剿寇的行為是「鎮壓農民起義」，然卻又認同岳飛有「愛國精神」、「大一統思想」，但對其是否為「封建愚忠」則持不同看法。

第二節　民國以來流傳的岳飛故事（上）——戲劇

民國以來，演岳飛故事的戲劇頗多。然由於戲劇發展至此，已成多元化的地方戲，講究的是舞台演技、師徒相傳，對劇本創作和保存相對地較不在意，因此很難做到全面而澈底的完整考察。只能就常見的、有文本的、甚至是僅有存目的岳飛戲資料來看。然不管是自清代流傳而下的國劇，或是台灣的歌仔戲、布袋戲，其演出內容大都是改編自《說岳全傳》。因此，儘管這些戲劇的數量和種類皆十分龐雜，但就岳飛故事的內容發展而言，價值並不高，能夠彰顯出時代精神的個別文本亦極少。而再就民國以來各種的岳飛戲來看，能夠不以《說岳全傳》為改編底本，且能彰顯出時代需求的，目前只有對日抗戰時期所流行的舞台劇。

本節先就民國以來流傳的岳飛戲做一概觀，再擇其中文學價值較高的《岳飛》舞台劇詳論之。同時，此劇盛行於對日抗戰時期，可算是民國以來，岳飛評價首度達到顛峰的代表作。

一、民國以來流傳的岳飛戲概觀

以下由國劇、台灣歌仔戲和布袋戲、舞台戲等分述之：

（一）國劇中的岳飛戲

國劇中常演的岳飛戲多承襲自清代後期所流行的劇目，如民國元年迄民國廿一年間，北平地區盛行的岳飛戲是《岳家莊》、《八大鎚》、《挑華車》、《請宋靈》、《牛頭山》、《瘋僧戲秦》、《槍挑小梁王》等。〔註 32〕雖然由此並無法明確出專屬民國時代的主題，然而透過這些持續盛行的劇目，非但可做為岳飛故事流行不斷的證據，更可由其凸顯「少年英雄、英雄報國」的內容，看出在「清末民初」這個歷史階段中，岳飛故事所反映出來的時代需求正在於不滿帝國主義欺凌，故期待青年報國、民族自強的群眾情感。

另一方面，歷代岳飛故事流傳的動源都是「岳飛冤死的悲情」，然而這類岳飛戲的主題卻逐漸遠離於此。特別是兩岸對峙後，台灣方面在民國七十年代前，有著強烈的「反攻、反共」之政治意識。政府非但帶頭提倡岳飛精神，也企圖透過岳飛戲來進行社會教育。於是，廣播、電視、軍隊、眷村等表演國劇的地方，其演出的岳飛戲儘管符合官方喜好，卻可能無法契合觀眾的生活情感。如最常演出的劇作是《岳母刺字》和《陸文龍》，前者讚揚了移孝作忠；後者強調勿認賊作父。這兩齣岳飛戲的重點，皆非傳統岳飛戲所著墨的「戰功」或「冤死」情節，前者像是鼓舞青年從軍的招生廣告；後者像是號召反共起義的政治宣傳。〔註 33〕如此的岳飛戲，不但脫離了歷代岳飛故事流傳的動源，而且和國劇觀眾（以外省籍軍民居多）內心真正的情感需求恐怕亦頗有差距。〔註 34〕更何況戲中以哭唱為高潮，就娛樂效果而言頗為缺乏。

〔註32〕詳參周明泰《五十年來北平戲劇史料》（台北：廣文書局，1977 年 12 月）。
〔註33〕早期台灣的國劇大都隸屬於軍中劇團，每逢節慶會演出供一般軍民欣賞，故依此推論。另可參王鳴詠、曹曾禧等整理《國劇劇本——岳母刺字／陸文龍》（台北：復興劇校，1980 年）。
〔註34〕此有一旁證可參：國劇中和《岳母刺字》同樣強調「母親」腳色的，是楊家將故事中的《四郎探母》。蔣勳以其親身體驗指出：此劇演出時台上唱一句，台下的老兵便跟著唱一句，而且頻頻拭淚，甚至在軍校、眷村等各角落中，都可以聽到孤獨蒼老的聲音在唱：「千拜萬拜，贖不過兒的罪來……。」後深入了解，才發現這些老兵年輕時即隨國民黨撤退來台，透過《四郎探母》令他們思念起在大陸的母親和親人。對這群顛沛流離的老兵來說，楊四郎的故事，就是他們的故事。後來這齣戲遭到禁演，隨後軍中推出《新四郎探母》，新楊四郎竟變成宋朝派遣敵後的情報人員。參見〈不可言說的心事——談《四

於是，隨著傳統國劇的逐漸沒落，岳飛故事的內容發展在國劇中近乎停滯。

（二）台灣歌仔戲和布袋戲中的岳飛戲

在台灣，廟會或電視所演出的歌仔戲、布袋戲，其搬演的岳飛故事可說都是以《說岳全傳》的內容為底本，而且為了配合演出場合和觀眾水準，在情節中都會穿插不少天命神怪的內容，甚至以為編劇重點。這是本土性較強的地方戲和國劇在演出岳飛戲時最大的差異；然其共同處是最後一定會以善惡必報、勸忠勸孝作結。以下分從布袋戲、歌仔戲擇要來看：

在布袋戲方面，台灣電視台（台視）於民國五十二年六月即播放「明虛實劇團」演出的《岳飛傳》布袋戲。另《精忠說岳》、《王佐斷臂》亦是常演的布袋戲劇目。〔註35〕在布袋戲大師李天祿的口述劇本集中，〔註36〕第八冊收有《風波亭》，內容即為「哭訴潮神廟」、「瘋僧戲秦」、「施全憤刺」、「忠魂顯靈」、「何立入冥」等岳飛故事的情節單元，全劇可說是以鬼神起，以鬼神結。其中施全欲刺殺秦檜，卻遭岳飛顯靈阻止，以致反而被殺。此段情節雖承自《說岳全傳》，然劇中岳飛阻止的理由並非如小說中所寫的「恐壞了一世忠名」，而是為了迎接施全歸位，強調「做神比做人好」。如此，劇中跳過岳飛「忠君／愚忠」的爭辯，而逕以「好人死後可成神」的教化帶過。另演何立入冥情節旨在宣揚孝順美德，如地藏王因何立具有孝順的美德才答應讓他回陽；而何立回陽後，秦檜夫婦還因此贈送銀兩使他得以回家奉養老母。劇中對秦檜罪行的主要批判處在其「賣國大奸」的無恥行徑，譴責秦檜既是「漢民族」，竟然做「漢奸」害死岳飛。類此「漢民族、漢奸」這種民族意識的強調和用語，並非來自《說岳全傳》，而是台灣老一輩在日據時期的生活經驗。

在歌仔戲方面，著名的楊麗花歌仔戲團於民國五十五年、七十年皆以《精忠報國》為年度大戲。另一著名的葉青歌仔戲團亦於民國七十二年於中華電視台（華視）演出《岳飛》。〔註37〕這些演出由於是連續劇的性質，故皆能以

郎探母》〈《聯合報・副刊》（1998 年 10 月 5 日～6 日）。

〔註35〕 詳參陳龍廷〈電視布袋戲的發展與變遷〉、林茂賢〈台灣布袋戲劇目〉收錄於《民俗曲藝》（1990 年 10 月），67 期頁 68～87，68 期頁 53～67。

〔註36〕 《布袋戲──李天祿藝師口述劇本集》（台北：教育部，1995 年 4 月）。其中除第八冊收錄《風波亭》外，第五冊收錄《精忠報國》，內容主要是「牛頭山大戰」的情節。

〔註37〕 參見楊麗花網站（http://www.tacocity.com.tw/）；葉青網站（http://members.nbci.com/yechinwa1/）

《說岳全傳》爲底本，完整演出岳飛的一生。而地方廟會的野台演出，或是戲劇比賽，則因受時間、空間的限制，故多只能挑《王佐斷臂》、《陸文龍》等常演的劇情單元。當時，由於一般戲團普遍缺乏編劇人才，加上重點在舞台表演，故大都會直接採用「地方戲劇協進會」所編的標準劇本，導致故事內容較無新意。〔註38〕

　　值得注意的是，民國八十四年楊麗花歌仔戲團在台北國家戲劇院演出新編的《雙槍陸文龍》，竟吸引萬人買票觀賞。此劇雖以傳統的「王佐斷臂說書，陸文龍大義回宋」爲基本架構，然劇情內容大爲改異，重點在於陸文龍和耶律芙蓉的愛情，使得故事的主題變成：「亂世青年男女，介於國仇家恨和親情愛情之間的兩難糾葛。」由於題材新鮮、劇情緊湊，成爲日後其他劇團演出的熱門新樣版。〔註39〕此新編的《雙槍陸文龍》算是藉傳統岳飛故事的情節單元，另行獨立發展。如傳統《陸文龍》中演王佐斷臂詐降，主要是爲回報岳飛恩澤，重點在於彰顯岳飛忠義感人的形象；而新編本則改成王佐感於陸家忠烈而爲，岳飛在劇中只是作爲背景的人物。如此，《雙槍陸文龍》實質上已脫離了傳統的岳飛故事，而成爲另一創新獨立的故事。究其因，主要有二：一是傳統岳飛故事的情節已經刻板、不新鮮，只有加入老少皆宜的愛情題材方可吸引觀眾。又因岳飛形象早已被高度類型化、神聖化了，難以再行創新改變；相對的，改編陸文龍的彈性空間倒是大的多。二是身處民主時代，如何用演唱方式來說服觀眾：「岳飛奉詔班師不等於愚忠？」這將會是一個吃力不討好的困難，故從市場行銷的角度來看，開創新鮮賣點反倒省力的多。

（三）舞台劇中的岳飛戲

　　關於岳飛的舞台劇作品，最常被提及的是顧一樵的《岳飛》和鄭烈的《精忠柏史劇》。前者作於對日抗戰期間，足以作爲當時岳飛戲的代表作品，故於後節專論之。後者作於民國三十七年，內容雖以史實考證爲主，然因其在岳飛研究中常被提及，故略爲介紹。

〔註38〕詳參〈75 年台灣區地方戲劇比賽記實〉《民俗曲藝》42 期（1986 年 8 月），頁116～134。

〔註39〕詳參楊麗花網站，有演員表及劇本全文。另屏東仙女班歌仔戲劇團於 1999 年4 月～2000 年 5 月巡迴全省演出六場《雙槍陸文龍》，劇情同此，參見（http://fairies.2u.com.tw/）。而台北宏聲歌劇團於各地演出的《陸文龍》，劇情大致相同。（感謝王國良教授贈予該劇團的演出簡介）至於其他演出《雙槍陸文龍》的討論資料，詳參歌仔戲資訊站（http://tacoticy.com.tw/Twopera/index2.html）

鄭烈早年加入同盟會，參與辛亥三二九廣州起義。民國十年奠都南京時，任總檢政。民國三十七年出版《精忠柏史劇》，共 40 卷。〔註40〕卷首例言云：

> 岳忠武為我民族古來抗敵之唯一聖將，顧從未見有純然根據翔實之
> 史材，而獨具隻眼，描寫其生平得當之說部或劇本。爰不自揣，勉
> 成此書，冀以上揚先烈，下啓來哲。

由此可知鄭烈作此劇，旨在於辨正史實。而其以舞台劇劇本的方式來撰寫，或許正是有感於說部、劇本未見翔實，故以當時所流行的文藝形式來改編。然鄭烈所著劇本，雖是舞台劇的文藝形式，卻用文言話語敘述，且人物的對話，一開口就多達三、五百字，語詞鏗鏘，宛若古代歷史學者在開討論會。如此一來，這多達四十卷的文言劇本，要在舞台上實地演出恐怕不行，非但一般觀眾無法忍受，恐怕演員也背不起這冗長的台辭。事實上亦未見此劇有舞台演出的記載，故應是純粹的案頭之作。由於作者的寫作動機在史實考證，因此全劇亦頗乏故事性。其主題要旨正如張繼〈序〉中所言：

> 窺其旨，固在表揚岳忠武，而推論所及，幾於上下古今，以研鑽有
> 得，往往切當情實，而尤著眼於國家民族，所在具有獨見。

可見此劇意圖透過岳飛史實的考證，以彰顯「國家民族」的主題。這頗符合鄭烈的生平經歷以及所處的時勢。同時，可算是明代于華玉撰《岳武穆盡忠報國傳》等「寫實」系列的流傳。

二、顧一樵的《岳飛》

（一）作者及劇作資料

顧一樵生於民國前十年，主學電機工程，學生時期深受五四新文化運動的影響，啓發其對小說、戲劇的興趣。對日抗戰時期，曾於大後方組織大學、擔任教育部工作，而後歷任大學校長、教育局長等，中共建立政權後移居美國。顧一樵著有舞台劇多種，其所作《岳飛》為四幕劇，初稿作於民國二十一年，時逢松滬戰爭，政府遷都南京。民國二十八年對日抗戰時，又於重慶再稿，是年正逢汪精衛叛國。民國二十九年，《岳飛》於重慶的國泰大戲院演出，招待各國外交使節觀賞，並致贈「還我河山」紀念旗幟。〔註41〕

〔註40〕鄭烈《精忠柏史劇》（南京：大東公司，1948 年）。
〔註41〕關於顧一樵的生平資料，詳參〈一樵自訂年譜〉《顧一樵全集》第 12 冊卷下。
另本論文引用《岳飛》劇本收錄於《顧一樵全集》第 3 冊（台北：台灣商務

　　爲了符合舞台劇演出的時間和空間，顧一樵編劇時只能從岳飛故事中擇
其精要；加上時逢日本侵華，國民政府退守重慶進行抗戰，這種外族入侵的
局勢和南宋頗爲類似。或許正因如此，顧一樵選擇岳飛故事中的「奉詔班師」
和「冤獄屈死」兩段情節，編爲四幕的舞台劇，前二幕演朱仙鎮奉詔班師；
後二幕演岳飛冤獄屈死，事發地點則分別改爲秦檜相府的花園別墅和地窖。
由於顧一樵編劇時著重符合時勢，以收社會教化，故大都不拘泥於史實，如
在人物身分方面刻意運用「間諜」、「漢奸」、「大學生」等當時的熱門用語。
此外，顧一樵頗重視舞台演出時的感染效果，因此劇中安排多場〈滿江紅〉
的大合唱，充分表現出對日抗戰時期的民族情感和群眾心理。

（二）由敘事特色看其主題思想

1、和戰對立的敘事結構

　　在顧一樵《岳飛》第一幕中，先以岳飛和韓世忠、梁紅玉的對話，突出
「打了勝仗，乃是元帥的功勞；成了和議，方是丞相本領」。如此，則將劇中
岳飛和秦檜的對立，由過去強烈的「忠奸抗爭」中，單獨挑出「主戰／主和」
作爲兩人的主要矛盾。由此，再延伸出「主戰愛國／主和漢奸」做爲全劇敘
事結構的主題思想。因此，劇情首先寫岳飛擒獲金國的軍師哈迷蚩，從而證
實秦檜是通敵主和的「漢奸」。當岳飛想回京面聖，先清君側再續戰功時，正
巧秦檜遣人送來班師金牌。此時，軍民一致主張「將在外，君命有所不受」，
然岳飛卻強調說：「我精忠報國，豈能不受君命？」韓世忠提醒班師金牌有可
能是朝廷奸臣的陰謀，岳飛則說：

> 我不怕金人，還怕朝中的奸臣嗎？諸位請了，我此去務必要迎皇上
> 到汴梁來。（第二幕）

岳飛之所以信心滿滿，乃因他已先遣張憲將哈迷蚩押解回京，只待上奏，即
可將秦檜這個漢奸除去。不料，秦檜老謀深算，他先令王俊劫持了張憲和哈
迷蚩兩人；再於岳飛回京的路上將其綁架至相府。接著，秦檜以相府權充大
理寺，指示万俟卨、何鑄共審，意在反誣岳飛爲漢奸，並串通哈迷蚩作僞證。
何鑄見岳飛背刺「精忠報國」，深感良心不安而拒審，結果竟然因此遭到秦
檜迫害，於是由万俟卨一人宣判岳飛的罪名爲「莫須有」。歷史上王俊是誣
害張憲入獄的人，作者因此將其塑造成走狗、綁匪的角色。而將審理岳飛的

印書館，1961 年 1 月）。

大理寺改成相府，再寫何鑄不附和權奸的下場，作者意在表彰秦檜的勢大專權，並且刻意避開岳飛冤獄和宋高宗的關係（此將論述於後）。

　　為了強調岳飛主戰的決心，作者在寫万俟卨的惡形惡狀後，接著寫秦檜出場。秦檜假扮白臉，他將岳飛鬆綁後相勸云：「和戰是皇上決定，大家彼此好商量。」不料岳飛正言屬色，痛罵秦檜是賣國漢奸。秦檜眼看徒勞無功，遂將岳飛、張憲關入地窖。後來哈迷蚩前來探獄，還主動勸說岳飛：「宋高宗已經答應和議，只要你不反對和議即有生路。」然岳飛始終堅決主戰，同時深感朝廷主和已成定局，故說：

> 我岳飛自幼受母訓要精忠報國。這一生除了以身許國外，別無所圖。
>
> 可嘆雖然打了不少勝仗，但是皇上聽從了秦檜的主張，竟答應了和
>
> 議，我先清君側，再搗黃龍的志願，竟不能實現。（第四幕）

因不願附奸偷生，岳飛選擇飲下毒酒、以死明志。岳飛臨死前大書「還我河山」，並高唱〈滿江紅〉，最後在高呼「還我河山」後毒發身亡。一旁的張憲則高喊：「是的，還我河山。元帥，我們一定要繼續你的志願。」最後張憲逃出相府，而趕來相救的岳雲則選擇殉父。作者不忍心讓主戰的英雄死盡，卻又不採用所謂的「鬼神迷信」情節，於是虛構張憲逃走，意欲在觀眾心中留下希望的種子。可見，作者將《岳飛》全劇的敘事結構，由傳統的「忠／奸」抗爭，轉型成「主戰／主和」的對抗。因此，其寫岳飛的死，儘管仍有冤死悲情、仍有恨奸情緒，但卻可使觀眾將大多數的情感，轉而化悲痛為力量，深深融入〈滿江紅〉的激情和「還我河山」的呼喊中。

　　2、王氏及陳東的塑造

　　顧一樵在《岳飛》劇中延續明清時代對王氏的看法，如第三幕一開始就用了大半篇幅寫王氏和哈迷蚩的對話，藉以塑造王氏「通敵、蠻橫和淫賤」等形象。如哈迷蚩告知一旦和議成功，金國必定有賞，王氏竟說：「我要四太子把撻辣貝勒賞給我。」再寫王氏因岳飛性格剛強不肯認同和議，故堅決要將岳飛殺了，而秦檜卻還擔心殺了岳飛會被罵千古奸臣。後來，王氏設計陰謀，她親送酒菜到地窖，甜言蜜語地說要替岳飛壓壓驚，卻在酒中下毒意圖殺害岳飛。如此，劇中王氏的陰毒形象可謂勝於秦檜。

　　「大學生陳東」是作者刻意塑造的重要角色。陳東在過去的岳飛故事中

未曾出現，然史有其人，曾因反和主戰怒觸宋高宗而被殺。〔註42〕顧一樵據此編撰陳東的情節，似有意為之翻案申冤。劇中陳東的演出極有意思：當第二幕幕起時，首先是軍民合唱〈滿江紅〉，唱完後在鼓掌聲、歡呼聲、爆竹聲，聲聲齊響下，大學生陳東持「精忠報國」大旗出場。隨後陳東大聲向眾人宣布：因為秦檜主和，於是他們數千個大學生擁到朝門外，上書皇上要求懲罰主和派並罷免秦檜，他們堅決主張戰到底，一直到最後勝利才能停戰。因此，他特地遠從臨安送來「精忠報國」的大旗給岳飛。而在歡呼鼓掌聲中，陳東又率領群眾高唱〈滿江紅〉。爾後，當陳東獲知岳飛回京時竟然遭到拘禁，他竟然率領一批大學生攻進相府，嚷著要求釋放岳飛、並怒打万俟卨，嚇得秦檜夫婦狼狽而逃。《岳飛》劇完稿於重慶，演出於抗戰的大後方，而其中的演員、觀眾有可能是以當時的大學生為主。若是，則作者如此安排頗能發揮「教育青年」的用意。劇中藉由陳東等一批大學生關心國事、至前方勞軍打氣、帶領群眾支持主戰到底等，如此種種，皆可見作者所彰顯、所期待的，正是對日抗戰時期眾多知識青年的愛國表現。

3、環繞宋高宗的問題

劇中未寫宋高宗出場，對宋高宗的形象主要是透過岳飛和秦檜來間接展現。在第一幕中，當韓世忠夫婦對宋高宗的抗戰態度表示質疑時，岳飛反倒加以維護，認為皇上對他信任到極點，一切全是當權的秦檜在作怪。而後，當班師金牌送來時，岳飛一面強調：「我不能做違背聖旨的人，我不能違背宋朝的天子！」一面又樂觀地說要「迎皇上到汴梁來」。直到臨死，岳飛並未對宋高宗有任何的怨懟或指責，唯一的感嘆是「竟答應和議」罷了。而劇中寫秦檜對哈迷蚩轉述：宋高宗答應和議的條件是「二帝還請金朝多多優待，不必回來」。可見，宋高宗主和終究是為了私利。相對地，岳飛對宋高宗自始至終精忠如一的態度，則顯得過於天真、愚忠。因此，作者將岳飛「冤獄屈死」的地點改至秦檜的相

〔註42〕《建炎以來繫年要錄》卷八〈建炎元年八月壬午〉載：「斬太學生陳東撫州進士歐陽澈於都市。先是上聞東名，召赴行在。東至上疏言宰黃潛善、汪伯彥不可任，李綱不可去，且請上還汴，治兵親征迎請二帝，其言切直，章凡三上，潛善等憾，……會澈亦上書極抵用事者，……潛善乘是密啟誅澈併以及東皆坐誅……。」在「其言切直」下，李心傳以小字附註：「趙甡之遺史云東疏中有云上不當即大位，將來淵聖皇帝來歸，不知何以處，此案東書本不傳今且附此。」（台北：文海出版社，1968年1月），頁427～428。由此可知宋高宗殺陳東，實因陳東觸其忌諱而藉黃潛善之手加以誅殺。

府；又寫秦檜百般阻撓使韓世忠不得面聖營救岳飛；最後寫岳飛毒發身死全是秦檜夫婦陰謀設計所致。如此，劇中岳飛的冤獄和屈死，宋高宗實不知情，也無法知情，則所有害死岳飛的罪責，就順理成章全由秦檜夫婦擔了起來。這樣的情節安排，雖然是爲了強調秦檜的罪責，但對宋高宗未免過於寬大，從而降低了對專制君主殘忍無情的批判，也降低了歷史主題的思想高度。

第三節　民國以來流傳的岳飛故事（下）──傳記小說

　　岳飛故事的流傳在各朝代皆有主要流傳的文學類型，民國以來是傳記文學爲主。由於民國以來教育普及，因此相關岳飛傳記的讀者群含蓋頗廣，從學者、一般民眾到中小學生，都有適合其閱讀能力和閱讀需求的作品。這些岳飛傳記大略可分爲三類：第一類以史實考證爲主，文字敘述質實少文，旨在就事論事、詳考分析，可謂「歷史傳記」。〔註43〕第二類是在史實基礎上，參酌野史傳說，以寫小說的筆法，對岳飛一生做完整的文學描繪，可謂「傳記式小說」。〔註44〕第三類則是在第二類的基礎上，加以創作改編成更加淺白通俗化，因其設定的讀者對象是中小學生，故可謂「青少年兒童讀物」，此類作品眾多（詳參附表六），堪稱民國以來岳飛故事的代表文類。

　　傳記文學以真、善、美爲寫作標竿，除了講究歷史內容的真，也要求行文敘述要有文學的美，在兩者兼俱下，方能有效地達到教化的善。以岳飛傳記來看，其中「歷史傳記」大多被定位在學術著作，一般將之視爲歷史資料，民眾較少將之視爲小說來閱讀。而「傳記式小說」則能充分運用文學材料建構人物形象，而且文字使用較能自由地符合現代用語。至於「青少年兒童讀物」更是

〔註43〕這類著作眾多，較嚴謹的有大陸鄧廣銘《岳飛傳》、王曾瑜《岳飛新傳》；台灣李安《精忠岳飛傳》等。其著作要旨如李安《精忠岳飛傳・自序》中云：「本書內容係依宋史與史學名著如李心傳撰《建炎以來繫年要錄》、岳珂撰《金佗稡編》、徐夢莘編《三朝北盟會編》等書，就事論事，考證敘述，供備讀者閱後自然辨正世俗流傳「精忠演義說本岳王全傳」（俗稱岳傳或說岳全傳）中的許多虛構；及若干神話觀念。」（台北：東大圖書公司，1980年7月），序頁2。

〔註44〕如李唐《盡忠報國岳飛傳》、楊蓮福《破虜軍閥──岳飛》（台北：萬象圖書公司，1996年）大陸的鄭乃臧、常國武《丹心遺恨說岳飛》、丁放〈忠鵬魔──岳飛〉《歷史的鳴咽──最後的悲壯》（中和：雲龍出版社，1993年）等。而其敘事筆法如《丹心遺恨說岳飛》臺灣版序：「在這本人物傳記中，我們力圖在佔有較多客觀材料的基礎上，運用某種帶有文學意味的敘述文字，對岳飛一生的重要業績進行勾勒、描畫和評價。」，序頁3。

目前市場普遍流通的主流作品。因此，本節探討的傳記小說，是以「傳記式小說」和「青少年兒童讀物」爲主。其中「傳記式小說」由於數量眾多，而且素質參差不齊，故只就李唐《盡忠報國岳飛傳》爲論述代表。〔註45〕至於「青少年兒童讀物」本節只做概觀，而將文學價值較高的《岳武穆》另立一節探討之。

一、李唐的《盡忠報國岳飛傳》

　　由作者在書後所附的參考書目，可知其取材除了史書外，也參酌南宋野史和近人所作的岳飛傳記。全書共分八編，依序爲：一〈少年時代〉；二〈從統領到鎮撫使〉；三〈剿平游寇〉；四〈對江西土寇用兵〉；五〈中原奮戰與援救江淮〉；六〈楊么事件〉；七〈還我河山〉；八〈千載冤獄〉。其中每編再分若干不等的小節目。全書詳述岳飛一生，敘事行文以史實編年爲主，參雜岳飛相關的傳說、記事，如小節目：「對關羽張飛的傾倒」、「文官不愛錢武臣不怕死」、「三十功名塵與土」等，企圖在岳飛安內攘外的戰功主線中，夾敘其人格養成、人生感懷等，使岳飛成爲一個活生生的歷史人物，而非僅是百戰百勝的戰爭機器。同時，作者在敘述用語上，頗能合乎現代化，對人物事件多用現代觀念來定位，如小節目：「三分軍事七分政治」、「保衛工作深入到敵人腹心」；語詞有：「情報員」、「地下工作人員」、「漢奸」、「走狗」等。而對歷史上正式的文告、詔書之類，作者則在敘述中原文引用，優點是可以徵實，缺點是文白夾雜阻礙閱讀的通暢。〔註46〕

　　本書前五編以史實爲主，較少涉及傳統岳飛故事流傳的情節單元，而且同其他岳飛傳記相比，其內容和觀點並不突出。後三篇則較有特色，主要是

〔註45〕本文採用李唐《盡忠報國岳飛傳》爲論述代表，乃因較之他作，其出版日期較早、市場佔有率較多（該出版社產品普遍行銷於中小學圖書館），且內容宏富（三百多頁）、著作態度嚴謹（附有參考書目）等。

〔註46〕本文引用版本爲李唐《盡忠報國岳飛傳》（台北：莊嚴出版社，1990 年 6 月）。書中未附作者資料，亦無序言之類，然眞正的寫作年代應比出版年代要早。（另按：香港上海書局於 1961 年 12 月，有題名同爲李唐的《岳飛新傳》出版，惜無法得見是書。然筆者質疑莊嚴出版社所輯錄者極有可能即爲此作，推測理由有三：1.在時代禁忌下出版社擅改作者名或書名者常見，而該出版社在輯錄此套叢書皆不註明作者和序言。2.據前述李凡所載的書目資料，知兩者頁數皆爲 378 頁。3.在台灣出版的岳飛相關著作中，皆視楊么爲匪寇，而此書卻獨採「岳楊同揚」的觀點。若是如此，則此書的時代價值當更被肯定，因爲其內容思想可能反映出民國三十八年左右的歷史。）

針對岳飛「平楊么」和「冤死」等情節加以詮釋運用，以下探討之：

（一）關於岳飛平楊么的情節

第六編〈楊么事件〉作者刻意經營，先寫南宋政府：「實在是個壞政府，做不出一點好事來，畏敵、媚敵、軟骨頭，使中國人臉上，蒙了一層可恥的面罩。對自己老百姓，卻又擺出猙獰面目，剝削榨取，無所不用其極」。再寫金政府是敵人、劉豫投金作漢奸是僞政府。如此一來，楊么反宋有理，而其殺僞齊說客，更可見其恥與「漢奸」爲伍的立場。因此，作者讚揚楊么等人並非是一般匪寇，而是寓兵爲農，他們是「反敵寇、反漢奸、反壓迫他們的政府」，他們「用自己的力量保護自己」。其後，作者寫宋廷屢次派官軍前來圍剿，但結果皆不堪一擊、大敗而回，從中藉以諷刺宋朝無將、長期軍紀敗壞。最後寫岳家軍奉命前來，岳飛採取「七分政治」的安撫策略，結果楊么兵敗投水自殺，後爲牛皋捕獲回營。

一般傳記寫到楊么兵敗被俘後，皆以岳飛立即斬之、奏功朝廷。然本書作者則多加描繪，寫岳飛待楊么如貴賓，不斷地曉以「共同禦金」的民族大義。只是楊么堅持其志，不願向腐敗的宋廷屈降。另一方面，岳家軍諸將對楊么寧死不降已深感不耐，岳飛只好請旨發落，最後在不得已之下才奉旨將其正法。同時，岳飛對楊么舊部頗爲仁厚，令曰：「要從軍的編入勁旅，要歸田的授田撥種。」如此總算平定紛爭已久的楊么事件。岳飛立此大功後，宋高宗褒獎之，大將張俊則因妒嫉而仇視之。如此，藉由岳飛平定楊么的情節，作者先批判宋廷政軍腐敗至極，再強調岳飛之所以能勝於眾將，正因其戰略佳、軍紀嚴、愛才愛民。同時，也點出岳飛日後冤死的肇因，正在於功高遭忌。

從史實來看，平楊么確是岳飛生平所經歷過的較大戰役，從受命到討平歷時約四個月。因爲過程頗爲曲折，在當時已被民間傳奇化，〔註47〕後乃演爲岳飛故事流傳的情節單元。此在熊大木編《大宋中興通俗演義》時，大抵依史記載；清初《奪秋魁》以「平楊么」爲劇中岳飛的「戰功」，雖誇大虛構楊么的陣容，然寫岳飛「一戰即克」，致敘述平淡無奇。後《說岳全傳》雖以六回的篇幅來敷演，〔註48〕然描繪重點不在楊么，而是在牛皋遇仙、戚方刺

〔註47〕〔宋〕陸游《老學庵筆記》卷一載：「鼎澧群盜據險不可破，每自詫曰：『除是飛過洞庭湖。』其後爲岳飛所破。」（台北：木鐸出版社，1982年5月），頁2。可見南宋民間認爲岳飛得破楊么，是因岳飛名字應合了賊寇的讖語。
〔註48〕詳參《說岳全傳》第48回到第53回。

飛等附加情節。而京劇《平楊么》亦是片面宣揚岳飛戰功。如此，儘管「平楊么」是岳飛故事的情節單元，但卻談不上重要，而且楊么本人在岳飛故事中亦頗為模糊。造成如此現象之因，主要是岳飛向來被當作「民族英雄」來塑造，因此他的敵人是金兀朮，而非土寇楊么。直到民國時期，楊么才開始在岳飛故事中受到重視，此主要是受到「農民起義」史觀的影響，是前述中共「批楊抑岳」、「岳楊同揚」等時代觀點的反映。

（二）關於岳飛冤死的情節

第七編主要敘寫岳飛抗金，到奉詔班師，作者以〈還我河山〉作為篇名，其中用〈滿江紅〉寫出岳飛對宋高宗抗金政策搖擺不定的憂鬱；用「難兄難弟」來諷刺宋高宗和秦檜主和的心態；痛斥向金兀朮扣馬的書生為「一個智慧過人的漢奸」；寫岳飛班師時「黑壓壓一片，幾十里長的難民」隨軍南徙。如此，作者在宣揚民族意識的同時，更強調岳飛的偉大在於愛民，因此對只顧私利、違反民意的朝廷，以及出賣民族的漢奸皆嚴加指責。

第八編〈千載冤獄〉，一面寫岳飛因「還我河山」受阻而憂鬱成疾；一面寫秦檜等「賣國集團」與高采烈地積極主和。在金人「岳飛不死，和議不成」的要求下，宋高宗和秦檜這對「難兄難弟」決定：「必須手腳做得乾淨，皇帝裝著不知道，一切交由秦檜去做」。於是先遣楊沂中至廬山草堂騙出岳飛，逕送大理寺受審，秦檜除了指定万俟卨、羅汝楫製作偽證外，更派出「特務人員」嚴禁街坊談論岳飛事。由於始終得不到證據，岳飛又寧死不屈，秦檜因此陷入焦慮狀態。這時，王氏出場了。作者寫道：「如果依照王氏的主意，岳飛早就殺了，而秦檜還怕世人議論，必須證據齊全，方能動手。」可見作者承襲自明代以來，以「最毒婦人心」型塑王氏的觀點。結果是秦檜下條子，岳飛死獄中。作者雖然對宋高宗主和的私心有所撻伐，然仍採用「東窗陰謀」的傳說，將岳飛的死，先歸罪於秦檜，再強調王氏的陰狠。

一般傳記寫到岳飛死獄後，接著就寫：不久後宋孝宗即位，大封岳飛子孫、岳飛冤屈總算沈冤昭雪。如此敘事，一來使人誤以為朝廷畢竟英明，只是不幸出了奸臣；二來則沖淡了岳飛冤死的悲情，彷彿只要肯為朝廷盡忠，終究會還給清白。如此隱惡揚善的敘事方式，使得歷史專為勸善服務，而視政治為單純、可愛。李唐的《盡忠報國岳飛傳》則一改如此的敘寫模式，雖然作者也將岳飛的不幸主要歸罪於奸臣，然卻更能指出政治的無情。如寫岳飛冤獄期間，其岳家軍遭到思想整訓，被「訓練成賣國主義的一支為趙構、

秦檜服務的『和平軍』；而秦熺掌理國史館，則歪曲史實，「甚至虛構很多誣衊岳飛的事端，要一手掩盡天下人耳目」；至於和岳飛交往十多年的那些摯友、幕客，此時也都識時知機，把過去同岳飛唱和的詩文「一毀而盡，免得落在別人的手裡，作為把柄」。故當岳飛被毒死後，作者寫道：

> 秦檜一手包辦了岳案，有功，加太師，封魏國公。

> 岳飛死訊傳到汴京，金兀朮諸酋設酒宴，互相慶賀。

作者運用對比而簡短的兩句話，沈痛而銳利地指出宋高宗之惡之昏，而秦檜作為漢奸之可恨。其後作者一邊寫老百姓對岳飛的思慕，一邊又寫宋高宗對秦檜封賞有加，強烈地諷刺宋廷的離心離德。因此，作者於書末客觀而冷靜地強調：宋孝宗之所以肯為岳飛平反、封諡，實因「輿論」的關係。

二、青少年兒童讀物中的岳飛故事

　　民國以前，岳飛故事的流傳，無論是小說、傳記、或是戲曲、說唱，從未將青少年、兒童視為一個特定的「讀者群」，然隨著教育普及，學校教育的正規化，在文學領域中出現「兒童文學」專屬學科，〔註49〕而隨著兒童識字、閱讀的大量需求，將古典作品加以改編以符合其學習能力，則成為通俗讀物之主要來源。

　　民國以來，關於岳飛故事的通俗讀物眾多，這類作品主要改編來源有二：一是依《宋史‧岳飛傳》改寫；一是將《說岳全傳》刪改。綜合其最大的共通處，則在於避免迷信，故不採用天命因果的敘事結構，企圖將神化的岳飛還原成真實可信的人。而在敘述用語上，民國七十年代以後出版的改寫本，較能符合兒童文學所要求的趣味、淺白，如內容著重在岳飛的少年時期、將「莫須有」等宋代慣用語譯成白話等。這固然是顧及讀者群的同理心和閱讀能力，但同時也易使改寫重點偏離岳飛特色，〔註50〕或因話語翻譯而減弱人

〔註49〕 「兒童文學」的定義頗多，依傳林統的說法：「兒童文學是兒童的文學，它包括以兒童為對象而寫作，以及兒童自己寫作的雙重意義，除了這種範疇外，也含有兒童依賴成人的協助而選擇的，或與成人共有的，承上一代而來的，經過歷史累積匯集的一切作品。」《兒童文學的思想與技巧》（台北：富春文化公司，1995年3月），頁26。

〔註50〕 如許錦波改寫《岳飛》，用大半內容寫岳飛從軍前的事蹟，且連續以「周老師」、「名師出高徒」、「永別了，恩師」三節目來寫周侗和岳飛的師生情誼；而卻只用四分之一不到的篇幅寫岳飛的戰功和冤死。如此，雖有「師生情深」的主題，卻無法彰顯岳飛獨特的人格精神和歷史地位，使岳飛僅僅是歷史上眾

物性格，甚且錯誤頗多。〔註51〕此外，這些改寫本大多無明確的改編意旨，形成只是在前代作品中進行刪節、換詞，故其主題實不足以彰顯出時代的文學特性，因此大體上文學價值不高。只能做為岳飛故事被注重，或是當時流傳的證據而已。

　　值得注意的是，岳飛故事從元代以來，其流傳是扣緊岳飛冤死的悲情而展開，而這些改寫本對岳飛的冤死情節，卻大都只用最後一節的部分文字述說而過，簡言之是朝廷不幸出了奸臣秦檜，因而岳飛才被害死，所幸不久之後即沉冤昭雪，既然好人終究會有好報，故大家還是應該效法岳飛愛國的精神。正如陳秋帆在其改寫的《岳飛·序》中所言：

> 正是全國上下把復興中國的希望，寄託在他一個人身上的時候，奸臣秦檜卻導演了一場「莫須有」的冤獄悲劇，使他還我河山的壯志難酬，一代豪傑就長逝於風波亭！……今天，我們的國家也需要像岳武穆那樣允文允武的青年出來擔任救國的大任，希望讀者能夠發揚岳飛忠勇為國的精神，來完成我們中興復國的大業。〔註52〕

如此敘事，確實將岳飛的冤案過於簡化，旨在符合兒童、青少年的知識水平。重要的是將所有罪過由奸臣承擔，對宋高宗的私心自用加以淡化，並藉由冤屈昭雪後朝廷的封賞，以強調雖然奸臣很壞，但朝廷還是英明的。因此，這些改編者多用「皇上」代表宋高宗，而以「朝廷」代表宋孝宗，且「朝廷」等於政府、國家。如此雖然「皇上」曾受奸臣之蔽，然昏庸止於宋高宗個人，「朝廷」終究是英明的，因此讀者們還是應該效法岳飛報國，而不可學秦檜誤國。

第四節　《岳武穆》的敘事結構和主題思想

　　民國以來改編岳飛故事的青少年通俗讀物眾多，在目前仍可見的作品中，筆者發覺莊嚴出版社所收錄的《岳武穆》，〔註53〕在主題上較能反映時代

　　　多「尊敬師長」的教材之一。（台南：長鴻出版社，1995年）。

〔註51〕如岳飛背上刺字應為「盡忠報國」，卻多誤寫為「精忠報國」；清朝錢彩改成「錢財」；楊么改成「楊公」；岳雲成了岳飛養子等。

〔註52〕見陳秋帆《岳飛》（世界偉人傳記7）（台北：東方出版社，1988年2月），序頁1～2。

〔註53〕本文《岳武穆》引用文本為收錄在《中國傳奇》第八冊〈歷史英雄傳奇〉（台北：莊嚴出版社，1985年7月）。共列此冊的另有伍子胥、諸葛亮二人，可知皆取其忠心報國、遺恨事功未成之共同特色。

需求，而內容既不局限於史實，也非單純的《說岳全傳》增刪本，更能依時代特色重塑岳飛形象，因此是目前可見的所有改編本中，文學價值較高的一本。以下就其敘事結構和主題思想論之。

一、《岳武穆》的敘事結構

《岳武穆》全書共有 22 節，從〈大甕中救起的孩子〉到〈風波亭畔的忠魂〉，寫盡岳飛「戰功」和「冤死」的一生。雖然書中未見作者、編寫意圖等相關資料，但由其節目安排和敘事主容，可知《說岳全傳》在本書編寫上提供了重要的基礎。特別是本書的敘事結構，大體上頗同於《說岳全傳》中寫岳飛「英雄歷程」的一生（詳見於第四章第四節），以下依此，略述《岳武穆》改編後的情節重點：

甲、英雄成型（第 1～2 節）：寫母教、師訓、少年立志。

乙、英雄待勢（第 3～5 節）：改「槍挑小梁王」為征遼失敗、寫「畫地絕交」、「岳母刺字」等。

丙、英雄竄起（第 6 節）：刪除宋高宗接見岳飛後賞識有加的情節，只寫張所、宗澤的知遇。

丁、英雄顛峰（第 7～10 節）：寫安內攘外的戰功，如「平楊么」、「牛頭山戰役」、「高寵挑華車」、「岳家莊」等單元。

戊、英雄頓挫（第 11～12 節）：刪除金兀朮恩養秦檜夫婦情節，先寫高宗執意偏安，岳飛怒而棄軍隱居廬山，而朝廷又下詔起復事，然不採「御賜精忠旗」單元。後寫秦檜主和、岳飛主戰，然因高宗聽信秦檜，宋金終達成和議。

己、英雄再起（第 13～16 節）：寫「大破拐子馬」、「王佐說書義勸陸文龍」，另凸顯出岳家軍軍紀嚴明，敵區忠義軍、及少年勇將「八大鎚」單元。

庚、英雄悲歌（第 17～22 節）：寫奉詔班師，不採「書生扣馬」傳說；寫冤獄屈死，不採「道悅贈偈」，而延用「東窗陰謀」，再改編周三畏、張保、施全等人的作為，另增寫臨安群眾的義憤。

由以上《岳武穆》的敘事結構可知：

1、《岳武穆》的作者雖以《說岳全傳》為敘事結構的基礎，但對其中涉及天命因果的情節皆不採用，對傳說情節則持謹慎態度。如搬用「東窗陰謀」

毒殺岳飛的傳說；對「王氏私通金兀朮」只含蓄地點到爲止；將「周三畏掛冠」反寫成因貪生怕死才屈意附和，藉此彰顯秦檜淫威之大；再將何鑄改寫成是秦檜最貼心的劊子手，而後又寫王氏預謀萬一東窗事發，即將冤殺岳飛全推給何鑄頂罪，如此既見王氏狠毒，更見爲虎作倀的下場；另改寫岳飛對「張保死義」的看法，以去除其愚忠形象；不寫「施全行刺」，而寫施全大唱〈滿江紅〉等。

2、在敘述岳飛「戰功」方面，只在第 7 節〈洞庭波送凱旋舟〉中，寫岳飛「平賊」的安內戰功，敘事要旨並不諷刺宋廷腐敗，而是強調「岳家軍」善戰。而從第 8 節〈牛頭山之役〉到第 16 節〈八鎚大鬥朱仙鎭〉，則全力寫岳飛「抗金」的攘外戰功，然作者在處理此「戰功」情節時，其所強調的是岳家軍和忠義民軍等整體的犧牲貢獻，而非只集中塑造岳飛個人的「英雄」形象。如此敘事安排，是作者爲了展現其「全民抗戰、還我河山」的寫作意圖。

3、在敘述岳飛「冤死」方面，一般改編本大多只在最後一節，並同「奉詔班師」、「冤獄屈死」、「平反表忠」等情節略述而過。此書則以最後五節寫「冤獄屈死」，極力渲染岳飛「冤死」的悲情，對於死後的「平反表忠」則只在最後用幾行文字提及。以岳飛故事的流傳來看，作者在此部分創新最多。

4、雖然書中也寫忠奸抗爭、民族矛盾，但卻不以此做爲全書主題，故不寫秦檜在金國事，只強調其在宋廷力主和議；不寫岳飛班師後金兵擄掠朱仙鎭，而凸顯臨安百姓還鄉的寄託；對宋高宗只敘寫贊成和議，卻刻意避開其在岳飛冤死中所扮演的角色。如此，可見作者在《岳武穆》中所要強調的是：主和導致亡國、亡族，只有主戰才能體現全國軍民的願望——「還我河山」。

二、《岳武穆》的主題思想

以下從「民族英雄」新定義、「外抗強權內除國賊」在於全民的力量、主和賣國的歷史借鏡、青年報國的時代期許等四點論述《岳武穆》的主題思想：

（一）「民族英雄」新定義：用「理性愛民」取代「精忠」

對岳飛形象的重塑，是本書改編的重點所在，除了將其塑造成天生攘夷的民族英雄外，特別要對以往的「愚忠思想」、「個人英雄主義」等，進行符合現今時代需求的轉型。故作者寫岳飛十歲時，岳母要其讀書求官，他竟慨然而道：

如果太平盛世，當然是以文治國。但如今有異族入侵，內有賊寇成
群，必當有勇士報國，才能夠安定天下。（第 2 節）

可見岳飛自少年時代即能天下國家的安危為己任。其後，岳飛又深受恩師周
侗的影響，懷著滿腔熱血，前往投軍征遼，然因職位卑微，英雄無用武之地，
宋軍征遼也告失敗。隨後岳飛轉投劉韐麾下負責剿寇，雖然得以表現將才，「但
是他的一生大志是在攘夷；對於殺賊，他以為沒有什麼意思」，於是岳飛告假
回家。不到半年，金兵南侵，岳飛乃再度投軍，表明將移孝作忠，岳母為獎
勵其效命國家之志，乃在岳飛背上刺「精忠報國」。接著是岳飛展開「平賊」、
「抗金」的英雄事業，然「牛頭山戰役」後，宋高宗決意偏安，岳飛在奏請
北伐無效後，乃灰心國事，以服母喪為由，離軍回鄉。

岳飛雖然在廬山守墓，「但他怎樣也忘不了淪於夷狄的大好河山」，作者
用鏗鏘的〈滿江紅〉詞調，以喻岳飛報國受阻的悲壯。而後宋廷派薛弼以「決
意渡江北伐」為由，促其還軍。岳飛卻說：

岳飛從軍報國，志在還我河山。今朝廷只以偏安江南為滿足，甚至
棄淮守江，更莫說渡河殺賊了。若以這個局面而言，軍中有無岳飛
都是一樣的。北進之議，恐怕終是虎頭蛇尾……。（第 11 節）

可見岳飛對朝廷具有理性的認知，這是作者轉移岳飛愚忠的改寫。宋廷再派
岳家軍要員前來，此時岳飛雖知偏安局面已定，但顧及全軍將因他堅決不出
而受懲，甚至擔心牛皋和王貴離軍「再作殃民的寇盜」。於是在護軍愛民的心
態下，岳飛又回到軍中。不久，傳出宋金議和的消息，雖然岳飛力陳「夷狄
不可信，和好不可恃」，然宋廷堅決主和。和議不到一年，果如岳飛所言，金
兀朮毀約南侵，於是英雄再起，在以岳家軍為作戰主力下，終於「大破拐子
馬」，直逼汴京。正當軍民興奮「還我河山」的願望即將達成時，宋廷卻急下
「班師金牌」。岳飛本想據理力爭、堅持北伐，但是當他得知其他宋軍皆已退
兵時，只好召集諸將，客觀分析戰場形勢後，慨嘆：「十年之功，廢於一旦！」
此時，張憲激情的高呼：「將在外，君命有所不受。」然岳飛在倍感頹然的心
情下，仍理性而冷靜地說：

不能，我們孤軍深入，後無接濟，徒逞一時之快，何異驅牛羊膏虎
吻？——退兵，徐圖重來吧！（第 17 節）

於是，「突然在一夜之間，岳家軍這個大兵團沈默地脫離了戰場」。作者寫岳飛
在理智分析戰場形勢後，才迫於現實做出不得不退兵的決議，如此則取代過去

岳飛「奉詔即刻班師，不敢有違君命」的愚忠態度。同時，作者也將「朱仙鎮，十二道金牌召回岳飛」的情節加以改成：岳飛在收到第一道詔書時，即在戰略考量下即速班師，其後十一道金牌則是在岳飛兵退鄂州、上表請辭未獲准許時，朝廷才接二連三下詔要他回京。作者如此改寫，正是爲了避免過去將「民族矛盾」和「忠奸抗爭」強烈集中，使岳飛的班師行動，成爲「只顧君命，不顧國家人民安危」，構成愚忠鐵證。同時，藉此塑造出岳飛處於外在無奈和內在理智的衝突，如此一來，可見岳飛悲劇是時代環境所造成，其性格中並無愚忠成分。因此，當岳飛回京被解除軍權改任樞密副使時，作者寫道：

> 現在他明白朝廷所以連頒十二道金牌召回的緣故了。強敵既除，猜忌隨生，自古功臣的遭際大都如此；但如今連河南都還未肅清，河北、燕雲盡陷胡虜，他們就已經這樣對付扭轉危局的大將了。（第17節）

於是岳飛再度請辭，而朝廷早視其爲和議絆腳石，遂即詔准。然秦檜豈能容下主戰聲音，更何況在軍民心中，岳飛還是個「民族抗戰的神魂」。因此，秦檜先陷張憲、岳雲入獄，再以作證爲由，誘岳飛至大理寺，誣以「莫須有」冤獄。

當眾人力勸岳飛逃獄時，岳飛卻反而顧慮：若其逃獄，則整座監獄的數百看守都將因此而遭殺害。這豈是愛民的岳飛所能爲？因此，岳飛堅持不走。張保痛心之餘，遂撞牆自盡。岳飛不禁掩面嘆息道：

> 你一個未曾讀書的侍從，居然也知抗金方能保國的大道理，朝廷上下的不肖大臣當要愧煞！只是你這一死卻死的太愚了！（第21節）

爲什麼死的太愚了呢？正如岳飛告誡兒子岳雲的話：

> 人生自古誰無死？我們雖然死不得其所，畢竟也不曾在疆場上臨難苟免。後世自知我用心，雖誣何傷？（第22節）

正因如此，當張憲表示死後「化爲厲鬼，當奪秦檜之魄」時，岳飛立即糾正他說：「即使化爲厲鬼，也當先去殺胡虜，救百姓！」作者寫岳飛在冤獄中的這些情節，是爲了要將過去岳飛愚忠的形象，轉型爲愛民甚於愛己，故其一生堅持主戰，目的是爲了「救百姓」。因此，書中岳飛的「忠」，既沒有任何盲目的「忠君」影子，更非僅爲「一生忠名」。正因其所展現的英雄精神，具有「臨難毋苟免」的道德情懷，故其犧牲所體現的原是道德超人的理性自足。因此，在風波亭上，岳飛不用怨昏君、不必恨奸臣，他只須靜靜寫下「天日昭昭、天日昭昭」，

在慷慨飲下毒酒後，猶且擲杯大呼：「驅逐金虜，還我河山！」

（二）「外抗強權內除國賊」在於全民的力量

《岳武穆》雖以岳飛一生爲故事主體，但書中所要彰顯的精神，並非是英雄的偉大精神，而是全民的力量。如此敘事意旨，表現在兩方面：一是直接由岳飛宣告出來；二是寫百姓對岳飛冤獄的行動。前者同時消解了岳飛愚忠英雄的形象，後者則是作者因應時勢的創意。以下分述之：

首先是直接由岳飛宣告出來的寫法。秦檜爲害岳飛，密遣楊沂中至廬山拘提之，可楊沂中竟反而警告岳飛說：「國家大計由秦相公一人在搬弄。」因此力勸岳飛快號召天下兵馬共清君側，先救張憲、岳雲，再移師北征，直搗黃龍。不料岳飛卻冷靜地說：「自古安有以一武人不遵朝廷節制而能立功業者？」作者於此寫道：

> 如果早十年，他也許會攘臂而起，率軍反對和議，與國策背道而馳。但如今他明白，戰爭是全國全民的力量，不是一支大軍，幾員武將的勾當。只看朱仙鎮一役，後方的軍需不至，韓、張兩軍後撤，他也就非退不可了。（第 17 節）

作者強調戰爭要靠全國軍民的力量，如此敘事，在於避免將岳飛塑造成神化的英雄，排除個人英雄主義的崇奉。因此，當獄卒倪完告知岳飛：「殺你父子是金人和議的要求。」岳雲即以抗金和國家安危爲由，請父親逃獄。不料岳飛卻說：

> 胡說！只要上下一心，誓驅金虜，勢無不成之理。爭戰之道，貴乎舉國同仇，豈在匹夫身？我縱因此而死，但知王師北征，便可瞑目，又何必定求功成我手！（第 21 節）

可見在作者的塑造下，岳飛偉大的英雄形象，不在於其個人的英勇善戰，而在於能體現出全民抗戰的決心。因此，在岳飛一生中，其「戰功」卓著，卻非專權軍閥；其「冤死」慘烈，卻非愚忠所致。

其次是寫百姓對岳飛冤獄的行動。在前代岳飛故事中，會將民眾立場、心聲加以描繪之處，一是在岳飛奉詔班師時，朱仙鎮的百姓渴望岳飛留下來，保衛他們的田園、帶領他們繼續抗戰；另一則是在岳飛冤死後，敘述百姓對他的追思。在這本《岳武穆》中，作者更加注重人民的力量，然並不是表現在「奉詔班師」的情節中，而是運用於「冤獄屈死」的情節，故以「臨安的人民」來取代「朱仙鎮的老百姓」。作者如此改編，除了配合其主題外，亦有

其時代意涵。如作者寫岳飛在大理寺受審，憤怒的人潮聞風聚集而來，最主要的原因是：

> 臨安的人民大半來自中州，他們對岳飛更有一種神性的崇敬，——
> 把還鄉的希望全都寄託在他的身上。（第 18 節）

因此，當百姓得知岳飛遭受冤害，即群聚高呼：「請岳少保回到前方去，還我河山！」負責守衛的兵士也同感悲憤，因為「人潮所呼喊著的也就是他們的心聲」。作者寫出軍民們熱切期待可以還鄉的心情，可說是間接反映了時代群眾的心理。反映了那群在民國三十八年時，隨國民黨撤退來台的外省籍軍民之心情。也因此，臨安百姓「還我河山」的呼喊，不正是民國八十年代以前，台灣當局宣揚「反攻大陸」時所高呼的口號。此外，作者更配合民主政治的時代，在書中充分展現人民力量，除了寫臨安百姓包圍大理寺抗議外，又寫道：

> 距離岳飛被押已經有兩個多月了，臨安的軍民不但沒有忘記這一件
> 千古冤獄，而且到處集會、發傳單、寫招貼，想憑輿論的力量來挽
> 救這一位抗敵英雄。（第 20 節）

此外，作者還寫當時勾欄中時興高唱〈滿江紅〉。透過對岳飛冤獄的救援行動，作者寫出岳飛主戰是真正符合民心，從而反諷出宋廷主和有違民意。而這些人民的力量確實發揮了作用，他們使得秦檜氣忿、戰慄、甚至怕憤怒的群眾會殺了他，燒了他的相府。然而，作者並沒有忘記南宋仍是君主專制的時代，因此儘管群眾的呼聲再大，岳飛終究死於「東窗陰謀」。

（三）主和賣國的歷史借鏡

《岳武穆》是以主戰、主和的對立，做為全書敘事結構的主要脈絡，從中宣揚「主和賣國」的歷史借鏡。故當秦檜力主和議時，主戰的岳飛即當面以「相臣謀國不臧」斥之。然由於宋高宗堅決求和、寵信秦檜，致令朝中反和的文臣皆被免職，而主戰的武將則被告以「朝廷大計不得參預」。終於宋金達成和議，金朝派張通古為江南招諭使，要宋高宗親自跪接和議「詔書」。金朝對宋廷如此的侮弄使宋高宗進退猶豫：若拒絕，深恐和議決裂；若遵守，則滿朝文武會因此而鄙視自己。重要的是，無論去取為何，都會影響到他皇帝的寶座。於是宋高宗下詔求言，表明「欲屈己求和」全是為了迎回梓宮，使軍民止戰休息。

作者以上敘事，大抵依史編寫，旨在突出宋高宗與秦檜主和實是為私利而賣國的行徑。因此，作者續寫宋高宗求言後，士大夫堅守氣節不忍附和，

結果被秦檜大批斥逐；而臨安百姓反應更是激烈，直指「秦相公是奸細」，更有如此傳聞：

> 如果趙構眞的向金使跪接詔書，民間便可能暴動，索性推翻朝廷，
> 另選賢能，與金人作殊死爭戰。（第12節）

民間如此傳聞，使宋高宗深懼之，故終以守喪爲名，令秦檜代爲跪接詔書。作者虛構出此段民間傳聞，用以彰顯出人民力量。其運用現今民主時代的觀念，雖不合乎當時的政治文化，然可見作者有意突出：主和賣國、全民不容。

宋金和議後一年不到，金人撕毀盟約大舉南侵，宋廷主和的君臣卻個個手足無措，又回頭要求主戰將領前去抗金。如此，主和賣國、主戰救國的局勢已明顯不過。然正當主戰派在岳飛帶領下，即將達成「還我河山」的願望時，宋廷竟又採取主和政策。在「人心厭和、士氣願戰」的局勢下，秦檜竟設計岳飛冤獄，無非是爲了徹底打擊主戰派。作者於此，寫秦檜本無必殺岳飛之意，甚且百般猶豫若屈殺了岳飛：「固將無人再敢主戰，但必把我形容爲賣國的人。教我怎樣向歷史交代？」這時，陰狠的王氏笑其太迂，主張在黃柑中暗藏殺飛密令，萬一東窗事發，再推給何鑄頂罪。作者一方面寫秦檜、王氏在相府內「東窗陰謀」；一方面又寫張保、施全在相府外唱起激昂的〈滿江紅〉。如此，構成一種強烈的對比，在「殺飛→主和→賣國」的推展下，渲染出令人激憤不已的氣氛。

民國以來的岳飛故事，大都在寫完岳飛冤死之後，即立刻以冤屈平反、朝廷表忠作結。《岳武穆》則在兩者間，再加入作者對宋金和議的評論。先寫岳飛死後，「金兵依然時時覬覦江南」，然之所以未再渡過長江，主要是因其國力已弱，並非遵守和議所致，接著評論道：

> 最後金亡於元，元兵南下，終於侵占了全中國，也是種因於這一次的和約。如果岳飛不死，和議不成，他不但會收復汴京，而且一定率兵渡河，平定河朔，直搗黃龍，措宋室於磐石之安。則金國可以倖存，元人不能勃興，也許歷史上根本不會有異族兩次入主中國的局面。（第22節）

此段評論，若以客觀的歷史眼光看之，固然有其誇張處，然卻可將之視爲作者的創作意圖：作者試圖以南宋岳飛的故事，呈現和議亡國的歷史借鏡，藉此強調主和無異是賣國。當年國民政府對日抗戰期間，有汪精衛主和，被罵爲漢奸；剿共時期，共產黨以「邊打邊談」策略取得優勢；後國民政府遷台，

對中共政權的頻頻倡以和談，更是視為「統戰陰謀」。民國以來如此的歷史背景，對《岳武穆》的作者不能說完全沒有影響，因此書中處處彰顯出主和賣國的思想，正是該時代階段的歷史省思。

（四）青年報國的時代期許

　　《岳家莊》、《八大鎚》、《陸文龍》（或稱《王佐說書》）等劇目，是清末民初時頗為流行岳飛戲。因此，《岳武穆》的作者在改編岳飛故事時，對這些流行劇目自然會加以重視，如第 9 節〈使銅鎚的小英雄〉寫岳雲；第 15 節〈斷臂將軍──王佐〉寫陸文龍；第 16 節〈八鎚大鬥朱仙鎮〉寫岳雲、狄雷、嚴成方、何元慶等。雖然這些情節在《說岳全傳》中早已出現，但是在小說長達 80 回的篇幅中，只能算是點綴作用，是用來烘托岳飛這位主要英雄的。《岳武穆》則不然，在寫岳飛「戰功」情節中，這些少年勇將的篇幅占了將近一半，特別是第 16 節乃是岳飛抗金戰功的高潮，作者反倒以岳飛來烘托他們，先寫「智勇純孝」的陸文龍通知敵情後，再寫岳、狄、嚴、何等四位「二十歲剛過的少年英雄，巧在各使雙鎚，最宜衝鋒」，而且他們「久受岳飛薰陶，早已以身許國」，因此被任命為敢死隊，果然在「只見八鎚飛舞，此起彼落」後，大破金兵的主力軍。岳飛大喜，要他們回後軍休息，但四人竟然違命再去追擊。對此，作者寫「岳飛點頭微笑，也就不再攔阻」。可見，《岳武穆》的作者刻意描繪這群少年英雄，是為了藉此期待青年報國。

　　此看法另可從兩點來印證：一是作者寫岳飛時，同樣強調其少年即知立志報國（第 2 節）；二是寫岳飛冤獄時，臨安民眾包圍大理寺，是由「幾個大學生為首」所帶領（第 18 節）。如此一來，作者在寫岳飛的「少年」、「戰功」和「冤死」等重要情節時，都再三讚揚了青年報國的熱誠。《岳武穆》是針對青少年讀者群所編寫，因此作者在書中特意宣揚青年報國，無非是要對這些青年讀者有所教育，希望他們透過如此的岳飛故事，從中培養愛國情操。同時，更將岳飛「冤死」的悲情，由傳統的「恨奸情緒」，加以轉化成「報國情懷」。如寫岳飛冤死風波亭後的情景：

> 孤燈下三屍橫地，血跡斑斑；雪花被風擁入亭中，灑向忠骸。倪完忙取預備的白布蓋上，從懷中取出張保遺下的洞簫，倚柱吹奏起來。也是那一闋有名的〈滿江紅〉。天涯地角都響起了歌聲──那是民族的精魂，時代的呼喚！（第 22 節）

作者渲染岳飛冤死後的悲情，其中不帶任何的對昏君奸臣的痛恨，而是以〈滿

江紅〉的歌聲來做出時代的呼喚，於是讀者心中對英雄冤死的悲情，遂立即被引導為青年報國的激情。故作者在書末勉勵讀者云：

> 歷史是一面鏡子，……匹夫即無才能作岳飛，當勉為岳家軍中的一員小卒；至少也該做一個義民，而萬萬不可扮演秦檜和他手下那一班抹了白鼻子的奸佞！

教化勸善，總是岳飛故事流傳的重要目的。而在民國時期，隨著倡導青年報國的時代要求，岳飛故事也展現了它的新主題。

第六章　岳飛故事流傳的文化意涵

　　從南宋到近代，無論歷史評價或通俗文學，「岳飛」總是各個時代關注的焦點之一，而岳飛故事流傳不斷更是一種值得重視的文化現象。由此再行深究，可以產生三個具有層次性的重要問題：

　　首先是岳飛歷史如何能夠進入故事系統？除了因為岳飛「戰功大、冤死慘」所引發的悲情意識外，歷代朝野對岳飛的齊聲肯定，實已構成一種文化崇拜的現象，而此對於岳飛成為故事中的傳奇英雄，應有極大的促進力量。因此，本階段探討「岳飛崇拜的根源」，考察重點即在於華夷之辨的民族精神。

　　其次是岳飛的歷史故事如何能夠流傳下去？岳飛事蹟一旦成為故事，則其中歷史現實的缺憾勢必得透過文學想像加以補足，如此方能使故事的閱聽者感到滿足，進而延續故事的發展流傳。而岳飛「戰功大、冤死慘」這樣的英雄命運，無疑正是故事中最富虛構想像處。於是，在史傳敘事和宗教信仰等影響下，天命因果的運用遂成為岳飛命運的最佳詮釋。此詮釋方式隨著岳飛故事歷代流傳，非但未見衰退，反而愈加興盛，可見其中應有值得探究的深層文化。因此，本階段探討「英雄命運的解讀」，考察重點即在於天命因果的思想文化。

　　最後是岳飛故事不斷流傳，接受者從中建構出怎樣的歷史意識？岳飛故事歷經各代流傳，其內容主題固然會因不同時代的不同需求而有所增刪，然其中自有歷代累積不變的因素，如此即構成一種歷史意識。而從岳飛「民族英雄」之鮮明形象來看，透過岳飛故事流傳所建構出來的歷史意識，必是前述「岳飛崇拜」和「英雄命運」的綜合省思。因此，本階段探討「民族衰敗的省思」，考察重點即在於忠君思想下的昏君奸臣。

以下，由岳飛崇拜的根源、英雄命運的解讀、民族衰敗的省思等三方面，依序加以考察：

第一節　岳飛崇拜的根源

歷代朝野對岳飛多持肯定的評價：首先就帝王、政府等執政當局來看：他們藉由宣揚岳飛的「盡忠報國」以爲士民典範，特別是當民族危難時，岳飛精神總是成爲時代的號角。其次就士大夫階層來看：岳飛的行事、性格乃至於政治遭遇，皆能得到他們的高度認同，因爲岳飛的一生，處處體現出傳統士大夫相承的文化心態。再次就民間百姓來看：岳飛的傳奇發跡引人好奇、英雄氣概令人景仰，最重要的是能夠滿足百姓切身的生存需求。正因爲岳飛普遍受到歷代朝野的肯定評價，故「岳飛崇拜」遂成爲一種文化現象。究其崇拜根源，乃在於華夷之辨之文化要求，因此歷代崇敬之岳飛形象，皆以鮮明的「民族英雄」爲主。以下即就華夷之辨的民族精神、士大夫的文化心態、民間百姓的生存需求等三方面探討之。

一、發揚華夷之辨的民族精神

岳飛之所以受到朝野的崇拜，最主要在於其奮戰一生所體現的，正是華夷之辨的民族精神。而此民族精神的生成，有其強烈之文化要求。以下先梳理尊王攘夷的民族性格以爲探源，進而論述岳飛精神如何成爲民族大義的典型。

（一）尊王攘夷的民族性格

在中國歷史文化的發展中，「華夷之辨」始終是一重要的觀念型態，甚至是指導發展方向的原則。然從「夷、夏」字源與上古的歷史來看，此二字本是代表東西兩系的部族或方國而言，全無後來文化軒輊的「夷夏觀」。對此，學者認爲：三代時因夏、夷交爭劇烈，可謂世仇；商雖代夏，但不標榜夷而稱許夏；而後周仍繼夏商。此發展固有其當時政治、文化環境等因素，但主因還是在於正統史觀是由西系部族所造，故黜夷張夏乃屬自然。因此，如果說夷夏觀念起源於此，那麼就是以文化之差異爲主，而其背景是「天命」的周室衰微與「中國」的意識危機。〔註1〕

〔註1〕參見王明蓀〈論上古的夷夏觀〉《邊政研究所年報》14 期（1983 年 10 月），頁 1～30。。

　　春秋戰國時期，夷夏交際甚爲頻繁，因而「華夷之辨」表現的甚爲強烈，主要觀念有：「嚴夷夏之辨」、「內諸夏外夷狄」、「尊諸夏而卑夷狄」、「用夏變夷」、「夷不亂華」等。〔註2〕由此可知當時的華夷之辨，有文化意識，亦有政治作用。強調文化意識者，主要是自覺到「中國」、「華夏」因革下來的文化價值，不能受到政治環境的影響，甚至造成危機，如管仲助齊桓一匡天下以拒蠻夷，孔子即贊曰：「微管仲，吾其被髮左衽矣！」（《論語‧憲問篇》）而後孟子承此觀念，亦說：「吾聞用夏變夷者，未聞變於夷者也。」（《孟子‧滕文公篇》）如此，華夷之辨乃形成儒家的歷史文化意識，誠所謂「貴中國者，非貴中國也，貴禮義也，雖更衰亂，先王之典型猶存，流風遺俗，未盡泯然也。」〔註3〕強調政治作用者，主要是當時不守夷夏之防，就會失去諸侯和民心，〔註4〕故春秋之法在先正京師，乃正諸夏；諸夏正，乃正夷狄。而春秋之義是尊天子黜諸侯、貴中國所以賤夷狄。〔註5〕

　　在文化意識和政治作用下，「不容夷狄侵中國」乃爲夷不亂華的第一要求。因此，黃帝北逐葷粥、討殺蚩尤，乃至齊桓、晉文之霸業，均被視爲是民族反侵略之禦侮抗戰。如此華夷之辨的觀念，隨者儒家文化的長期陶冶，逐漸形成一種民族性格。每當國家面臨外族來犯的危機時，強調「尊王攘夷」的民族意識，總會激起忠臣義士們的強烈使命感，力主抗戰到底、不惜殺身成仁。如宋代國勢衰弱，受到契丹、西夏、女眞諸外族的相繼侵凌，使宋人對異族卑視之餘，益加仇視，故闡明尊王攘夷的思想成了宋代「春秋學」的主流。〔註6〕特別是南渡初期，具有政治意義的民族主義，成爲朝野上下一致的共同論點，非但士人論時勢嚴夷夏之防，北方淪陷區的百姓更是抱著「吾屬與其順寇，則寧向南作賊，死爲中國鬼」之志，〔註7〕逐紛紛起義抗金。

〔註2〕　詳參谷瑞照〈先秦時期的夷夏觀念〉《復興崗學報》17 期（1977 年 6 月），頁149～178。

〔註3〕　〔宋〕陸九淵《陸象山全集》卷二十三「楚人滅舒蓼」條（台北：世界書局，1990 年 11 月），頁 175。

〔註4〕　實例分析詳參王明蓀〈論上古的夷夏觀〉，頁 25～26。

〔註5〕　參見涂文學、周德鈞《諸經總龜——春秋與中國文化》第三章第一節「《春秋》華夷之辨」（開封：河南大學出版社，1998 年），頁 104～120。

〔註6〕　詳參牟潤孫〈兩宋春秋學之主流〉《宋史研究集》第三輯（中華叢書編審委員會，1966 年 4 月），頁 103～121。

〔註7〕　〔清〕莊仲方《南宋文範》卷十二（台北：鼎文書局影印，1975 年 1 月），頁158。

（二）岳飛精神是民族大義的典型

時勢造英雄，社會動盪是產生英雄崇拜的溫床；而外族來犯正是英雄展現民族氣節的時候。南北宋之交，外族侵逼、社會動盪，盡忠報國的岳飛出現了。岳飛一生以恢復中原為己任，故在南宋將領中，其抗金態度最堅決，抗金行動最積極，並嚴斥與金議和。如此種種，岳飛實展現了民族大義，符合「華夷之辨」的文化要求。因此，岳飛生前即贏得社會大眾和士大夫的推崇，而其冤死後，民族矛盾、外族侵犯始終沒有歇止過，如南宋幸未亡於金人，卻不幸亡於蒙古族；明代先蒙羞於瓦剌、再受挫於倭寇、終滅亡於滿族；清朝中葉後更是備受西方列強的百般欺凌。在如此的歷史背景下，漢人的民族尊嚴長期處於屈辱的狀態。這期間，儘管各朝代也產生許多民族英雄，但人們不僅沒有泯滅對岳飛的崇拜，反而把眾多民族英雄的高大形象附加在岳飛身上，甚至將其神格化，賦予宗教情緒的膜拜。因此，民國時代的對日抗戰時期，岳飛被選擇成為激起民族意識的精神模範。

歷代朝野之所以皆尊崇岳飛，正因他符合華夷之辨的民族精神，是「民族英雄」的文化典型。雖然岳飛只活了三十九歲，但其生命價值幾乎等同於「尊王攘夷」的民族大義。試看其詞作〈滿江紅〉：

> 怒髮衝冠，憑欄處，瀟瀟雨歇。抬望眼，仰天長嘯，壯懷激烈。
> 三十功名塵與土，八千里路雲和月。莫等閒，白了少年頭，空悲
> 切。靖康恥，猶未雪；臣子恨，何時滅。駕長車踏破，賀蘭山缺。
> 壯志飢餐胡虜肉，笑談渴飲匈奴血。待從頭，收拾舊山河，朝天
> 闕。〔註8〕

可知岳飛堅決抗金是為了維護民族尊嚴，其奔波一生力圖建功立業的熱誠，展現出「尊王攘夷」的民族性格。一位美國學者即說：「若不是真心許國到著了魔的地步，沒有人能寫出一首像〈滿江紅〉這樣壯烈的愛國之詞。」〔註9〕因此，對日抗戰時期，一曲〈滿江紅〉成了激發民族精神的號角，傳唱至今仍被列為國民教育的教材。可見，岳飛「盡忠報國」的精神超越時空，故能成為反抗外來侵略的典範，成為民族文化特徵的代表。

在民間的里巷傳聞中，岳飛做為「民族英雄」的形象更是鮮明。如以杭

〔註8〕 〔清〕錢汝雯《宋岳鄂王文集》（台北：中國文獻出版社，1965年10月）。
〔註9〕 見 H.Wilhelm〈岳飛傳──一個傳奇人物的傳奇故事〉《中國歷史人物論集》
　　　　（台北：正中書局1990年5月），頁209。

州岳廟爲中心的幾則傳聞：〔註10〕

> 元初，楊璉僧伽欲毀王廟，夜夢一襤褸和尚，謂之曰：「汝要做秦檜耶？」楊醒而詢諸人，或告之曰：「此瘋僧也。」楊竦然，毀廟惡念頓息。

> 相傳明太祖興兵江淮，元兵之在南者，慮後路截斷，紛作歸計。是年端午，杭州人恨元人專制，爲驅胡計，有至廟痛飲雄黃酒，大呼岳爺爺殺韃子者，元守官見大勢已去，遂退出杭州。

> 明末倭寇盤據西湖南山，湖上居民集合團丁，夜宿廟中，忽聞號角聲，似有人呼倭寇至，衆似夢非夢，整隊出，果遙見倭寇從蘇堤來，即伏第三橋下擊之，寇潰竄去，歸廟，衆仍就睡，恍惚若有擊賊事，詢之居民，曰：「誠然。」

> 清康熙奉皇太后南巡，以聖因寺爲行宮。太后召集老嫗，舉行百歲宴，問杭州香火何廟最盛，一老尼答曰：「岳王廟最盛。」太后問曰：「爲什麼？」老尼答曰：「他是替中國打退金兀朮的忠臣。」太后默然。

由以上民間傳聞可知，在華夷之辨的文化特徵下，岳飛成爲跨時代的民族英靈，故生前奮力抗金，死後神靈照樣能抗蒙古、抗倭寇、抗滿清。因此，民間對岳飛的崇拜和一般功利性的宗教信仰不同。岳飛崇拜有其深厚的文化情懷，而此文化情懷的根源，正是岳飛「盡忠報國」的民族精神。正如杭州《精忠柏》的民間傳說，敍述太平天國打到杭州，士兵生了瘧疾，把風波亭上的柏樹皮煎來當藥吃，病竟好了。等太平軍退去，清兵進駐杭州，也生了瘧疾，也學著吃精忠柏的樹皮，結果不但治不了病，反而死傷更加慘重。〔註11〕此傳說以岳飛遭害的「風波亭」爲地點，可見民間對岳飛冤死的看法，除了傳統忠奸抗爭的因素外，實亦含有華夷之辨的文化思維。

由於「華夷之辨」對「尊王攘夷」的強調，實有助於忠君思想的深化。而岳飛一生盡忠報國，非但是民族英雄，更是忠君教化典範，故歷代帝王莫不冊典加封，贊以忠義。如此，帝王的倡導無疑將在「岳飛崇拜」上興起輿論導向與推波助瀾的作用。而歷代士大夫在華夷之辨的文化要求下，非但對岳飛精神持高度評價，更透過通俗文學的創作，以岳飛故事來宣揚如此的民

〔註10〕參見錢文選《精忠小誌》（台北：臺灣商務印書館，1973 年 1 月），頁 47～48。
〔註11〕參見杭州文化局《杭州的傳說》（台北：淑馨出版社，1990 年 4 月），頁 51～53。

族精神。因此，儘管岳飛崇拜常隨著國勢飄搖而更加興盛，然而這只是表層的社會心理，其深層的文化意涵，正如張世銀所說：「以夏變夷的文化特徵，才是士大夫構造岳飛崇拜最深層的淵源」。〔註12〕

二、體現士大夫的文化心態

岳飛出身寒微、起自行伍，又逢重文輕武的時代，然他卻頗受士大夫愛載，而且歷時不衰，如此殊榮在武將中是少有的。究其因，主要還是和岳飛的高尚人格、文化心態有關。岳飛一生中雖然充滿建功立業的熱誠，卻又時時顯露出深摯的歸隱心態。如此，岳飛雖是武將，然其志趣和士大夫頗為契合，既有入世豪氣又兼出世情懷。故《宋史・岳飛傳》稱其：「好賢禮士，覽經史，雅歌投壺，恂恂如書生。」正因岳飛具備中國傳統文化所理想的完美人格，因而「岳飛的意境也就超越了軍事戰爭的高度，凝聚著諸多的歷史層面，折射著醒目的傳統文化之光」。〔註13〕以下從兩方面論述之：

（一）積極進取的理想人格

岳飛在立德、立功、立言等皆具有儒家理想人格的典型，而此崇高人格決定著士大夫對他的敬仰與尊崇，因為這是傳統儒家追求人生價值的社會實現。

1、在立言方面

岳飛雖是武將，卻有詩文傳世，自奏議、公牘、書檄，以至律詩、樂府歌詞與題記等皆有。如此，使岳飛的形象和一般粗魯不文的軍閥得以產生區隔。同時，這些詩詞題記中的抒情感懷，更是岳飛一生奮戰的最佳註腳。而岳飛流傳後世的名言眾多，如論兵法：「運用之妙，存乎一心。」論用兵：「勇不足恃，用兵在先定謀。」論和議：「敵人不可信，和好不可恃。」論政局：「文臣不愛錢，武臣不惜死，天下太平矣！」

2、在立功方面

岳飛一生安內攘外，戰功卓著。尤以每戰皆捷、以寡擊眾而為後人所津津樂道。宋嘉定四年（1211）襄陽建「精忠堂」供奉岳飛，堂中四壁並刊刻岳飛生平事跡十二大類，其中以「戰功」為首，內容云：「王，自從戎至專征，

〔註12〕張世銀〈岳飛崇拜與士大夫的政治心理〉《岳飛研究》第三輯（北京：中華書局，1992年9月），頁117。
〔註13〕馬強〈論岳飛的性格、心態及悲劇〉《岳飛研究》第三輯，頁58。

平劇賊，破疆虜，大小凡一百二十餘戰，類皆以少擊眾，未嘗一敗。其躬履行陣而勝者，六十有八，其遣諸將而勝者，五十有八。」〔註 14〕因爲岳飛的戰功大，故後代戲曲、小說在演述岳飛故事時，無不專意於此，或更加誇耀之。其因有二：一爲「每戰皆捷」實富有傳奇性，且在「華夷之辨」的觀念下，有助提升民族自信心。二爲崇拜岳飛建功立業的熱誠，如其詩詞題記中所言：「功業要刊燕石上」、「三十功名塵與土」、「白首爲功名」、「功名直欲鎮邊圻」等。〔註 15〕

　　然岳飛建功立業的目的，是「不問登壇萬戶侯」，而在「迎二聖復還京師」。故當襄陽戰役前夕，宰相朱勝非爲激勵岳飛，特遣使來告：若勝，將授以節度使節。岳飛聽後很生氣，即回應曰：「岳飛可以義責，不可以利驅。襄陽之役，君事也，使訖事不授節，將坐視不爲乎？拔一城而予一爵者，所以待眾人，而非所以待國士也！」〔註 16〕可見岳飛建功立業的熱誠，是出自盡忠報國的大義。故其曾以寶刀自喻，展現其自信和理想云：

> 我有一寶刀，深藏未出韜。今朝持贈南征使，紫蜺萬丈干青霄。指海海騰沸，指山山動搖。鮫鱷潛形百怪伏，虎豹戰服萬鬼號。時作龍吟似懷恨，未得盡勤諸天驕。……使君一一試此刀，能令四海風塵消，萬姓鼓舞歌唐堯。（〈寶刀歌書贈吳將軍南行〉）

正因岳飛建功立業的熱誠，主要是受到儒家積極入世觀念之影響，故深具「獻身民族的崇高願望」。〔註 17〕

3、在立德方面

　　岳飛崇高的人格猶令士大夫敬仰、推崇，特別是透過和南宋其他將領相較，更顯得岳飛律己甚嚴。其在道德人格上最爲人稱道的有下列幾點：

　　甲、忠孝雙全：所謂「忠臣出於孝子之門」，忠孝雙全是傳統英雄的道德標準。岳飛忠君於後詳論之，其孝主要表現在對母親姚氏的善於奉養，以及

〔註 14〕李安《岳飛史蹟考》（台北：正中書局，1976 年 2 月），頁 701。

〔註 15〕詳參〔清〕錢汝雯《宋岳鄂王文集》。

〔註 16〕〔宋〕岳珂《金佗粹編》卷九〈遺事〉（景印文淵閣四庫全書 446 冊）（台北：臺灣商務印書館，1983 年），頁 387。

〔註 17〕蔣文安認爲岳飛的功名觀念在於抗金事功，因此「岳飛終身堅持的功名觀，包含著他遠大的抱負，他的獻身於民族利益、國家安定的崇高願望。」參見〈從詩詞題記看岳飛其人〉《岳飛研究》第二輯（鄭州市：中原文化編輯部，1989 年 7 月），頁 231～233。

臨喪的哀痛。〔註18〕其間，岳飛有〈乞侍親疾札子〉的上疏，強調「以全侍奉之養」的「思報之心、人子之心」，行文動情曉理、情意真切。〔註19〕最重要的是，岳飛認為孝與忠互為表裡，相輔相成，故曰：「重念為人之子，生不能致菽水之歡，死不能終衰絰之制，面顏有靦，天地弗容。且以孝移忠，事有本末，若內不克盡事親之道，外豈復有愛主之忠。」〔註20〕如此，在處理孝與忠的關係，岳飛可謂立下了典範。後代通俗文學因此敷演出「岳母刺字」的感人情節。

乙、廉潔自守：南宋諸將大都驕奢淫佚，貪婪殖產。然岳飛憂國忘家，廉潔自守。如高宗以岳飛戰功大，欲為其擇第於行都，岳飛辭曰：「北虜未滅，臣何以家為！」吳玠以岳飛軍中無姬妾，故特尋來國色名姝，加以金珠寶玉、資奩巨萬饋贈之，岳飛竟以：「國恥未雪，聖上宵旰不寧，豈大將宴安取樂時耶！」加以婉謝。同時，岳飛亦不許兒子們置妾，要家人儉薄只穿布素。而朝廷有所賞賜，率以激犒將士。因此，岳飛死後家無餘資，秦檜雖令人極力搜括、盡捕家吏遠治，而卒不得錙銖。〔註21〕

丙、知恩圖報：岳飛學射於周同，周同死，岳飛致祭時感念不已。初從軍知遇張所，十年後岳飛成了大將，特意尋來張所兒子，上奏朝廷蔭補為官；〔註22〕後又奏請追復張所原職並與褒贈。〔註23〕岳飛遭金兵圍攻，劉錡曾助之，後劉錡被撤職，岳飛即奏請留他掌兵。〔註24〕

丁、不計私仇：楊再興本為匪寇曹成部下，曾殺岳飛之弟，一日被縛將殺，岳飛愛其才，勉以「忠義報國」赦之。日後楊再興果真抗金立功，戰死時，岳飛還深感痛惜。〔註25〕

〔註18〕據〔宋〕岳珂《金佗稡編》卷九〈遺事〉載：湯陰淪陷後，岳飛對母親的安危極為焦急關切，「乃竊遣人迎之，阻於寇裏，往返者十有八，然後歸」。母有疾，嘗藥進餌，「遇出師，必嚴飾家人，謹侍奉，微有不至，誓罰自妻始」；「及母薨，水漿不入口者三日。」（景印文淵閣四庫全書446冊），頁381。
〔註19〕〔清〕錢汝雯《宋岳鄂王文集・乞侍親疾札子》。
〔註20〕〔清〕錢汝雯《宋岳鄂王文集・乞終制札子》。
〔註21〕以上敘述參見〔宋〕岳珂《金佗稡編》卷九〈遺事〉（景印文淵閣四庫全書446冊），頁381～389。
〔註22〕〔清〕錢汝雯《宋岳鄂王文集・乞以明堂恩奏張所男宗本奏》。
〔註23〕〔清〕錢汝雯《宋岳鄂王文集・乞張所復官札子》。
〔註24〕〔清〕錢汝雯《宋岳鄂王文集・乞劉錡依舊屯順昌奏》。
〔註25〕詳參〔宋〕李心傳《建炎以來系年要錄》卷五十三〈紹興二年閏四月初六日丙申條〉（台北：文海出版社，1968年1月）。

　　岳飛積極進取的理想人格，非但深受士大夫認同，並且爲通俗文學作者引爲教化群眾的題材。雖然岳飛的歷史形象，在岳霖、岳珂孝子賢孫的用心下，多少是有意朝著傳統文化之價值標準來塑造。然而，若對照岳飛的詩文和相關史料，則岳飛這種高度典型化的道德形象，「完全符合一個兢兢業業以武將和英雄自期的人的個性」。〔註26〕因此，從出生到死亡、從史傳記事到通俗文學，岳飛皆維持一貫類型化的形象，這是中國傳統文化的力量，也是傳統士大夫的精神。

（二）激流湧退的歸隱心態

　　岳飛心中雖然充滿儒家積極入世、奮發進取的精神，但同時也一直縈繞著功成名就後隱退田園、安度餘生的企盼和眷戀。正因岳飛有此心態，故在他的作品中常流露出對自然、人生的敏感和審美意識。諸如：

> 經年塵土滿征衣，特特尋芳上翠微。好山好水看不足，馬蹄催趁月明歸。（〈池州翠微亭〉）

> 愛此倚欄杆，誰同寓目閒。輕陰弄晴日，秀色隱空山。島樹蕭疏外，征帆杳靄間。余雖江上老，心羨白雲還。（〈題池州翠光寺〉）

> 遙望中原，蒼煙外，許多城郭。想當年，花遮柳護，鳳樓龍閣。萬壽山前珠翠繞，蓬壺殿裡笙歌作。到如今，鐵騎滿郊畿，風塵惡。兵安在？膏鋒鍔；民安在？填溝壑。嘆江山如故，千村寥落。何日請纓提銳旅，一鞭直渡清河洛。卻歸來，再續漢陽游，騎黃鶴。（〈登黃鶴樓有感調寄滿江紅〉）

由以上作品可知：岳飛渴望儘快收復中原，完成其一生大願，事後即學傳說中的仙人，騎著黃鶴歸隱而去。這樣的思想，使他對遠離塵世，清靜寡欲的山林古刹，懷有特殊的感情。如寫於紹興元年的〈東松寺題記〉：

> 余自江陰軍提兵起發，……當途有庵一所，問其僧，曰：「東松。」遂邀後軍團練并幕屬隨喜焉。觀其基址，乃鑿山開地，創立廊廡，三山環聳，勢凌碧落，萬木森鬱，密掩煙霓，勝景瀟灑，實爲可愛。所恨不能款曲，進程遄速，俟他日殄滅盜賊，凱旋回歸，復得自此，即當聊結善緣，以慰庵僧。

岳飛藉描寫東松寺的優美景觀，流露出其對自然的嚮往，更明確希望「殄滅

〔註26〕參見 H.Wilhelm〈岳飛傳——一個傳奇人物的傳奇故事〉，頁 206～211。

盜賊，凱旋回歸」後，再來此聽禪賦閒的心願。後岳飛駐防江州時，對廬山美麗的風光十喜愛，更與東林寺高僧慧海來往甚密。〔註27〕紹興六年，岳飛因母喪丁憂，依儒家禮教須守孝三年，即隱居東林寺。後因偽齊來犯，宋高宗嚴令岳飛起復。這時岳飛寫了〈寄浮圖慧海〉，詩云：

> 湓浦廬山幾度秋，長江萬折向東流。男兒立志扶王室，聖主專征滅
> 虜首。功業要刊燕石上，歸休終伴赤松遊。叮嚀寄語東林老，蓮社
> 從今著力修。

岳飛詩中明顯表達功成隱退的心態，故囑咐慧海修繕禪寺，以備將來至此歸隱。值得注意的是岳飛運用「蓮社」和「伴赤松遊」的典故出處。前者乃晉時慧遠所發起的佛教組織。〔註28〕後者則是韓信遭殺後，張良即向漢高祖提出：「願棄人間事，欲從赤松子遊耳。」（《史記‧留侯世家》）因為張良早已看出「功高者危」的政治現實，故急流湧退以全身遠禍。因此，岳飛引用如此典故，可見其早知現實政治的無情，故有出世遠禍的打算。如此，岳飛的「忠君」實非對政治無知的盲目愚忠。

小　結

儒家積極入世的人生價值，兼以釋、道超越世俗的審美情趣，這是傳統士大夫的文化心態。雖然岳飛具有傳統文化所理想的人格品質，並體現出如此的文化心態，然終一生其卻未能求得兩者的平衡與統一，反而步入冤死的悲劇命運。這固然有其時代、政治等因素，然岳飛本身性格的剛烈直率，卻是最直接的主要因素。因此，《宋史‧岳飛傳》說岳飛「忠憤激烈，議論持正，不挫於人，卒以此得禍。」而明代王洙、王夫之等，亦指出岳飛遭戮乃因「好剛使氣、不善處功」（詳論於第三章）。如此評價雖可謂持公之論，然其中不無史家責備賢者之意。畢竟從另一方面來看，正因岳飛有這般剛直的性格，才能在國家危難時挺身而出，不計個人名利盡忠報國、至死維護民族尊嚴。這是傳統士大夫的氣節，更是近代知識分子的風骨。因此，岳飛崇拜可以持續至今、維持不衰。

〔註27〕 參見〔清〕徐松《宋會要輯稿》〈道釋〉一之七（台北：新文豐出版社，1976年10月），頁7858。

〔註28〕 〔明〕樊深《嘉靖九江府志》卷十四〈外志‧釋〉：「（慧遠）與劉遺民輩凡十八人結白蓮社。」（台北：新文豐出版社，1985年7月），頁753。

三、滿足民間百姓的生存情感

岳飛在南宋時即以愛國愛民而為人所稱道，其志在恢復中原，既拯救淪陷區人民於水深火熱之中，又滿足北方民眾返鄉的希望，這是愛國愛民的具體表現。同時，和其他南宋諸將相較，岳飛除愛惜東南民力外，〔註29〕更關心民間疾苦。如紹興元年，征寇路過江西時作〈題鄱陽龍居寺〉，詩中有云：「我來囑龍語，為雨濟民憂。」可見岳飛深受民眾愛戴，主要在於能滿足民眾的生存需求。其中對岳飛故事的流傳影響最大的，主要有二點：一是「凍殺不拆屋、餓殺不打虜」的嚴明軍紀；二是岳飛和忠義民軍的情感。以上兩點已論述於第二章，此處所關注的是這兩點在歷代岳飛故事流傳中所扮演的推動力量。首先，在軍紀愛民方面，至今各地仍存有許多關於岳飛的古蹟、風物，其中夾雜相關的附會傳說，如此即構成民眾崇拜岳飛的歷史證據。其次，在忠義人對岳飛的情感方面，忠義人對岳飛精神的感念並未隨著岳飛冤死或是南宋滅亡而消失，而是以「忠義水滸」的故事系統在民間廣泛流傳。以下即就這兩點進行論析：

（一）愛民、民敬的風物傳說

風物傳說常會和歷史人物相聯結，究其因在於民眾藉歷史人物來提高傳說的可信度，相對的，也表現了民眾對歷史人物的情感與價值觀。岳飛征戰多年，其行跡所過處多有相關的風物傳說，恰可做為岳飛和民眾情感的互動證據，從中看出民眾對岳飛崇拜的精神內涵。不過，這方面的資料目前尚待全面性的調查整理，本論文只能就目前書面可見的部分觀之。

首先，在《精忠小誌》收錄兩則關於岳飛軍紀嚴、不擾民的風物傳說：〔註30〕

> 〈焦飯團〉：昔年岳武穆曾帶兵到廣德，糧匱。廣德素產米，民間以米饋軍中，王辭曰：「不可開擾民風氣。明日，糧當至矣！」然兵士實有飢色，附近人家，乃各以焦飯團相饋，曰：「暫以療飢。」王乃命眾接受。

〔註29〕〔宋〕岳珂《金佗稡編》卷九〈遺事〉載：諸大將率以兵為樂，坐縻廩庾，漫不加恤，先臣獨常有憂色。每調軍食，必蹙額謂將士曰：「東南民力耗弊極矣。國家恃民以立國，使爾曹徒耗之，大功未成，何以報國？」（景印文淵閣四庫全書446冊），頁383。

〔註30〕錢文選《精忠小誌》，頁48。

〈馬鞍岩〉：在江西雩都東鄉，村屋有若堡壘，相傳是岳飛征五洞蠻
時所建。後兵駐此，乃就山上建營，駐兵三年，從不借用民房。

南宋時，岳家軍即以軍紀嚴明著稱。正因岳飛愛民、不擾民，故岳家軍所過
處皆頗受民眾歡迎。因此，昔年駐軍之地被津津樂道，而民眾因敬愛之而主
動以米饋軍，遭婉謝後甚至再刻意做成焦飯團相贈。透過如此軍民相親的風
物傳說，可見歷代民眾對岳飛的崇拜，在於其能體貼民心、滿足民眾生存的
需求。

其次，有些風物傳說展現岳飛解決困境的智慧，其中夾雜神奇情節，藉
天意吐露人心。如以下兩則：

〈泰縣岳墩〉：岳飛駐守泰縣時城內糧荒，金兵意欲破城。岳飛即令
將士在城邊築土墩，高約數十餘丈，圓週徑約數百丈，再將所有飯鍋
巴堆積墩上，引鳥雀啣食。一時眾鳥翔集，將飯鍋巴啣至城外，散落
滿地。金將聞報察看，見城內糧堆如山，任鳥啄食，遂不敢輕易攻城。
後泰縣東部海安一帶，突然產出一種紅色稻穀，命名為「海陵紅粟」，
岳軍糧荒遂解。此墩便名為「岳墩」，為泰縣八景之一，號「泰岱煙
嵐」，又名「泰山」。後人且於山上建岳飛廟感念之。〔註31〕

〈牛腳塘和岳壺〉：岳飛往牛頭山救駕，紮營宜興，正逢夏旱，軍士
無水可喝，精疲力盡。牛皋心裡煩躁，乃站在石頭上連跺三腳，大叫：
「水！水！水！」頓時被他跺出一個水塘來。雖然只有牛蹄印般大，
然不管多少人喝，水皆不淺一寸，後人乃稱此為「牛腳塘」。牛皋回
營後告知岳飛，岳飛隨即令人前來取水，然因無盛水器皿，乃請村中
崔老頭燒製水壺，經岳飛指點改良，終於燒成易裝水又可結在腰裡的
水壺（肚大口小，有四環以繫繩）。岳飛軍有了水壺後，士氣高漲，
於牛頭山戰役中大敗金兵。「岳壺」乃成為最早的軍用水壺。〔註32〕

以上兩則風物傳說，虛構故事的成分較多，大抵是將物產來源附會到岳飛身
上。如此，展現出岳飛臨危不亂的穩健將風和過人智慧。其中「突然產出一
種紅色稻穀」、「頓時跺出一個水塘」自是誇大神奇，然前者解決岳家軍的糧

〔註31〕 蔣鎧淇〈泰縣岳墩〉原刊於臺北民族晚報（1968 年 8 月 28 日），收錄於李安
《岳飛史蹟考》，頁 107～108。

〔註32〕 〈岳壺〉傳說收入姜濤《中國傳奇》第 38 冊〈巧藝傳奇〉（台北：莊嚴出版
社，1990 年 7 月）。

荒，使金兵無法破城；後者解決岳家軍的水荒，因而得以大破金兵。如此，這樣的虛構就不可單純視為無稽之談，其中深含民眾對岳飛保民、愛民的感懷，故不忍岳家軍備受飢渴，而幻想上天助之。

　　至於其他關於岳飛的風物傳說，大都是岳飛行蹟所過的證據，在個別內容上雖較無特別意旨，然由此可見人們對岳飛事功的憑弔，以及對斯人的感念從未間斷。以下列出：〔註33〕

　　「岳家灣」：在杭州城內新橋左近，舊傳王眷屬歸自嶺南，曾住於此。

　　「翠微亭」：在西湖靈隱飛來峰畔，舊傳為韓世忠紀念岳飛而建。

　　「岳陣頭」：又名「岳神頭」，在河南汜水縣南八里，黃河右岸。舊傳是岳飛隸屬宗澤時，以五騎大破金兵處。

　　「岳隄」：在宜興南門外深溪上，起自南門，通張渚、丁蜀諸處，廣約丈餘，長約二里，相傳是岳飛抗金時，築之以利行軍。

　　「百合場」：在宜興城南十八里之南山下，相傳岳飛聞金兵趨臨安，勒兵追之，於此與金兀朮大戰百合，雖以寡擊眾，仍令金兵敗逃。

　　「岳公城」：在嘉魚縣東北四十里之大蜀山，舊傳王征楊么，於此築城屯兵，今呼為軍寨。

　　「亮軍台」：在朱仙鎮城西一里餘，其地有一長形南北十陵，名青龍背，陵南端孤起土岡一座，高可丈餘，岡面平，可容數十人，俗稱岳王點將台，亦曰亮軍台。

　　「張氏桃溪園」：在宜興縣南之張渚鎮（舊稱桃溪），岳飛駐兵於此，曾於其廳壁作〈題宜興張大年家廳事屏記〉，後岳飛遭陷，其家慮及禍，將之洗去。現為張氏祠堂，相傳堂內白果樹旁有一豎石，乃岳飛當年繫馬處。

由以上關於岳飛的古蹟和風物傳說，可知岳飛在南宋的抗金事功，深受歷代民眾的感念，而民眾對岳飛如此的感念，可說是出自於「華夷之辨」的文化心態，故在傳說中屢屢凸顯出「抗金破敵」的最終目的。正因如此，岳飛被歷代民眾視為「文化英雄」〔註34〕加以崇拜，並成為「尊王攘夷」的理想象徵。

〔註33〕參見錢文選《精忠小誌》，頁45～46。

〔註34〕凡歷史上的偉人、君王、軍事首領……，以及人們心目中的偶像，只要被認為於人類社會文化有過貢獻者，也常被稱為「文化英雄」，然而此類型的人物，

（二）岳飛在忠義《水滸》中的巨大身影

明清小說在創作內容和手法上常有互相學習和借鑑處，其中《說岳全傳》受到《水滸傳》的影響十分明顯，除了繼承其忠義精神的主旨外，更在藝術手法上多有學習。〔註35〕然而，與其說《說岳全傳》塑造岳飛形象是受到《水滸傳》中宋江形象的影響，不如說在宋江的藝術形象中原本就存有岳飛的巨大身影。

近來頗多學者指出：自南宋開始流傳的水滸故事，和南宋抗金的歷史頗有關係。其中宋江的藝術形象，即爲南宋岳飛的影射，因此《水滸傳》中宋江的悲劇，所反映的乃是歷史上岳飛的悲劇，更是南宋數百萬忠義人的悲劇。〔註36〕如此論述的切入點，即在岳飛和忠義人的情感關係。在岳家軍的組成分子中，軍賊忠義人占很大比例，事實上自宗澤死後，最重視忠義人的將領是岳飛。故岳飛班師前大嘆：「十年之力，廢於一旦！」所指的正是其對忠義人的十年經營。而忠義人對岳飛確實最爲崇敬、最感親切、最抱希望，故常舉著岳家軍的旗幟抗金。因此，岳飛冤死後，忠義人的反應最爲憤慨和沈痛。然因當時秦檜專權、文網嚴密，遂將對岳飛的感念寄託在水滸故事之中，藉由宋江一角以發抒，並記錄忠義人在宋金戰爭中可歌可泣的事跡。因此，小說中宋江的某些行事作風，可說是岳飛的影像。雖然宋江並非完全反映了岳飛，但其疏財仗義、名滿江湖、爲國效力、被誣毒死、身後封侯立廟等，卻都是岳飛歷史的具體事實。因此，孫述宇指出：岳飛是推動水滸創作的最大力量。〔註37〕

岳飛之所以能有這麼大的力量，主要在於淪陷區的忠義人渴望恢復故土、

實爲一種「理想的象徵」，此與神話學所理解的開創文化的神話人物已相去甚遠。馬昌儀〈文化英雄論析〉《民間文學論壇》（1987 第 1 期），頁 55。

〔註35〕 詳參沈貽煒〈論《水滸傳》對《說岳全傳》的影響〉《紹興師專學報·社科版》（1987 第 6 期）；黃清泉等《明清小說的藝術世界》〈九、2〉（台北：洪葉文化公司，1995 年 5 月），頁 221～222。

〔註36〕 詳參孫述宇《水滸傳的來歷、心態與藝術》（台北：時報文化公司，1983 年 10 月）；喻朝剛〈評價《水滸》的幾個問題〉《吉林大學社會科學學報》（1983 第 6 期）；王潛生〈《水滸傳》招安問題新探〉《東岳論叢》（1986 第 1 期）；貫璐〈岳飛題材通俗文學作品摭談〉《岳飛研究》第三輯。另此處所謂的《水滸傳》是指未經刪削的百廿回本。

〔註37〕 詳參孫述宇〈南宋民眾抗敵與梁山英雄報國〉《水滸傳的來歷、心態與藝術》，頁 64～129。另該書第二部分的〈岳飛〉、〈宋江〉、〈關勝與林沖〉諸篇中，更是詳加考證岳飛下獄的故事以及宋人悼他的詩如何移植到《水滸傳》中。

還我河山，而把全副希望寄託在他身上之故。而忠義人對岳飛產生如此生存情感的根源，正是傳統華夷之辨的文化精神。而《水滸》中梁山好漢既落草爲寇，卻又積極渴望朝廷招安，這種看似矛盾的心理，其實正是忠義人處於外族侵犯的時代，所激發出來的「尊王攘夷」心理之反映。然宋金和議後，岳飛早已冤死，收復的失地又割還金邦，宋廷任由忠義人自生自滅。這一段歷史事實，後來經過說話人的敷演而成爲歷史故事。其後隨著時代流傳，又以滾雪球的方式逐漸演化成《忠義水滸全傳》。在水滸故事的流傳過程中，編講故事的人也許故意不讓岳飛形象顯露的太清楚，也許年代久遠，根本不知道故事內容和岳飛及南宋史事的相應。然而，歷史一旦進入故事，則如何傳述事實並不重要，重要的是如何越過事實去傳述人們內心的願望，進而撫慰精神、滿足娛樂。因此，水滸英雄以宋江爲精神領導的核心，而宋江的忠義報國，所體現的正是華夷之辨的民族精神。這樣的民族精神，既是水滸流傳的重要動源之一，從中也透顯出岳飛巨大的身影，畢竟岳飛才是歷史上眞正的民族英雄。

　　錢彩編撰《說岳全傳》時，選擇《水滸傳》作爲學習對象，此有助於岳飛故事進入成熟的敘事形態，故《水滸傳》對岳飛故事的發展頗有貢獻。然而，這樣的選擇並非只是創作表層的模仿而已，從另一方面來看，錢彩是將岳飛從《水滸傳》中請了出來。換句話說，自南宋以來，岳飛故事的發展雖屢屢受挫於政治因素或史實局限，然岳飛精神在民間卻以另一故事系統活潑地發展、流傳。因此，由明入清，岳飛故事長篇小說的敘事形態，能夠從通俗歷史（《大宋中興通俗演義》）進展到英雄傳奇（《說岳全傳》），這其中固然有許多因素，一個不可忽視的內在因素，就是在《忠義水滸全傳》中保留了岳飛的巨大身影。

第二節　英雄命運的解讀

　　明代馮夢龍改編《精忠旗》強調「更編紀實精忠記」，如此已在岳飛故事的編寫中引發「虛實」論爭。而熊大木和于華玉更在其改編岳飛小說時，對其運用歷史題材之「虛實」作法大加議論。此虛實之爭，直到清代的《說岳全傳》採取虛實並用後，方取得較爲融通的說法。然而到了民國時代，岳飛故事中的虛構情節再度受到批判。這其中引發爭論的「虛」，主要是指天命因果的情節。

　　事實上，岳飛戰功大卻冤死慘，這樣的悲情歷史，一旦成爲歷史故事而開始流傳，天命因果即爲其中不可缺少的情節，而且隨著故事流傳的愈久愈盛，天命因果被運用的分量也就愈重。這是一個值得重視的現象，雖然在岳飛故事的個別文本中，運用天命因果可能降低岳飛悲壯的英雄形象，或是使文學藝術的思想價值大打折扣。然而，若由岳飛故事流傳的精神脈絡來進行考察，則可看出歷代故事不斷地運用天命因果的現象，實含有一代又一代的作者、讀者，藉以表達他們對岳飛命運的省思和解讀。因此，天命因果在岳飛故事中所扮演的角色，並非只是單純的宣揚迷信而已，其中實有其更深厚的文化意涵。

　　天命因果等虛構情節，雖是通俗小說常用的敘事模式，然若上溯其源，則可知虛實運用本是史傳敘事的特色之一。史家雖秉持「實錄」精神記事，〔註38〕然在史鑑功能的要求下，運用之以達勸善懲惡。此書法爲後代小說家繼承之，〔註39〕進而在「作意好奇」的市場考量下，更加發揮。因此，本節從故事流傳的文化角度，來探討歷代對岳飛英雄命運的解讀，首先即由虛實運用爲切入點，理會通俗小說對史傳敘事的繼承；進而梳理天命因果的思想發展，以及所形成的普遍文化；最後扣緊歷代岳飛故事，論述其運用天命因果的文化意涵。

一、通俗小說對史傳敘事的繼承

　　通俗小說運用天命因果，常被視爲是受到佛、道思想的影響。其實早在史傳文學的敘事中，即富含虛幻情節，而小說作者又多從歷史中取材。因此，對小說中天命因果的敘事，不宜視爲僅是宗教思想的反映，否則推論結果都將只在迷信的窠臼中繞圈，而應該試著從小說和史傳之間，探析出其可能存在的民族文化。因此，以下探討小說和史傳的關係，即先從敘事表層的虛實運用來看，再依此論述敘事深層的史鑑教化。

〔註38〕　所謂「實錄」是對於「微詞」、「曲筆」而言的中國古代史家的一種信守事實、不加諱飾、秉筆直書的史學精神或修史原則。參見周啓志《中國通俗小說理論綱要》（台北：文津出版社，1992 年 3 月），頁 223。另班固《漢書・司馬遷贊》釋爲：「善序事理，辨而不華，質而不俚，其文直，其事核，不虛美，不隱惡，故謂之實錄。」（台北：鼎文書局，1981 年 4 月），頁 2738。

〔註39〕　史傳和小說之間的密切關係，正如歐陽健所說：「假如我們眞正弄通了古代小說與歷史之間的根根節節，那麼，我們實際上也就基本把握住了中國古代小說的精神，把握住了中國古代小說的民族性格。」《古代小說與歷史》（瀋陽：遼寧教育出版社，1993 年 9 月。），頁 2。至於小說採用史傳文學敘事的討論，詳參石昌渝《中國小說源流論》第二章、第三章（北京：三聯書店，1995 年 10 月）。

（一）創作的虛實理論

　　虛實問題來自於史家實錄思想，在通俗小說中第一次將其當做理論來討論，是明初的《三國志通俗演義序》。〔註40〕庸愚子認為史書的首要目的是「昭往昔之盛衰，覽君臣之善惡，載政事之得失，觀人才之吉凶，知邦家之休戚」，以顯示「褒貶予奪」、「垂鑑後世」的意義。但史書「理微義奧」，文又「不通乎眾人」，這就很難將歷史知識普及到世俗大眾中去，使得「歷代之事，愈久愈失其傳」。，因此，歷史小說在依據史實的前提下，按故事情節和主題需要對史料進行剪裁，並據史虛構，這樣才能達到「談誦者，人人得而知之」。自庸愚子之後，對小說虛實關係的討論，就在「據史虛構」這個基礎上展開，而有「崇實反虛」、「崇虛反實」、「虛實並存」、「虛實統一」等各種主張。〔註41〕

　　若回到史書實錄思想的源頭來看，事實上史家在記事時不可能把當時所發生過的一切都巨細靡遺地詳載下來，當他在重述事件時，須經過選擇、強調、省略，甚至想像等過程。所以，「任何一部史傳都只能接近歷史本來的樣子，而不可能與歷史事實完全吻合。所謂史傳的真實性，一般只是指它所記載的史料有根有據，並非偽造和歪曲」。〔註42〕如《左傳》中記錄了許多卜筮、夢驗及怪異的事，「原其心固本於多愛好奇，推其實亦未嘗不饒有褒譏勸懲之用」。〔註43〕而《史記》亦將不可信的鬼神傳聞加以採摭入傳，如此「通篇以幻忽之語序之，使人得意於言外」。〔註44〕因此，史傳文學這種敘事內容，可說和所謂「史傳的真實性」並無衝突。〔註45〕學者據此指出「史書一開始就

〔註40〕丁錫根《中國歷代小說序跋集》（北京：人民文學出版社，1996 年 7 月），頁886。

〔註41〕詳參周啟志《中國通俗小說理論綱要》第五章〈審美範疇論〉（台北：文津出版社，1992 年 3 月），頁 182～194。

〔註42〕石昌渝《中國小說源流論》（北京：三聯書店，1994 年 2 月），頁 77。

〔註43〕張高評〈「《左氏》浮誇」之文學意義〉《左傳之文韜》（高雄：麗文化公司，1994 年 10 月），頁 74。

〔註44〕清人袁枚說：「史遷序事，有明知其不確而貪所聞新異，以助己之文章，則通篇以幻忽之語序之，使人得其意於言外。」見《隨園隨筆》卷上「史遷序事意在言外」條（台北：鼎文書局，1978 年 8 月），頁 19。

〔註45〕浦安迪認為：從中國文化的敘事審美解度來看，「實與虛」並非簡單地處於對立狀態，二者常有互補的部分。因此，儘管中國的敘事裡會有種種外在的不真實，——明顯虛假誇張的神怪妖魔形象和忠孝節義等意義形態的包裝——但其所傳述的卻恰恰是生活真正的內在真實。參見《中國敘事學》（北京大學出版社，1996 年 3 月），頁 31～32。

有小說的成分」。〔註46〕

　　以岳飛來看，無論是史書記載或是通俗文學的敷演，其間涉及岳飛事蹟者，虛與實之間一直存有微妙關係。岳飛冤死後，其生平資料多遭湮沒、竄改，故當岳霖、岳珂爲其父祖編撰歷史時，不得不採用大量的傳說、軼聞（詳見第一章），爾後的史家又依此爲據，因此在岳飛的歷史記載中，本身即虛實難辨。而通俗文學寫岳飛故事，又加入民間相關的野史傳說，其動機正如熊大木在《大宋中興通俗演義·序》所說：「或謂小說不可紊之以正史，余深服其論，然稗官野史實記正史之未備。」雖然熊大木編寫岳飛故事，在採用傳說情節上仍顯拘謹，然其後于華玉編《岳武穆盡忠報國傳》時，竟還因此批評其「失實」，於是將岳飛傳記再度改回典雅的歷史敘事。到了錢彩作《說岳全傳》時，虛實之間更顯靈活，正如金豐在〈序〉中所說：

　　　　從來創說者，不宜盡出於虛，而亦不必盡由於實。苟事事皆虛，則
　　　　過於誕妄，而無以服考古之心；事事忠實，則失于平庸，而無以動
　　　　一時之聽。……以言乎實，則有忠、有奸、有橫之可考；以言乎虛，
　　　　則有起、有復、有變之足觀。實者虛之，虛者實之，娓娓乎有令人
　　　　聽之而忘倦矣。

作者正是在此一原則上，將岳飛故事重新創作而成。如此，在虛的一面，可使人聽而忘倦，這是作意好奇的市場考量；在實的一面，因已寫出忠奸人物的類型性格，故亦可服考古之心，這是史鑑教化的文化需求。如此，從歷史到小說，在關於岳飛敘事的虛實之間，自有其更深層次的文化意涵在。

（二）史鑑的教化功能

　　史傳文學在塑造人物時皆有一個重要的目的，即是爲了懲惡勸善，並且將美善合一作爲其審美的標準。〔註47〕這就形成一種史傳的「史鑑功能」，意即以古鑑今，達到勸懲的作用，而此作用和政治教化又是一體兩面。〔註48〕

〔註46〕張振軍以《左傳》中記述了許多卜筮、怪異之事，而《史記·高祖本紀》也
　　　　以劉邦之母夢與神遇遂產高祖，故認爲這類描寫激發了小說的想像力。〈史稗
　　　　血緣說略〉《中國人民大學學報》（1995 第 6 期），頁 97。

〔註47〕中國的傳記文學講求眞、善、美三者合一，而以崇善爲主要，否則其價值便
　　　　要受到質疑。這樣的觀念可以上溯到《春秋》的勸懲觀，而後的《左傳》和
　　　　《史記》對此審美標準更加宏揚。此可參饒德江〈中國古代傳記文學文化論〉
　　　　《武漢大學學報·社科版》（1991 第 4 期），頁 60～65。

〔註48〕詳參周啓志《中國通俗小說理論綱要》第三章第十節〈勸懲功能〉，頁 83～88。

因此，中國人向來尊史，認爲史「乃生人之急務，爲國家之要道」。〔註49〕而「小說爲了爭取入流的機會，總是從功能上媚附正史」，〔註50〕特別是取材歷史的小說，由於是在史實基礎上創作發展，故常以史鑑爲教化功能，作爲其創作的主要目的。〔註51〕因此，其在塑造人物時，爲了達到善惡分明、忠奸立判的效果，人物性格都在道德標準下，被塑造成扁平化、類型化。加上小說是爲了廣大的社會群眾而作，在通俗化、娛樂化的市場要求下，人物類型的塑造也就更爲平顯，更加善惡分明。〔註52〕

　　金聖嘆評點《水滸傳》，稱讚勝似《史記》；毛宗崗認爲《三國演義》寫人敘事之妙直與《史記》相彷彿。〔註53〕此將小說和《史記》相比類，「正是評點家們對小說能善惡必書、眞實客觀地描寫眞人這一舉措的充分肯定和褒揚」。〔註54〕可見史傳文學對通俗小說的創作有極大影響，而其勸善懲惡的史鑑功能，則是二者的共同目的，更是中國傳統中普遍性的文化要求。

　　然而，儘管教化的目的一致，史傳和小說畢竟隸屬二種不同階層的文化型態，因而其教化的手段也就有所差異，此具體表現在其敘事上。就通俗小說而言，乃隸屬於「小傳統的庶民文化」，由於其讀者是以中下階層的民眾爲主，他們並不善於直接從教訓文字中取得抽象的解悟，因此若以「微而顯、

〔註49〕〔唐〕劉知幾《史通‧史官建置》。

〔註50〕陳平原指出：「以小說比附史書，引「史傳」入小說，都有助於提高小說的地位。再加上歷代文人罕有不熟讀經史的，作小說借鑑「史傳」筆法，讀小說借用「史傳」眼光，似乎也是順理成章。」《中國小說敘事模式的轉變》，（台北：久大文化公司，1990年5月），頁227。

〔註51〕如庸愚子《三國志通俗演義序》云：「非獨記歷代之事，蓋欲昭往昔之盛衰，鑒君臣之善惡，載政事之得失，觀人才之吉凶，知邦家之休戚，以至寒暑災祥，褒貶予奪，無一而不筆之者，有義存焉。」另如可觀道人《新列國志敘》云：「凡國家之興廢存亡，行事之是非成毀，人品之好醜貞淫，一一臚列，如指諸掌。……能令村夫俗子與縉紳學問相參，若爲法誡，其利益亦與《六經》諸史相埒…。」見《中國歷代小說序跋集》，頁865～866。

〔註52〕中國古代小說的作者，向來以宣揚傳統道德爲己任，忠孝節義幾乎成爲每部小說塑造人物形象的道德標準。此可見作家除了對歷史反思外，同時也想透過傳統道德對人物的浸潤，給人一種親切的現實感。參見寧宗一主編《中國小說學通論》（合肥：安徽教育出版社，1995年12月），頁474～475。

〔註53〕金聖嘆〈讀第五才子書法〉、毛宗崗〈讀三國志法〉收入《中國歷代小說序跋集》，頁1488、932。

〔註54〕俞曉紅〈因枝以振葉　沿波而討源──中國古代小說個性表現藝術源流辨略〉《社會科學戰線》（1995第6期），頁202～203。

志而晦、婉而成章、盡而不汙」的春秋書法來敘事，〔註55〕在讀者接受上恐怕都將造成困難，更遑論要藉以達到「懲惡而勸善」的史鑑功能。於是，在市場經濟的考量下，小說作者除了在表達敘述上力求平淺外，更要進一步解答民眾在接受如此敘事所產生的困惑：「好人為什麼沒有好的下場？」（勸善誘因）「壞人為什麼竟然富貴以終？」（懲惡要求）。

既然小說常從歷史中取材，面對如此難題當然是從史傳中找方法，於是史傳文學中各種虛幻、神怪等，原本用來隱喻人物心理的因果敘事，則給了作者很好的啓發。〔註56〕再加上民間流行的佛道輪迴、天人合一等世俗觀念，則可混合出一套「天命循環史觀、因果報應思想」。於是，小說家面對已成事實的歷史不公時，可以透過如此天命因果的運用，來拓展敘事的空間和時間，為好人悲慘的命運作出超越詮釋，以符合勸善懲惡的文化要求。由此可見，小說中天命因果的敘事結構，並非只是「描襯輪廓的裝飾手筆而已」，〔註57〕而是有其史鑑勸懲的深層意涵。〔註58〕

二、天命因果的思想文化

在中國文化中，天命因果是一個廣泛而普遍的名稱，其運用在通俗文學中，主要是為了解決「命運」的人生課題。因此，本文探討天命因果的範圍，主要在於和通俗文學密切相關的果報觀、定命觀。由此果報觀、定命觀的發展過程中，可知佛教、道教對此思想的構成的確扮演積極而重要的角色。然而，到了

〔註55〕《左傳・成公十四年》：「春秋之稱，微而顯，志而晦。婉而成章，盡而不汙，懲惡而勸善。」另關於「春秋書法」詳參張高評〈《左傳》之史筆與詩筆——以形象化、精煉性為例〉、〈《左傳》敘事與言外之意——微婉顯晦之史筆與詩筆〉，二文收入氏著《左傳之文韜》。

〔註56〕馬幼垣認為在追究講史小說中之所以有神怪的成分，必須考慮到：「中國史書的特殊之處，就是它們把幻想與事實融合在一起，而講史小說又根據此種文獻。」參見〈中國講史小說的主題與內容〉《中國小說史集稿》（台北：時報文化公司，1987年3月），頁92。

〔註57〕蒲安迪認為中國長篇小說中的天命因果之敘事架構，並不足以構成小說的全面佈局，而只是描襯輪廓的裝飾手筆而已。〈談中國長篇小說的結構問題〉《中國古典文學比較研究》（台北：黎明文化公司，1977年10月），頁279。

〔註58〕不同時代和不同讀者，對於教化意識的認識固然不同，但如果將因果報應視為封建迷信，那許多作品中的勸善懲惡就會完全失去了存在的合理依據，既然善不一定有報，惡未必會遭懲罰，那行善過惡在一定程度上就失去內心的自覺動力。參見陳美林〈中國古代小說的教化意識〉《明清小說研究》（1993第3期），頁58。

宋代即在所謂儒釋道三教合一下，成爲民間普遍的庶民文化。其間令人注意的是文化上大、小傳統對此思想文化的融合、轉化，而扮演中介角色的正是通俗文學的作者。因此可證，通俗小說運用天命因果以解讀命運的課題，不光只是宗教因素、迷信反映，而是紮根在過去文化的深層土壤中。以下詳述之。

（一）果報觀的發展

中國文化中的果報觀念，常被誤以爲起源於佛教，實則早在三代便有鬼神報應的觀念。至先秦時，孔孟老莊雖企圖以倫理常道代替鬼神信仰，但當時人普遍崇信的是「上天能賞善罰惡」，其思想性質主要還是在宗教信仰。到了秦代祭祀之風盛行，漢代更是達於鼎盛，所謂「祭祀者必有福，不祭祀者必有禍」（《論衡·論死篇》），其觀念是延續宗教信念爲主的報應觀。而漢代天人感應之說盛行，報應之論更是屢見不鮮。〔註59〕

東漢時，道教於民間興起後廣爲流傳，更是大加宣揚善惡報應的觀念，認爲人的功過善惡隨時爲神所掌握，司命之神會根據人體內三尸神之記錄，以增減人的壽命。〔註60〕同時，道教又倡「承負」說，以個人的命運貴賤，並非光由一己的善惡決定，而是導源於先人的所作所爲，此已具有因果報應的觀念。〔註61〕另一方面，佛教傳入中國後，即在中國原有的善惡報應觀念中，加入因果輪迴的思想。強調今人現時的命運好壞皆由以往的業果造成，如此因果循環，生生世世不止，故唯有今世多種善因，來世方能得到善果。在此「依業輪迴」的觀點下，佛教提出現報、生報、後報等「三報論」，〔註62〕爲因果報應的觀念，

〔註59〕 以上論述考證參見咸恩仙《話本小說果報觀研究》第二章第三節〈果報觀之流變〉（中國文化大學中文所博士論文，1989年），頁8～11。

〔註60〕 《抱朴子》中引證道教經典，認爲天地有司過之神隨人所犯輕重，以奪人算計。又言人身中有三尸，能自由出入人體，並升天報告人的罪狀，罪大奪紀，罪小奪算；但相反的，行善也可增算。參見李豐楙《探求不死》（台北：久大文化公司，1987年），頁94。另可參尹飛舟《中國古代鬼神文化大觀》「承負說」條（南昌：百花洲文藝出版社，1992年5月），頁452～453。

〔註61〕 《太平經·解承負訣》中云：「凡人之行，或有力行善，反常得惡；或有力行惡，反得善，因自言爲賢者非也。力行善反得惡者，是承負先人之過，流災前後積來害此人也。其行惡反得善者，是先人深有積蓄大功，來流及此人也。」另〈解師策書訣〉中對「承負」之說加以解釋：「然承者爲前，負者爲；承者，迺謂先人本承天心而行，小小失之，不自知，用日積久，相聚爲多，今後生人反無辜蒙其過謫，連傳被其災，故前爲承，後爲負也。」見漢·于吉《太平經合校》（台北：鼎文出版社，1979年7月），頁22、70。

〔註62〕 關於「三報論」，詳參《弘明集》卷五〈釋慧遠三報論〉。

提供必然性的理論基礎。〔註63〕

　　東晉以後，隨著佛、道二教教義的互相混合，因果報應思想的影響更形普遍。〔註64〕唐宋以來，因果報應已成為民間宗教信仰的特色，如社會中流行「死後十王審判」的信仰，〔註65〕人們普遍相信生前善良卻受盡折磨的人，死後將會得到補償；而生前作惡之人，死後必受責罰。

（二）定命觀的發展

　　在上古社會中，先民的思維模式與行為乃是依循著宗教信仰而運轉，如在殷商社會裡，人們普遍敬畏與崇拜天帝，將自然界一切不可知的現象全歸之於「天」。〔註66〕先秦時代，諸子百家又多言「命」，遂因此而發展出「天命思想」。〔註67〕此天命思想在初起時，和賞善罰惡的報應觀是相互聯結的，然當人們從實際的生活體驗中，發現這種報應觀並非必然時，因此對天產生了怨懟之言。〔註68〕人們一面相信天帝對人間握有終極權柄，掌控福祉與災禍的降臨；一面又質疑否定「為善者天報之以福，為惡者天報之以禍」的律

〔註63〕方立天指出：佛教因果輪迴的理論是把道德律和自然律結合起來，作為一種社會行為的準則，故能為廣大信眾所接受，而成為中國古代儒、道以外別樹一幟的人生理論。參見〈中國佛教的因果報應論〉《中國文化》7 期（1992 年11 月），頁 56。

〔註64〕劉道超指出：道教在東晉南北朝的大規模改革中，吸取佛教因果報應、三世輪迴等教義教理，而加以改造成道教教義的一部分。同時，佛教的生死輪迴和地獄之說雖然新奇恐怖，但卻缺乏一個相應的、具有強大威懾力量的鬼神系統，道教則補足了此一不足。參見《中國善惡報應習俗》（台北：文津出版社，1992 年 1 月），頁 45～46。

〔註65〕唐宋以來，流行的「死後十王審判」信仰，是揉合了儒家慎終追遠的道德觀、佛教的輪迴果報觀，以及民間道教的鬼神觀。見王明珂〈慎終追遠──歷代的喪禮〉《敬天與親人》（台北：聯經出版社，1983 年 4 月），頁 342。

〔註66〕參見傅佩榮《儒道天論發微》（台北：台灣學生書局，1985 年），頁 9。文中另引述張光直之說：「上帝在商人心目中是至高的存有，對人間世握有終極的權柄──像農業的收成與戰爭的成敗，城市的建築與人生的福祉。上帝也是饑饉、洪水、疾病與種種災禍之終極原因。」

〔註67〕唐君毅指出：「中國先哲言命之論，盛於先秦。孔子言知命；墨子言非命；孟子言立命；莊子言安命、順命；老子言復命；荀子言制命；《易傳》、《中庸》、〈樂記〉言至命、俟命、本命、降命。諸家之說，各不相同，而同遠源於《詩》、《書》中之宗教性之天命思想。」《中國哲學原論──導論篇》（台北：台灣學生書局，1986 年 9 月），頁 521。

〔註68〕如《詩經·小雅·小弁》云：「民莫不穀，我獨于罹。何辜于天？我罪伊何？心之憂矣，云如之何！」又《詩經·唐風·鴇羽》云：「悠悠蒼天，曷其有常！」

則，於是乃將生命中的夭壽窮達，落實爲實際人生的「定命」。〔註69〕

因此，司馬遷發憤作《史記》，時常流露出無限的喟嘆，其以歷史爲證，對傳統賞善罰惡的報應觀提出批判與質疑。如：

> 或曰：「天道無親，常與善人。」若伯夷、叔齊可謂善人者，非邪？積仁行絜如此而餓死，且七十子之徒，仲尼獨薦顏淵爲好學，然回也屢空，糟糠不厭，而卒早夭。天之報施善人，其何如哉？盜跖日殺不辜，肝人之肉，暴戾恣睢，聚黨數千人，橫行天下，竟以壽終，是遵何德哉？此其尤大彰明較著者也。若至近世，操行不軌，專犯忌諱，而終身逸樂，富厚累世不絕。或擇地而蹈之，時然後出言，行不由徑，非公正不發憤，而遇禍災者，不可勝數也。余甚惑焉！儻所謂天道，是邪？非邪？（《史記·伯夷叔齊列傳》）

司馬遷將人世的不平與無奈，一切歸之於「命」，這是不可解的疑團，也是一切悲涼憾恨的根源。因此《史記》中寫人物傳記，「多集中在探討人物的命運，而且已經注意到人的生活中，客觀上有許多偶然因素，主觀上也有許多非理性的因素」。〔註70〕而東漢王充作《論衡》，其卷一〈命祿〉、〈氣壽〉；卷二〈幸偶〉、〈命義〉等諸篇，即較完整地說明魏晉以前定命觀的一般內容。如：

> 凡人遇偶及遭累害，皆由命也。有死生壽夭之命，亦有貴賤貧富之命。自王公逮庶人，聖賢及下愚，凡有首目之類，含血之屬，莫不有命。……祿命有貧富，知不能豐殺；性命有貴賤，才不能進退。（《論衡·命祿》）

由此可知在定命的大前提下，人的遭遇、死生、富貴等皆被歸之於宿命，人的才智並不能改變天意。如此的觀念，「使人們養成凡事莫不揣之以命的習慣性思想」。〔註71〕而後，隨著佛教業報輪迴、道教「謫譴仙話」〔註72〕等觀念

〔註69〕樂蘅軍指出：「不可知不可必的定命觀，才是許多人間故事解釋人生現象的唯一依憑。」見《意志與命運》（台北：大安出版社，1992年4月），頁105。

〔註70〕詳參陳蘭村〈論司馬遷傳記文學的命運哲理〉《浙江師大學報·社科版》（1996第3期），頁1～5。

〔註71〕樂蘅軍認爲：無論王充究竟是要以必然之命來說明偶然，或是以偶然來詮釋宿命之機械性，皆確實強化人們對宿命、偶然之命的深刻印象，使人們養成凡事莫不揣之以命的習慣性思想。參見《意志與命運》，頁122。

〔註72〕道教結合流行民間的善惡報應和佛教輪迴，再加其本身清淨無欲，飛昇不死的信仰，建構出得道仙人因罪罰謫譴人間，歷經修行考驗後，再重新回歸上界。如此形成一種道德化的救罰與解脫，是民間宿命論的歷史觀。此運用在

的流行，更增強如此天命命定的思想。

（三）天命因果的社會文化

雖然「積善得慶；積惡得殃」是人性深層且普遍的共同信念，然而現實人生卻總是「善者苦；惡者昌」。傳統的儒家，把這一切不可證失的弔詭現象，轉化而爲內在於人生命中的道德主體，以「決定是非賞罰於歷史」的永生觀念，﹝註73﹞來化除人的內在矛盾和精神負擔，從而堅強的利用有生之年，實現萬古流芳的「不朽事業」。﹝註74﹞因爲能以高遠的道德實踐爲生命憧憬，所以現世的苦難遭遇，即變得微不足道，人的精神也因此得以超越現世禍福，而能在歷史洪流中得到永恒的肯定。正如歷史上的岳飛雖然冤死，但他畢竟在無奈的局勢下，選擇理性的犧牲，堅持個人的道德實踐——踐忠（此詳論於後）。如此，岳飛以死亡換得心中失控的倫理秩序，故自始自終他都是一個忠臣。

然而，將人的內在矛盾和精神負擔，轉化爲道德理性的實踐和承續，這並非是一般中下階層民眾所能理解和做到的。更何況他們所繼承和發展的「命」，並非是道德理性的命，而是宗教上的天人感應。民間透過天神信仰，架構出一套屬於民間自己的宇宙論，以詮釋天人關係，進而撫慰百姓的心理，給予安全感與生命意義。﹝註75﹞故在動亂不安的時代，天命因果的思想總是

小說上即爲本論文第四章論及的謫仙結構。詳參李豐楙〈罪罰與解救：《鏡花緣》的謫仙結構研究〉《中國文哲研究集刊》7期（1995年9月）。

﹝註73﹞徐復觀指出：中國人以人文成就於人類歷史中的價值，代替宗教中永生之要求，因而加強了人的歷史意識；以歷史的世界，代替了「彼岸」的世界。宗教係在彼岸中擴展人之生命；而中國的傳統，則係在歷史中擴展人的生命。宗教決定是非賞罰於天上；而中國的傳統，是決定是非賞罰於歷史。參見《中國人性論史——先秦篇》（台北：台灣商務印書館，1988年11月），頁56。。

﹝註74﹞儒家的「不朽」定義，如《左傳・襄公二十四年》中所曰：「太上有立德，其次有立功，其次有立言。雖久不廢，此之謂不朽。」

﹝註75﹞鄭志明認爲神義性的天，是民間宗教思想的主體，其以天神信仰而架構出來的宇宙論，符合人類學家對宗教的定義：第一對宇宙人生等現象有能夠解釋的作用；第二具有證明與支持的作用；第三強化了人類應付人生問題能力。參見《中國社會與宗教》（台北：臺灣學生書局，1986年7月），頁316。另文崇一就文化結構指出：「我國自西漢以來就流行這種天人合一的宇宙觀，把天上、地下的事合而爲一，天災、地震、兵變都視爲天對人的懲罰，這是人的無力感的最大象徵，誰都抗拒不了地震、洪水、乾旱對人類所帶來的巨大災害，只有歸之於天命。」〈中國人的富貴與命運〉《中國人：觀念與行爲》（台

特別盛行，如宋代國勢衰弱，屢受外族侵凌，民間廣泛流行果報觀、幽冥世界觀。〔註 76〕而宋室南渡後，對於北宋亡於金、趙構即帝位等，更有「宋金二帝弈棋定天下」和「泥馬渡康王」等天命傳說。〔註 77〕

　　另一方面，自宋代以來市場經濟逐漸興起，各種宣稱儒釋道三教合一的民間善書廣爲印行，無不藉因果報應進行勸世教化，〔註 78〕而普遍流傳的通俗文學，又充分運用並宣揚如此的思想。特別是通俗文學的作者，剛好是溝通大、小傳統的中介者角色，其藉由歷史故事，整理出一套體系完整的詮釋系統，而此歷史詮釋透過故事的傳播，又反饋到民間社會中，形成民間自身具足的「歷史意識」、「果報論史觀」。〔註 79〕而一旦面臨善惡報應顛倒，或是不可知不可解的反常現象，民間更是增強天意命定的思想作解釋。在「萬般皆是命，半點不由人」的觀念下，相信世間一切皆是天所支配安排，人既不能與天爭，也不能逃避先天註定的命運，只好聽天由命，以求平安過日。這種以天命來涵蓋因果的處世態度，基本上是宗教理念經由信仰活動所形成的集體意識，足以構成普遍的庶民文化。於是，天命遂成爲歷史不可抗拒的力量，所有個人乃至群體的命運，皆可由此而得到詮釋。

　　　　北：巨流圖書公司，1988 年 7 月），頁 40。

〔註 76〕詳參劉靜貞《宋人的果報觀念》（台灣大學歷史所碩士論文，1981 年）、沈宗憲《宋代民間的幽冥世界觀》（台北：商鼎文化公司，1993 年 3 月）。

〔註 77〕關於此兩則天命傳說的意涵討論，詳參陳學霖〈宋金二帝弈棋定天下〉《宋史論集》（台北：東大圖書公司，1993 年 1 月），頁 211～240；鄧小南〈關於「泥馬渡康王」〉《岳飛研究》第四輯（北京：中華書局，1996 年 8 月），頁 393～409。

〔註 78〕如唐君毅指出：「善書中之因果報應思想，固本於佛家，亦與傳書之『作善降之百祥，作不善降之百殃』，及後代之天人感應之義相合，而爲後之道教徒用以勸世者，故此善書之思想於儒道佛，乃不名一家，亦無甚深微妙之論，又可說之爲人之道德觀念與功利觀念結合之產物。」《中國哲學原論‧原教篇》（台北：台灣學生書局，1984 年 2 月），頁 690。另可參考游子安《清代善書研究》第一章第一節〈善書概說〉（天津人民出版社，1994 年 4 月）；楊聯陞著、段昌國譯〈報——中國社會關係的一個基礎〉《中國思想與制度論集》（台北：聯經出版社，1976 年 9 月）。

〔註 79〕此正如張火慶所言：不論傳統史家根據什麼特定理論來撰寫並詮釋歷史現象，反而不如野史談果報，借天道人事的「禍淫福善」給人們一些警戒。這種民間式的果報論史觀，是從大傳統高次元的文化史觀逐步下降，而與比較粗淺的宗教思想結合，因而形成簡化、主觀、實用的歷史詮釋方法。參見〈隋唐系列小說版本及兩世姻緣說〉《小說戲曲研究》4（台北：聯經出版社 1993 年 2 月），頁 194～195。

三、岳飛故事運用天命因果的意義

「岳飛冤死的悲情」是歷代岳飛故事流傳的動源，因此，如何解讀岳飛冤死的命運，此即歷代作者和讀者所共同關注之處。而就岳飛故事在歷代的流傳來看，不管是何種文藝類型，其運用天命因果的情節從未間斷。如此，歷代作者以天命因果來解讀岳飛命運，遂成共同企圖。若再從讀者接受的角度來看，則歷代作者得以一而再、再而三地運用如此企圖，可見天命因果的運用，頗符合歷代讀者對岳飛故事的「期待視野」。此期待視野自有其文化上的深層意義，以下即就美善的堅持和超越的詮釋兩方面論之。

（一）美善的堅持

岳飛善戰愛民，南宋人民因感念而為其立生祠，死後更是建廟崇奉；元朝雖是異族政權，然仍賜額修廟；明朝除將岳飛從祀歷代帝王廟外，更敕封為「三界靖魔大帝」；清代雖因民族、政治等因素而將岳飛移出武廟，但仍許民間祭祀；而民國建立，又即回復「關岳並祀」。由此可知，歷朝對岳飛的崇奉，雖各有其不同動機，然因岳飛一生盡忠報國，符合中國人善惡報應的倫理典範，故在「生為正人，死為正神」的文化觀念下，紛紛報以建廟封神。

這種報應觀表現在民間的岳飛傳說中，又增添神祕色彩，充滿因果思想。如南宋盛行秦檜冥報、岳飛顯靈等鬼神傳說；明代在揚忠恨奸的情緒下，發展成忠靈轉世、奸佞跪像求饒等；清代因再度淪為異族統治，民間更是充滿強烈的恨奸情緒，在奸不可恕的信念下，秦檜等奸佞的鬼魂，必須永遠附著於鐵像飽受惡報；更有秦檜轉世為畜，累世受盡天譴人屠。可見，民間以「忠奸抗爭」來詮釋岳飛冤死的歷史，在傳統善惡報應的文化觀下，面對忠良為奸佞所害的史實，不免要加以虛構因果報應，以維持道德倫理的信念。而此藉果報以求正義的信念，更為通俗文學的作者所採用，進而更加宣揚以回饋民眾。

岳飛故事在元雜劇《東窗事犯》中，全是鬼神報應的情節；發展到明傳奇更是充分運用鬼神傳說，再以「大團圓」結局強調忠勝奸敗，如此即宣示出一種倫理情懷：正因堅守道德的一方不致於淪落，人間的合理秩序方才得以維持。〔註80〕而在明代小說方面，透過「胡迪罵閻」情節，既強調懲惡揚

〔註80〕鄭傳寅指出：戲曲劇目中有相當多的「團圓」、「報應」，表現了受壓迫者敢於向邪惡勢力抗爭的大無畏精神，和對黑暗現實強烈不滿的批判意識，有的表現了善必勝惡，美必勝醜的堅定信念和美好的願望。參見《傳統文化與古典戲曲》（台北：揚智文化公司，1995 年 1 月），頁 71。

善的絕對要求，又宣告因果報應的確實不爽，如此實爲符合中下階層讀者的
文化要求和期待視野。故清代《說岳全傳》要匯集歷代因果報應的情節單元，
並強調奸佞現世受報，甚至採取血腥報復要奸佞亡種。民國以後教育普及，
岳飛故事中的鬼神報應、因果輪迴，大都被視爲封建迷信而去除。然而，當
故事結束時，卻又普遍強調朝廷已平反表忠，如此，仍是傳統善惡報應觀的
反映；至於現世報仇則不被允許，而欲將報復快感，轉化爲報國熱情的倡導。
如此的敘事安排雖較符合現代教育的宗旨，然卻無法契合國人長久累積而成
的文化心理，更何況在現實社會中，多的是善者苦、惡者昌的不公。因此，
民國以來，岳飛故事不管是在舞台、電視演出，還是通俗讀物的編寫，仍多
取材於《說岳全傳》。

　　歷代岳飛故事皆以忠奸抗爭爲敘事結構，並以岳飛和秦檜各爲忠、奸典
型，在人物塑造上已具有強烈的倫理基礎。然而，盡忠報國的岳飛竟然冤死，
如此實構成「戲劇上的悲情」，〔註81〕勢必要運用因果報應的敘事，方得以符
合天道報應、善善惡惡的文藝觀，否則作品很難在市井間流傳。〔註82〕此閱
讀心理正如嚴復、夏曾佑在〈附印說部緣起〉中所說：

　　人有好善惡不善之心，故於忠臣、孝子、……莫不望其身膺多福、
　　富貴以沒世；其於權奸、巨蠹、……無不望其亞膺顯戮，無所逃於
　　天地之間。而上帝之心，往往不可測；奸雄得志，貴爲天子，富有
　　四海……；仁人志士，椎心泣血，負重吞污……，若斯之論，古今
　　百億，此則爲人所無可如何，而每不樂談其事。若其事爲人心所虛
　　構，則善者必昌，不善者必亡。即稍存事實，略作依違，亦必嬉笑
　　怒罵，托跡鬼神，天下之快，莫快於斯，人同此心，書行自遠，故
　　書之言實事者不易傳，而書之言虛者易傳。〔註83〕

〔註81〕曾永義從觀眾的心理上言「悲」，說：「我國戲劇的所謂悲，只是好人遭遇磨
　　　難，或含冤而歿，未得現世好報。」《中國古典戲劇論集》（台北：聯經出版
　　　社，1986年2月），頁9。
〔註82〕此如鄭傳寅談「因果業報觀念與戲曲結構模式」時所言：「正因爲『神明報應
　　　如影隨形』的觀念根深蒂固，戲曲作家即使本人並不信崇此說，但他在反映
　　　社會生活時，也不可能違逆這種籠罩整個社會的觀念，他們不大可能按照必
　　　然律或可然律去描繪事物存在的客觀邏輯圖式，而是習慣於以「善惡到頭終
　　　有報」的道德情感出發，去描繪事物存在的主觀感情圖式。」《傳統文化與古
　　　典戲曲》，頁245。
〔註83〕嚴復、夏曾佑〈故事虛實之由，與夫命運之不仁〉收入《晚清文學叢鈔——

由此可知：因果報應雖然是通俗文學的因循老套，但是當其被運用來解釋一切人事糾結時，即具有懲惡揚善之道德要求。同時，就岳飛故事的流傳來看，此不僅是作者的教化意旨，更是讀者的倫理抉擇，畢竟善惡必報是中國人的普遍信念。

岳飛故事流傳的動源，是岳飛冤死所形成的悲情意識，而讀者對如此悲情的深刻體會，是來自於對歷史、現實等不公的感受。在面對不可改變的歷史事實下，唯有透過因果報應的附會想像，方得以解釋如此的不公、消解如此的悲情。而讀者在透過岳飛故事的娛樂、教化後，面對自身現世的苦難和邪惡才能忍受與撐持，進而使內心受損的公理和正義得到慰藉與伸張。

（二）超越的詮釋

在清代「胡迪罵閻」說唱中，一改明代短篇話本崇奉果報的結局，且強烈「命令」鬼神要使秦檜速得惡報，甚至怒極而罵神拆像。另《說岳全傳》中「哭訴潮神廟」的單元，雖取材自《大宋中興通俗演義》，然卻增加王能、李直兩人因秦檜未遭惡報，故怒而見廟即拆。以上情節皆反映出民間對因果報應說已感不耐、不滿。可見清代以前所流傳的岳飛故事，其中雖頻頻運用因果報應，卻無法充分而有效地解釋群眾對歷史的困惑。畢竟讀者在接受歷史故事時，同時也會和歷史現實、自身環境做對比，透過彼此對照的省思，而決定對故事觀點接受的程度。因此，岳飛故事發展至此，為了滿足讀者的接受需求，不得不再從民間文化中尋找更高的詮釋觀點。於是，將定命觀念具體化的神話（仙話）模式，成了作者最佳的敘事結構。〔註84〕

南宋民間對岳飛命運的解讀，除了忠奸抗爭的歷史規律外，尚有將岳飛冤死附會成「猿猴大必被害」；「豬之為物未有善終」的神話解讀（詳見第二章）。而在清傳奇《如是觀》中，則以天命神話解讀宋金交戰，並以岳飛為星宿降生。（詳見第四章）如此，岳飛冤死原本是一樁歷史公案，在民間反倒成了一場天命的惡作劇。同時可見在岳飛故事的流傳中，很早就具有天命的色

小說戲曲研究卷》（台北：新文豐出版社，1989 年 4 月），頁 11～12。

〔註84〕通俗文學的作者之於廣土眾民，基於生於斯、長於斯的豐富經驗，較諸大傳統的士大夫階層反而更能感應到民間的脈動，他們自身從中獲得真正的教育，又反饋到那個深廣的社會底層。因而神話模式的運用，可說是小說家與民眾具有「共識」之處，以此解釋一個較抽象、較形上的課題：命運。參見李豐楙〈鄧志謨道教小說的謫仙結構〉《許遜與薩守堅──鄧志謨道教小說研究》（台北：臺灣學生書局 1997 年 3 月），頁 307。

彩。雖然岳飛故事多以善惡報應作爲事件的結局，但卻只能達到補償心理的安慰效果，並無法充分具足地解答：「何以英雄的命運竟是如此悲慘？」。於是通俗小說的作者，在深入瞭解民間的文化意識後，僅將因果報應列爲天命命定下的一個依屬系統。故當小說家在強調善惡報應時，其實正是在爲其不可理解的天命世界鋪路。如《說岳全傳》在三世因果的環環報施後，最終結局仍是由天命所決定，因此佛祖派遣金翅大鵬鳥下凡阻止赤鬚龍的殺戮，並非是因爲好生之德，而是天命命定宋朝還不該被滅亡；而岳飛冤死，不過是履行其謫譴的贖罪儀式。於是整部小說中因因果果的循環報施，都只在成就一個天命的大主題。而歷代流傳的岳飛故事中，許多不公平、不可解的人事糾紛，都藉此超現實的層面，而獲得最終的解釋。

這種定命觀的文化思想，時常被運用在中國的小說中，〔註 85〕特別是歷史小說家在處理小說裡的歷史時，雖有忠於歷史的義務，但仍會進行藝術化的虛構。這是作者的創作自由，正如學者馬幼垣所說：

> 一般讀者對小說在創作自由上的容忍，跟小說家採用歷史，藉歷史的權威來支持民間信仰，大有關係。其中一種普遍信仰就是天命不可改變的觀念；天命是最終的判決力量，給人間世界提供不斷的指示，並監視著人間事情，特別是政治事件。〔註86〕

之所以是政治事件，乃因在封建體制下，政治和君王是分不開的，對老百姓而言，兩者都是高不可攀、無法眞實理解的，只好歸之於天命。因此，天命在小說中是一絕對的支配原則，它完全掌握紛紜複雜的人事現象，並在背後規劃出一定的秩序，使人世間的種種是非爭執，最後都歸結於天命所預設的架構之中。而「歷史英雄人物只要進入演義小說，均難免神話的渲染，並因此膾炙人口，成爲民間崇拜的典型，正史記載反而不受看重」。〔註87〕岳飛如

〔註85〕天命運用在古典小說中有三種基本型態：一是力與命永無休止的爭衡，而人即在此絕對敗亡的淒涼慘暗中逆現他強烈的生命力和偉大的情操；二是在人與命、數與智、才與時之間求得一調合的安頓地位，一切悲涼憤懣在天命的澄化下歸於恬淡；三是利用我們對天命的沈思而消極地化解人世物象的追逐、名利榮辱的羈絆與牽制，在此都歸虛幻。以上三類並無明顯的疆域，有時也在同一部書中參合交錯地出現，但總以其中一類爲基調或主導，變而不離其宗。參見龔鵬程〈傳統天命思想在中國小說裡的運用〉《中國小說史論叢》（台北：臺灣學生書局，1984 年 6 月），頁 21～22。

〔註86〕馬幼垣〈中國講史小說的主題與內容〉，頁 89。

〔註87〕參見王立青〈薛仁貴是征遼英雄〉《歷史月刊》3 期（1988 年 4 月），頁 90。

此，薛仁貴、楊延昭、狄青莫不如此。儘管這些英雄在國家危難時趁勢奮起，力挽狂瀾於既倒，展現出十足的英雄氣概，但最後還是會發現：原來命運才是他最終的主宰。因此小說中的英雄，「其個人的命運反映天命的支配，而天命的支配也顯現在個人命運上」。〔註88〕

通俗小說和民間信仰在天命因果上取得了共識，又彼此吸收、增強，如此一來，天命因果的情節就不僅是屬於通俗小說的題材和表現問題，而是整個民族心靈現象的問題。而它所反映出來的社會文化，主要提供了一種超越意識，使人們在面對自身的現實挫敗時，不致因此而徬徨迷失，反而能夠透過天命神話，得到「意志的完成和情感的滿足」。〔註89〕因此，岳飛故事中運用天命認知、神話幻想來詮釋岳飛一生的命運，無非是要使讀者在感受到岳飛的冤死悲情後，進而「去捕捉一份超越觀照後的廣大和諧人生」。〔註90〕

第三節　民族衰敗的省思

岳飛死後，南宋朝野對其評價主要在「戰功」和「冤死」二方面，而當時士民由於受到忠君思想的影響，故將岳飛冤死的罪責，全算在秦檜身上。特別是當南宋亡於異族後，士民深感奸佞誤國的教訓，而以「忠奸抗爭」為岳飛冤死的歷史詮釋，並直指宋高宗去忠用奸之昏。明朝「土木之變」以後，內有昏君奸臣、外有異族寇邊，在時代刺激下，岳飛更成了朝野高度評價的對象，特別是明代許多忠君愛國的守邊大將，其悲劇命運竟像是岳飛冤死事

〔註88〕馬幼垣〈中國講史小說的主題與內容〉，頁89。。

〔註89〕超越意識是人類向最上層次要求道德的依皈和真理的保證。當我們講述一個現實故事，在某一關鍵上突然遭遇困難，而無從把那個故事的道理交待明白的時候，我們的理智挫敗了，但是我們尋求答案的意志卻不屈服。那時，可能就需要神話情節，因為在那裡，我們將得到意志的完成和情感的滿足。參見樂蘅軍〈從荒謬到超越〉《古典小說散論》（台北：純文學出版社，1982年5月），頁249。

〔註90〕正如龔鵬程所言：「天命的認知更可以讓人生除了現實世界之外，還與神話幻想世界緊緊唿合，提供超越的人生，不斤斤計較現實人生的得失，而透過天命，去捕捉一份超越觀照後的廣大和諧人生。這就是為什麼我國小說戲劇喜歡以天命起、以天命終的緣故。人類一旦完成了天命的職責，即重歸於原始本狀的秩序，是石即還歸為石、是仙即歸位為仙，再無生命中無明的蠢動與生命和諧的裂痕，可以『無憾』。就人間而言，則又具體點出了『天地不仁、以萬物為芻狗』的宇宙大情。」〈中國文學裡神話與幻想的世界〉《中國小說史論叢》，頁69。

件的重演，使明人深刻感受到忠奸抗爭、功高者危的歷史規律，一直到清代、民國以來，皆繼承這樣的歷史觀點。在通俗文學方面，「忠奸抗爭」可以說是歷代岳飛故事基本的敘事結構，並且逐漸形成「昏君、奸臣」之搭擋。這樣的岳飛故事歷代發展、不斷流傳，從中反映出一種普遍性的庶民歷史意識，認為英雄冤死才導致民族衰敗；而透過這種民族衰敗的省思，又具體反饋於對昏君、奸臣的痛恨。以下即由忠君思想、昏君奸臣、忠奸抗爭等三方面來討論：

一、忠君思想的發展與政治文化

以下，分從「忠君思想的發展、忠君思想下的政治文化」兩方面論述之：

（一）忠君思想的發展

三代時維持政治秩序主要是靠宗法制和天命論，前者將「家」、「國」統一，使父權和君權結合；後者強調「受命於天」，以威服和王室無血緣關係的宗族。然隨著王室衰微，傳統天命論已不可靠，於是春秋時期，諸子百家產生「忠」的概念。〔註91〕當時多以道德觀念的「忠」，和「忠君」的政治要求聯結，如「君使臣以禮，臣事君以忠」（《論語・八佾》），使「忠」成為一種政治道德。到了戰國時期，忠德日益成為君主對臣民單方面的要求，韓非子更建構出完備的忠君思想，使君臣之間猶如主奴關係，如「君以利畜臣，臣以計事君」（《韓非子・內儲說》）。如此，為臣者不必論君主是否賢愚，只要盡忠效死即可。

秦漢以後，中央集權的專制政體形成，「忠君」成了君主對臣民的絕對要求。如董仲舒提出「君權神授」、「三綱五常」說，以陽尊陰卑來論君臣關係，教臣民事君如尊天。東漢時，更以《白虎通議》成就忠君思想在經學的合法地位。魏晉南北朝時，由於戰亂不斷，統治者以門閥制度和佛教思想來維持其政治統治，故忠君思想的強調相對較為沈寂。隋唐時，又開始推崇忠君思想，且以「十惡之法」〔註92〕為法律後盾強化之。〔註93〕

〔註91〕依魏良弢統計：在先秦典籍中，最早出現「忠」字的是《論語》，共有 18 次；其後的《左傳》也有 72 次。詳參〈忠節的歷史考察：先秦時期〉《南京大學學報》（1994 第 1 期），頁 110～120。

〔註92〕《舊唐書・刑法》記十惡之法為：「一曰謀反，二曰謀大逆，三曰謀叛，四曰謀惡逆，五曰不道，六曰大不敬，七曰不孝，八曰不睦，九曰不義，十曰內

　　北宋時，專制君主實行高度中央集權，控制中央地方各種軍、政、財大權。同時，在學術思想上出現了將忠孝道德進一步系統化、精緻化、思辨化的程朱理學。理學家將忠君思想「天理化」的結果，使其成爲規範。〔註 94〕因而「北宋儒學抬頭以後，無論經學家、道學家、政治家乃至史學家，都一致提倡忠君的觀念，……把君王看成絕對權力的存在」。〔註 95〕在這種社會條件下，「忠君觀念得到極大的強化，忠君的道德價值又高出於忠於國家、忠於民族之上」。〔註 96〕此思想自程朱理學家提倡後，歷宋、元、明、清而成爲一種固定的文化模式。於是，在封建專制時代，「忠君」成爲忠臣義民們必須遵循的道德標準和倫理規範。

（二）忠君思想下的政治文化

　　當忠君思想成爲一種政治文化後，中國古代的臣民們便以「忠於君主」作爲最基本的政治操守，因爲在臣民的觀念中，君主總是國家的象徵、民族利益的代表，更是政治、社會等一切興衰治亂的樞紐。因此，忠君往往就是忠於國家、忠於民族，特別是當自己的民族國家遇到外族侵略時，這樣的忠君思想常會成爲一種維護民族尊嚴、抵禦外族侵略的號召力，而使得「忠君」和「愛國」合併成爲「忠君愛國」。如兩宋之際，宋金之間處於嚴重的民族矛

亂。其犯十惡者，不得依議請之例。」可見是將凡有危害君主專制的言行，均視爲十惡不赦。

〔註 93〕以上忠君思想發展的論述，詳參雷學華〈試論中國封建社會的忠君思想〉《華中師範大學學報・哲社版》36 卷 6 期（1997 年 11 月），頁 84～88。劉紀耀〈公與私——忠的倫理內涵〉《天道與人道》（台北：聯經出版社，1983 年 4 月），頁 175～198。

〔註 94〕如程顥《二程遺書》卷五：「父子君臣，天下之至理，無所逃於天地之間。」朱熹《朱文公文集・癸未垂拱奏禮二》：「三綱之要，五常之本，人倫天理之至，無所逃於天地之間。」

〔註 95〕詳參陳芳明《北宋史學的忠君觀念》第三章〈北宋中期忠君史學的形成背景〉（台灣大學歷史所碩士論文，1973 年），頁 23～32。

〔註 96〕朱漢民指出：「當君主專制集權高度強化、社會政治相對穩定的時候，皇權的威信很高，帝王不僅能控制政治局面，也能控制人們的思想文化觀念，這時，往往是將忠君置於首位，其次才是忠於國家和民族。」朱氏並以五代的馮道爲例，他在亂世時歷事四朝十帝，因以「忠於國」自居，故能從容爲政、以養民安民爲念。然到了北宋，馮道卻受到各方猛烈的批評，指責他「違反忠君的道德」。到了明清之際，馮道又反過來得到時人的稱讚。參見《忠孝道德與臣民精神》（鄭州：河南人民出版社，1994 年 9 月），頁 51～53。

盾，當時宋朝軍民的忠義觀念就非常盛行，〔註97〕此「忠義」的思想核心，即爲忠君下的臣民道德和政治價值；而其文化根源，如前所述，和「華夷之辨」的態度息息相關。岳飛就是最典型的例子，其一生抗金正是爲體現「盡忠報國」的臣民道德，因此自稱：「事君以能致其身爲忠，居官以知止不殆爲義。」〔註98〕而且高度稱讚「以忠許國，義不顧身，雖斧鉞在前，凜然不易其色，終能以全節自守而不屈」的精神。〔註99〕岳飛這種精神，在其詩詞題記中亦處處可見，如：

> 誓將直節報君仇，斬除元惡還車駕。(〈駐兵新淦題伏魔寺壁〉)
>
> 誓將七尺酬明聖，怒指天涯淚不收。(〈題驟馬岡〉)
>
> 忠義必期清塞水，功名直欲鎮邊圻。(〈題翠巖寺〉)
>
> 歸來報明主，恢復舊神州。(〈送紫巖張先生北伐〉)
>
> 收拾舊山河，朝天闕。(〈滿江紅〉)

可見，在岳飛的政治觀念中，「忠君」和「以身許國」是一體的。同時，在岳飛的詩文奏章中，常有「夷狄不可信」、「盡屠夷種」、「餐胡虜肉」、「飲匈奴血」等明辨華夷的詞句。如此，則岳飛一生以盡忠報國、恢復中原爲己任，其所要實踐的正是「尊王攘夷」的文化志業。因此，在「忠君思想」和「華夷之辨」所交錯構成的文化體制下，後人因此崇拜岳飛爲「忠君愛國的民族英雄」。

君國既是一體，那麼臣民們只要能履行忠君道德，就能使君臣關係穩固，進而政治安定、國家繁榮。這樣的思想文化，使忠君在封建體制下具有最高的政治價值，而踐忠、盡忠則被臣民們視爲是道德實踐、倫理抉擇。同時，「忠君」也成爲忠臣義民們政治操守的最後堅持，和政治評價的最終依據。然而，在這種忠君思想的政治文化下，儘管歷史上的忠臣層出不窮，然其最終命運卻常是「忠而被謗」或「冤殺屈死」，岳飛、于謙、熊廷弼、袁崇煥、史可法等，無一不是體現了此歷史規律。究其因，在於中國古代，社會的穩定需要高高在上的皇帝來維持，而皇位的穩定則是由長子世襲制來維持，這一切被

〔註97〕 此如《宋史·忠義傳》所云：「故靖康之變，志士投袂，起而勤王，臨難不屈，所在有之。及宋之亡，忠節相望，班之可書，匡直輔翼之功，蓋非一日之積也。」(台北：鼎文出版社，1983 年 11 月)，頁 13149。
〔註98〕 〔清〕錢汝雯《宋岳鄂王文集·奏乞解軍務札子》。
〔註99〕 〔清〕錢汝雯《宋岳鄂王文集·申省乞褒贈張所札子》。

視爲「天命所歸」，故皇帝號稱「天子」。雖然天子命中註定爲君王，然卻非個個都是天生的政治家。因此，當君王在處理國家政事時，若不能履行其應有的職能時，即非「明君」，而是「昏君」。而由於在中國封建社會中，總是「闇主眾，明君寡」（劉孝標《辨命論》），故在忠君思想的政治文化下，竟使忠臣的命運不斷地走入悲慘的下場。

二、奸臣的特質及其文化功能

以下，分從「奸臣的特質：大奸似忠、奸臣的文化功能」兩方面論述之：

（一）奸臣的特質：大奸似忠

荀子在論臣道時，云：「有大忠者，有次忠者，有下忠者，有國賊者。」在此四級中，又可分成「忠臣」和「國賊」兩類，何謂「國賊」？荀子說：「不恤君之榮辱，不恤國之臧否，偷合苟容以之持祿養交而已耳，謂之國賊。」（《荀子‧臣道》）爲了與「忠臣」相對應，韓非子遂稱不忠之臣爲「奸臣」，其曰：

> 凡奸臣皆欲順人主之心以取親幸之勢者也。是以主有所善，臣從而譽之；主有所憎，臣因而毀之，⋯⋯故主必欺於上而臣必重於下矣，此之謂擅主之臣。國有擅主之臣，則群下不得盡其智力以陳其忠，百官之吏不得奉法以致其功矣。（《韓非子‧奸劫弒臣》）

由以上「國賊」、「奸臣」的說法，可知皆是用來和「忠臣」相對的名詞，其行事作風、危害國家等特質基本上亦是和忠臣相對應。學者分析中國歷代的奸臣後指出其共同特質有：「妒賢妒能，殘害忠良」、「唯利是圖，嗜權如命」、「多疑善變，反復無常」、「陰險狡詐，虛僞成性」、「豺狼成性，虺蜴爲心」等。〔註100〕由此可知，歷史上對「奸臣」的判定，主要是採取道德標準來審視其爲人處事，最後再歸納出其人性格奸惡。如此判斷標準的建立，實和傳統史書「性格描寫」的人物塑造相通。〔註101〕而最能體現奸臣性格的，無過於「大奸似忠」，特別

〔註100〕參見高敏主編《奸臣傳‧序言》（鄭州：河南人民出版社，1994年4月），頁7～10。

〔註101〕此誠如王靖宇所指出：「中國敘事文作品中的人物大多是靜態人物。他們在整個故事裡始終如一。⋯⋯中國作家似乎將注意力集中在人物性格的一些基本特徵上，這些特徵造就了人的一生。如果作者能捕捉到這些基本的、因人而異的特徵，人物的一生只要用幾件不一定相關、但卻有高度代表性的事件就能交代清楚。」〈中國敘述文的特性——方法論初探〉收入《左傳與傳統小說論集》（北京：北京大學出版社，1989年5月），頁12～13。

是大奸巨逆，專以小善中人之意，以小信固人之心。因此，他們最愛聽的頌歌，就是被讚譽爲周禮楷模、忠孝化身。以宋朝蔡京、張邦昌、秦檜等三巨奸爲例：

> 周美成邦彥元豐初以太學生進汴都賦，神宗命之以官除太學錄。其後流落不偶，浮沈州縣三十餘年。蔡元長（蔡京）用事，美成獻生日詩，詩略云：「化身禹貢山川內，人在周公禮樂中。」元長大喜，即以秘書少監召，又復薦之上殿。〔註102〕

> （張邦昌歷任禮部侍郎、少宰、太宰等職，平時口不離禮，然金兵來攻即主和議，東京淪陷後在金人扶持下建立傀儡政權，號稱楚帝。群小擁戴之日，竟吹捧他曰）：「在位著忠良之譽，居家聞孝友之名，實天命之有歸，乃人情之所係，擇其賢者，非子其誰。」〔註103〕

> 秦會之問宋朴參政曰：「某可比古何人？」朴遽對曰：「太師過郭子儀，不及張子房。」秦頗駭，曰：「何故？」對曰：「郭子儀爲宦者發其先墓，無如之何；今太師能使此輩屏息畏憚，過之遠矣。然終不及子房者，子房是去得底勳業，太師是去不得底勳業。」秦拊髀太息曰：「好。」遂驟薦用至執政。〔註104〕

可見，愈是巨奸，愈善於僞裝成道德聖人。同時，他們大都富有辦事能力，且不乏頗有文采和學識甚佳者，如蔡京精通書法，名列翰林；秦檜曾中進士，頗善文詞，另如趙高精通律法、李義府脫口吟詩、嚴嵩善爲青詞等。這些在歷史上被判爲奸臣之人，其初起時皆以勤於政務、忠於朝廷獲取同僚和皇帝的信任，故能迅速占高位、掌大權，再恃權胡爲、陷害忠良以求私利。而在各類奸臣中，又以通敵賣國的「叛國賊」最令人痛恨。〔註105〕此固然是受到傳統「不招夷狄侵中國、不事夷狄弱中國」等夷夏觀的影響；〔註106〕然主要

〔註102〕〔宋〕王明清《揮麈三錄・揮麈餘話》卷一〈周美成再進汴都賦表〉條（筆記小說大觀第十五編）（台北：新興書局，1984年5月），頁2255。

〔註103〕〔宋〕王明清《揮麈三錄・揮麈後錄》卷四〈張昌邦僭僞事跡〉條，頁1730～1731。

〔註104〕〔宋〕陸游《老學庵筆記》卷二（台北：木鐸出版社，1982年5月）。

〔註105〕此文化現象充分反映在通俗文學中，如岳飛故事中的秦檜、張邦昌；狄青故事中的張士貴、孫秀；楊家將中的王欽等。夏志清即指出：「在戰爭小說中，叛國賊通常是惡人中最卑賤的。」〈戰爭小說初論〉《愛情・社會・小說》（台北：純文學出版社，1981年12月），頁122。

〔註106〕先秦的民族思想由夷夏之辨衍生出「夷不亂華」之義，其基本要求可歸納出：不容夷狄侵中國、不招夷狄侵中國、不事夷狄弱中國、討逆除奸與伏節死義。

還是有鑑於「夷侵夏必有內應」的歷史教訓。〔註107〕因此，凡有外族侵犯中國時，主和一派常被視爲賣國奸臣，或逕以「漢奸」名之。如紹興八年，宋廷意欲主和，岳飛力諫宋高宗「敵人不可信，和好不可恃」後，結論即是「相臣謀國不臧」。〔註108〕而臨安百姓更因此認定：「秦相公是細作」。〔註109〕

然而，世人之深惡奸臣，倒不全在於他們所爲的罪惡行徑，而是「這些人居然深膺皇帝的信任，得以煌煌天憲緣飾他們的所作所爲」。〔註110〕畢竟在君主專制時代，奸臣是無法獨立存在的，他們陷忠爲惡的權力，都必須依賴皇帝的放縱和委命。於是，歷史上的奸臣無不以媚君、諂君爲手段，千方百計要僞裝成「忠君」之臣。因此，對於奸臣禍國殃民的罪責，皇帝至少應負一半的責任，而此乃形成「昏君」配「奸臣」的政治文化。

（二）奸臣的文化功能

在忠君思想的政治文化下，「君昏臣忠」常是導致政治悲劇的主因，此現象歷史久遠，可以溯源至夏桀時的關龍逢和商紂時的比干。由於政治結構和倫理組織的緊密結合，使「忠君思想」成爲封建時代維持整個中國安定的文化體系，因此一旦面臨君臣關係的失落，忠君思想總是保證了君王的最後勝利，而忠臣儘管被迫害，也只能堅守「忠君」的操守。在中國古代中，最能夠深切感受到這種心理痛苦的人，也是第一個成功解決如何使這種痛苦不致於衝向懷疑和否定文化體系的人，正是將君臣關係喻爲美人香草的屈原。〔註111〕

其中引夷犯夏、背夏事狄皆令人深惡痛絕。參見谷瑞照〈先秦時期的夷夏觀念〉，頁173～177。

〔註107〕這點王夫之在《宋論》卷三中指出：「契丹不能無內應而殘中國，其來舊矣！此內之可恃者也。」吳彰裕據此分析：「漢之匈奴、唐之突厥，及南北朝諸夷、唐之吐蕃、回紇，多次入侵，因無內應，常常只能掠奪金帛粟梁而去，而不能永占中土，到宋以後之契丹、女眞、蒙古、滿人、日本及列強，無不是利用漢奸以戕我華裔之土之民。」見〈王船山華夷思想〉《空大行政學報》4期（1995年11月），頁87。

〔註108〕〔宋〕岳珂《金佗稡編》卷七（景印文淵閣四庫全書446冊），頁366。

〔註109〕〔宋〕黎靖德《朱子語類》卷一三一（台北：華世出版社，1987年1月），頁3157。

〔註110〕顧靜《十大奸臣》（台北：世界文物出版社，1993年5月），前言頁4。另高敏在《奸臣傳·序》中斷言：此乃「皇帝制度有利於奸人賊子與佞幸小人滋長的徵結所在」。頁14～15。

〔註111〕參見張法《中國文化與悲劇意識》（北京：中國人民大學，1989年11月），頁116。

　　屈原一生雖「竭忠盡智以事其君」，然卻「信而見疑，忠而被謗」，於楚懷王、頃襄王時先後遭到放逐。(《史記・屈原賈生列傳》)在長期的流放中，屈原既傷心國運，又不滿現實，在憂愁苦痛的憤恨中，作〈離騷〉大聲表白：「豈余身之憚殃兮，恐皇輿之敗績。忽奔走以先後兮，及前王之踵武。荃不察余之中情兮，反信讒而齌怒。」屈原矢志忠君愛國，但楚王既不賞識，又聽信讒言加以放逐。然而，屈原在堅守「忠君」的思想下，並不直接導致出怨君、罪君的情結，而另省思出其因在於：「眾皆競進以貪婪兮，憑不厭乎求索。……眾女嫉余之蛾眉兮，謠諑謂余以善淫。」於是，屈原在忠君、罪君的巨大內心衝突中，產生了一種心理置換作用，將澎湃的不滿激情，疏引導向君王身邊的奸佞。屈原這樣的心理置換，實代表了文化的心理置換。在屈原的悲劇中，奸佞有寵妃鄭袖，有公子子蘭，有大夫靳尚等。這些奸佞全圍在楚懷王身邊，因為楚懷王聽信他們的話，放逐了忠君愛國的屈原，因此他成了典型的昏君。如此，屈原的悲劇即具有政治文化的典型性：昏君奸臣導致忠良的悲劇，而奸佞的文化功能，就是在君王昏瞶的時候，為君王承擔罪惡。

　　奸佞為君王承擔忠臣被害的罪惡，這並不表示奸佞自己沒有罪惡，但畢竟奸佞的罪惡必須在獲得昏君的支持、縱容下，才能發揮。因此，若屈原本著其作〈天問〉的懷疑精神加以追究其悲劇命運，勢必導致疑君、怨君，進而懷疑整個文化體系。而此在君主專制的時代，是不被允許的，特別是以「忠君」為判準的忠臣，更是不可疑君，否則即為逆臣。如《三朝北盟會編》中載：岳飛自知遭受冤屈，堅持不肯伏罪，有一獄子竟倚門斜立云：「我平生以岳飛為忠臣，故服侍甚謹，不敢少慢，今乃逆臣耳。」岳飛不解請問其故，獄子才說：

> 君臣不可疑，疑則為亂，故君疑臣則誅，臣疑君則反。若臣疑於君而不反，復為君疑而誅之；若君疑於臣而不誅，則復疑於君而必反。君今疑臣矣，故送下棘寺，豈有復出之理！死固無疑矣。少保若不死，出獄，則復疑於君，安得不反！反既明甚，此所以為逆臣也。
> 〔註112〕

岳飛聽後「感動仰天，移時索筆著押，獄子復事之恭謹如初」。既然君不可疑，無怪乎岳飛臨死前要轉而痛罵「秦檜國賊」。在忠君的文化心理下，忠臣面對

〔註112〕〔宋〕徐夢莘《三朝北盟會編》卷二百七（台北：文海出版社，1962年9月），頁1490。

昏君奸臣的一體化，總是必須做出新的解釋：以君是清白的，只是受了奸佞的蒙蔽；而奸臣是極惡的，故大奸似忠、欺上壓下。正如宋廷偏安本爲高宗之意，然岳飛上書力諫時卻曰：「黃潛善、汪伯彥輩，不能承陛下意，恢復故疆，迎還二聖，奉車駕日益南。」〔註113〕又將主戰朝臣遭到貶謫之因，歸納爲：「去國權臣力，全軀聖主恩。」〔註114〕可見忠君的岳飛，已將君王之惡全推給奸臣去承擔。如此一來，君主專制體制下的弊病──昏君，即得到文化心理上的合理遮飾。

三、忠奸抗爭的歷史規律

以下，分從「由史書到小說所建構的歷史規律、忠奸抗爭敘事的模式化、充滿恨奸情緒的民族心理」等三方面論述之：

（一）由史書到小說所建構的歷史規律

《史記》寫句踐滅吳雪恥，其中居功最偉的是上將軍范蠡和大夫文種。然在句踐稱霸後，司馬遷寫道：

> 范蠡遂去，自齊遺大夫文種書曰：「飛鳥盡，良弓藏；狡兔死，走狗烹。越王爲人長頸鳥喙，可與共患難，不可與共樂。子何不去？」種見書，稱病不朝。人或讒種且作亂，越王乃賜種劍曰：「子教寡人伐吳七術，寡人用其三而敗吳，其四在子，子爲我從先王試之。」種遂自殺。（《史記・越王句踐世家》）

在《史記》中，專制君主在功成後濫殺功臣，這是一個重要的典型。比句踐早的是吳王夫差殺伍子胥，其後白起被賜劍自殺、蒙恬被迫吞藥自殺、韓信被斬於長樂鐘室、周亞夫下獄後「不食五日，活活餓死」。這些在歷史上戰功赫赫的英雄，最後都步入「狡兔死、走狗烹」的悲劇命運。司馬遷通過這樣的慘酷歷史，非但揭露了專制統治者的刻薄少恩，更因此展現出一條「功高者危」的歷史規律。此後，南朝檀道濟、宋代岳飛、明代于謙、熊廷弼、袁崇煥、孫承宗、史可法等忠心爲國的民族英雄，更是一一驗證了這條歷史規律。隨著君主專制的日益增強，這些民族英雄常在狡兔未死的情況下，先行被宰被烹。如此，英雄不死於戰場，竟然死於自己所忠心的朝廷，這樣的君

〔註113〕〔清〕錢汝雯《宋岳鄂王文集・南京上皇帝書略》。
〔註114〕〔清〕錢汝雯《宋岳鄂王文集・誄適齋先生》，詩中之「權臣」指秦檜。

主，其昏其暴不言而喻。

　　然在史家「爲尊者諱」的書法下，寫這些英雄被害之前，總會出現「人告其反」這類托詞。於是，如同屈原的心理置換，在這些英雄的悲劇命運下，伯嚭、應侯、趙高、呂后、秦檜、王振、嚴嵩、魏忠賢等成了相對的奸佞。後代取材於歷史的通俗文學，在內容要教忠教孝，形式要通俗曉暢的寫作要求下，遂繼承並發展了「忠奸抗爭」的觀點，如岳飛對抗秦檜、狄青對抗龐太師、薛仁貴對抗張士貴、楊家將對抗潘仁美等。因此，小說對民族英雄的悲劇命運，在敘事結構上總是先塑造出奸臣的角色，以達到「二元對立」、「忠奸分明」的效果；而後再令奸臣誘壞君王，意即在整個英雄的悲劇中，君王頂多只是識人不明而已。於是，諷刺性的給奸臣一個「他們不配負起的代罪羔羊角色」。〔註115〕

　　通俗小說的作者塑造出這種「昏君、奸臣」的搭配，可說有其考量因素：

　　其一，以儒家思想爲主的中國文化體系，是將社會秩序的穩定建立在倫理綱常上。一旦將罪責全歸咎於君王之惡，則勢必導致怨君，進而使整個文化體系都受到懷疑。那麼，通俗文學所強調的「忠君」倫理，豈不是反而變成一大諷刺？

　　其二，面對君主專制的日益加重，通俗小說作爲一種市井流通的商品，不能不考慮到政治禁忌、文網嚴密等問題。況且在市場行銷的運作下，通俗文學的敘述形式必須要以讀者接受爲導向。因此，面對中下階層的庶民讀者群，小說作者不可能如同史傳文學般，運用曲筆、側筆對君王進行「似是而非」的評價。

　　其三，就小說結構而言，以君王本是清白的、受蒙蔽的；而奸臣是很壞的、欺上壓下，如此使君王和奸臣二分，既可加深英雄與奸臣之間分別代表善惡的對立關係，同時亦可使英雄對君王的忠心可以保持，進而產生並且合理化忠君、罪君的矛盾。

　　由於通俗文學以「忠奸抗爭」作爲其敘事結構，進而詮釋歷史事件，如此，使「中國文化的政治悲劇意識，就由纏綿悱惻的君臣關聯失落之悲，轉爲悲壯崇高的忠奸之爭」。〔註116〕而中下階層的民眾，在普遍接受通俗文學如此的歷史教育後，其無形中所建構出來的歷史意識，即以簡單化的「忠奸抗

〔註115〕馬幼垣〈中國講史小說的主題與內容〉，頁82。
〔註116〕張法《中國文化與悲劇意識》，頁116。

爭」為歷史發展的規律。

（二）忠奸抗爭敘事的模式化

寫忠奸抗爭的通俗文學，其敘事模式大致可以歸納出以下四部曲：

甲、奸佞當道：奸佞當道的一個隱含前提是君王受到蒙蔽，因此奸佞得
以無所顧忌地專權橫行、胡作非為，甚至賣國求榮，最後造成朝廷、
國家都陷入危機之中。

乙、忠奸之爭：國家有難，以天下安危為己任的忠臣義士遂挺身而出，
憑著一股忠君愛國之心，他們或向君王揭露奸臣之惡，或仗義相援
遭冤害的忠良等。

丙、忠臣失敗：由於奸佞受到昏君支持，故當忠奸抗爭時，奸佞占有絕
對的優勢。而忠臣雖然明知朝政為奸佞所把持，但基於臣道，仍然
必須服從朝廷旨意。於是「忠君」竟成了忠臣失敗的首要原因。

丁、奸佞失敗：君王既是受到蒙蔽，那麼總是會有清醒的一天。於是當
君王清醒時，就是奸臣失敗之日。在君王英明下，奸佞非殺即關，
而忠臣全部平反昭雪。如此證明善惡有報，天道正義又得到彰顯。

通俗文學在這種忠奸抗爭的寫作模式下，明顯已將史家「功高者危」的歷
史規律加以轉化，使「忠奸抗爭」成為歷史演變的主軸，愛國的忠臣總是要一
面對君王盡忠，一面與奸佞抗爭，其結果不外乎「忠勝國興、忠敗國衰」，而這
就是通俗文學所建構出來的歷史規律。因此，各朝代所流傳的岳飛故事，無論
其表現形式是戲曲或小說，皆可將其敘事結構梳理出這套「忠奸抗爭四部曲」。

同時，在倫理教化的要求下，忠奸角色都被賦予道德化，成為「忠善／
奸惡」的文化類型。而將忠臣悲劇之因，簡單而明白地定位是因「惡對善的
欺凌」，最後再以「懲惡揚善」為故事一貫的結局。這種大團圓的美好結局，
雖然既不合乎史實又沖淡戲劇悲情，但卻是最能撫慰讀者的道德情感。因此，
通俗文學的作者以「忠奸抗爭」來詮釋歷史時，其最重視的是道德評價和道
德勝利。〔註117〕而如此構成的歷史意識，透過通俗文學的普遍流傳、教化，
使民眾得以更加堅固其忠君反奸的文化信念。於是，忠君愛國成了民族英雄

〔註117〕此正如王平所說：《三國演義》雖然不能不讓蜀劉在政治、軍事上敗於曹魏，
因為這是歷史的選擇。但與此同時，作者卻讓蜀劉集團的主要成員在道德上
澈底戰勝壓倒了曹魏集團的主要成員。《中國古代小說文化研究》（濟南：山
東教育出版社，1996 年 9 月），頁 145。

的必備德性，而害死英雄的主要罪責，則由奸臣加以承擔。

　　此外，在描寫民族英雄的通俗文學中，其敘事模式又常具有一種慣用的特點：作者總是一方面寫忠君愛國的英雄威鎮邊關、痛擊入侵外敵，如此證明在英雄將領的領導下，軍民有足夠的能力保家衛國。另一方面又寫這位英雄將領在朝廷內部遭受奸臣乃至昏君的種種迫害，致使忠君英雄不能報效邊關，甚至冤屈致死，進而造成國家民族的敗亡。如此的敘事模式，實為一般民眾對歷史省思的總結，以為民族衰敗的原因，非戰之罪，而罪在朝中的昏君奸臣。因此，從元朝迄今，在各種「忠奸抗爭」的岳飛故事中，除了必備的奸佞角色外，君王亦不可少，且常在故事末尾強調「好皇帝大褒封」。細分之，若戲中演岳飛「冤死」，則此皇帝指的是宋孝宗，可見作者有意用曲筆暗諷宋高宗之昏；若戲中演岳飛「戰功」，則此皇帝雖是宋高宗，然並非是作者有意加以維護，而是要藉由反諷表示人民對明君的期望。

　　另一方面，岳飛因「忠」而冤死的故事，透過一代又一代的流傳，若只就作者的立場認定是為了宣揚倫理教化之用，顯然並不周全，尚應考慮讀者的接受心理。在歷代流傳的岳飛故事中，作者所要表現的主題絕非是岳飛因愚忠而死，而讀者也無法接受「英雄＝愚忠」的教化，故當讀者、觀眾因岳飛冤死而隨之充滿悲情的時候，他們心裡所想的是：「忠君愛國」的民族英雄，竟然會因忠而死？這是英雄的悲劇，同時也是忠君的悲劇。因此對讀者而言，一代又一代岳飛故事的流傳，無疑是一場又一場忠君悲劇的上演。當讀者在接受民族英雄的故事時，透過其悲劇命運，同時也會從中省思民族衰敗的原因，導致更加痛恨其中的昏君奸臣。此具體表現始於《東窗事犯》中瘋僧對奸佞秦檜的指斥，而盛於《說岳全傳》中牛皋對昏君宋高宗的漫罵，因此瘋僧和牛皋向來是岳飛故事中最受讀者喜愛的角色。

（三）充滿恨奸情緒的民族心理

　　通俗文學善以「忠奸抗爭」為敘事結構，此實為歷代讀者接受、回饋的反映，長期下來遂成為民間的集體意識，以為歷史發展就是「忠奸抗爭」的不斷重複。而在忠臣愛國、奸臣禍國的文化信念下，每當國家陷入災難時，就會直接歸咎為朝廷內部的忠衰奸盛，於是在民族文化心理中形成一種「恨奸情緒」。由於此文化心理乃是在「忠奸抗爭」下，對忠臣悲劇所激發出來的「補償心理」，因此，一旦忠臣所受的冤屈愈大，民眾的恨奸情緒就會表現的更為激昂。以岳飛事件來看，透過歷朝朝野評論及通俗文學的敷演，秦檜非

但被塑成鐵像遭千古唾罵，更在各種民間活動中，成為群眾發洩「恨奸情緒」的標出氣筒。如演出岳飛戲時觀眾的反映：

> 吳中一富翁宴客，演《精忠記》。坐客某，見秦檜出，不勝憤恨，起而捶打，中其要害而斃，舉坐皆驚，某從容自若。眾鳴之官，官憐其義，得從末減。後歸作詩曰：「賣國奸雄心膽寒，當場一見髮衝冠，無端格殺秦花面，也為庸臣滌肺肝。」蓋寓激濁揚清之意。〔註118〕

觀眾的過激反應，與其說是入戲太深，不若說是出自根深柢固的恨奸情緒。

岳飛死後葬於杭州，因而在杭州有許多相關的民間傳說，其中《油炸檜》傳說廣為流傳，成為家喻戶曉的典故。〔註119〕內容敘述岳飛冤死後，城裡兩個擺吃食攤的小商人，因談及岳飛被害事氣憤難消，於是捏男女麵人各一，喻指秦檜夫婦，並加以斬切洩恨。後又將麵人粘成一塊，丟進滾油鑊裡炸。邊炸邊喊：「大家來看油炸檜！」過往行人圍攏而來，看見油鑊裡男女麵人被炸得吱吱響，隨即會意，並痛快地跟著大叫「油炸檜」。路過的秦檜聽後很生氣，欲誣以謀反罪名，商人機智辯稱：「你是木字旁的檜，我是火字旁的燴。」群眾立即附和嚷說：「音同字不同。」秦檜無話可說，又以「炸得像黑炭一樣的怎能吃」為由，要改誣聚眾生事。然群眾中立即有人說：「就要這樣炸！」一面把油鑊裡的麵人撈起來，「格吱格吱」地吃起來，還連稱說：「好吃，好吃！我愈吃牙齒愈癢，恨不得一口把它吞下去哩！」秦檜被弄得哭笑不得，只好瞪瞪眼睛，灰溜溜地走了。從此這二人專賣「油炸檜」，後來才簡化成現在的油條傳遍全國。

另有一則極盡嘲諷的《臭秦檜》傳說。〔註120〕內容敘述杭州新任撫台姓秦，一日到西湖看見秦檜鐵像，深感自己祖宗跪於此，實在丟臉，便偷偷命人把鐵像沈入西湖底。第二天，西湖的水竟然變黑，而且臭氣沖天。百姓因此吵到府衙來，秦撫台被迫至西湖巡看，墨黑的湖水一下子又變回清澈見底，湖中並且浮出一對鐵像，百姓遂將之打撈上來，重新置於岳墳前跪著。後來

〔註118〕〔清〕褚人穫《堅瓠集・堅瓠補集》卷四〈殺秦檜〉條引《極齋雜錄》載（筆記小說大觀第二十三編）（台北：新興書局，1978年10月），頁6036。另〔清〕焦循《劇說》卷六中，除了此則外，又收錄三則類似記載，肇事者被點醒是戲時，分別回答云：「昨偶不平，打秦檜聽耳」、「一時憤激，願與檜俱死，實不暇計真假也」、「吾亦知是戲，故毆，若真檜，膏吾斧矣」。（台北：臺灣商務印書館，1973年12月），頁104。

〔註119〕杭州文化局《杭州的傳說》，頁184～186。

〔註120〕杭州文化局《杭州的傳說》，頁54～56。

秦撫台於此寫下對聯：「人從宋後少名檜，我到墳前愧姓秦。」〔註121〕

此外，民間在廟會活動中，除演出岳飛戲以宣揚忠孝外，更透過宗教儀式表現民眾痛恨奸佞的情緒。如「城隍出巡」時，在出巡隊伍中有鬼隊，而在鬼隊中最令群眾憤怒的是秦檜和王氏，「兩鬼穿罪衣罪裙，頭頸上掛鐵索，兩個鬼卒在前面拉，兩個鬼卒手持水火棍在後面押送，所到之處受人唾罵」。〔註122〕

綜合以上，可知民間百姓將其對岳飛的懷念，轉化成對秦檜的痛恨，這樣的情緒可說是「忠奸抗爭」下所產生的恨奸文化。

〔註121〕此傳說乃結合秦澗泉（清乾隆十七年恩科狀元）的典故：秦氏在謁杭州岳墳時，曾寫下此厭檜聯語。另前浙江省民政廳長阮毅成曾訪知：南京孝陵附近有地名馬群，多徐姓，據當地人傳言，即係秦氏改姓。因「秦」拆字，乃「三人一禾」，「徐」字亦「三人一禾」，亦秦檜後人羞再姓秦，故因此改為徐姓。參見李安《岳飛史蹟考》，頁297～298。

〔註122〕此為1949年奉化大橋鎮的實錄。參見鄭土有、王賢淼《中國城隍信仰》（北京：三聯書店，1994年2月），頁187～190。

第七章 結 論

關於岳飛故事的研究，綜合各章要義，可以歸納出以下幾點：

一、宋元時代是岳飛故事的醞釀期

靖康之難，北宋亡於異族，岳飛在南宋諸將中抗金最力、軍紀最嚴，故岳家軍廣受士大夫和軍民歡迎，無論安內攘外，皆能成就非凡戰功。然正當岳飛連結河溯、謀劃北伐時，宋廷內以秦檜爲首的主和派深得高宗信任，竟召回岳飛、解其兵權，更於宋金和議前以謀逆罪殺之。然而，無論宋朝軍民或金國朝野，皆認定岳飛是遭到冤殺。岳飛本是鄉下佃農，在民族國家危難之際挺身而出，奮勇努力而成爲大將，正當全國軍民將恢復之望寄託於他時，他竟然冤死獄中。如此，皆使岳飛一生充滿了傳奇性，特別是其「戰功大、冤死慘」的悲情意識，更是朝野評論岳飛、民間傳說岳飛之關注焦點。

宋金和議後，秦檜挾其威權，暗增民稅、欺壓士民，種種任意胡爲令人憤恨在心，故其生前遭逢施全憤刺、優伶戲諷；死後更遭污土塗牆、糞屎溺塚。而當金人毀約再度南侵時，宋廷朝野爲激勸將士以效仿岳飛戰功，紛紛替岳飛平反。然因「爲尊者諱」不便咎責宋高宗，加上對秦檜又懷有國仇（主和）、私恨（濫權），故朝野一致將屈殺岳飛之罪，全算在奸臣秦檜身上，於是「忠奸抗爭」成了岳飛故事最基本的結構。而「岳飛冤死」和「秦檜誤國」之傳說，除彼此連結相扣外，更處處透顯出宋代因果報應的文化思維，而爲後來岳飛故事的情節發展提供了重要的資材。可惜宋代「說話」中的岳飛故事，今皆不存。

元朝雖是異族，然仍肯定岳飛忠義，照樣立廟賜額。朝野評論岳飛冤死事，亦因改朝換代而能直斥宋高宗，如此使宋高宗、秦檜共成「昏君奸臣」

之搭檔。元雜劇中的岳飛故事，今存有《宋大將岳飛精忠》、《地藏王證東窗事犯》兩本。前者演「大破拐子馬」情節，透過岳飛「戰功」的宣揚，反映出期待君明臣賢、戮力破敵的時代心理；後者承南宋傳說，敷演「瘋僧戲秦」、「何立入冥」、「忠魂顯聖」等鬼神情節，透過對岳飛「冤死」的補償，以發洩恨奸情緒。而此冤死悲情，正是岳飛故事流傳不斷的動源，故孔文卿的《東窗事犯》雜劇，實為宋元時代岳飛故事的代表作。

二、明代是岳飛故事的發展期

明代前期，岳飛僅是帝王的忠君教材之一。此時期的岳飛故事主要是《岳飛破虜東窗記》和據以改編的《精忠記》。由於明傳奇講究「備述一人始終」，故岳飛戲曲發展至此，已具備有基本的情節結構。然而，受到當時忠君教化、「五倫戲風」等影響，竟將戲中的岳飛塑造成愚忠典型。

明英宗時，「土木堡之變」猶如「靖康之難」的歷史重演，而于謙被害，更是岳飛冤死的翻版。在外有強敵、內有奸宦的現實刺激下，「忠君愛國的民族英雄」——岳飛，受到朝野空前的高度評價。如萬曆年間，明帝以「三界靖魔大帝」敕封之，此又間接帶動民間岳飛顯靈轉世等傳說的盛行。而士大夫在高度肯定岳飛人格忠義之餘，更將其冤死之因直指是宋高宗昏聵善忌、去賢用奸所致；或由岳飛之死再度印證「功高者危」的歷史規律，藉史家「責備賢者」之意，表達忠貞士民對君昏臣奸的感嘆，頗有暗諷時政之意。此外，明代朝野繼承前代「忠奸抗爭」的恨奸情緒，具體發展出「四奸鐵像」的塑造，並加以棍擊唾棄之。而相關傳說刻意凸顯王氏長舌、通姦通敵的罪行，更是成為明代岳飛故事的特色。

明代後期雖然政治黑暗，但商品經濟發達，有利於通俗文學的創作發展。岳飛故事在小說方面：短篇話本以《遊酆都胡毋迪吟詩》為主，在華夷之辨的時代要求下，反映出奸佞誤國、期待忠良再現的社會心理；長篇小說則以《大宋中興通俗演義》、《岳武穆盡忠報國傳》為主，然由於前者是書坊主為求謀利的史書改編，後者是傳統士人感時憂國的史鑑教科書，故藝術價值和群眾感染力皆不高。在戲曲方面：明代的岳飛戲無論是雜劇或傳奇，都發展得頗為興盛，惜留存至今的文本不多，《精忠記》以後較佳的作品是《精忠旗》和《續精忠》。這些作於明代後期的岳飛戲，在時代需求、社會心理的促使下，除了運用「忠奸抗爭」的敘事結構外，更發揮出「華夷之辨」的文化要求。

其中，馮夢龍改訂《精忠旗》即將傳統的「忠／奸」對立，擴大發展為「抗戰／通和」的集團對立，一改岳飛在《精忠記》中的愚忠形象，極力將其塑造成為忠君愛國的民族英雄，劇作中充分展現出對明末忠良保國、奸佞亡國的歷史省思。

三、清代是岳飛故事的成熟期

　　清初岳飛戲曲和小說皆有重要作品出現。戲曲有《如是觀》、《奪秋魁》、《牛頭山》等，無論是內容或主題，皆能在明代岳飛戲的基礎上再行開拓。小說則有長篇的英雄傳奇《說岳全傳》，其內容情節可謂集前人之大成，並透過天命因果的敘事結構，以詮釋岳飛故事歷代流傳所累積的疑問（岳飛戰功大卻冤死慘的命運）；更藉由「滑稽英雄」（牛皋）和「英雄後代」（岳雷等人）以共同烘托出「主要英雄」（岳飛）的精神形象。全書主題既有明末亡國的省思（痛責昏君、賣國賊），更有倫理道德的省思與堅持（忠臣悲劇）。因此，《說岳全傳》是岳飛故事發展成熟的定型作品，成為後來岳飛故事編創取材的主要範本。

　　然而，由於滿清號稱後金，而岳飛卻以抗金著名，故雍正帝運用「以關代岳」的文化政策，企圖削弱岳飛在民間信仰的地位；而乾隆帝更是充分發揮「抑揚策略」，以「知有君不知有身」的評價，將岳飛精神由「抗金」轉化為「忠君」。這其間，《說岳全傳》被列為禁書，而岳飛評價和其後代岳鍾琪之地位，也呈現出巧妙的互動關係。由此，皆可見清初帝王對岳飛的真正態度，主要還是在於政治因素的考量。而清代士大夫因受帝王態度的影響，故評價岳飛多持客觀保守之立場，認為「岳飛踐忠、朝廷表忠、民眾敬忠」，故不須再有所遺恨。至於民間百姓在政治忌諱下，則透過秦檜轉世為畜牲、累世受盡惡報等「奸佞不可恕」的鬼神傳說，間接表現出他們對岳飛的敬仰。

　　由於清初帝王對岳飛的抑揚策略，使岳飛故事在明末清初的發展熱情受到嚴重的打擊，形成創作上的空白期。一直到清代中後期，隨著國衰勢亂的時代需求、政治禁令的壓力緩和，岳飛故事才又逐漸興盛起來。然而，隨著文學潮流的演變，傳奇戲劇和歷史演義的創作熱潮已過，岳飛故事的流行類型轉為地方戲和民間說唱，內容幾乎全為前代作品和《說岳全傳》的改編，主題則在政治壓力下只強調「忠奸抗爭」，而避免帶有排夷情緒。其中民間說唱較富趣味，有些作品更能針對之前岳飛故事的遺漏、不足，提出修改或補充。特別是對昏君奸臣的無情嘲諷，頗能看出民間對奸佞的痛恨情緒。

四、民國以來是岳飛故事的轉型期

民國以來對岳飛的評價以三十八年爲階段區分：前階段深受「對日抗戰」的時代要求，朝野再度將岳飛崇拜推上高峰；後階段又可分成二方面來看：台灣方面，在「反攻大陸、還我河山」的政策倡導下，朝野視岳飛爲最佳的時代神魂，全方位地加以高度肯定；中國大陸方面則因政權對立、時代史觀等因素，而有抑岳、揚岳之大轉向。然而，隨著兩岸對立局勢的和緩，昔日由執政當局主導的岳飛崇拜之非常熱情，逐漸趨於平常，「岳飛」亦逐漸由政治走回了歷史。

君主專制結束、國民教育日漸普及，在新的時代要求下，岳飛故事的發展勢必要面臨轉型，而具體表現在「忠君思想」和「神怪內容」的揚棄，極力將岳飛塑造成愛國愛民的青年楷模，處處展現出鼓舞青年報國的時代期許。傳統「忠奸抗爭」的結構，雖仍普遍存在於各種岳飛評價和故事之中，但其所欲凸顯的主題則調整爲「忠者：主戰→愛國」、「奸者：主和→賣國」。這應是受到當時代「漢奸汪精衛」、「中共統戰陰謀」等時勢政局的影響。

民國以來的岳飛故事以戲劇和傳記爲兩大類。戲劇方面除了承襲清代的地方戲外，台灣本土的歌仔戲、布袋戲等亦經常演出，然內容大抵還是《說岳全傳》的改編，較少有時代主題的發揮，只能由盛行劇目以見相應的社會心理。抗日時期流行的舞台劇，則較能反映出時代主題，如顧一樵的《岳飛》，劇中即頻頻大唱〈滿江紅〉、高呼「還我河山」。而在傳記方面，著重考證、學術性較濃的岳飛傳記頗多，然本論文關注的對象是作爲通俗文學而普遍流傳的傳記小說，而這同時也是民國以來岳飛故事的主要類型。其中李唐《盡忠報國岳飛傳》以小說筆法寫岳飛傳記，平實中充滿歷史省思；而莊嚴出版社之《岳武穆》，則是針對青少年以下的讀者群所編，透過岳飛愛國愛民的故事，揭露主和賣國的歷史借鏡，強調民主時代的全民力量，洋溢著青年報國的時代期許，故堪爲民國迄今岳飛故事的代表作。

五、岳飛故事流傳的文化意涵

就歷代不斷流傳的現象來看岳飛故事，其中自有其超越歷史和文本的精神價值，此即爲岳飛故事流傳的文化意涵。本論文從三方面來考察岳飛故事流傳的文化意涵：

首先是岳飛崇拜的文化根源：儒家華夷之辨的思想，發展到宋朝時已內

化為尊王攘夷的民族性格，而岳飛其人其事其故事，皆高度表現出如此的性格，故岳飛能夠成為民族英雄的典型。同時，岳飛建功立業的積極熱誠、功成身退的歸隱心態，皆頗能符合傳統士大夫的文化心態。特別是岳飛冤死的悲情，更是直接觸發了那千古以來「感士不遇」的心理共鳴。相對於大傳統文化的階層，岳飛更是廣受庶民文化的歡迎，除了尊王攘夷、人格高潔等因素外，岳飛力主恢復、愛民親民等作為，實可滿足中下階層民眾們最基本的生存需求。因此，儘管秦檜當權時文網嚴密，岳飛精神和故事仍在《水滸》故事的系統中持續發展。

其次是岳飛故事如何詮釋岳飛命運。歷史故事不光要反映歷史，更要編織歷史，面對岳飛「戰功大、冤死慘」的歷史悲情，解讀岳飛命運成了故事創作最重要的課題。透過通俗文學作者的中介，史傳精神和庶民文化得以交通，通俗文學更從史傳敘事中找到依循的方法──天命因果。天命因果的思想在宋代成熟，是當時重要的文化思維，其中除了有佛道的宗教信仰之外，更富有史鑑教化的功能、正義補償的心理，故不可將之單純地視為迷信。而天命因果為歷代岳飛故事所共用，甚至成為最基本、最主要、最多量之情節，自有其流傳的意義：首先是美善的堅持，既不能改變忠敗奸勝的史實，遂抬出鬼神主持正義，而以道德勝利作結。其次是超越的詮釋，透過超高視角的天命，使讀者在接受故事以後，不再侷限於現實現世的苦難，而能在精神情感上獲取愉悅。

最後是岳飛故事歷代流傳，讀者在接受過程中不斷累積出一種歷史意識，即透過岳飛功大冤死的下場，從中省思出民族衰敗的主要原因，正是昏君奸臣所導致的內耗。這是君主專制下作為忠臣的既定悲劇，因此岳飛盡忠報國、踐忠而死，可謂出自倫理抉擇的自足，而奸臣的文化功能即在於為君掩過。因此，從史傳到通俗文學，在忠君思想的政治文化下，透過歷代忠臣的悲劇，遂建構出「忠奸抗爭」的歷史規律。其最大影響，即在民族文化心理上，形成揚忠恨奸的集體意識。諸如：「忠／奸」→「岳飛／秦檜」→「精忠柏／分屍檜」→「青山有幸埋忠骨／白鐵無辜鑄佞臣」→「揚忠／恨奸」。

參考書目

一、專書部份

1. 〔宋〕王明清：《揮麈三錄》（筆記小說大觀第十五編），台北：新興書局，1984 年 5 月。

2. 〔宋〕宇文懋昭：《大金國志》，台北：廣文書局，1968 年 5 月。

3. 〔宋〕朱熹：《宗忠簡公集》，台北：漢華文化影印清康熙四十五年刻本，1970 年 7 月。

4. 〔宋〕吳自牧：《夢粱錄》，台北：文海出版社，1981 年 6 月。

5. 〔宋〕李心傳：《建炎以來繫年要錄》，台北：文海出版社，1968 年 1 月。

6. 〔宋〕周應合：《景定建康志》，台北：大化書局，1980 年 1 月。

7. 〔宋〕岳珂：《金佗續編》（景印文淵閣四庫全書 446 冊）台北：臺灣商務印書館，1983 年。

8. 〔宋〕岳珂：《金佗稡編》（景印文淵閣四庫全書 446 冊）台北：臺灣商務印書館，1983 年。

9. 〔宋〕岳珂：《桯史》，北京：中華書局，1985 年新一版。

10. 〔宋〕洪邁：《夷堅志》，北京：中華書局，1985 年新一版。

11. 〔宋〕徐自明：《宋宰輔編年錄》，台北：文海出版社，1997 年 11 月。

12. 〔宋〕徐夢莘：《三朝北盟會編》，台北：文海出版社，1962 年 9 月。

13. 〔宋〕袁甫：《蒙齋集》，北京：中華書局，1985 年新一版。

14. 〔宋〕曹彥約：《昌谷集》（欽定四庫全書本），台北：臺灣商務印書館，1986 年 7 月。

15. 〔宋〕郭彖：《睽車志》（筆記小說大觀第二十八編），台北：新興書局，1979 年 6 月。

16. 〔宋〕陸游：《老學庵筆記》，台北：木鐸出版社，1982 年 5 月。

17. 〔宋〕陸游：《陸放翁全集》，台北：世界書局，1961 年 1 月。

18. 〔宋〕曾敏行：《獨醒雜志》，台北：廣文書局，1987 年 7 月。

19. 〔宋〕無名氏：《朝野遺記》（筆記小說大觀第六編），台北：新興書局，1983 年 1 月。

20. 〔宋〕葉紹翁：《四朝聞見錄》，台北：廣文書局，1986 年 10 月。

21. 〔宋〕葉寘：《坦齋筆衡》（涵芬樓本《說郛》卷十八），台北：新興書局，1963 年。

22. 〔宋〕劉過：《龍洲集》（景印文淵閣四庫全書 1172 冊）台北：臺灣商務印書館，1983 年。

23. 〔宋〕歐陽守道：《巽齋文集》（四庫全書本），台北：臺灣商務印書館，1971 年。

24. 〔宋〕黎靖德：《朱子語類》，台北：華世出版社，1987 年 1 月。

25. 〔宋〕薛季宣：《浪語集》（四庫全書本），台北：臺灣商務印書館，1977 年。

26. 〔宋〕羅大經：《鶴林玉露》，台北：新文豐出版社，1985 年。

27. 〔宋〕羅燁：《醉翁談錄》，台北：世界書局，1972 年 5 月。

28. 〔元〕王惲：《秋潤大全集》（四庫叢刊本），台北：臺灣商務印書館，1967 年。

29. 〔元〕脫脫：《宋史》，台北：鼎文書局，1983 年 11 月。

30. 〔元〕脫脫：《金史》，台北：鼎文書局，1976 年 11 月。

31. 〔元〕陳基：《夷白齋稿》（四部叢刊三編本），台北：臺灣商務印書館，1979 年。

32. 〔元〕楊維禎：《東維子文集》（四部叢刊初編本），台北：臺灣商務印書館，1967 年 9 月。。

33. 〔元〕趙孟頫：《松雪齋集》，台北：臺灣學生書局，1985 年 2 月。

34. 〔元〕鄭元祐：《僑吳集》，台北：國家圖書館影印鈔本，1970 年 3 月。

35. 〔元〕鍾嗣成、賈仲明著、浦漢民校：《新校錄鬼簿正續編》，四川：巴蜀出版社，1996 年 10 月。

36. 〔元〕闕名：《宋大將岳飛精忠》（孤本元明雜劇第八冊），臺灣商務影印上海涵芬樓，1977 年 12 月。

37. 〔明〕于華玉：《岳武穆盡忠報國傳》（古本小說集成），上海古籍出版社，1990 年。

38. 〔明〕方孝儒：《遜志齋集》，上海：商務印書館縮印明刊本，1967 年 9 月。

39. 〔明〕王夫之：《宋論》，台北：里仁出版社，1985 年 2 月。

40. 〔明〕王夫之：《讀通鑑論》，中華書局四庫備要本，1981 年。

41. 〔明〕王世貞：《弇州山人四部稿》，台北：偉文圖書出版社，1976 年 6 月。

42. 〔明〕王洙：《宋史質》，台北：大化書局，1977 年 5 月。

43. 〔明〕丘濬：《世史正綱》，台北：丘文莊公叢書輯印委員會，1972 年 2 月。

44. 〔明〕朱國幀：《湧幢小品》（筆記小說大觀第二十二編），台北：新興書局，1978 年 9 月。

45. 〔明〕吳敬所：《國色天香》（古本小說集成），上海古籍出版社，1990 年。

46. 〔明〕呂天成著、吳書蔭校：《曲品校注》，北京：中華書局，1994 年 3 月。

47. 〔明〕沈德符：《萬曆野獲編·補遺》（筆記小說大觀第十五編），台北：新興書局，1984 年 5 月。

48. 〔明〕姚茂良：《精忠記》（全明傳奇），台北：天一出版社，1984 年。

49. 〔明〕柯維騏：《宋史新編》，台北：新文豐出版社，1974 年 11 月。

50. 〔明〕郎瑛：《七修類稿》（筆記小說大觀第三十二編），台北：新興書局，1981 年 5 月。

51. 〔明〕湯子垂：《續精忠記》（全明傳奇），台北：天一出版社，1984 年。

52. 〔明〕馮琦撰、陳邦瞻增訂、張溥論正：《宋史記事本末》，台北：三民書局，1973 年 4 月。

53. 〔明〕馮夢龍：《墨憨齋定本傳奇》（馮夢龍全集），南京：江蘇古籍出版社，1993 年 9 月。

54. 〔明〕黃宗羲：《明儒學案》，中華書局四庫備要本，1981 年。

55. 〔明〕董其昌：《容臺集》，台北：國立中央圖書館，1968 年 6 月。

56. 〔明〕熊大木：《大宋中興通俗演義》（明清善本小說叢刊），台北：天一出版社，1985 年。

57. 〔明〕趙弼：《效顰集》，台北：河洛出版社，1977 年 4 月。

58. 〔明〕樊深：《萬曆通州志》（天一閣明代方志選刊），台北：新文豐出版社，1985 年 7 月。

59. 〔明〕樊深：《嘉靖九江府志》（天一閣明代方志選刊），台北：新文豐出版社，1985 年 7 月。

60. 〔明〕鄭賢：《史料六編·古今人物論》，台北：廣文書局，1974 年 6 月。

61. 〔明〕闕名：《岳飛破虜東窗記》（全明傳奇），台北：天一出版社，1984

年。

62. 〔清〕丁傳靖：《宋人軼事彙編》，台北：臺灣商務印書館，1982 年 9 月。

63. 〔清〕王季烈：《孤本元明雜劇提要》，盤庚出版社影印中華書局。

64. 〔清〕李玉：《牛頭山》（全明傳奇），台北：天一出版社，1984 年。

65. 〔清〕沈嘉轍等：《南宋雜事詩》，台北：藝文印書館，1974 年 4 月。

66. 〔清〕谷應泰：《明史記事本末》，台北：三民書局，1985 年 9 月。

67. 〔清〕俞樾：《春在堂雜文》，台北：文海出版社，1973 年 4 月。

68. 〔清〕俞樾：《茶香室叢鈔》，北京：中華書局，1995 年 2 月。

69. 〔清〕徐松：《宋會要輯稿》，台北：新文豐出版社，1976 年 10 月。

70. 〔清〕袁枚：《小倉山房詩文集》，上海古籍出版社，1988 年 3 月。

71. 〔清〕袁枚：《隨園隨筆》，台北：鼎文書局，1978 年 8 月。

72. 〔清〕張廷玉：《明史》，台北：國防研究院，1963 年 3 月。

73. 〔清〕莊仲方：《南宋文範》，台北：鼎文書局，1975 年 1 月。

74. 〔清〕焦循：《劇說》，台北：臺灣商務印書館，1973 年 12 月。

75. 〔清〕黃文暘：《曲海總目提要》，天津：天津古籍書店影印，1992 年 6 月。

76. 〔清〕諸人穫：《堅瓠集》（筆記小說大觀第二十三編），台北：新興書局，1978 年 10 月。

77. 〔清〕錢汝雯：《宋岳鄂王文集》，台北：中國文獻出版社，1965 年 10 月。

78. 〔清〕錢彩：《說岳全傳》（古本小說集成），上海：上海古籍出版社，1990 年。

79. 〔清〕錢彩：《說岳全傳》，台北：河洛出版社，1980 年 2 月。

80. 〔清〕錢彩著、平善慧校：《說岳全傳》，台北：三民書局，2000 年 3 月。

81. 〔清〕錢詠：《履園叢話》（筆記小說大觀第二編），台北：新興書局，1988 年 1 月。

82. 丁原基：《清代康雍乾三朝禁書原因之研究》，台北：華正書局，1982 年 2 月。

83. 丁錫根：《中國歷代小說序跋集》，北京：人民文學出版社，1996 年 7 月。

84. 仇德哉：《台灣寺廟與神明》，南投：台灣省文獻委員會，1983 年 6 月。

85. 孔另鏡：《中國小說史料》，台北：臺灣中華書局，1982 年 4 月。

86. 王利器：《元明清三代禁毀小說戲曲史料》，台北：河洛出版社，1980 年 1 月。

87. 王宏維：《命定與抗爭──中國古典悲劇及悲劇精神》，北京：三聯書店，

1996 年 4 月。

88. 王秋桂：《李家瑞先生通俗文學論集》，台北：臺灣學生書局，1982 年 4 月。

89. 王景琳：《鬼神的魔力》，北京：三聯書店，1996 年 3 月。

90. 王曾瑜：《岳飛新傳》，台北：谷風出版社，1986 年 10 月。

91. 王靖宇：《左傳與傳統小說論集》，北京：北京大學出版社，1989 年 5 月。

92. 王鳴詠、曹曾禧：《國劇劇本——岳母刺字／陸文龍》，台北：復興劇校，1980 年。

93. 王鋼：《校訂錄鬼簿三種》，河南：中州古籍出版社，1991 年 11 月。

94. 安平秋、章培恒：《中國禁書簡史》，台北：竹友軒出版公司，1992 年 2 月。

95. 安平秋、章培恒：《中國歷代禁書目錄》，台北：竹友軒出版公司，1992 年 2 月。

96. 朱傳譽：《岳飛傳記資料》，台北：天一出版社，1985 年。

97. 朱漢民：《忠孝道德與臣民精神》，鄭州：河南人民教育出版社，1994 年 9 月。

98. 江蘇社科院明清小說研究中心：《中國通俗小說總目提要》，北京：中國文聯出版公司，1991 年 9 月。

99. 西諦：《中國文學論集》，台北：明倫出版社，未註明出版日期。

100. 何冠彪：《生與死——明季士大夫的抉擇》，台北：聯經出版社，1997 年 10 月。

101. 余嘉錫：《余嘉錫文史論集》，長沙：岳麓書社，1997 年 5 月。

102. 李天祿：《布袋戲——李天祿藝師口述劇本集》，台北：教育部，1995 年 4 月。

103. 李安：《岳飛史事研究》，台北：臺灣商務印書館，1986 年 9 月。

104. 李安：《岳飛史事研究續集》，台北：臺灣商務印書館，1987 年 7 月。

105. 李安：《岳飛史蹟考》，台北：正中書局，1976 年 2 月。

106. 李安：《岳飛行實與岳珂事蹟》，台北：臺灣商務印書館，1984 年 11 月。

107. 李安：《精忠岳飛傳》，台北：東大圖書公司，1980 年 7 月。

108. 李修生：《古本戲曲劇目提要》，北京：文化藝術出版社，1997 年 12 月。

109. 李修生：《元雜劇史》，南京：江蘇古籍出版社，1996 年 4 月。

110. 李唐：《盡忠報國岳飛傳》，台北：莊嚴出版社，1990 年 6 月。

111. 李漢魂：《宋岳武穆公飛年譜》，台北：臺灣商務印書館，1980 年 5 月。

112. 李豐楙：《許遜與薩守堅——鄧志謨道教小說研究》，台北：臺灣學生書

局，1997 年 3 月。

113. 杜穎陶、俞芸：《岳飛故事戲曲說唱集》，台北：明文書局，1988 年 7 月。

114. 沈宗憲：《宋代民間的幽冥世界觀》，台北：商周文化出版社，1993 年 3 月。

115. 周先民：《司馬遷史傳文學世界》，台北：文津出版社，1995 年 10 月。

116. 周志甫：《道咸以來梨園繫年小錄》，商務印書館香港印刷廠，1951 年 12 月。

117. 周明泰：《五十年來北平戲劇史料》，台北：廣文書局，1977 年 12 月。

118. 周啓志：《中國通俗小說理論綱要》，台北：文津出版社，1992 年 3 月。

119. 周寧、金元浦譯：《接受美學與接受理論》，瀋陽：遼寧人民出版社，1987 年 9 月。

120. 岳飛研究會：《岳飛研究》（第一輯），杭州：浙江古籍出版社，1987 年。

121. 岳飛研究會：《岳飛研究》（第二輯），鄭州：中原文化編輯部，1989 年 7 月。

122. 岳飛研究會：《岳飛研究》（第三輯），北京：中華書局，1992 年 9 月。

123. 岳飛研究會：《岳飛研究》（第四輯），北京：中華書局，1996 年 8 月。

124. 延保全校：《李行道·孔文卿·羅貫中集》，西安：山西人民出版社，1993 年 4 月。

125. 杭州文化局：《杭州的傳說》，台北：淑馨出版社，1990 年 4 月。

126. 林侑蒔主編：《全明傳奇》，台北：天一出版社，1985 年。

127. 金夢華：《汲古閣六十種曲錄》，台北：嘉新水泥基金會，1969 年 7 月。

128. 侯杰、范麗珠：《中國民眾宗教意識》，天津：天津人民出版社，1994 年 2 月。

129. 姜濤主編：《岳武穆》（中國傳奇第八冊），台北：莊嚴出版社，1985 年 7 月。

130. 姚瀛艇：《宋代文化史》，中和：雲龍出版社，1995 年 9 月。

131. 段玉明：《中國市井文化與傳統曲藝》，長春：吉林教育出版社，1992.6

132. 胡士瑩：《話本小說概論》，台北：丹青出版社，1983 年 5 月。

133. 胡菊人：《戲考大全》，台北：宏業書局，1986 年 12 月。

134. 夏志清：《愛情·社會·小說》，台北：純文學出版社，1981 年 12 月。

135. 夏咸淳：《晚明士風與文學》，北京：中國社會科學出版社，1994 年 7 月。

136. 孫述宇：《水滸傳的來歷、心態與藝術》，台北：時報文化公司，1983 年 10 月。

137. 孫楷第：《中國通俗小說書目》，台北：木鐸出版社，1983 年。

138. 孫楷第：《日本東京所見中國小說書目》，台北：鳳凰出版社，1974 年 10 月。

139. 徐復觀：《中國人性論史‧先秦篇》，台北：臺灣商務印書館，1988 年 11 月。

140. 浦安迪：《中國敘事學》，北京：北京大學出版社，1996 年 3 月。

141. 馬以鑫：《接受美學新論》，上海：學林出版社，1995 年 10 月。

142. 馬幼垣：《中國小說史集稿》，台北：時報文化公司，1987 年 3 月。

143. 高敏主編：《奸臣傳》，鄭州：河南人民出版社，1994 年 4 月。

144. 張火慶、龔鵬程：《中國小說史論叢》，台北：台灣學生書局，1984 年 6 月。

145. 張玉法：《中國現代史》，台北：東華書局，1986 年 11 月。

146. 張法：《中國文化與悲劇意識》，北京：中國人民大學，1989 年 11 月。

147. 張俊：《清代小說史》，杭州：浙江古籍出版社，1997 年 6 月。

148. 張峻榮：《南宋高宗偏安江左原因之探討》，台北：文史哲出版社，1986 年 3 月。

149. 張高評：《左傳之文韜》，高雄：麗文文化公司，1994 年 10 月。

150. 梁啟超：《晚清文學叢鈔——小說戲曲研究卷》，台北：新文豐出版社，1984 年 4 月。

151. 莊一拂：《古典戲曲存目彙考》，台北：木鐸出版社，1986 年 9 月。

152. 許地山：《扶箕迷信的研究》，台北：臺灣商務印書館，1994 年 5 月。

153. 郭光輯注：《岳飛集輯注》，鄭州：中州古籍出版社，1997 年 5 月。

154. 陳大康：《通俗小說的歷史軌跡》，長沙：湖南教育出版社，1993 年 1 月。

155. 陳宗樞：《佛教與戲劇藝術》，天津：天津人民出版社，1992 年 12 月。

156. 陳秋帆：《岳飛》（世界偉人傳記 7），台北：東方出版社，1988 年 2 月。

157. 陳捷先：《清史論集》，台北：東大圖書公司，1997 年 11 月。

158. 陳學霖：《宋史論集》，台北：東大圖書公司，1993 年 1 月。

159. 陳錦釗：《快書研究》，台北：明文書局，1982 年 7 月。

160. 陳鵬翔：《主題學研究論文集》，台北：東大圖書公司，1983 年 11 月。

161. 陶君起：《平劇劇目初探》，台北：明文出版社，1982 年 7 月。

162. 傅林統：《兒童文學的思想與技巧》，台北：常春文化公司，1995 年 3 月。

163. 傅謹：《戲曲美學》，台北：文津出版社，1995 年 7 月。

164. 曾白融：《京劇劇目辭典》，北京：中國戲劇出版社，1989 年。

165. 湯陰縣志編纂委員會、湯陰岳飛紀念館編：《岳飛廟志》，鄭州：中州古

籍出版社，1987 年 1 月。

166. 黃美眞、張雲：《汪精衛集團叛國投敵記》，河南：河南人民出版社，1992 年 5 月。

167. 黃清泉：《明清小說的藝術世界》，台北：洪葉文化公司，1995 年 5 月。

168. 黃華節：《關公的人格與神格》，台北：臺灣商務印書館，1995 年 3 月。

169. 黃寬重：《南宋時代抗金的義軍》，台北：聯經出版社，1988 年 10 月。

170. 楊伯峻：《春秋左傳注》，高雄：復文圖書出版社，1991 年 9 月。

171. 楊建文：《中國古典悲劇史》，湖北：武漢出版社，1994 年 4 月。

172. 楊蓮福：《破虜軍閥——岳飛》，台北：萬象圖書公司，1996 年 5 月。

173. 葉德鈞：《戲曲小說叢考》，台北：丹青出版社，1983 年 5 月。

174. 董鼎銘：《歷史劇本事考評》，台北：臺灣商務印書館，1986 年 1 月。

175. 寧希元：《元刊雜劇三十種新校》，蘭州：蘭州大學出版社，1988 年 4 月。

176. 寧宗一：《中國小說學通論》，合肥：安徽教育出版社，1995 年 12 月。

177. 趙景深：《彈詞研究》，台北：東方文化書局，1970 年。

178. 齊裕焜：《明代小說史》，杭州：浙江古籍出版社，1997 年 6 月。

179. 劉上生：《中國小說藝術史》，長沙：湖南師範大學出版社，1993 年 6 月。

180. 劉子健：《兩宋史研究彙編》，台北：聯經出版社，1987 年 11 月。

181. 劉烈茂、郭精銳：《清車王府鈔藏曲本——子弟書集》，南京：江蘇古籍出版社，1993 年 9 月。

182. 劉道超：《中國善惡報應習俗》，台北：文津出版社，1992 年 1 月。

183. 樂蘅軍：《古典小說散論》，台北：純文學出版社，1982 年 5 月。

184. 樂蘅軍：《意志與命運》，台北：大安出版社，1992 年 4 月。

185. 歐陽健：《古代小說與歷史》，瀋陽：遼寧教育出版社，1993 年 9 月。

186. 編委會：《清史》，台北：國防研究院，1961 年 5 月。

187. 蔣瑞藻：《小說考證》，台北：河洛出版社，1979 年 10 月。

188. 蔣瑞藻：《小說枝談》，台北：河洛出版社，1979 年 10 月。

189. 鄭乃臧、常國武：《丹心遺恨說岳飛》，中和：雲龍出版社，1911 年 1 月。

190. 鄭土有、王賢淼：《中國城隍信仰》，北京：三聯書店，1994 年 2 月。

191. 鄭志明：《中國社會與宗教》，台北：臺灣學生書局，1986 年 7 月。

192. 鄭振鐸：《中國俗文學史》，台北：臺灣商務印書館，1992 年 11 月。

193. 鄭烈：《精忠柏史劇》，南京：大東公司，1948 年。

194. 鄭傳寅：《中國戲曲文化概論》，新店：志一出版社，1995 年 4 月。

195. 鄭傳寅：《傳統文化與古典戲曲》，台北：揚智文化公司，1995 年 1 月。

196. 鄧廣銘：《岳飛傳》（增訂本），北京：北京人民出版社，1983 年 6 月。

197. 鄧廣銘：《鄧廣銘治史叢稿》，北京：北京大學出版社，1997 年 6 月。

198. 禚夢庵：《宋代人物與風氣》，台北：臺灣商務印書館，1996 年 8 月。

199. 錢文選：《精忠小誌》，台北：臺灣商務印書館，1973 年 1 月。

200. 錢靜芳：《小說叢考》，台北：長安出版社，1979 年 10 月。

201. 謝桃坊：《中國市民文學史》，成都：四川人民出版社，1997 年 10 月。

202. 謝國禎：《明清之際黨社運動考》，北京：中華書局，1982 年 12 月。

203. 譚正璧：《三言兩拍資料》，台北：里仁出版社，1981 年 3 月。

204. 譚正璧：《彈詞敘錄》，上海：上海古籍出版社，1981 年 7 月。

205. 關德棟、周中明：《子弟書叢鈔》，上海：上海古籍出版社，1984 年。

206. 瀧川龜太郎：《史記會注考證》，台北：洪氏出版社，1986 年 9 月。

207. 顧一樵：《顧一樵全集》，台北：臺灣商務印書館，1961 年 1 月。

208. 顧韻藝：《楊家將與岳家軍系列小說》，瀋陽：遼寧教育出版社，1993 年 12 月。

二、論文部份

（一）期刊論文

1. 〔美〕C.T.Hsia（夏志清）：〈軍事演義──中國小說的一種類型〉《成都大學學報・社科版》，1990 第 4 期。

2. 于興漢、李曉明：〈試論中國古代小說批評中的「史家意識」〉《山西師大學報・社科版》22 卷 2 期，1995 年 4 月。

3. 方立天：〈中國佛教的因果報應論〉《中國文化》7 期，1992 年 11 月。

4. 毛一波：〈岳飛之死及其滿江紅詞〉《東方雜誌》22 卷 1 期，1988 年 7 月。

5. 王永健：〈憤懣心頭借筆頭──從《精忠記》到《精忠旗》〉《江蘇師院學報・哲社版》，1982 第 2 期。

6. 王明蓀：〈論上古的夷夏觀〉《邊政研究所年報》14 期，1983 年 10 月。

7. 王德毅：〈宋高宗評──兼論殺岳飛〉《國立臺灣大學歷史學系學報》17 期，1992 年 12 月。

8. 王德毅：〈岳飛的歷史地位－兼論民國以來的岳飛研究〉《中國歷史學會史學集刊》22 期，1990 年 7 月。

9. 包紹明：〈岳飛故事的流傳演變（上）〉《福建師範大學學報・哲社版》，1994 第 4 期。

10. 任崇岳：〈南宋初年政局與紹興和議〉《中州學刊》，1990 第 1 期。

11. 吳儀鳳：〈「故事研究」與「主題學研究」之比較〉《輔仁國文學報》14期，1999 年 3 月。

12. 宋克夫：〈試論《精忠旗》的悲劇衝突和主題〉《湖北大學學報·哲社版》，1987 第 2 期。

13. 李安：〈民國六十八年間有關岳飛史事的幾項活動〉《中國歷史學會史學集刊》12 期，1980 年 5 月。

14. 李安：〈岳飛抗敵救國的功業〉《中華文化復興月刊》15 卷 4 期，1982 年 4 月。

15. 李安：〈岳飛言行影響及於現代的綜合研究〉《中華文化復興月刊》20 卷 10 期，1987 年 10 月。

16. 李安：〈析論中共揚敬岳飛的出版品之心態和謬誤〉《光復大陸》240 期，1986 年 12 月。

17. 李安：〈從岳飛死因談到杭州岳王廟的興建主旨與沿革〉《暢流》64 卷 10 期，1982 年 1 月。

18. 李安：〈歷史上對光復國土名將岳飛的論評〉《光復大陸》177 期，1981 年 9 月。

19. 李安：〈戲劇中有關岳飛劇情的修正研究〉《暢流》63 卷 7 期，1981 年 5 月。

20. 李豐楙：〈罪罰與解救：《鏡花緣》的謫仙結構研究〉《中國文哲研究集刊》7 期，1995 年 9 月。

21. 杜貴晨：〈略論佛教對中國長篇小說的影響〉《明清小說研究》，1988 第 2 期。

22. 沈貽煒：〈論《水滸傳》對《說岳全傳》的影響〉《紹興師專學報·社科版》，1987 第 2 期。

23. 谷瑞照：〈先秦時期的夷夏觀念〉《復興崗學報》17 期，1977 年 6 月。

24. 岳德莊：〈關羽與岳飛──兩位歷史武將的比較〉《歷史月刊》57 期，1992 年 10 月。

25. 忠昌：〈論中國古代小說的續衍現象及成因〉《社會科學輯刊》，1992 第 6 期。

26. 林鶴宜：〈台灣地區「中國古典戲曲」研究博碩士論文寫作概況〉《國文天地》9 卷 5 期，1993 年 5 月。

27. 姚文放：〈期待視野與文藝接受社會學〉《天津社會科學》，1991 第 1 期。

28. 馬昌儀：〈文化英雄論析〉《民間文學論壇》，1987 第 1 期。

29. 高爾豐：〈試論《說岳全傳》的主題思想及時代意義〉《明清小說研究》，1989 第 1 期。

30. 康保成：〈從「東窗事犯」到「東窗記」、「精忠記」〉《藝術百家》，1990 第 4 期。

31. 康保成：〈清代政治與岳飛劇的興衰〉《中州學刊》，1985 第 2 期。

32. 張火慶：〈從「說岳全傳」看岳飛冤獄及相關人事〉《興大中文學報》8 期，1995 年 1 月。

33. 陳木杉：〈論大陸學者對岳飛的評價〉《共黨問題研究》15 卷 2 期，1989 年 2 月。

34. 陳美林、李忠明：〈中國古代小說的教化意識〉《明清小說研究》，1993 第 3 期。

35. 陳美林：〈試論古代通俗小說的歷史地位和社會作用〉《明清小說研究》，1993 第 2 期。

36. 陶緒：〈中國古代夷夏觀念的形成和發展〉《中州學刊》，1993 第 5 期。

37. 曾永義：〈雜劇中鬼神世界的意識型態〉《中華文化復興月刊》9 卷 9 期，1976 年 9 月。

38. 雷學華：〈試論中國封建社會的忠君思想〉《華中師範大學學報・哲社版》36 卷 7 期，1997 年 11 月。

39. 廖玉蕙：〈論宋人筆記中的秦檜〉《中正嶺學術研究集刊・人文社會科學類》14 期，1995 年 5 月。

40. 廖滕葉：〈岳飛戲曲故事補遺〉《台中商專學報》30 期，1998 年 6 月。

41. 廖藤葉：〈岳飛戲曲研究〉《台中商專學報》28 期，1996 年 6 月。

42. 歐陽代發：〈李玉生卒年考辨〉《文學遺產》，1982 第 1 期。

43. 歐陽健：〈融渾信美兩大要素的歷史小說——明清「志傳」、「演義」綜論〉《社會科學研究》，1991 第 5 期。

44. 蔣勳：〈不可言說的心事——談《四郎探母》〉《聯合報・副刊》（1998.10.5 ～6）

45. 蔡相輝：〈明鄭臺灣之真武崇祀〉《明史研究專刊》3 期，1983 年 9 月。

46. 鄭國弼：〈關於楊么的評價問題〉《文史哲》，1984 第 5 期。

47. 鄧綏寗：〈關于岳飛史事的三部戲曲〉《藝術學報》19 期，1976 年 6 月。

48. 謝桃坊：〈中國市民文學受眾心理分析〉《江海學刊》，1995 第 1 期。

49. 謝桃坊：〈中國白話小說的發展與市民文學的關係〉《明清小說研究》，1988 第 3 期。

50. 魏文哲：〈華夷之分與君臣大義——中國古代民族觀蠡測〉《明清小說研究》，1997 第 4 期。

51. 羅書華：〈中國傳奇喜劇英雄生成考辨〉《明清小說研究》，1997 第 3 期。

52. 饒德江：〈中國古代傳記文學文化論〉《武漢大學學報・社科版》，1991

第 4 期。

（二）論文集、會議論文

1. 〔美〕H.Wilhelm：〈岳飛傳——一個傳奇人物的傳奇故事〉《中國歷史人物論集》，台北：正中書局，1990 年 5 月。

2. 文崇一：〈中國人的富貴與命運〉《中國人：觀念與行爲》，台北：巨流圖書出版社，1988 年 7 月。

3. 王明珂：〈慎終追遠——歷代的喪禮〉《敬天與親人》，台北：聯經出版社，1983 年 4 月。

4. 王爾敏：〈滿清入主華夏及其文化承緒之統一政術〉《中國歷史上的分與合學術研討會論文集》，台北：聯經出版社，1995 年 9 月。

5. 伊維德：〈南宋傳與飛龍傳〉《中國古典小說研究專集2》，台北：聯經出版社，1980 年 6 月。

6. 吳鷗：〈從宋人作品中的卜筮夢兆讖應看宋代文人心態〉《國際宋代文化研討會論文集》，成都：四川大學出版社，1991 年 10 月。

7. 呂士朋：〈清代的崇儒與漢化〉《國際漢學會議論文集・歷史考古組》，台北：漢學研究中心，1981 年 10 月。

8. 沈惠如：〈中國古典戲曲中的「翻案補恨」思想〉《小說戲曲研究》2，台北：聯經出版社，1989 年 8 月。

9. 孫遜：〈釋道「轉世」「謫世」觀念和古代小說結構〉《中國小說與宗教》，香港：中華書局，1998 年 8 月。

10. 張火慶：〈隋唐系列小說版本及兩世姻緣說〉《小說戲曲研究》4，台北：聯經出版社，1993 年 2 月。

11. 許銘：〈岳飛評价問題綜述〉《中國歷史研究專題述評》，黑龍江人民出版社，1990 年 9 月。

12. 陳捷先：〈岳鍾琪的家世及其發跡略考〉《中國歷史論文集》，台北：台灣商務印書館，1994 年 10 月。

13. 陳鵬翔：〈主題學理論與歷史證據〉《中國神話與傳說學術研討會論文集》，台北：漢學研究中心，1996 年 3 月。

14. 楊聯陞：〈報——中國社會關係的一個基礎〉《中國思想與制度論集》，台北：聯經出版社，1976 年。

15. 廖奔：〈從平陽戲曲文物遺存看元雜劇發展的時空序列〉《中華戲曲》5，太原：山西人民出版社，1988 年 3 月。

16. 廖棟梁：〈接受美學與楚辭學史研究——以屈原形象的歷史建構爲例〉《中國文學史暨文學批評研討會論文集》，台北：政治大學，1996 年 12 月。

17. 蒲安迪：〈談中國長篇小說的結構問題〉《中國古典文學比較研究》，台北：

黎明文化公司，1977 年 10 月。

18. 劉念茲：〈金元雜劇在平陽地區發展考略〉《中華戲曲》4，太原：山西人民出版社，1987 年 12 月。

19. 簡恩定：〈淮西兵變與宋高宗的抑武政策〉《戰爭與中國社會之變動》，台北：台灣學生書局，1991 年 11 月。

（三）學位論文

1. 咸恩仙：《話本小說果報觀研究》，台北：文化大學中文所博士論文，1989 年。

2. 柯瓊瑜：《三言教化功能之研究》，台北：臺灣師大國文所碩士論文，1995 年。

3. 洪素貞：《元雜劇的悲劇觀》，台北：臺灣師大國文所碩士論文，1988 年。

4. 洪素眞：《岳飛故事研究》，台北：臺灣師大國文所碩士論文，1999 年。

5. 張火慶：《說岳全傳研究》，台中：東海大學中文所碩士論文，1984 年。

6. 張銓津：《鴉片戰爭時期的「漢奸」問題之研究》，台北：臺灣師大歷史所碩士論文，1997 年。

7. 莊明興：《中國中古地藏信仰》，台北：臺灣大學歷史所碩士論文，1988 年。

8. 陳芳明：《北宋史學的忠君觀念》，台北：臺灣大學歷史所碩士論文，1972 年。

9. 黃明芳：《馮夢龍編作三言的社會經濟基礎》，高雄：中山大學中文所碩士論文，1994 年。

10. 劉靜貞：《宋人果報觀念》，台北：臺灣大學歷史所碩士論文，1981 年。

11. 蔣竹山：《從打擊異端到塑造正統清代國家與江南祠神信仰》，新竹：清華大學歷史所碩士論文，1995 年。

12. 蘇義穠：《傳統小說中李逵類型人物研究》，台北：政治大學中文碩士論文，1988 年。

三、網路資源

1. 楊麗花全球資訊網　http://www.tacocity.com.tw/

2. 葉青全球資訊網　http://members.nbci.com/yechinwa1/

3. 歌仔戲資訊站　http://tacoticy.com.tw/Twopera/index2.html

附　表

附表一：元明清三代流傳的岳飛戲（雜劇、傳奇）一覽表

時代	編碼	劇作名稱	劇作者	存佚		著錄書籍代碼（詳下）
元代	一	《地藏王證東窗事犯》	孔文卿	存		1、2、7、11、13、16
	二	《秦太師東窗事犯》	金仁傑		佚	1、2、11、13
	三	《宋大將岳飛精忠》	闕名	存		9、11、16
	四	《岳飛大破太行山》	闕名		佚	7
	五	《岳飛三箭嚇金營》	闕名		佚	7
明代	一	《關岳交代》	凌星卿		佚	5、10
	二	《救精忠》	祁麟佳		佚	5、10
	三	《岳飛破虜東窗記》	闕名	存		3、6、11
	四	《精忠記》	姚茂良	存		3、4、6、8、11、13、15、17
	五	《精忠旗》	李梅實原著 馮夢龍增訂	存	佚	8、9、11、13、14、15
	六	《續精忠》	湯子垂	存		8、9
	七	《後岳傳》	闕名		佚	8、9、11、14、15
	八	《陰抉記》	青霞仙客		佚	4
	九	《金牌記》	陳衷脈		佚	4

清代	一	《如是觀》	張大復	存	8、11、12、15、17
	二	《牛頭山》	李玉	存	8、11、12、15、17
	三	《奪秋魁》	朱朝佐	存	8、11、12、14、15、17
	四	《碎金牌》	周樂清	存	9

說明：著錄書籍及代碼表（先依時代、再依姓氏筆劃排序）

代碼	著　錄　書　籍
1	〔元〕鍾嗣成：《錄鬼簿》
2	〔明〕朱權：《太和正音譜》
3	〔明〕呂天成：《曲品》
4	〔明〕祁彪佳：《遠山堂曲品》
5	〔明〕祁彪佳：《遠山堂劇品》
6	〔明〕徐渭：《南詞敘錄》
7	〔明〕晁瑮：《寶文堂書目》
8	〔清〕支豐宜：《曲目新編》
9	〔清〕王國維：《曲錄》
10	〔清〕祁理孫：《讀書樓目錄》
11	〔清〕姚燮：《今樂考證》
12	〔清〕高奕：《新傳奇品》
13	〔清〕梁廷柟：《曲話》
14	〔清〕焦循：《曲考》
15	〔清〕黃文暘：《重訂曲海總目》
16	〔清〕錢曾：《也是園書目》
17	〔清〕闕名：《傳奇彙考標目》

附表二：《岳武穆盡忠報國傳》與《大宋中興通俗演義》卷目比較

《岳武穆盡忠報國傳》		《大宋中興通俗演義》			岳飛故事主要情節單元
卷次	目　　次	卷次	目　　次		
卷之一	李綱治兵禦金 靖康失策議和 康王泥馬渡江 岳飛從軍報國	卷之一	斡離不舉兵南寇 宋欽宗倡議講和 師中大敗殺熊嶺 宋徽欽北狩沙漠 岳鵬舉辭家應募	李綱措置禦金人 許翰請用種師道 金粘罕邀求誓書 宋康王泥馬渡江 宋高宗金陵即位	岳飛刺背
卷之二	李綱開陳國計 岳飛計取河東 宗澤任用岳飛 粘沒喝西京大敗	卷之二	李綱奏陳開國計 岳飛與宗澤談兵 李綱諫車駕南行 宗澤定計破兀朮 劉豫激怒斬關勝	李綱力劾張邦昌 岳飛計劃河北策 宗澤約張所出兵 粘沒喝京西大戰 宗澤大捷兀朮兵	
卷之三	高宗駕幸臨安 張韓剿討苗劉 岳飛廣德破虜 韓世忠鎮江鏖兵	卷之三	高宗車駕走杭州 張俊傳檄討苗傅 洪皓持節使金國 岳飛破虜釋王權 韓世忠鎮江鏖兵	苗傅作亂立新君 韓世忠大破苗翊 胡寅前後陳七策 兀朮大戰龍王廟 岳統制楚州解圍	戚方刺飛
卷之四	劉子羽議守四川 兀朮大敗和尚原 岳飛計破二成 吳璘大捷仙人關	卷之四	劉子羽議守四川 兀朮兵寇和尚原 劉豫建都汴梁城 劉子羽分兵拒敵 張俊被劾謫嶺南	宋高宗議建東宮 安雄大戰箭筈嶺 岳飛用計破曹成 吳璘大戰仙人關 宋高宗御駕親征	
卷之五	韓世忠大儀破虜 岳飛計破楊么 楊沂中藕塘大捷 鎮汝軍岳飛立功	卷之五	韓世忠鏖戰大儀 議訪邊李綱獻策 岳飛定計破楊么 劉豫興兵寇合肥 鎮汝軍岳飛立功	岳飛兩戰破李城 詔岳飛征討湖寇 牛皋大戰洞庭湖 楊沂中藕塘大捷 岳鵬舉上表陳情	平楊么
卷之六	秦檜主和誤國 李世輔懷忠歸宋 劉錡順昌敗金人 岳飛郾城大勝	卷之六	岳飛奏請立皇儲 議求和王倫使金 李世輔義釋王樞 王烏祿大驅南寇 張琦大戰青谿嶺	金熙宗廢謫劉豫 世輔計擒撒離喝 胡世將議敵金兵 宋劉錡順昌鏖兵 小商橋射死再興	

卷之七	岳飛兵捷朱仙鎮 范秦定計削兵權	卷之七	岳飛兵近黃龍府 劉大尉疊橋破虜 秦檜定計削兵權 岳飛上表辭官爵 周三畏鞫勘岳飛	秦檜怒貶張九成 楊沂中戰敗亳州 吳璘設立疊陣法 岳飛訪道月長老 下岳飛大理寺獄	破拐子馬 奉詔班師 道悅贈偈 周三畏掛冠
	秦檜矯詔殺岳飛 褒盡忠歷朝封祭	卷之八	秦檜矯詔殺岳飛 和議成洪皓歸國 秦檜遇風魔行者 東陽寺施全死義 效頻集東窗事犯	何鑄復使如金國 陰司中岳飛顯靈 弒熙宗顏亮弄權 栖霞嶺詔立墳祠 冥司中報應秦檜	東窗陰謀 哭訴潮神廟 瘋僧戲秦 施全憤刺 何立入冥 胡迪罵閻

附表三：《精忠記》與《精忠旗》齣（折）目對照表

說明：1. 依本論文第三章第三節之「五段式情節結構」畫分。

2. 《精忠旗》折次不按原序呈現，依情節內容配合《精忠記》齣次排比，以見馮氏改訂情形。

情節結構	《精忠記》		《精忠旗》		岳飛故事情節單元
	齣次	齣目	折次	折目	
甲 欽詔禦敵	1	提綱	1	家門大意	
	2	賞春			
				岳侯涅背	岳飛刺背
			2	若水效節	若水效節
			4	逆檜南歸	
	3	滑虜			
	4	應詔	5	欽詔禦敵	
			6	奸黨商和	
	5	爭裁	8	銀瓶繡袍	
	6	餞別	7	岳侯誓旅	
	7	驕虜	11	岳侯挫寇	大破拐子馬
	8	勝敵			
	9	臨湖	9	御賜忠旗	御賜精忠旗
			10	奸相忿捷	
乙 奉詔班師	10	叩馬	12	書生叩馬	書生叩馬
	11	蠟書	13	蠟丸密詢	
			14	奸相定謀	
	12	班師	15	金牌僞召	金牌僞召
			16	北朝復地	
丙 冤獄屈死			17	群奸構誣	
	13	兆夢			岳夫人解禳
	14	說偈			道悅贈偈
	15	省母			
	16	掛冠	18	忠臣被逮	周三畏掛冠
			19	公心拒讞	

丙冤獄屈死	17	調勘	20	万俟造招	
	18	嚴刑			
			21	看監被阻	
			22	世忠詰奸	
			23	獄中哭帝	獄中哭二帝
	19	辭母			召子同死
	20	東窗	24	東窗畫柑	東窗陰謀
	21	赴難	25 27	岳侯死獄 冤斬憲雲	
	22	同盡			
	23	中計			
	24	憐主	26	隗順埋環	隗順埋環
	25	聞訃	28	銀瓶墜井	銀瓶殉父
	26	畢命			
			29	北庭相慶	
			30	忠裔道斃	
丁東窗事發	27	應真	32	湖中遇鬼	瘋僧戲秦 湖中遇鬼
	28	誅心			
	29	告奠	31	施全憤刺	施全憤刺
	30	行刺			
			33	奸臣病篤	
			34	岳廟進香	何立入冥
			35	何立回話	
戊冤屈平反	31	伏闕	37	存歿恩光	朝廷表忠
	32	天策	36	陰府訊奸	鬼神報應
	33	同斃			
	34	冥途			
	35	表忠			

附表四：《說岳全傳》回目、岳飛故事情節單元、京戲劇目對照表

《說岳全傳》		岳飛故事情節單元	依據演出之常見岳飛京戲劇目
回次	回　　目		
1	天遣赤鬚龍下界，佛謫金翅鳥降凡		
2	泛洪濤虯王報怨，撫孤寡員外施恩		
3	岳院君閉門課子，周先生設帳授徒		湯陰縣、麒麟村
4	麒麟村小英雄結義，瀝泉洞老蛇怪獻槍		
5	岳飛巧試九枝箭，李春慨締百年姻		
6	瀝泉山岳飛盧墓，亂草崗牛皋剪徑		荒草崗
7	夢飛虎徐仁薦賢，索賄賂洪先革職		
8	岳飛完姻歸故土，洪先糾盜劫行裝		
9	元帥府岳鵬舉談兵，招商店宗留守賜宴		
10	大相國寺閑聽評話，小校場中私搶狀元		
11	周三畏遵訓贈寶劍，宗留守立誓取真才		
12	奪狀元槍挑小梁王，反武場放走岳鵬舉	槍挑小梁王	奪秋魁、求賢鑑
13	昭豐鎮王貴染病，牟駝崗宗澤踹營		
14	岳飛破賊酬知己，施全剪徑遇良朋		
15	金兀朮興兵入寇，陸子敬設計禦敵		潞安州、雄州關
16	下假書哈迷蚩割鼻，破潞安陸節度盡忠		
17	梁夫人砲炸失兩狼，張叔夜假降保河間		兩狼關
18	金兀朮冰凍渡黃河，張邦昌奸謀傾社稷		徽欽二帝
19	李侍郎拚命罵番王，崔總兵進衣傳血詔	若水效節	泥馬渡康王
20	金營神鳥引真主，夾江泥馬渡康王		五國城
21	宋高宗金陵即帝位，岳鵬舉劃地絕交情		
22	結義盟王佐假名，刺精忠岳母刺字	岳母刺字	岳母刺字
23	胡先奉令探功績，岳飛設計敗金兵		
24	釋番將劉豫降金，獻玉璽邦昌拜相		
25	王橫斷橋霸渡口，邦昌假詔害忠良		李綱滾釘

26	劉豫恃寵張珠蓋，曹榮降賊獻黃河		
27	岳飛大戰愛華山，阮良水底擒兀朮		愛華山
28	岳元帥調兵剿寇，牛統制巡湖被擒		
29	岳元帥單身探賊，耿明達兄弟投誠		
30	破兵船岳飛定計，襲洞庭楊虎歸降		康郎山、收曹成 穿梭鏢
31	穿梭鏢明收虎將，苦肉計暗取康郎		
32	牛皋酒醉破番兵，金節夢虎諧婚匹		牛皋招親、飛虎夢 藕塘關
33	劉魯王縱子行兇，孟邦傑逃災遇友		
34	掘陷坑吉青被獲，認兄弟張用獻關		
35	九宮山解糧遇盜，樊家莊爭鹿招親		栖梧山、收何元慶
36	何元慶兩番被獲，金兀朮五路進兵		
37	五通神顯靈航大海，宋康王被困牛頭山	牛頭山	
38	解軍糧英雄歸漢室，下戰書福將進金營		汝南莊、牛皋下書 牛頭山、挑滑車 岳家莊
39	祭帥旗奸臣代畜，挑華車勇士遭殃		
40	殺番兵岳雲保家屬，贈赤兔關鈴結義兄		
41	鞏家莊岳雲聘婦，牛頭山張憲救主		
42	打碎免戰牌岳公子犯令，挑死大王子韓彥直衝營		錘震金蟬子、打戰牌 雙結義
43	送客將軍雙結義，贈囊和尚泄天機		
44	梁夫人擊鼓戰金山，金兀朮敗走黃天蕩		戰金山、黃天蕩 娘子軍
45	掘通老鸛河兀朮逃生，遷都臨安郡岳飛歸里		
46	兀朮施恩養秦檜，苗傅銜怨殺王淵		
47	擒叛臣虎將勤王，召良帥賢后賜旗	御賜精忠旗	鎮潭州、九龍山 收楊再興、賜繡旗 金蘭會
48	楊景夢授殺手鐧，王佐計設金蘭宴		
49	楊欽暗獻地理圖，世忠計破藏金窟		洞庭湖
50	打酒罈福將遇神仙，探山形元戎遭危難	平楊么	
51	伍尙志計擺火牛陣，　鮑方祖贈寶破妖人		碧雲山
52	嚴成方較鎚結義，戚統制暗箭報仇		五方陣、長沙王 收羅延慶、小商河
53	岳元帥大破五方陣，楊再興誤走小商河	戚方刺飛	
54	貶九成秦檜弄權，送欽差湯懷自刎		湯懷盡忠

55	陸殿下單身戰五將，王統制斷臂假降金		八大錘、斷臂說書朱仙鎮、車輪大戰
56	述往事王佐獻圖，明邪正曹寧弒父		
57	演鉤連大破連環馬，射箭書潛避鐵浮陀	大破拐子馬	
58	再放報仇箭戚方殞命，大破金龍陣關鈴逞能	戚方刺飛	金牛嶺、現銅橋
59	召回兵矯詔發金牌，詳惡夢禪師贈偈語	奉詔班師道悅贈偈	風波亭武穆歸天
60	勘冤獄周三畏掛冠，探囹圄張總兵死義	周三畏掛冠	
61	東窗下夫妻設計，風波亭父子歸神	東窗陰謀	
62	韓家莊岳雷逢義友，七寶鎮牛通鬧酒坊		
63	興風浪忠魂顯聖，投古井烈女殉身	銀瓶殉父	
64	諸葛夢裡授兵書，歐陽獄中施巧計		
65	小兄弟黑夜祭岳墓，呂巡檢梦贓鬧烏鎮		
66	牛公子直言觸父，柴娘娘恩義待仇		
67	趙王府莽漢鬧新房，問月庵兄弟雙配匹		
68	牛通智取盡南關，岳霆途遇眾好漢		
69	打擂臺二祭岳王墳，憤冤情哭訴潮神廟	哭訴潮神廟	
70	靈隱寺進香瘋僧遊戲，眾安橋行刺義士捐軀	瘋僧戲秦施全憤刺	瘋僧掃秦、地藏王罵秦檜
71	苗王洞岳霖入贅，東南山何立見佛	何立入冥	
72	黑蠻龍三祭岳王墳，秦丞相嚼舌歸陰府		
73	胡夢蝶醉後吟詩遊地獄，金兀朮三曹對案再興兵	胡迪罵閻	胡迪罵閻、罵閻羅
74	赦罪封功御祭岳王墳，勘奸定罪正法棲霞嶺		
75	萬人口張俊應誓，殺奸屬王彪報仇		
76	普風師寶珠打宋將，諸葛謹火箭破駝龍		
77	山獅駝兵阻界山，楊繼周力敵番將		
78	黑風珠四將喪命，白龍帶伍連被擒		
79	施岑收服烏靈母，牛皋氣死金兀朮		
80	表精忠墓頂加封，證因果大鵬歸位		

附表五：清代岳飛故事主要說唱作品及其收錄一覽表

（一）杜穎陶、俞芸編：《岳飛故事戲曲說唱集》

編號	作 品 名 稱	類 別	編號	作 品 名 稱	類 別
1	精忠傳四季山歌	雜曲徒歌	9	風波亭（前半部）	石派書
2	岳飛五更調	雜曲徒歌	10	謗閻醒夢	石派書
3	精忠（八角鼓）	雜曲徒歌	11	調精忠	子弟書
4	十二金錢（摘錄）	彈詞	12	胡迪罵閻	子弟書
5	精忠傳（摘錄）	彈詞	13	謗閻	帶戲子弟書
6	岳武穆（南詞小引）	彈詞	14	胡迪罵閻	快書
7	畫地絕交	四川竹琴	15	謗閻	快書
8	岳武穆奉詔班師	鼓子曲			

（二）中央研究院史語所藏

編號	作 品 名 稱	類 別	編號	作 品 名 稱	類 別
1	高寵挑華車	鼓詞	5	岳武穆	石派書
2	武穆還朝	鼓詞	6	風波亭（全部）	石派書
3	調精忠	子弟書	7	精忠傳	福州評話
4	岳武穆（南詞小引）	彈詞			

（三）劉烈茂、郭精銳編：《清車王府鈔藏曲本‧子弟書集》

收錄《胡迪罵閻》、《全掃秦》等兩本唱詞。

（四）關德棟、周中明編：《子弟書叢鈔》

收錄《胡迪罵閻》、《調精忠》等兩本詞。

（五）中華印書局：《文明大鼓書詞》

收錄《謗閻》快書。

附表六：民國以來（1912～1999）岳飛通俗文學現存作品分類表

一、以《岳飛》為書名者						
編碼	主要編著者	出 版 社	出版年代	編碼	主要編著者	出 版 社	出版年代
1	孫毓修	上海商務	1913、1915	20	陳秋帆	台北東方	1971、1988、1993
2	范作乘	上海中華	1935	21	編輯部	台北光復	1975
3	白動生	重慶正中	1936、1943	22	編輯部	台北臺灣兒童	1978
4	章依萍	上海兒童	1936、1939	23	龔延明	杭州浙江人民	1980
5	郭箴一	重慶商務	1944	24	周介塵	台北名人	1980、1982
6	孔繁霖	南京青年	1945、1946	25	王景秀	陝西人民	1982
7	編輯部	上海大方	1947	26	龔延明	南京江蘇古籍	1985
8	李樹桐	台北華國	1953	27	李　安	台北黎明	1985
9	編輯部	台北國防部	1954	28	曹漢昌	江蘇文藝	1986
10	李壽民	寶文堂書店	1954	29	常國武	上海人民	1986
11	編輯部	台北勝利	1954、1971	30	林美順	台北牛頓	1990
12	周振甫	北京通俗文藝	1956	31	林小昭	台北牛頓	1990
13	王　平	西安陝西人民	1957	32	賴彥惠	台南長鴻	1991
14	常國武	上海少年兒童	1962	33	劉君祖	台北牛頓	1991
15	汪　鉞	甘肅人民	1964	34	許錦波	台南長鴻	1992、1995
16	史學書	北京中華	1965	35	鄒紀孟	中國和平	1996
17	顧毓秀	台北臺灣商務	1968	36	趙增武	中國國際廣播	1996
18	蘇尚耀	台北文化	1968	37	林樹嶺	台南光田	1998
19	編輯部	台北人文	1971	38	王偉雯	台北風車圖書	1999

二、以《岳飛傳》為書名者

編碼	主要編著者	出版社	出版年代	編碼	主要編著者	出版社	出版年代
1	淩　鶴	武漢通俗圖書	1951	8	王印秋	春風文藝	1981、1996
2	編輯部	台北勝利	1953	9	楊世鐸	中國少年兒童	1981、1996
3	黃逸民	民間知識社	1956	10	陳蒼杰	台北益群	1988
4	編輯部	台北惠文	1976	11	編輯部	台北世一	1988、1991、1998
5	編輯部	台北文源	1976	12	霍必烈	台北國際文化	1989
6	楊世鐸	北京少年	1981	13	王亦秋	人民美術	1990
7	劉蘭芳	瀋陽春風文藝	1981	14	邱雨新	台北益群	1992

三、書名冠以「精忠」兩字者

編碼	書　名	主要編著者	出版社	出版年代
1	《精忠報國的岳飛》	褚應瑞	上海民眾	1943
2	《精忠岳飛》	周燕謀	台北精益	1976
3	《精忠報國孝母心》	張忠義	台北莊家	1980
4	《精忠岳傳》	魯冰	少年兒童	1981
5	《精忠報國的岳飛》	張忠義	台北莊家	1982
6	《精忠岳飛》	林樹嶺	台南金橋	1983
7	《精忠報國》	洪宏亮	台北台視文化	1987
8	《一代精忠岳飛》	古琳暉	海南國際新聞	1995

四、書名冠以「岳武穆」者

編碼	書　名	主要編著者	出版社	出版年代
1	《岳武穆》	管雪齋	編者刊	1933
2	《中國軍神岳武穆》	無夢、易正綱	上海汗血	1935
3	《一代忠骨岳武穆》	編輯部	台北河洛	1979
4	《岳武穆》	編輯部	台北莊嚴	1979

五、其　他				
編碼	書　　　名	主要編著者	出　版　社	出版年代
1	《岳飛抗金救國》	褚應瑞	上海民眾	1939
2	《岳飛抗金的故事》	顧友光	上海大中國	1952
3	《民族英雄岳飛》	陳惟毅	香港中華	1955
4	《岳飛抗金兵》	韋　田	少年兒童	1955
5	《岳飛大戰牛頭山》	劉　磊	長安書店	1958
6	《岳飛出世》	徐慕雲	寶文堂書店	1959
7	《岳飛八百破十萬》	郝艷霞	黑龍江人民	1980
8	《岳飛的故事》	任常中	河南人民	1980
9	《岳飛的故事》	丁季華	上海少年兒童	1984
10	《岳飛和十二金牌》	孟慶江	台北光復	1992
11	《說岳全傳精彩故事》	盧曉光	河北少年兒童	1993

編目依據：

（一）李凡輯錄：〈岳飛研究書目〉《岳飛研究》（浙江古籍出版社，1987）

（二）台北國家圖書館《全國圖書聯合目錄》檢索系統

（三）台北國家圖書館《大陸出版品（38～86年）書目》檢索系統